UMA HISTÓRIA DOS ÚLTIMOS DIAS

COMANDO TRIBULAÇÃO

NICOLAE

COLHEITA DE ALMAS

APOLIOM

ASSASSINOS

O POSSUÍDO

A MARCA

PROFANAÇÃO

O REMANESCENTE

ARMAGEDOM

GLORIOSA MANIFESTAÇÃO

DEIXADOS
APOLIOM
PARA TRÁS

TIM LAHAYE
JERRY B. JENKINS

Thomas Nelson
BRASIL

Título original: *Apollyon: The Destroyer Is Unleashed*
Copyright © 2018 por Tim LaHaye e Jerry B. Jenkins.
Edição original por Tyndale House Publishers. Todos os direitos reservados.
Copyright da tradução © Vida Melhor Editora, LTDA., 2018.
Todos os direitos desta publicação são reservados por Vida Melhor Editora, LTDA.
As citações bíblicas são da *Nova Versão Internacional*, a menos que seja especificada outra versão da Bíblia Sagrada.

PUBLISHER	*Samuel Coto*
EDITORES	*André Lodos e Bruna Gomes*
TRADUÇÃO	*Elenice Barbosa Araújo*
COPIDESQUE	*Giuliana Castorino*
REVISÃO	*Mirela Favaretto e Manuela Gonçalves*
CAPA E PROJETO GRÁFICO	*Maquinaria Studio*
DIAGRAMAÇÃO	*Julio Fado*

Nenhuma parte deste livro pode ser reproduzida, armazenada em qualquer sistema de recuperação de textos, ou transmitida sob qualquer forma ou meio — eletrônico, mecânico, fotocópia, gravação, digitalização ou outro similar —, exceto em breves citações de resenhas críticas ou artigos, sem a permissão prévia por escrito do editor.

Os pontos de vista desta obra são de responsabilidade de seus autores, não refletindo necessariamente a posição da Thomas Nelson Brasil, da HarperCollins Christian Publishing ou de sua equipe editorial.

Dados Internacionais de Catalogação na Publicação (CIP)

L11d	LaHaye, Tim
	1.ed. Deixados para trás, v. 5 : apoliom / Tim LaHaye, Jerry B. Jenkins; tradução de Elenice Barbosa de Araújo. – 1.ed. – Rio de Janeiro: Thomas Nelson Brasil, 2019.
	352 p.; 15,5x23 cm.
	Tradução de: Apollyon: the destroyer is unleashed (Left Behind 5)
	ISBN: 978-85-71670-82-2
	1. Literatura americana. 2. Ficção. 3. Suspense. 4. Apocalipse. 5. Religião. I. Araújo, Elenice Barbosa de. II. Título.
	CDD 810

Bibliotecária responsável: Aline Graziele Benitez CRB-1/3129

Todos os direitos reservados à Vida Melhor Editora Ltda.
Rua da Quitanda, 86, sala 218 – Centro
Rio de Janeiro, RJ – CEP 20091-005
Tel.: (21) 3175-1030
www.thomasnelson.com.br

Para Norman B. Rohrer, amigo e mentor.

PRÓLOGO

Do livro *Colheita de Almas*

Rayford acreditava que a única maneira de inocentar Amanda era decodificando seus arquivos, mas ele também sabia do risco. Teria de enfrentar seja lá o que eles revelassem. Ele só queria a verdade, mas será que a qualquer custo? Quanto mais orava, mais convencido ficava de que não deveria temer.

O que viesse a descobrir afetaria o modo como ele agiria pelo resto da tribulação. Se a mulher com quem compartilhou a vida o tivesse enganado, em quem ele poderia confiar? Se ele foi um avaliador de caráter tão ruim assim, que bem poderia trazer à causa? Dúvidas enlouquecedoras enchiam sua mente, mas Rayford estava obcecado em saber. De um jeito ou de outro, amante ou fingida, companheira ou impostora, ele precisava saber.

Na manhã anterior ao início da reunião em massa mais comentada do mundo, Rayford abordou Carpathia em seu escritório.

— Sua Excelência — começou, engolindo qualquer vestígio de orgulho —, suponho que vá precisar de mim e de Mac para ir a Israel amanhã.

— Não mais, comandante Steele. Como eles estão se reunindo contra a minha vontade, planejei não sancionar o evento com a minha presença.

— Mas sua promessa de proteção...

— Ah, e isso lhe diz respeito, não é?

— Você sabe bem o meu posicionamento.

— E você também sabe que sou eu lhe digo para onde voar, não o contrário. Você não acha que, se eu quisesse estar em Israel amanhã, não teria dito antes?

— Então, aqueles que se perguntam se você está com medo do estudioso que...

— Medo!

— ... o expôs na internet e o desafiou a provar suas reivindicações de poder diante de uma audiência internacional...

— Você está tentando me fisgar, comandante Steele — disse Carpathia, sorrindo.

— Francamente, acredito que você sabe que será ofuscado em Israel pelas duas testemunhas e pelo dr. Ben-Judá.

— As duas testemunhas? Se aqueles dois não pararem com a magia negra, a seca e o sangue, terão de se ver comigo.

— Eles dizem que você não pode lhes causar dano até o devido tempo.

— Eu vou decidir quando é o devido tempo.

— E, no entanto, Israel foi protegido do terremoto e dos meteoros...

— Você acredita que as testemunhas são responsáveis por isso?

— Acredito que Deus é.

— Diga-me, comandante Steele. Ainda acha que um homem, conhecido por ressuscitar mortos, poderia mesmo ser o anticristo?

Rayford hesitou, desejando que Tsion estivesse na sala.

— O inimigo tem sido conhecido por imitar milagres — respondeu.

— Imagine a audiência em Israel, se você fizesse algo desse tipo. Lá estão pessoas de fé, reunindo-se em busca de inspiração. Se você fosse Deus, ou o Messias, será que elas não ficariam extasiadas em encontrá-lo?

Carpathia olhava fixamente para Rayford, parecendo estudar os olhos dele. Rayford acreditava em Deus. Ele tinha fé de que, apesar do seu poder e das suas intenções, Nicolae estaria impotente diante de qualquer uma das 144 mil testemunhas que carregavam o selo do Deus Todo-poderoso na testa.

— Se está sugerindo — falou Carpathia cuidadosamente — que faz todo sentido o soberano da Comunidade Global conceder a esses convidados um majestoso "bem-vindo", talvez tenha razão.

Rayford não disse nada parecido com aquilo, mas Carpathia ouviu o que queria ouvir.

— Obrigado — disse Rayford.

— Comandante Steele, programe esse voo.

* * *

Então vi outro anjo subindo do Oriente, tendo o selo do Deus vivo. Ele bradou em alta voz aos quatro anjos a quem havia sido dado poder para danificar a terra e o mar: 'Não danifiquem, nem a terra, nem o mar, nem as árvores, até que selemos a testa dos servos do nosso Deus'. Então ouvi o número dos que foram selados: cento e quarenta e quatro mil, de todas as tribos de Israel.

APOCALIPSE 7:2-4

CAPÍTULO 1

Rayford Steele preocupou-se com o silêncio de Mac McCullum na cabine do Global Community One durante o rápido voo entre Nova Babilônia e Tel Aviv.

— Precisamos conversar mais tarde, certo? — disse Rayford baixinho.

Mac assentiu com a cabeça, pedindo silêncio com o dedo sobre os lábios.

Rayford concluiu a comunicação com a torre de controle de Nova Babilônia, então buscou o botão do intercomunicador reverso escondido sob seu assento; ele dava acesso ao áudio da cabine do Condor 216 e permitia a Rayford ouvir os diálogos entre o soberano da Comunidade Global, Nicolae Carpathia, o supremo comandante, Leon Fortunato, e o sumo pontífice, Peter Mathews, líder da Fé Mundial Unificada do Mistério de Babilônia. No entanto, quando Rayford ia apertar o botão, Mac segurou seu braço e balançou a cabeça negativamente.

Rayford desconfiou.

— Eles sabem?

Mac sussurrou:

— Melhor não arriscar antes de conversarmos.

Ao fazer a aproximação para o pouso em Tel Aviv, Rayford recebeu o tratamento especial devido. A torre de comando do aeroporto Ben Gurion desviou da área os demais voos, inclusive os que já tinham iniciado os procedimentos de aterrissagem. Ele pode ouvir a insatisfação na voz dos pilotos por serem encaminhados para rotas a milhas de distância do Condor. Segundo o protocolo, nenhuma outra aeronave tinha permissão de se aproximar do jato particular, mesmo com a previsão de tráfego aéreo caótico em Israel por conta do encontro das testemunhas.

— Assuma o pouso, Mac — disse Rayford.

Mac lançou um olhar perplexo para ele, mas atendeu. Rayford ficou impressionado por ver como a Terra Sagrada tinha sido preservada da destruição causada pela ira do Cordeiro. Outras calamidades tinham recaído sobre a terra e o povo, mas após o terremoto e os juízos subsequentes, Israel era o único local que parecia normal por vista aérea.

O aeroporto Ben Gurion despontava pelo tráfego agitado. As grandes aeronaves pousavam lá; as de pequeno porte, perto de Jerusalém. Mesmo intrigado com as incertezas levantadas por Mac, Rayford não conteve o sorriso. Carpathia tinha sido forçado não só a permitir o encontro das testemunhas como também a lhes garantir proteção pessoal. Claro que ele estava longe de ser um homem de palavra, mas como sua declaração havia sido pública, ele não tinha escolha: teria de proteger até mesmo o rabino Tsion Ben-Judá, líder espiritual do Comando Tribulação.

Recentemente, diante da recompensa oferecida mundialmente por sua cabeça, dr. Ben-Judá tinha sido forçado a buscar refúgio em sua terra natal na calada da noite. Agora estava de volta como inimigo declarado de Carpathia, liderando 144 mil testemunhas e seus convertidos. Carpathia tinha se valido das calamidades causadas pelos juízos selados para adiar duas vezes a conferência em Israel, mas desta vez não tinha como evitá-la.

Pouco antes do pouso, quando todos já deveriam estar sentados e com os cintos afivelados, Rayford se surpreendeu com alguém batendo à porta da cabine de comando.

— Leon — disse ele ao se virar. — Nós já vamos pousar.

— Protocolo, comandante! — disse Fortunato, ríspido.

— O que o senhor deseja?

— Além de que se dirija a mim como supremo comandante, Sua Excelência pede para você permanecer, após o pouso, na cabine de comando, aguardando ordens.

— Não vamos a Jerusalém? — perguntou Rayford.

Mac fixou o olhar num ponto à frente.

— Não — respondeu Fortunato. — Embora todos saibam que você queria ir.

Rayford tinha certeza de que o pessoal de Carpathia tentaria acompanhar seus movimentos durante o resto do tempo em que o Comando Tribulação existiria. Fortunato fechou a porta ao sair, então Rayford disse:

— Eu vou assumir, Mac.

Mac reverteu o controle da aeronave, e Rayford, na mesma hora, exagerou no ângulo de descida, conforme acionava o botão do intercomunicador reverso. Ouviu Carpathia e Mathews chamarem por Fortunato, que, claramente, havia levado um tombo. Assim que o avião pousou, Fortunato entrou bruscamente na cabine.

— O que foi aquilo, oficial McCullum?

— Peço desculpas, comandante — respondeu Mac. — Estava fora do meu controle. Mas, sem faltar com o respeito, o senhor não deveria ter deixado seu assento durante a aterrissagem.

— Prestem atenção, senhores — advertiu Fortunato, ajoelhando-se entre eles. — Sua Excelência solicita que permaneçam em Tel Aviv, pois não sabemos quando ele precisará retornar à Nova Babilônia. Nós reservamos quartos próximos ao aeroporto. O pessoal da Comunidade Global os levará até lá.

* * *

Buck Williams sentou-se na parte mais interna do Estádio Teddy Kollek, acompanhado da esposa grávida, Chloe. Ele sabia que ela não havia se recuperado o suficiente dos ferimentos sofridos durante o grande terremoto para embarcar num voo vindo dos Estados Unidos, mas não conseguiu dissuadi-la. Agora, ela parecia exausta. Os hematomas e as cicatrizes estavam sumindo, mas Chloe continuava mancando bastante, e sua beleza havia se transformado em uma formosura estranha, causada pela alteração da linha do queixo e do globo ocular.

— Você precisa ajudar os demais, Buck — disse ela. — Pode ir. Vou ficar bem.

— Eu preferiria que você tivesse voltado para o abrigo — retrucou ele.

— Estou bem — insistiu Chloe. — Só preciso me sentar um pouquinho. Estou preocupada com a Hattie. Eu disse que não a deixaria antes de ela melhorar ou se tornar cristã, mas nada disso aconteceu.

Grávida, Hattie Durham tinha ficado em casa para se recuperar de uma intoxicação. Dr. Floyd Charles ficou cuidando dela, enquanto o restante do Comando Tribulação — inclusive o novo membro, Ken Ritz — tinha feito a peregrinação até Israel.

— Floyd vai cuidar bem dela.

— Eu sei. Agora me deixe um pouco quietinha.

* * *

Rayford e Mac foram instruídos a aguardar no avião, enquanto Carpathia, Fortunato e Mathews eram recepcionados efusivamente na pista. Servil, Fortunato permaneceu em segundo plano, e Mathews não quis fazer nenhum pronunciamento oficial, limitando-se somente a anunciar Carpathia.

— Não tenho palavras para expressar o prazer que sinto em voltar a Israel — disse Carpathia sorridente. — Estou animado para dar boas-vindas aos devotos do dr. Ben-Judá e mostrar como a Comunidade Global é aberta a opiniões e crenças divergentes. Com prazer reafirmo o compromisso de garantir segurança ao rabino e aos milhares de visitantes do mundo todo. Vou me abster de comentar, certo de que serei convidado a falar no decorrer do nobre encontro nos próximos dias.

Os dignitários foram conduzidos a um helicóptero para fazer o trajeto até Jerusalém, enquanto sua equipe seguiu a bordo de um sofisticado ônibus fretado.

Quando Rayford e Mac concluíram a vistoria final após o voo e finalmente desembarcaram, um veículo da Comunidade Global os levou até o hotel. Mac gesticulou para que Rayford se calasse tanto no carro como nos quartos. Quando chegaram ao café, Rayford exigiu explicações sobre o que estava acontecendo.

* * *

Buck esperava que Chloe conseguisse dormir durante o voo vindo dos Estados Unidos. Ken Ritz tinha alugado um jato da empresa Gulfstream, ou seja, para Buck, aquele tinha sido seu voo internacional mais confortável. Contudo, todos eles — Ken, Buck, Chloe e Tsion — estavam ansiosos demais para descansar. Tsion passou metade do tempo no *notebook*, o que o manteve em contato com milhões de integrantes do seu rebanho mundial.

Uma ampla rede de igrejas domiciliares havia surgido — num movimento aparentemente espontâneo —, com judeus convertidos, que eram evidentemente parte das 144 mil testemunhas, assumindo postos de liderança. Eles pregavam diariamente com base nos sermões virtuais e nos ensinamentos do produtivo Ben-Judá. Milhares dessas pequenas igrejas domiciliares locais, cuja própria existência desafiava a autoridade da gigante Fé Mundial Unificada do Mistério de Babilônia, assistiam, todos os dias, à adesão de bravos convertidos.

Tsion vinha conclamando as congregações locais a enviarem seus líderes para o grande encontro das testemunhas, apesar das advertências da Comunidade Global. Nicolae Carpathia tinha mais uma vez cancelado a reunião no último minuto, aludindo às milhares de mortes decorrentes da contaminação de cerca de um terço da água no mundo. Tsion, então, respondeu publicamente pela internet, acusando Carpathia de mentir, para entusiasmo dos fiéis.

Senhor Carpathia, conforme programado, iremos a Jerusalém com ou sem sua aprovação, permissão ou proteção. A Glória do Senhor será nossa fortaleza.

Buck precisaria quase tanto de proteção quanto Tsion. Ao decidir aparecer em público ao lado de Ben-Judá, sacrificaria seu posto como editor-chefe de Carpathia e também seu polpudo salário. Ser visto ao lado do rabino confirmaria a Carpathia que ele havia se tornado um inimigo da Comunidade Global.

O próprio rabino Ben-Judá tinha lhe aconselhado a confiar puramente em Deus.

— Quando a gente sair do avião, fique bem do meu lado — ele havia dito. — Sem disfarces, rodeios, nem subterfúgios. Se Deus pode proteger a mim, protegerá também a você. Não vamos entrar no jogo de Carpathia.

Há tempos, Buck escrevia anonimamente para uma revista virtual própria, chamada *A Verdade;* agora ela se tornaria seu único meio de publicação. Ironicamente, essa revista atraía dez vezes mais leitores do que qualquer outra publicação de que tenha participado. Obviamente, ele estava preocupado com a própria segurança, mas ainda mais com o bem-estar de Chloe.

Tsion parecia contar com uma superproteção natural. No entanto, depois de sua palestra, todos os integrantes do Comando Tribulação — sem mencionar as 144 mil testemunhas e os milhões de convertidos — se tornariam alvo do anticristo. Eles seriam obrigados a dividir seu tempo entre o ministério e a sobrevivência. Depois de tudo pelo que tinham passado, era como se a tribulação dos sete anos tivesse apenas começado. Ainda lhes restava cerca de cinco anos até a gloriosa manifestação de Cristo para preparar seu reinado milenar na terra.

O efeito provocado em Israel pelas cartas de Tsion divulgadas na internet, bem como pela revista virtual de Buck, foi incrível. O país todo estava tomado por milhares de testemunhas convertidas, judeus vindos das doze tribos espalhadas pelo mundo.

Em vez de pedir a Ken Ritz para encontrar uma pista de pouso afastada, onde o Comando Tribulação pudesse chegar ao país sem ser notado, Tsion divulgou seu itinerário ao público e, naturalmente, a Carpathia e seus seguidores.

Ken havia pousado no pequeno aeroporto de Jerusalém, ao norte da cidade, e logo a aeronave foi cercada por pessoas que queriam dar as boas-vindas. A pequena guarda armada da Comunidade Global, aparentemente o ideal de proteção que Carpathia pretendia oferecer a Tsion, precisaria praticamente abrir fogo para chegar até ele. No caminho do Comando Tribulação até a *van*, testemunhas vindas de outros países saudavam, entoavam cânticos e tentavam tocar em Tsion. O chofer israelita abriu caminho cuidadosamente em meio à multidão e se dirigiu ao sul pela via principal rumo à Cidade Santa e ao Hotel Rei Davi.

Ao chegar ao hotel, foram informados de que o supremo comandante, Leon Fortunato, havia exercido sua autoridade para cancelar a reserva de Tsion e de muitos outros, além de exigir que o último andar fosse destinado para a acomodação de Nicole Carpathia e sua equipe. Assim, depois de aguardar meia hora na fila, Tsion disse ao atendente do hotel:

— Suponho que você tenha uma alternativa para nós.

— Eu lamento — respondeu o rapaz, entregando-lhe um envelope.

O rabino olhou para Buck e o chamou para longe da aglomeração a fim de ler o bilhete. Buck virou-se para Ken, que assentiu com um gesto, tranquilizando-o de que tomaria conta da debilitada Chloe. A mensagem estava em hebraico.

— É do Chaim — falou Tsion. — Ele escreveu assim: "Peço desculpas pela lamentável falta de sensibilidade de meu amigo Nicolae. Tenho lugar para acomodar você e seus amigos. Insisto que aceitem. Envie uma mensagem para Jacov e ele os auxiliará".

Jacov era motorista e assistente pessoal de Chaim Rosenzweig. Ele acomodou a bagagem de todos numa Mercedes e, pouco depois, o Comando Tribulação estava instalado nos quartos de hóspedes da propriedade murada de Chaim, bem ao lado da Cidade Antiga. Buck tentou convencer Chloe a ficar ali e descansar, enquanto ele, Ken e Tsion seguiam para o estádio.

— Não vim até aqui para ficar nos bastidores — rebateu ela. — Sei que você está preocupado comigo, mas deixe que eu decida o que vou enfrentar.

No estádio, Buck ficou tão surpreso quanto os demais com as providências que foram tomadas. Tsion tinha razão. Devia ter sido Deus que usou os convites virtuais do rabino para reunir as testemunhas israelitas e organizar a logística daquele improvável congresso.

Em meio ao caos global, e apesar dele, comitês improvisados haviam providenciado transporte, acomodação, comida, som, intérpretes e programadores. Buck notou como Tsion ficou empolgado com a incrível eficiência da organização do evento.

— Quando estiver pronto para falar ao microfone, sua única preocupação, sr. Ben-Judá, será se preparar para inspirar e nos ensinar — disseram a ele.

Tsion deu um sorriso apagado.

— Isso e orar para que todos nós continuemos sob a proteção do Pai Celeste.

**

— Eles estão atrás de você, Rayford — disse Mac, enquanto comiam pão com patê.

Rayford balançou a cabeça.

— Carpathia sabe sobre mim há meses. Do que você está falando?

— Me pediram para ficar de olho em você.

— Estou ouvindo.

— Eu já não tenho mais contato direto com o chefão, mas ontem à noite fui chamado para uma reunião com o Leon. A boa notícia é que eles não estão desconfiados de mim.

— Isso é bom. Mas eles sabem sobre o dispositivo no avião?

— Ele não mencionou nada, só deixou claro que você já era. Se o aparelho ainda funcionar...

— Funciona, sim.

— Então eu vou usá-lo para mantê-lo informado.

— E para onde devo ir?

— Para qualquer lugar, Ray, menos ficar por aqui. Aposto que o motorista estava ouvindo, e que o carro, a cabine da aeronave e nossos quartos estão grampeados.

— Eles esperam que eu os leve aos outros, mas ficarão totalmente expostos em Jerusalém.

— Na verdade, eles querem manter você *afastado* dos outros, Ray. Por que acha que fomos enviados para Tel Aviv?

— E se eu simplesmente sair para me encontrar com eles?

— Então terei de avisá-los imediatamente. Você estaria acabado.

— Mas eu preciso ver a minha família e o restante do Comando Tribulação.

— Não aqui. Carpathia se comprometeu a proteger Tsion e os demais. Não você.

— Eles acreditam mesmo que eu não vou a Jerusalém?

— Pelo contrário, eles *esperam* que você vá. Então não pode ir.

Rayford se recostou e contraiu os lábios. Não sentiria falta nenhuma do trabalho, mesmo entendendo que ele era útil para saber o que se passava no campo inimigo. Há muito se perguntava quando essa fase bizarra acabaria.

— Você assumirá o comando do avião?

Mac assentiu com a cabeça.

— Foi o que eles me disseram. Tenho também outras notícias boas. Eles gostam e confiam no David.

— O Hassid? Que bom!

— Ele ficou encarregado das compras. Além de todas as coisas de computação que tem feito, ele será responsável pelas principais aquisições, inclusive equipamentos e aeronaves.

Rayford demonstrou estranheza. Mac tirou uma folha amarela da jaqueta e deslizou-a sobre a mesa.

— Não diga que ele me comprou um avião — disse Rayford.

Mac fez som de deboche.

— Não seria má ideia. Cara, você viu os lançamentos do iPhone? David encomendou meia dúzia deles com uma configuração especial. Ele sequer imagina que não verá mais você por aí.

— Eu não seria capaz de roubá-los, nem mesmo de Carpathia.

— Não será preciso, Ray. Aqui estão justamente os detalhes e onde obter os aparelhos. Não são baratos, mas a gente nem sonha com o que essas belezinhas podem fazer. Chega de *notebooks* ou celulares comuns para vocês. Bem, o rabino talvez precise de um teclado padrão, mas esses aparelhos são movidos a energia solar, com conexão via satélite e chip de posicionamento geográfico. Dá para fazer muito mais do que só acessar a internet, enviar e receber mensagens e fazer ligações.

Rayford balançou a cabeça.

— Eu imagino que ele tenha incluído bloqueadores de rastreamento.

— Claro que sim.

Rayford guardou o papel no bolso.

— O que eu faço, Mac?

— Se mande deste hemisfério, o que mais?

— Antes preciso saber sobre a Amanda, mas Buck só me contará pessoalmente, e ele está em Jerusalém.

Mac baixou a cabeça.

— Você já sabe tanto quanto eu onde isso vai dar, Ray. Eu seria a última pessoa a alertar um homem quanto a própria esposa, mas tudo aponta para o que você não quer ouvir.

— Eu ainda não aceitei bem isso, então preciso saber.

— Buck descobriu mesmo a verdade?

— Parece que sim.

— Como ele pode ter certeza?

— Eu contei a você sobre a Hattie, não?

— Não.

— Ela sabe.

— Então pergunte a ela diretamente, Ray. Vá para casa.

— Como se ninguém fosse notar eu tentando sair de fininho amanhã de manhã.

— A Comunidade Global não dá conta de rastrear tudo. Use o piloto do seu amigo; o tal de Ritz. O que ele vai fazer nos próximos dias?

Rayford olhou admirado para o Mac.

— Você não é tão burro quanto parece, veterano.

Mac tirou um celular do bolso.

— Você tem o número dele?

— Seu telefone está criptografado? Se eles me identificarem ligando para Ken Ritz em um de nossos telefones...

— Você não seria tão estúpido de pensar que eu me arriscaria a esse ponto. Conheço o cara das compras, lembra? — Mac mostrou o telefone a Rayford, um modelo genérico que havia sido adaptado por David Hassid.

Rayford ligou para o celular de Chloe.

— Papai! — exclamou ela. — Você está aqui?

* * *

Buck considerou um privilégio orar com o comitê israelense antes de retornar com Ken e Tsion para encontrar Chloe. Ele abraçou o rabino.

— Você está tão cansado quanto eu?

— Exausto. Espero que o Senhor me permita dormir esta noite. Estou pronto para compartilhar a mensagem dele com nossos estimados membros da família, mas antes preciso conversar com Eli e Moishe. Vocês vêm comigo, não vêm?

— Não perderia por nada.

— Nem eu — respondeu Ken.

Mas as novidades de Chloe mudaram os planos de Ken.

— Papai ligou — sussurrou ela. — Ele precisa de uma carona para casa amanhã.

Depois que Chloe explicou a situação de Rayford, Ken decidiu tirar o Gulfstream do Aeroporto de Jerusalém e levá-lo para Ben Gurion naquela mesma noite. Buck estava meio desencorajado, mas queria falar com Rayford pessoalmente.

— Pelo menos ele ouvirá a verdade sobre Amanda de alguém inquestionável — disse ele.

Uma hora depois, com Jacov ao volante, eles deixaram Ken no aeroporto.

— Vemos você na volta, na sexta-feira — disse Tsion ao se despedir dele com um abraço.

Durante o percurso até o Monte do Templo, tarde da noite, Chloe adormeceu no ombro de Buck. Quando saíram do carro, o impressionante templo recém-construído reluziu no horizonte.

— Eu sequer quero pensar nessa nova estrutura — disse Tsion. — É uma abominação.

— Eu mal posso esperar para me encontrar com as testemunhas — retrucou Chloe.

— Pode ser que você não venha a conhecê-las de fato — advertiu Tsion.— Eles são seres celestiais com motivações próprias. Talvez se comuniquem conosco; talvez não. Devemos abordá-los com toda cautela.

Buck sentiu o formigamento costumeiro nas solas dos pés.

— Você conhece as histórias, querida.

Chloe concordou com a cabeça.

— Não estou dizendo que não sinto medo.

Os três diminuíram o passo ao se aproximarem da esperada multidão, aglomerada a 30 metros da grade de ferro, atrás da qual se encontravam as testemunhas, ora em pé, ora sentadas, ora falando. Em geral, elas falavam. Ninguém as tinha visto dormir e tampouco alguém tentou se aproximar. Ameaças à vida das duas testemunhas culminaram na morte horrível dos supostos assassinos.

O entusiasmo de Buck se sobrepôs ao cansaço. Ele estava preocupado com Chloe, mas não negaria esse privilégio a ela. Pelo canto de um grupo composto por cerca de 40 pessoas, Buck conseguiu olhar através da grade e enxergar Eli sentado, com as pernas cruzadas, recostado na parede de pedra de uma pequena construção. A brisa suave soprava a barba e os longos cabelos, mas ele estava imóvel, sem piscar; a pele áspera e a veste de juta se confundiam.

Moishe estava parado a meio metro da cerca, em silêncio, imóvel, observando a multidão. Ocasionalmente alguém gritava:

— Fale! Diga algo!

Mas isso fazia com que os outros recuassem, claramente temerosos das reações violentas de que tinham ouvido falar. Os pés de Moishe estavam espalhados, os braços soltos ao lado do corpo. No início do dia, Buck havia acompanhado, pelo computador, um monólogo comprido dele. Às vezes os dois dialogavam, mas neste dia Moishe foi o único a se manifestar.

— Cuidado com eles — sussurrou Buck para Chloe.

— Às vezes eles se comunicam sem sequer abrir a boca. Eu amo como todos conseguem compreendê-los em seu próprio idioma.

Uma comoção próxima aos que estavam na frente fez várias pessoas recuarem, o que abriu uma brecha na multidão. Alguém disse:

— Carpathia! É o soberano!

Tsion levantou a mão.

— Vamos ficar bem aqui — sussurrou ele.

Buck ficou fascinado ao ver Leon Fortunato supervisionar sem problemas os guardas da Comunidade Global, que mantinham os tolos afastados de Carpathia. O soberano parecia perplexo, aproximando-se, decidido, uns três metros da grade.

— Salve, soberano! — gritou alguém.

Carpathia virou-se levemente e levou um dedo aos lábios. Fortunato acenou para um guarda, que se aproximou da multidão. Eles recuaram ainda mais.

— Fiquem aqui — pediu Buck, esgueirando-se.

— Querido, espere! — Chloe chamou, mas Buck seguiu a multidão, sumindo nas sombras.

Ele sabia que não chamaria atenção dos guardas, pois pareceria alguém indo embora. Porém, quando estava longe o suficiente para ser ignorado, retornou por entre os arbustos até um local que lhe permitisse ver a expressão de Carpathia ao fitar Moishe. O soberano demonstrou espanto quando ele subitamente falou em voz alta:

— Pobres dos inimigos do Deus Altíssimo!

Nicolae tratou rapidamente de se recompor. Sorriu e falou brandamente:

— Estou longe de ser inimigo de Deus. Para muitos, *eu* sou o deus altíssimo.

Pela primeira vez, Moishe se mexeu, cruzando os braços sobre o peito. Carpathia inclinou a cabeça, com a mão no queixo, e o analisou. A testemunha anciã falou baixinho. Buck sabia que só ele e Carpathia poderiam ouvi-lo.

— Uma espada atravessará sua cabeça — disse Moishe, num tom monótono, porém assustador. — E você certamente perecerá.

Buck estremeceu, mas Carpathia estava visivelmente indiferente.

— Deixe-me dizer algo a você e a seu companheiro — falou com os dentes cerrados. — Você já puniu Israel por tempo suficiente, com a seca e a água transformada em sangue. Então vai parar com esses artifícios ou viverá para se arrepender.

Eli se levantou e trocou de lugar com Moishe, acenando para Carpathia se aproximar. O soberano hesitou, olhou para seus guardas, que tentaram levantar as armas. Então Eli falou tão alto que a multidão se dispersou e correu; até mesmo Tsion e Chloe recuaram.

— Até que chegue o momento certo, você não tem autoridade sobre os candeeiros do Deus Todo-poderoso!

Os guardas baixaram as armas, e Fortunato pareceu se esconder atrás deles. Carpathia manteve o sorrisinho, mas Buck tinha certeza de que ele estava furioso.

— Veremos, no fim, quem vencerá — disse ele.

Eli parecia ver através de Carpathia.

— O vencedor já foi determinado antes do início dos tempos. Veja, o veneno que infligir na terra fará você apodrecer por dentro pela eternidade.

Carpathia recuou, ainda sorrindo.

— Estou lhes avisando para ficar longe da farsa dos "ditos" santos. Eu garanti a segurança deles, não a de vocês.

Eli e Moishe falaram uníssono:

— Aquele e aquela com ouvidos, que escutem. Nem o tempo, nem o espaço nos separam, e os que se beneficiarão de nossa presença e de nosso testemunho estão ao alcance sonoro dessa proclamação.

Buck ficou emocionado com a mensagem e olhou para além da praça, onde estavam Tsion e Chloe. O rabino fez um gesto com o punho cerrado no ar, como se tivesse captado a mensagem, então conduziu Chloe de volta para o carro. Buck saiu dos arbustos e deu a volta, chegando ao estacionamento segundos depois.

— Você ouviu aquilo? — perguntou Tsion.

Buck assentiu com a cabeça.

— Inacreditável!

— Eu não entendi — Chloe retrucou. — O que eles quiseram dizer?

— Pareceu hebraico para você? — perguntou Tsion. — Eles falaram em hebraico.

— Eu escutei em inglês — respondeu ela.

— Eu também — comentou Buck. — Eles disseram que aquele e aquela com ouvidos para ouvir...

— Eu ouvi o que eles disseram — disse Chloe —, só não entendi.

— Essa foi a primeira vez que os ouvi dizer "aquela" — Tsion observou. — Deve ter sido para você, Chloe. Eles sabiam que estávamos lá. Não é necessário nos aproximar deles, nem nos apresentar. Também não precisamos enfrentar Carpathia antes de estarmos prontos. Sequer tivemos que discutir com Eli e Moishe os planos de eles aparecerem no estádio. Os dois disseram que aqueles que se beneficiariam de sua presença e testemunho estavam ao alcance de sua proclamação.

— Então eles virão? — perguntou Chloe.

— Foi o que eu entendi — respondeu Tsion.

— Quando?

— Na hora certa.

CAPÍTULO 2

Rayford tinha muito em comum com Ken Ritz, então o achou fascinante. Mesmo preocupado com o próprio futuro — incluindo sua situação financeira — e com medo do que descobriria sobre sua falecida esposa, ainda assim gostou de ter a companhia de Ken, que era mais de dez anos mais velho que ele; um ex-militar, rude e sem rodeios, mas brilhava no que Tsion Ben-Judá chamava de seu "primeiro amor" por Cristo.

Ken e Rayford haviam passado horas no voo a caminho de casa falando de seu passado um para o outro. Rayford agradeceu silenciosamente a Deus pelo novo amigo. Seu relacionamento com Tsion era o de aluno e mentor. Para Buck, ele era o sogro. E como sentia falta de Bruce Barnes, seu primeiro amigo e guia espiritual depois do arrebatamento! Ken era como um presente de Deus.

Ken garantiu a Rayford que ele poderia aprender a pilotar o Gulfstream em pouco tempo.

— Vocês, que estão acostumados com os "pesadões", pilotam essas aeronaves menores com uma mão na roda.

— Quem dera fosse assim tão fácil — disse Rayford —, mas conto com você como meu instrutor.

— Entendido. E, cara, contando com o seu piloto substituto, o que está lá com o Carpathia... qual é mesmo o nome dele?

— Mac. Mac McCullum.

— Isso. Então teremos três pilotos no Comando Tribulação. Agora só precisamos convencer dr. Charles a largar aquele hospital da Comunidade Global antes que o descubram. Isso nos dará também um médico. São três pilotos, um médico e um rabino; até parece o início de uma piada. O único membro sem uma formação é sua filha, mas ela é o que eu chamo de voz da razão. Ninguém é mais ponderado que Tsion, é claro, mas Chloe é a voz da razão para alguém como eu, que não entende tudo o que ele diz.

Rayford contou para Ritz sobre David Hassid.

— Não sei por quanto tempo ele ainda estará seguro, mas trata-se de outro par de olhos e ouvidos infiltrado lá. Algum dia, ele e Mac precisarão correr. Então veja só a equipe que teremos.

— Incrível! — exclamou Ritz, aplaudindo. — Eu não gosto de ficar na defensiva, cara! Vamos pegar aquele patife!

Rayford nunca tinha ouvido alguém se referir a Nicolae como um patife, mas gostou da atitude de Ritz. Cansado e receoso depois de tanto tempo no radar de Carpathia, ele também ansiava por parar os joguinhos e partir para a briga.

Ritz pareceu um tanto desconfortável quando Rayford lhe contou sobre Amanda.

— Sinto muito por sua perda — disse ele, quando Rayford falou do acidente de avião, no rio Tigre, que a matou.

— Então você já sabe o resto da história? — Rayford perguntou, deixando implícito que se referia às acusações sobre a dualidade de Amanda.

— Sim, sei. Eu não cheguei a nenhuma conclusão, mas imagino como você se sente em relação a isso.

— Mas não foi Buck quem lhe contou o que descobriu com a Hattie?

— Eu nem sabia que ela já tinha conseguido dizer alguma coisa. Para falar a verdade, ficarei surpreso se ela ainda estiver segurando as pontas.

— Não era bem o que eu queria ouvir.

* * *

Buck ficou acordado até tarde na esperança de que isso pudesse estimular seu sono no novo fuso horário, mas seu cérebro continuava funcionando como se estivesse em Chicago, então ficou olhando para o teto. Chloe caiu num sono profundo ao seu lado, e ele se sentiu grato por isso.

Próximo do amanhecer em Israel, Buck sentiu Chloe se mexer, mas estava tão exausto que não conseguia sequer abrir os olhos. Sentiu o roçar dos lábios dela em seu rosto, mas não foi capaz nem de gemer.

— Fique quietinho, grandalhão — sussurrou ela. — Um grande dia nos espera.

Ela se levantou, e Buck logo sentiu o aroma do café da manhã, mas pegou no sono e só foi acordar no início da tarde.

* * *

Rayford ficou impressionado com a desenvoltura de Ken Ritz ao rádio e ao pousar, durante o amanhecer, no Aeroporto de Palwaukee, nos subúrbios de Chicago.

— Você lida com essa belezinha como quem sabe o que faz — disse ele.

— Seria um belo avião para o Comando Tribulação, não acha?

O Range Rover de Buck estava tinindo, estacionado atrás de um hangar desativado. Ao se aproximarem, foram abordados por um jovem buscando elogios.

— O Rover ficou novinho em folha, não ficou? — disse ele com um cacho de cabelo vermelho caindo no rosto.

— Sim — respondeu Ritz. — E, ao que parece, você também andou mexendo no que está sob o capô.

— Para sua sorte, a previsão do tempo estava toda errada.

— Bem que eu falei, Ernie.

— Você também disse que só voltaria daqui uma semana. Eu só trabalhei no motor porque estava entediado.

Ritz apresentou Ernie para Rayford, que manteve cautela até Ritz puxar o rapaz para mais perto e perguntar:

— Notou alguma coisa?

Ernie deu um passo na direção de Rayford, observando sua testa. Então sorriu e levantou, com ambas as mãos, o cabelo do rosto. Rayford o abraçou.

— Irmão!

— Aqui há outros como nós, inclusive o chefe — explicou Ritz —, mas não somos muitos, por isso o cuidado. O Ernie é um dos tietes de Ben-Judá.

— Sem dúvida — concordou Ernie. — Mal posso esperar pela reunião geral. Vai rolar também virtualmente, amanhã ao meio-dia.

— Nós vamos ficar de olho — disse Rayford, ansioso para ir embora.

Meia hora depois, ele e Ken estacionaram o deslizante Rover nos fundos do esconderijo em Mount Prospect.

— Temos que manter o Ernie por perto — disse ele. — Este veículo precisa ser tão confiável para enfrentar uma viagem quanto um avião. Aliás, você viu o movimento da cortina quando nos aproximamos, Ray? Até se certificar de que éramos nós, Floyd deve ter se perguntado como conseguiria levar Hattie para o subsolo.

— Você notou muita gente espiando essa casa?

— Praticamente ninguém. O quarteirão está deserto; e as estradas, como você mesmo viu, quase intransitáveis. Até o momento, este tem sido um local perfeito. Você quer visitar o túmulo da esposa de Donny?

Rayford soube que Buck e Tsion haviam encontrado um lugar. Assentiu com a cabeça, enquanto o dr. Floyd Charles saía, com a pergunta de praxe estampada no rosto.

— Tentamos ligar para você — disse Ritz.

— Eu estava ao telefone com o meu camarada do hospital.

— Este aqui é Rayford Steele. Eu ia mostrar a ele a sepultura.

— Da mulher que nenhum de nós chegou a conhecer, mas suponho que o senhor sim, comandante.

Rayford balançou a cabeça.

— Eu só sabia quem ela era. E, bem, somos irmãos, doutor. Pode me chamar de Ray.

— Agradeço. Pode me chamar do que quiser, menos de Floyd.

— Como vai a Hattie?

— Nada bem. Dormindo.

— Ela vai se recuperar?

Dr. Charles balançou a cabeça.

— Eu não estou otimista. É ridículo o apoio que obtive do Centro de Controle de Doenças em Atlanta. Hattie e eu temos um palpite de que, seja lá o que estiver no corpo dela, foi administrado pela Comunidade Global. Se eles tiveram acesso à amostra que enviei, provavelmente vão negar ou me passar as indicações erradas.

Eles foram a pé até a sepultura primitiva e fizeram silêncio.

— Gostaria que pudéssemos colocar algum tipo de identificação — disse Rayford —, mas, de qualquer forma, seria apenas para nós que já sabemos quem ela era e onde está. Não há necessidade de chamar a atenção para este lugar.

Rayford sentiu uma profunda gratidão pelo Comando Tribulação estar sediado no que antes era a casa de Sandy e Donny. Foi impossível não relacionar mentalmente as mortes em seu entorno. A lista agora era longa, culminando em Amanda. Ele havia experimentado um grande pesar e temia ainda sofrer muitas outras perdas antes de ele mesmo entrar para a estatística.

Floyd Charles conduziu Rayford em uma rápida visita pelo local, enquanto um colocava o outro a par da situação atual.

Rayford ficou impressionado com a casa, principalmente com o abrigo subterrâneo construído por Donny antes de morrer. Com certeza chegaria o dia em que todos teriam de viver naquele esconderijo, e não no interior da casa. Só não sabia se seria em breve. Nada mais era previsível, exceto os juízos celestes meticulosamente definidos nos mapas das escrituras de Tsion. Estava sob controle de Deus quem sobreviveria e por quanto tempo.

Rayford já tinha se deparado com a morte antes, mas o corpo esquálido de sua ex-colega de trabalho, amiga e objeto de paixão estranhamente o comoveu. Rayford parou ao lado de Hattie, sentindo pena dela, desejando e orando para que ela melhorasse. É claro que ele queria saber sobre Amanda, mas não era tão egoísta a ponto de querer que Hattie continuasse viva só para lhe contar tudo. Com cuidado, afastou a franja da testa dela. Na penumbra, não dava para ver se havia ou não uma marca. Dr. Charles sacudiu a cabeça.

— Ela tem falado muito ultimamente, mas ainda não se decidiu. Quer dizer, ainda não tomou a decisão que esperávamos.

— Chloe pensou que estivesse bem perto — disse Rayford. — Deus sabe que Hattie já tem informações suficientes para dar esse passo. Não sei do que mais ela precisa.

— Eu imploro o tempo todo — disse o médico —, mas ela é teimosa. Está à espera de algo. Sei lá. Difícil entender.

— Ore para que ela sobreviva — disse Rayford. — E me acorde se ela despertar.

— Quer algo para lhe ajudar a dormir?

Rayford levantou as sobrancelhas.

— Não imaginei que receitasse remédios com tanta facilidade.

— Sou cuidadoso. Eu mesmo não uso, mas sou solidário com viajantes frequentes como você.

— Nunca tive dificuldade para dormir.

— Que bom.

Rayford virou-se para subir a outro andar, mas parou.

— E você, doutor? Tem dificuldade para dormir?

— Como eu disse, não tomo remédio para dormir.

— Não foi o que perguntei.

Dr. Charles baixou o olhar e balançou a cabeça.

— Como você adivinhou?

— Seu aspecto cansado, se me permite a sinceridade.

Floyd assentiu impassível.

— Quer desabafar? — Rayford quis saber.

— Você está cansado.

— Olha, doutor, pelo que sei, quando decidir largar o hospital, você vai se juntar a nós, e somos como uma família. Eu sempre tenho tempo para meus familiares.

— É que não pensei em contar nada até que todos estivessem de volta.

Rayford puxou uma cadeira da cozinha.

— Contar o quê?

— Estou no mesmo barco que você, Rayford.

— Você quer dizer, livre da Comunidade Global? Você foi demitido?

— Eu tenho um colega cristão no hospital. Estava ao telefone com ele no meio da noite, provavelmente quando Ken tentou falar comigo. Esse colega disse que não sabia onde eu estava, aliás, nem queria saber, mas aconselhou, de amigo para amigo, que eu desaparecesse.

Rayford estendeu a mão para apertar a dele.

— Bem-vindo ao clube. Você acha que alguém lhe seguiu até aqui?

— Não. Eu me assegurei disso. Mas estou ausente do hospital há bastante tempo e isso levanta muitas suspeitas.

— Se eles não sabem qual seu paradeiro, significa que está em segurança, e nós também.

O médico recostou-se na geladeira.

— Não quero ser um fardo. A Comunidade Global me pagava bem, e eu nunca abri mão dos meus princípios. Trabalhei duro para salvar vidas e ajudar as pessoas a se recuperarem.

— Resumindo, enquanto ganhava a vida trabalhando para o inimigo, você enfrentou menos problemas de consciência do que eu.

— Não foi o que eu quis dizer.

— Eu sei. Você está preocupado em se juntar a nós sem ser capaz de se sustentar.

— Exatamente.

— Olhe bem para mim, doutor. Sou membro do Comando Tribulação desde o início, e cá estou sem ter onde cair morto.

— Quem dera isso me fizesse sentir melhor.

— Podemos lhe oferecer alojamento e alimentação em troca de serviços médicos, o que acha? Se comparado a mim, você está em vantagem. No momento, sou só mais um piloto, e sem avião. — Rayford notou o esboço de um sorriso. Mas então os joelhos de Floyd fraquejaram. — Você está bem?

— Só cansado.

— Quando você dormiu pela última vez?

— Já faz um tempinho, mas não se preocupe com...

— Há quanto tempo você não dorme, Charles?

— Tempo demais, mas estou bem.

— Ken? — chamou Rayford, e Ritz surgiu do porão.

— Você está bem para ficar com a Hattie um pouco?

— Estou. Tomei tanto café que vou ficar acordado o dia todo de qualquer maneira. — O médico demonstrou estar profundamente grato.

— Quer saber? Não posso recusar a oferta de vocês, cavalheiros. Muito obrigado. — Então, passou algumas instruções a Ken, depois subiu lentamente as escadas.

Ken sentou-se ao lado da cama de Hattie com a bíblia sobre um joelho e o *notebook* sobre o outro. Rayford achou graça de Ken espiando por cima dos óculos para se assegurar de que Hattie estava bem. Que babá de pernas longas ele rendeu.

Minutos mais tarde, ao se esticar na cama no andar de cima, Rayford ouviu o ronco de Floyd no quarto ao lado.

* * *

Um dia antes da abertura do encontro das testemunhas, Buck, Chloe e Tsion se juntaram ao comitê local, no estádio, para verificar a programação pela última vez. Quando voltaram para a *van*, Jacov transmitiu uma mensagem de Chaim. O motorista leu um pedaço de papel:

— O dr. Rosenzweig foi convocado aos aposentos do soberano e voltou com um pedido pessoal do supremo comandante.

— Mal posso esperar — disse Buck.

— O que disse, senhor?

— É só força de expressão. Você pode nos dizer qual é o pedi...

— Ah, não senhor. Apenas solicitaram que eu os levasse de volta à casa do dr. Rosenzweig o mais rápido possível.

Buck se curvou para se aproximar de Tsion.

— O que você acha disso? O que Fortunato quer?

— Acho que não é de se estranhar Carpathia querer me conhecer, seja para relações públicas ou por razões políticas.

— Por que o próprio Carpathia não falou com Rosenzweig?

— Protocolo. Você sabe como é, Cameron.

— Mas eles são velhos amigos — ponderou Chloe. — Isso vem de longe. Veja bem, não foi o dr. Rosenzweig quem o apresentou a Carpathia, Buck?

Buck assentiu com a cabeça.

— Sem dúvida, Nicolae gosta de manter o dr. Rosenzweig em seu lugar.

Ao chegarem à casa de Chaim, o encontraram mal conseguindo se conter de tanto entusiasmo.

— Eu não sou bobo, Tsion — disse o velho. — Sei bem que confrontou meu amigo e discutiu publicamente com ele na internet. Mas posso lhe assegurar que está enganado sobre ele. Carpathia é um homem incrível, um religioso devoto, se me permite dizer. O fato de ele ter solicitado humildemente um espaço durante a programação do encontro das testemunhas demonstra sua boa vontade e...

— Hum, um espaço na programação! — exclamou Chloe. — Sem chance. O estádio estará cheio de judeus convertidos que não têm dúvidas de que Nicolae é o anticristo em pessoa.

— Ah, querida — Chaim falou, sorrindo para ela. — Nicolae Carpathia? Ele busca a paz mundial, o desarmamento, a unidade global.

— É exatamente o meu argumento.

Chaim virou-se para seu protegido.

— Tsion, você pode ver que a única coisa a fazer é recebê-lo cordialmente no palco.

— Você falou diretamente com Carpathia?

O velho inclinou a cabeça e deu de ombros.

— Claro que não. Ele é muito ocupado. O supremo comandante Fortunato, que é seu leal...

— Muito ocupado? Até mesmo para você? — Tsion perguntou. — Você é um herói nacional, um ícone, o homem que ajudou a fazer de Israel o que é hoje! Sua fórmula foi fundamental para o poderio de Carpathia. Como ele pode ignorar isso e se recusar a receber um velho amigo...

— Ele não se recusou a me ver, Tsion! Se eu tivesse pedido, ele certamente teria me concedido uma audiência.

— Ainda assim — retrucou Tsion —, Chloe tem razão. Por mais que eu adorasse ver Carpathia humilhado, seria estranho demais. Que tipo de recepção você acha que ele receberia das milheres de testemunhas espremidas no estádio e de tantas outras que estão espalhadas em outros locais da cidade?

— Com certeza, por obra da caridade cristã, eles seriam cordiais com o líder governante.

Tsion balançou a cabeça e se inclinou para frente, apoiando a mão no joelho do antigo mentor.

— Dr. Rosenzweig, o senhor tem sido como um pai para mim. Eu amo você e o receberia no estádio de braços abertos. Mas Nic...

— Eu não sou cristão, Tsion. Então por que não dar essa mesma abertura a outra pessoa?

— Porque ele não só não é cristão, como também é o inimigo de Deus e de tudo o que defendemos. E embora você ainda não seja cristão, nós não o consideramos ini...

— Como assim *ainda* não sou cristão? — Chaim jogou-se para trás e riu. — Você parece acreditar que vou me converter.

— Eu oro por você todo dia.

— E eu não consigo expressar o quanto aprecio isso, meu amigo. Mas nasci e fui criado judeu. Embora não pratique a religiosidade, acredito que o Messias ainda está por vir. Não espere que eu me torne uma de suas testemunhas. Eu...

— Chaim, Chaim! Você não me ouviu falar das provas que tenho na noite em que as compartilhei com o mundo?

— Sim! Foi fascinante e, impossível negar, muito convincente. Mas veja no que deu. Nem você pode dizer que se trata de algo para todos!

Para Buck, a incredulidade de Tsion era palpável.

— Dr. Rosenzweig — disse o rabino —, eu ficaria muito grato se o senhor me permitisse defender meu ponto de vista. Se eu pudesse lhe mostrar pessoalmente os meus textos, meus argumentos, creio que poderia lhe provar que Jesus Cristo é o Messias, e que Nicolae Carpathia é seu arqui-inimigo. Eu só queria poder...

— Claro que um dia teremos essa oportunidade, meu amigo — prometeu Rosenzweig. — Mas não na véspera de um dos dias mais importantes de sua vida. E devo admitir que é mais fácil acreditar em Jesus como Messias, do que em Nicolae como seu inimigo. Esse não é o homem que eu tanto conheço.

— Estou cheio de energia e entusiasmo esta noite, doutor. Por favor.

— Bem — disse Chaim, sorrindo —, eu não. Mas podemos entrar num acordo. Você abre um espaço para Nicolae, à noite, na programação de abertura do encontro, e eu prometo prestar a máxima atenção no que você quer me mostrar em uma data posterior.

Rosenzweig recostou-se, parecendo satisfeito com aquela sugestão. Visivelmente frustrado, Tsion olhou para Buck e depois para Chloe. Ele deu de ombros.

— Não sei, não — disse ele. — Para ser sincero, não sei o que responder. Francamente, pensei que um velho e querido amigo como você fosse me ouvir de coração aberto, sem impor condições.

Rosenzweig levantou-se e foi até a janela, de onde espiou por entre as cortinas.

— Nicolae providenciou guardas armados para garantir que você não sofra o que sua família sofreu e que você não seja mais perseguido em sua terra natal. Só estou pedindo que trate o homem mais poderoso do mundo com a consideração que ele merece. Do contrário, ficarei decepcionado. Contudo, não tornarei isso uma condição para que um dia me mostre seu trabalho e tente me convencer de seu ponto de vista.

Tsion se levantou e enfiou as mãos no fundo dos bolsos. Virou de costas para Buck e os demais.

— Bem, obrigado por sua atitude — disse ele, praticamente sussurrando. — Preciso orar para saber o que fazer sobre o pedido de Carpathia.

Buck não conseguia imaginar Carpathia dando as caras no tal encontro, nem o tipo de reação que provocaria nos presentes. Por que ele queria se sujeitar a tanto?

— Tsion — disse Chaim —, preciso dar uma resposta ao soberano ainda esta noite. Prometi que faria isso.

— Chaim, não posso me posicionar antes de orar. Se o sr. Fortunato insiste...

— Não se trata de uma exigência dele, Tsion. Eu dei minha palavra.

— Mas eu ainda não tenho uma resposta.

— Então devo me limitar a dizer que você está orando para obter uma resposta?

— Exatamente.

— Tsion, quem você acha que garantiu o uso do Estádio Kollek a você?

— Não sei.

— Nicolae! Você acha que meus compatriotas teriam permitido isso? Você ficou do lado daquelas duas pessoas, no Muro das Lamentações, que amaldiçoaram o nosso país, o seu país! Eles se gabaram de terem provocado a seca, que nos incapacitou, de terem transformado água em sangue e lançado pragas sobre nós. Há rumores de que eles irão pessoalmente ao estádio!

— É o que espero — disse Tsion.

Os homens ficaram um de frente para o outro, ambos com as mãos estendidas.

— Meu querido Tsion — disse Chaim —, você não percebe a que ponto chegamos? Se Nicolae for ousado o suficiente para adentrar um estádio cheio de inimigos, merece ser admirado.

— Vou orar — disse Tsion. — É tudo o que posso prometer.

Quando foram se deitar, Buck ouviu Chaim ao telefone com Fortunato.

— Leon, sinto muito...

* * *

No fim da tarde, em Illinois, Rayford despertou ao ouvir passos na escada. A porta se abriu.

— Está acordado, Ray?

Rayford se sentou, espremendo os olhos contra a luminosidade.

— Será que devo chamar o doutor? A Hattie está acordada.

— Ela precisa de alguma coisa?

— Acho que não.

— Então deixe-o dormir. Ela está bem?

— Ela tentou falar algo.

— Diga a ela que já vou descer.

Rayford cambaleou até o banheiro e lavou o rosto com água fria. Seu coração estava disparado. Desceu as escadas correndo e encontrou Ken dando água cuidadosamente para Hattie beber.

— Comandante Steele! — murmurou ela de olhos arregalados. Gesticulou para que ele se aproximasse. — Você pode nos dar licença? — perguntou a Ken. Quando ele se afastou, ela estendeu a mão para Rayford. — Nicolae quer que eu morra. Ele me envenenou. Ninguém está fora do alcance dele.

— Como você sabe, Hattie? Por que acha que ele a envenenou?

— Eu já sabia que ele tentaria — respondeu ela baixo, com a voz falhando. Estava ofegante. — Ele envenenou seu amigo Bruce Barnes.

Rayford se sentou, recostando-se.

— Como você sabe disso?

— Ele se gabava o tempo todo. E também contou que era algo de efeito lento. Bruce foi ficando cada vez mais doente e, se tudo correu como planejado, deve ter morrido logo depois de voltar aos Estados Unidos.

— Você se sente bem o suficiente para me contar mais? — Hattie assentiu com a cabeça. — Não quero que você piore.

— Eu consigo falar.

— Você sabe algo sobre a Amanda?

Os lábios dela tremeram, ela virou o rosto.

— Sabe? — insistiu ele. Hattie assentiu, parecendo muito desconfortável. — Então, me conte tudo.

— Sinto muito, Rayford. Sei que devia ter contado tudo desde o início.

Ele rangeu os dentes, sentindo as têmporas latejarem.

— Contar o quê?

— Eu estava envolvida — disse ela. — Não foi ideia minha, mas poderia ter posto um fim em tudo.

CAPÍTULO 3

A mente de Rayford entrou num redemoinho. O mais longe que tinha se permitido imaginar era Amanda, a princípio, ter servido de informante. Hattie poderia ter passado informações suficientes a Carpathia a ponto da esposa conseguir criar uma história convincente sobre ter conhecido Irene. Mas, mesmo que isso fosse verdade, ela com certeza não poderia ter mentido sobre sua conversão. Ele jamais aceitaria isso.

— Carpathia matou Amanda porque ela se tornou cristã?

Hattie o encarou.

— Como é?

— Hattie, por favor. Eu preciso saber.

— Você vai me odiar.

— Não. Eu gosto de você. Dá para ver você que se penaliza por ter participado disso. Pode contar.

Hattie parou um instante, ofegante.

— Foi uma farsa, Rayford. Tudo aquilo.

— Amanda?

Ela assentiu e, ao tentar se sentar, Rayford precisou ajudá-la.

— Aqueles e-mails eram todos falsos. Fui treinada para isso. Eu presenciei tudo.

— Quais *e-mails*?

— Os anônimos, endereçados ao Bruce. Sabíamos que uma hora alguém os encontraria. E também aqueles trocados entre Nicolae e Amanda. Ela sequer sabia que estavam no disco do *notebook* dela.

Eles foram criptografados e codificados; Amanda teria que ser uma especialista para encontrá-los.

Rayford não sabia que perguntas fazer.

— Mas eles pareciam ser mesmo dela, foram escritos da forma como ela se expressava. Quase me mataram de medo.

— Nicolae tem especialistas treinados. Eles interceptaram todos os e-mails dela e adotaram seu estilo contra ela própria.

Rayford ficou desolado. As lágrimas brotaram de tão fundo que ele sentiu como se o coração e os pulmões fossem explodir.

— Ela era tudo o que eu acreditava ser? — perguntou ele.

Hattie assentiu com a cabeça.

— Ainda mais, Rayford. Amanda o amava muito e era totalmente dedicada a você. Na última vez em que a vi, me senti desprezível; me esforcei muito para não contar tudo a ela. Sabia que deveria. Eu queria. Mas o que eu tinha feito era tão horrível, tão maléfico... Desde o início, ela não me ofereceu nada a não ser amor. Ela sabia sobre você e eu. Discordávamos de tudo o que era importante na vida, mas ainda assim me amava. Eu não podia deixá-la saber como contribuí para que ela parecesse uma traidora.

Rayford ficou sentado, balançando a cabeça, tentando absorver todas aquelas informações.

— Obrigado, Hattie — falou ele, concluindo que a razão pela qual não tinha encontrado o selo de Deus na testa de Amanda foi o avião ter caído antes que a marca aparecesse nos cristãos.

A fé de Rayford em Amanda havia sido restaurada, mas ele nunca havia duvidado da salvação dela. Mesmo quando forçado a se perguntar sobre como ela tinha vindo parar na vida dele, jamais questionou a genuinidade de sua devoção a Deus.

Rayford ajudou Hattie a se deitar novamente.

— Vou pegar algo para você comer — disse ele. — E, depois, conversaremos sobre outra coisa.

— Poupe-me disso, Rayford. Você e seus amigos têm feito isso há dois anos. Não há nada que você possa falar que eu não saiba. Acabei de contar o que fiz e ainda há muito mais; coisas piores que isso.

— Você sabe que Deus a perdoará.

Ela assentiu com a cabeça.

— Mas será que ele deveria? Meu coração diz que não.

— Claro que ele não deveria. Nenhum de nós merece misericórdia.

— Mas você a aceitou mesmo assim — observou ela. — Eu não posso fazer o mesmo. Sei tão bem quanto Deus que não sou digna.

— Então você pretende decidir por ele.

— Se couber a mim...

— E cabe.

— Eu decidi que sou indigna. Não posso viver com tamanha... como você chamaria isso?

— Graça?

— Bem, acho que sim, mas eu queria me referir à grande diferença entre o que pode e o que deveria ser verdade.

— Iniquidade.

— Isso mesmo. Deus me salvar, mesmo nós dois sabendo quem sou e o que eu fiz, é uma tremenda iniquidade.

* * *

Na casa de Chaim Rosenzweig, Tsion pediu a Buck e Chloe que se juntassem a ele, em seu quarto, às quinze para cinco da tarde.

Buck abriu um sorriso ao notar o *notebook*, sempre aberto sobre uma mesa pequena. Os três se ajoelharam ao lado da cama.

— Nós vamos orar com o comitê, no estádio — disse Tsion. — Mas caso a pressa de deixar tudo pronto nos atrapalhe, não quero começar a reunião sem buscar o Senhor.

— Posso perguntar o que você respondeu ao sr. Fortunato? — Chloe quis saber.

— Eu simplesmente disse ao Chaim que Nicolae não teria nem meu apoio, nem meu reconhecimento. Também não iria apresentá-lo ou pedir a alguém que o fizesse. Se ele quiser ir até o palco, deixarei o caminho livre. — Tsion deu um sorriso cansado. — Como era de se esperar, Chaim tentou argumentar e me pediu para não afrontar o soberano dessa forma. Mas o que mais eu poderia fazer? Não direi o que gostaria, não incitarei os cristãos a expressarem aversão por ele, nem o exporei do modo como o enxergo. Isso é tudo que consigo.

Chloe assentiu com a cabeça.

— Quando você espera as testemunhas?

— Acho que eles já estão começando a chegar.

— Eu me referi a Eli e Moishe.

— Ah! Entreguei isso nas mãos do Senhor. Eles disseram que estariam lá, e a conferência se estenderá por mais dois dias inteiros e duas noites. Pode ter certeza de que estarão no palco sempre que quiserem aparecer.

Buck sempre se comovia com as orações fervorosas do dr. Ben-Judá. Ele tinha visto o rabino no auge do sofrimento, recuperando-se do assassinato da esposa e dos dois filhos adolescentes. Ele o ouviu orar tomado por terror, certo de que seria preso em um voo à meia-noite, partindo de Israel. Agora, ansioso para se unir a dezenas de milhares de novos irmãos e irmãs em Cristo de todas as doze tribos de Israel e do mundo, Tsion estava ajoelhado em sinal de humildade.

— Senhor Deus, Pai Nosso — começou ele —, obrigado pelo privilégio que estamos prestes a desfrutar. A postos, na linha de frente da batalha, avançamos plenos da sua confiança, protegidos por seu poder e sua proteção. Esses santos preciosos estão famintos pelos ensinamentos de sua Palavra. Peço que conceda o dom da palavra a mim e aos demais mestres. Que possamos dizer o que o Senhor deseja, e ouvir o que quer que eles ouçam.

Buck estava mergulhado em sua oração particular quando foram interrompidos por uma batida na porta.

— Perdoe-me, Tsion — disse Chaim. — A escolta da Comunidade Global está aqui.

— Mas eu pensei que o Jacov iria nos levar...

— E vai. Mas, segundo eles, vocês precisam sair imediatamente se quiserem chegar a tempo ao estádio.

— Mas é tão perto!

— Ainda assim. O tráfego está tão intenso que somente a escolta da Comunidade Global poderá garantir que cheguem a tempo.

— Você resolveu vir conosco, Chaim?

— Prefiro assistir pela televisão. Pedi a Jacov para providenciar uma caixa de água mineral para vocês. Aqueles dois pregadores no Muro das Lamentações assumiram novamente o crédito por transformar água potável em sangue. Embora digam que ela está mais limpa desde que os visitantes começaram a chegar, nunca se sabe. Seja como for, os ocidentais não devem se arriscar a tomar nossa água encanada.

A escolta da Comunidade Global se resumia a dois jipes com luzes amarelas piscando, cada veículo com quatro guardas armados que se limitaram a encarar o Comando Tribulação enquanto embarcavam na *van* da Mercedes.

— Mais uma demonstração da superioridade de Carpathia — observou Chloe.

— Se ele fosse esperto — disse Tsion —, teria nos permitido seguir nossa própria estratégia e chegar atrasados.

— Você não teria se atrasado — disse Jacov com seu sotaque acentuado. — Eu garantiria sua chegada pontualmente.

Buck nunca tinha visto um trânsito tão intenso, nem mesmo em Nova York. Todas as vias de acesso ao estádio estavam repletas de carros e pedestres. Também não via tantos rostos felizes desde antes do arrebatamento. Com sacolas, cadernos e garrafas d'água, os pedestres seguiam apressados, com passos decididos. Muitos se deslocavam mais rápido do que carros, *vans* e ônibus.

Por causa da escolta chamativa, a multidão se deu conta de que a Mercedes transportava Tsion Ben-Judá. As pessoas acenavam, gritavam e batiam alegremente nas portas e janelas. Para afastá-las, o veículo da Comunidade Global emitiu avisos pelo alto-falante e os guardas empunharam armas automáticas.

— Detesto dar a impressão de estar sob a proteção da Comunidade Global — disse Tsion.

— É que eles não conhecem nenhum atalho — disse Jacov. — Mas os três veículos são *off-road*.

— Você conhece um trajeto mais rápido? — Tsion perguntou. — Vá por ele!

— Posso?

— Eles não vão abrir fogo. Só precisarão se preocupar em nos acompanhar.

Jacov virou o volante para a esquerda, passou ligeiro num buraco, com o carro sacolejando para baixo e para cima, abriu caminho entre os carros lentos do lado oposto e seguiu em direção ao descampado. Os jipes da Comunidade Global ligaram as sirenes, balançando loucamente atrás dele. O carro da frente finalmente se aproximou e ultrapassou, o motorista apontou para o vidro e gritou para Jacov em hebraico.

— Ele avisou para eu não fazer isso de novo — disse Tsion. — Mas eu me diverti um bocado.

Jacov pisou fundo no freio, e o jipe de trás arrancou a grama ao parar atrás dele. Jacov abriu a porta e ficou em pé, com a cabeça bem acima do teto. O motorista que os havia ultrapassado finalmente percebeu que Jacov estava ficando para trás, então parou. Primeiro ele esperou, depois deu ré. Foi quando Jacov gritou:

— Se você não quiser ter problemas por nos atrasar, é só me seguir!

Animado, Tsion olhou para Chloe e perguntou:

— O que mesmo seu pai costuma dizer?

— Tome a dianteira e pise fundo ou, então, saia do caminho!

Enquanto Jacov conduzia os irritados motoristas da Comunidade Global até o estádio, logo ficou óbvio que havia muito mais do que 25 mil pessoas esperando para entrar.

— Foram posicionados monitores do lado de fora? — Tsion perguntou.

Buck assentiu com a cabeça.

— A grande massa de pessoas deveria ter se dividido entre os vários outros locais de transmissão, mas aparentemente todos queriam ficar aqui.

Mesmo expostos ao vexame por Jacov, os soldados da Comunidade Global saltaram dos veículos e insistiram em escoltar a pequena comitiva para dentro do estádio. Eles fizeram cara feia para Jacov, que avisou a Buck que esperaria na Mercedes, no local estacionado.

— Você consegue ver algum monitor? — perguntou Buck, olhando ao redor.

Jacov apontou para um a uns seis metros de distância.

— É possível também acompanhar pelo rádio.

— Você se interessa pelo tema?

— Sim, muito. Só acho confuso, embora há tempos suspeite do soberano, mesmo que o dr. Rosenzweig o admire. E seu professor é um homem tão sábio e gentil.

— Você assistiu na televisão quando ele...

— Todo mundo assistiu, senhor.

— Então o assunto não é totalmente novidade para você. Conversaremos depois.

Do lado de dentro, o comitê local estava em êxtase. Buck amava ouvir a oração grupal em inglês, hebraico e algumas outras línguas que ele não conseguia identificar. Por todo o ambiente era possível escutar: "Jesus, o Messias", "Jesus Cristo" e a versão em hebraico: "*Yeshua Hamashiach*".

De joelhos ao lado de Chloe, Buck sentiu o forte aperto dela. Ela recostou a cabeça em seu ombro.

— Ah, Buck — disse ela —, parece o paraíso.

Ele sussurrou:

— E nós sequer começamos.

Conforme o estádio foi enchendo, soaram gritos e cantos.

— O que eles estão dizendo? — quis saber Buck.

— "Aleluia" e "Louvado seja o Senhor" — alguém respondeu. — Também estão soletrando o nome de Jesus.

Daniel, o mestre de cerimônias, dirigiu-se ao grupo quando o relógio se aproximou das sete.

— Como vocês sabem, a programação é simples. Vou fazer uma breve saudação e dar início à oração. Então comandarei a canção *Amazing Grace* e em seguida apresentarei o dr. Ben-Judá. Ele irá pregar e ensinar pelo tempo que achar necessário. Cada um dos doze tradutores deve ter a cópia das anotações do dr. Ben-Judá e saber qual microfone, na base do palco, lhe foi designado.

— Lembrem-se de que não posso garantir que seguirei o roteiro — Tsion falou em voz baixa. — Vou tentar não me adiantar demais em relação a vocês.

As pessoas na sala assentiram solenemente e muitos consultaram o próprio relógio. Buck ouviu o rumor de cantos e cânticos vindo do alto e sentiu um entusiasmo sem precedentes.

— Todas essas pessoas são nossos irmãos e irmãs — disse ele à Chloe.

Faltando três minutos para as sete, enquanto Tsion se afastava dos demais de cabeça baixa, um jovem entrou correndo.

— Os outros locais estão vazios! — disse ele. — Tá todo mundo aqui. Todos pensaram a mesma coisa!

— Quantos são? — perguntou alguém.

— Mais de 50 mil ao redor do estádio — respondeu —, pelo menos duas vezes mais pessoas lá fora do que aqui dentro. E nem todos são testemunhas. Sequer são todos judeus. As pessoas só estão curiosas.

Daniel levantou as mãos, e a sala foi tomada pelo silêncio.

— Sigam-me por este corredor, subam a rampa e, em seguida, as escadas até o palco. Vocês podem assistir de uma das alas, mas os tradutores seguirão primeiro para se posicionarem no nível térreo, em frente à plataforma. Ninguém no palco, além de mim e do dr. Ben-Judá. Silêncio, por favor. Querido Deus no céu, somos propriedade vossa.

Com uma mão ainda levantada, ele e Tsion levaram o grupo para a parte de trás do palco. Buck deu uma espiada e viu todos os assentos preenchidos e as pessoas tomando os corredores e o campo interno. Muitos estavam de mãos dadas. Alguns passaram os braços pelos ombros um dos outros e cantaram, embalando o ritmo.

Os intérpretes seguiram até as escadas e desceram, tomando posição; a multidão se aquietou. Às sete em ponto, Daniel caminhou até um pedestal de madeira simples e anunciou:

— Bem-vindos meus irmãos e irmãs, em nome do Senhor Deus Todo-poderoso...

Ele fez uma pausa pensando nos intérpretes, mas antes que pudessem traduzir, o estádio explodiu em aplausos.

Daniel ficou surpreso e abriu um sorriso para os tradutores, desculpando-se.

— Vou aguardar a tradução de vocês — murmurou ele, enquanto os milhares continuavam a aplaudir. Quando os aplausos finalmente cessaram, Daniel acenou para os intérpretes, que repetiram sua frase.

— Não! Não! — foi a resposta da multidão. — *Nein! Nyet!*

Daniel continuou:

— Criador do céu e da terra...

Novamente a multidão se manifestou. Ele aguardou a tradução, mas a plateia tornou a gritar.

— ... e seu Filho, Jesus Cristo, o Messias!

A multidão delirou, e um assessor correu para o palco.

— Por favor! — repreendeu-o Daniel. — Ninguém no palco, exceto...

— Não é preciso traduzir! — gritou o auxiliar. — Dispense os intérpretes! A multidão entende o que você fala no próprio idioma e todos querem que você prossiga!

Enquanto a multidão continuava exultante, Daniel foi até a frente do palco e pediu aos intérpretes para se reunirem diante dele.

— Vocês estão dispensados — comunicou ele, sorrindo.

Os tradutores, então, se dispersaram, parecendo satisfeitos, apesar de surpresos. Daniel voltou ao microfone.

— Devemos expressar nossa gratidão aos que se dispuseram...

Uma grande ovação se espalhou pelas arquibancadas. Daniel levantou as mãos para acalmar a multidão. Todas as frases, a partir daí, foram recebidas com aplausos efusivos.

— Vocês não precisam ouvir explicações da razão de estarem aqui! — disse ele. — Há muito somos reconhecidos como o povo escolhido por Deus. Mas que tal vocês orarem comigo? O que acham?

O silêncio foi imediato. Muitos se ajoelharam.

— Pai, somos gratos por termos sido poupados pela obra de sua graça e de seu amor. O Senhor, sem dúvida, é o Deus dos recomeços e das segundas chances. Estamos prestes a ouvir o nosso amado rabino, então oramos, suplicando que potencialize nosso coração e nossa mente para absorver cada ponto, cada vírgula do que o Pai o inspirará a dizer. Suplicamos em nome do incomparável Rei dos reis e Senhor dos senhores. Amém.

Um sonoro "Amém!" ecoou da multidão. Daniel conduziu a numerosa congregação quando começou a cantar baixinho:

Maravilhosa graça, quão doce é o som
Que salvou um miserável como eu
Eu estive perdido, mas agora fui encontrado
Era cego, mas agora eu vejo

Buck não conseguia cantar. *Amazing Grace* tinha se tornado seu hino favorito, uma representação comovente de sua fé. E o coro de 25 mil cristãos cantando com o coração quase o fez desabar. A multidão do lado de fora se somou às vozes. Buck e Chloe choraram com tamanha beleza.

Quando as últimas notas se dissiparam, Daniel convidou a multidão a se sentar.

— A grande maioria aqui conhece o orador desta noite apenas como um nome na tela do computador — ele começou. — É uma honra para mim...

Foi então interrompido pelos presentes, que se levantaram em massa entre aplausos, júbilo, gritos e assobios. Daniel tentou acalmá-los, mas, por fim, deu de ombros e se afastou. Tsion hesitou, encabulado, e recebeu um cutucão como deixa. A cacofonia ensurdecia Buck. Ele e Chloe também aplaudiram, homenageando seu pastor e mentor pessoal. Nunca Buck se sentiu tão privilegiado por ser parte do Comando Tribulação e conhecer aquele homem.

Tsion postou-se humildemente no púlpito e dispôs a Bíblia e suas anotações à frente. As sonoras boas-vindas duraram até ele levantar o olhar, abrir um sorriso tímido e agradecer, gesticulando, com as mãos levantadas, para pedir silêncio. Por fim, a multidão se acomodou em seus assentos.

— Amados irmãos e irmãs, aceito a calorosa saudação em nome daquele que está acima de todos. Devotemos toda honra e glória ao Deus triúno. — A multidão começou a se manifestar outra vez. Tsion, de pronto, levantou a mão. — Caríssimos, estamos vivenciando uma experiência única aqui, no topo do monte, em que tudo o que for falado sobre nosso Deus pode ser justamente celebrado. Mas somos convidados aqui. Existe um toque de recolher. Confio que irão me perdoar se eu pedir para, a partir de agora, deixarmos as demonstrações de louvor para o fim dos ensinamentos.

Quase instantaneamente, a multidão se calou num silêncio mortal. Tsion ergueu as sobrancelhas e olhou ao redor.

— Eu não os ofendi, não é? — Uma salva de aplausos estimulou-o a prosseguir. — Mais tarde, nosso mestre de cerimônias dará a oportunidade para que, mais uma vez, vocês elevem suas vozes em louvor a Deus. A Bíblia diz: "Louvem o nome do Senhor, pois somente seu nome está exaltado; Sua glória está acima do céu e da terra". Senhoras e senhores — prosseguiu Tsion, estendendo os pés e curvando os ombros enquanto olhava para suas anotações —, nunca em minha vida estive mais ansioso para compartilhar a Palavra de Deus. Hoje, tenho o privilégio de me dirigir a muitas das 144 mil testemunhas profetizadas nas Escrituras. Eu me considero um de vocês, e Deus me deu a incumbência de ajudá-los a aprender a evangelizar.

E prosseguiu:

— A maioria de vocês já sabe, naturalmente, como conquistar convertidos para o Salvador todos os dias e já vem fazendo isso. Milhões de pessoas, no mundo, já descobriram a fé. Mas quero novamente relembrar a essência do plano de salvação do Senhor para que possamos deixar este lugar e logo retomar o trabalho para o qual fomos chamados. A cada um foi designado um local para o treinamento, que ocorrerá ao longo dos próximos dois dias. Durante a noite, nos reencontraremos aqui para momentos de inspiração, comunhão e ensinamento.

Tsion então detalhou as mesmas evidências mencionadas na polêmica transmissão televisiva de que, segundo o Antigo Testamento, Jesus é o Messias. Por causa dessa declaração, tinha se tornado um fugitivo. Citou os muitos nomes de Deus e concluiu com a poderosa passagem de Isaías 9:6: "Porque um menino nos nasceu, um filho nos foi dado, e o governo está sobre os seus ombros. E ele será chamado de Maravilhoso Conselheiro, Deus Todo-poderoso, Pai Eterno, Príncipe da Paz".

A multidão não conseguiu se conter, ficou em pé. Tsion sorriu, assentindo com a cabeça, e num gesto de entusiasmo, acenou, apontando para o céu.

— Sim, sim — falou por fim. — Eu jamais impediria vocês de louvarem ao Deus Altíssimo. O próprio Jesus disse: "Se não glorificarmos a Deus, as pedras é que clamarão".

Tsion discorreu sobre o plano de redenção de Deus, existente desde o início dos tempos, e mostrou que Jesus foi enviado como cordeiro imaculado para ser sacrificado e tirar os pecados do mundo. Explicou as verdades, só recentemente claras para os iniciados, que mostram como o homem nasceu do pecado e que não há nada que possam fazer para, por si só, reconciliarem-se com Deus. Apenas se mantiverem a crença e a confiança na obra de Cristo crucificado serão capazes de renascer espiritualmente para a vida eterna.

— Em João 14:6 — disse Tsion, levantando a voz pela primeira vez —, o próprio Jesus disse ser o caminho, a verdade e a vida, e que nenhum homem poderia ir ao Pai a não ser por ele. Essa é a nossa mensagem para as nações... nossa mensagem para os desesperados, os doentes, os aterrorizados e os cativos. A esta altura, ninguém deveria duvidar, mesmo os que escolheram se opor a Deus, de que o Senhor é real; ou estamos com ele ou contra ele. Nós, portanto, devemos ter a ousadia de Cristo para divulgar, ao mundo, com bastante energia, que Deus é a única esperança.

E disse mais:

— É fundamental entender, irmãos e irmãs, que fomos chamados para ser testemunhas divinas, 144 mil fortalezas, por meio das quais Deus iniciou uma grande colheita de almas. Isso resultará no que João, o Revelador, chamou de "grande multidão que ninguém pode contar". Hoje à noite, antes de dormir, leiam Apocalipse 7, e vibrem comigo com a descrição da colheita para a qual fomos chamados a ceifar. Segundo João, a colheita é composta de almas de todas as nações, tribos, povos e línguas. Um dia, elas estarão em pé diante do trono e do Cordeiro, com vestes brancas e segurando palmas!

A multidão no Estádio Teddy Kollek espontaneamente se levantou conforme a voz de Tsion foi aumentando. Buck abraçou Chloe com firmeza e quis gritar "amém" quando Tsion chegou ao ápice:

— E clamarão em alta voz, dizendo: "A salvação pertence ao nosso Deus, que se assenta no trono, e ao Cordeiro". Os anjos ao redor do trono baixarão os rostos e adorarão a Deus, dizendo: "Amém! Louvor e glória, sabedoria, ação de graças, honra, poder e força sejam ao nosso Deus para todo o sempre. Amém!"

A multidão voltou a aclamar, mas Tsion não tentou acalmá-la. Deu um passo para trás e fitou o chão. Buck percebeu que ele estava extasiado e aproveitou a pausa para se recompor. Quando Tsion retornou ao microfone, os milhares em pé se calaram novamente, como se estivessem desesperados para absorver cada palavra.

— Um dos anciãos do trono perguntou a João: "Quem são estes vestidos de branco e de onde vieram?" E João respondeu: "Senhor, tu o sabes". O ancião disse: "Estes são os que vieram da grande tribulação, lavaram as suas vestes e as alvejaram no sangue do Cordeiro".

Tsion aguardou outra resposta reverberante cessar, então continuou:

— Nunca mais terão fome, nunca mais terão sede, pois o próprio Cordeiro os alimentará e os guiará às fontes de água viva. E, o melhor de tudo, minha querida família, Deus enxugará toda lágrima.

Dessa vez, quando a multidão começou a inflamar, Tsion permaneceu no púlpito, levantou a mão e eles atenderam.

— Ficaremos em Israel por mais dois dias e duas noites, nos preparando para a batalha. Deixem o medo de lado! Revistam-se de ousadia! Não é surpreendente como todos nós, um a um, fomos poupados dos últimos juízos sobre os quais escrevi? Quando a chuva, o granizo e o fogo caíram do céu, e os meteoros dizimaram um terço da vida vegetal e envenenaram um terço das águas do mundo, como escapamos? Sorte? Acaso?

A multidão gritou:

— Não!

— Não! — ecoou Tsion. — Segundo as Escrituras, um anjo, subindo do oriente, tendo o selo do Deus vivo, bradou com voz grave aos quatro anjos, a quem havia sido concedido poder para destruir terra e mar. E o que disse a eles? Ele falou: "Não danifiquem nem a terra, nem o mar, nem as árvores, até que selemos a testa dos servos de nosso Deus". E João escreve: "Então, ouvi o número dos que foram selados: cento e quarenta e quatro mil de todas as tribos dos filhos de Israel". E agora, deixem-me encerrar lembrando que o alicerce de nossa fé continua sendo o verso que nossos irmãos gentios tanto valorizam desde o princípio.

Tsion passou a falar tão suave e ternamente que precisou se posicionar bem no microfone; as pessoas se esticaram para ouvir.

— João 3:16 disse: "Porque Deus tanto amou o mundo que deu o seu Filho Unigênito".

Um leve estrondo no céu se transformou em um baque repetido que abafou Tsion; um helicóptero branco reluzente atraiu toda atenção. A multidão não tirou os olhos enquanto o helicóptero, com o brasão da Comunidade Global, descia lentamente. As lâminas enormes esvoaçavam o cabelo e as roupas de Tsion a ponto de ele ser forçado a recuar para longe do púlpito.

O motor estremeceu e parou. A multidão murmurou quando Leon Fortunato desceu do aparelho e subiu no púlpito. Ele acenou com a cabeça para Tsion, que não respondeu, depois ajustou a altura do microfone para falar.

— Dr. Ben-Judá, comitês organizadores local e internacional e convidados aqui reunidos — começou a discursar com grande entusiasmo, mas as milhares de pessoas, perplexas, olharam-se entre si, deram de ombros e começaram a tagarelar.

— Tradutores! — gritou alguém. — Precisamos de intérpretes!

Na expectativa, Fortunato virou para Tsion, que continuou com o olhar fixo adiante.

— Dr. Ben-Judá, me ajude! — implorou ele — Alguém pode traduzir o que digo? Quem você está usando?

Tsion não olhou para ele.

— Com licença — disse Fortunato ao microfone —, sei que vocês providenciaram intérpretes. Peço que se apresentem rapidamente. Sua Excelência, o seu soberano, ficará grato pelo serviço.

Buck deu um passo adiante e olhou para uma área, perto da primeira fila, onde os intérpretes estavam sentados. Todos se voltaram para Tsion; Fortunato continuava, contudo, sem saber a quem se dirigir.

— Por favor — insistiu ele. — Não é justo que apenas os que entendem inglês possam apreciar as observações dos dois próximos anfitriões.

"Anfitriões?", pensou Buck. A frase também chamou a atenção de Tsion, que balançou a cabeça, atônito, ao olhar para Leon.

— Por favor — murmurou Leon, enquanto a multidão passou a se manifestar com mais intensidade. Tsion olhou para os intérpretes, que aguardavam seu posicionamento. Ele assentiu discretamente com a cabeça, dando seu aval. Todos se posicionaram diante dos microfones.

— Agradeço gentilmente, dr. Ben-Judá — disse Fortunato. — O senhor é muito solícito. Sua Excelência também agradece.

Tsion o ignorou.

Falando na cadência necessária para manter os intérpretes no ritmo, Fortunato se dirigiu outra vez à multidão.

— Como supremo comandante da Comunidade Global e como alguém que, pessoalmente, se beneficiou da capacidade sobrenatural dele de realizar milagres, será um prazer apresentar-lhes, em breve, Sua Excelência, o soberano da Comunidade Global, Nicolae Carpathia!

Fortunato havia terminado com um floreio, como se esperasse aplausos e ovação. Ficou parado sorrindo e — na percepção de Buck — envergonhado e desconcertado, visto que ninguém reagiu. O público sequer se mexeu. Todos os olhos estavam em Fortunato, exceto os de Tsion. Leon rapidamente se recompôs.

— Sua Excelência se dirigirá pessoalmente a vocês, mas primeiro gostaria de apresentar o reverenciado líder da nova Fé Mundial Unificada do Mistério de Babilônia, o sumo pontífice: Pedro II!

Fortunato recuou muito rapidamente, acenando para o helicóptero, do qual desceu a cômica figura de um homem, que Buck reconheceu como Peter Mathews, ex-arcebispo de Cincinnati. Ele havia sido papa por um breve período, após o desaparecimento do pontífice antecessor; contudo, no momento, era o amálgama de quase todas as religiões mundiais, exceto o judaísmo e o cristianismo.

Mathews deixou o helicóptero de certo modo com estilo, apesar de estar usando o traje clerical mais elaborado que Buck já tinha visto.

— Mas o que é isso, agora? — disse Chloe perplexa.

Buck observou boquiaberto enquanto Pedro II, erguia as mãos para a multidão e gesticulava lentamente, formando um círculo, como se quisesse incluir a todos em sua pomposa e piedosa saudação. Ele usava um chapéu alto e pontudo, com o símbolo de infinito na frente, e uma veste longa, amarela iridescente, com uma cauda comprida e mangas amplas. Seu traje estava adornado com pedras enormes, de cores variadas e chamativas. Foi também enfeitado com pingentes, cordões trançados e seis listras de veludo amassado azuis em cada manga, como se ele tivesse conquistado uma espécie de doutorado duplo na Universidade Discoteca da Luz Negra. Buck cobriu a boca para conter a gargalhada. Quando Mathews se virou, deixou à mostra os signos astrológicos na cauda de sua veste.

As mãos continuavam a se mover em círculo, como se estivesse abençoando a todos. Buck se perguntou como ele deveria estar se sentindo com o silêncio da plateia. Carpathia ousaria enfrentar tamanha indiferença e hostilidade?

Peter Mathews elevou o microfone na altura da boca e falou com os braços estendidos.

— Meus abençoados irmãos e irmãs em busca de uma consciência mais elevada, meu coração se aquece ao ver todos vocês aqui, aprendendo, guiados pela erudição bem-intencionada de meu colega e respeitado literato, dr. Tsion Ben-Judá!

Mathews nitidamente esperava que apresentar Ben-Judá da forma como se anuncia um pugilista despertaria grande rumor, mas a multidão permaneceu imóvel, em silêncio.

— Eu concedo a este encontro as bênçãos da mãe e do pai universais e das divindades animais que nos guiam, amorosamente, em nossa caminhada pela verdadeira espiritualidade. Com espírito de harmonia e ecumenismo, apelo ao dr. Ben-Judá, e aos outros sob sua liderança, que adicionem suas ricas herança, história e erudição ao nosso casaco colorido. Eu os conclamo a incluir sua crença em nossa colcha de retalhos, que tão lindamente agrega, afirma e aceita os princípios fundamentais de todas as grandes religiões do mundo. Enquanto vocês concordarem em se manter sob o guarda-chuva da Fé Mundial Unificada do Mistério de Babilônia, tenham certeza de que defenderei seu direito de discordar e de se opor, bem como de buscar nossa divindade plural e multicamadas à sua própria maneira.

Mathews se virou regiamente e trocou de lugar com Fortunato, ambos obviamente fingindo não se incomodar com a apatia da multidão. Fortunato anunciou:

— Agora, é com prazer que apresento a vocês o homem que uniu o mundo em uma comunidade global: Sua Excelência e seu soberano, Nicolae Carpathia! Levantem-se e o recebam com palavras de saudação.

Ninguém se levantou.

Carpathia, com um sorriso estático no rosto, nunca tinha deixado — ao que Buck sabia — de cativar um grande grupo de pessoas. Ele era o orador mais dinâmico, envolvente e encantador que Buck conhecia. Buck estava, é claro, longe de se impressionar com Nicolae, mas se perguntou se o selo de Deus, na testa das testemunhas e de seus convertidos, também protegia a mente deles contra sua manipulação maligna.

— Caros cidadãos da Comunidade Global — Carpathia começou, esperando pelos intérpretes e parecendo, a Buck, trabalhar duro para se conectar com a multidão. — Como seu soberano, dou-lhes boas-vindas a Israel e a esta grande arena, nomeada em homenagem a um grande homem do passado, um homem de paz, harmonia e estadismo.

Buck ficou impressionado. Nicolae, na mesma hora, tinha procurado se aliar ao ex-prefeito da Cidade Santa, alguém de quem boa parte dessa multidão já tinha ouvido falar. Ele ficou temeroso de que o poder de persuasão de Nicolae pudesse influenciar pessoas como Jacov. Deu um toque no ombro de Chloe e sussurrou:

— Eu já volto.

— Como você consegue deixar algo assim? — perguntou ela. — Eu não perco esse *show* por nada. Você não acha que a roupa do Peter ficaria bem em mim? Eu poderia usá-la à noite, quem sabe?

— Preciso falar com o Jacov um minutinho.

— Boa ideia.

Assim que Buck se afastou, sentiu o celular vibrar no bolso.

— Alô — atendeu ele.

— Aonde você vai?

— Quem é?

— Você estava no palco com uma loira, não?

Buck se deteve.

— Quem está falando?

— Mac McCullum. Prazer em conhecê-lo.

— Mac! Como vai? Onde você está?

— No helicóptero, cara! Este é o melhor espetáculo que já vi. Toda essa comoção é incrível! Você devia ter ouvido esses caras a bordo, falando palavrão e amaldiçoando Ben-Judá e a multidão. Carpathia cuspiu em cima de mim, contrariado com as duas testemunhas.

— Isso não me surpreende. Ei, você tem certeza de que essa conexão é segura?

— É só pensar que minha vida depende disso, filho.

— Verdade.

Buck contou a Mac aonde estava indo e por quê.

— Nicolae é uma figura, você não acha? — disse Mac.

— Chloe ficou particularmente impressionada com o esplendor do figurino de Mathews.

— Puxa, eu também! Aliás, preciso ir. Não quero ter que explicar com quem eu estava falando.

— Não vai sumir, hein?

— Não se preocupe. Ouça, sejam discretos. Eu não me surpreenderia com nada que vem desses caras.

— Espere — disse Buck com um tom risonho na voz. — Quer dizer que é para eu não confiar em Carpathia? Então ele não é um cara de confiança?

— Para de gracinha, e cuidem-se.

CAPÍTULO 4

Sabendo que a cúpula da Comunidade Global estava longe de Nova Babilônia, Rayford mandou uma mensagem a David Hassid no abrigo subterrâneo.

— Esteja em um lugar onde possa receber uma ligação às seis horas de seu fuso, irmão.

Às nove da manhã em Chicago, uma hora antes do início da transmissão do encontro das testemunhas ao vivo pela internet, Rayford ligou para David.

— Onde você está? — perguntou ele.

— Do lado de fora — disse David. — As coisas estão bem tranquilas sem Abbott e Costello.[1]

Rayford riu.

— Eu diria que você é jovem demais para conhecê-los.

— Como assim? Eles são meus preferidos — disse David —, ainda mais agora que governam o mundo. E você, o que manda? Eu estava prestes a ir assistir ao encontro. Conseguimos transmiti-lo numa tela do tamanho de uma parede, no complexo.

Rayford o colocou a par dos recentes acontecimentos.

— Lamento dizer, mas a próxima vez que nos encontrarmos, pode ser porque você tenha de se esconder conosco.

— Eu não consigo me imaginar escapando daqui, mas o Mac está certo, foi bom você ter fugido. Seus dias estavam contados.

---

[1] Abbott e Costello são uma dupla de comediantes americanos, da década de 1940, famosos internacionalmente por suas performances no cinema e na televisão. [N. do R.]

— Estou surpreso por Nicolae não ter dado cabo da minha vida já meses atrás.

— Seu genro também deveria se afastar. Falam dele o tempo todo. Fui incumbido de localizar a origem de sua revista eletrônica. Mas sabe, Rayford, por mais que eu me empenhe e invista tempo nisso, eu não consigo encontrá-la.

— Tá brincando.

— Estou fazendo o máximo. Pode acreditar. Cara, como é frustrante não passar informações ao chefe que poderiam custar a vida de um irmão. Entende o que eu quero dizer?

— Bem, continue trabalhando nisso, David, e tenho certeza de que você encontrará, no mínimo, uma pista errada que o fará desperdiçar ainda mais o tempo deles.

— Ótima ideia.

— Escute, você consegue me ajudar a conectar o *notebook* à televisão para que possamos ver o encontro?

David riu.

— Em seguida, você vai me perguntar por que seu *pendrive* pisca o dia todo.

— Como adivinhou?

— Palpite.

— Você sabe que já é considerado um membro do Comando Tribulação — disse Rayford —, mesmo que os outros ainda não o conheçam. Você e o Mac são agora nossos infiltrados, e sabemos bem o quanto isso é perigoso.

David ficou sério.

— Eu agradeço. Adoraria poder conhecer todo mundo e estar com vocês, mas, quando isso acontecer, como você mesmo disse, será porque terei fugido... fugido do regime tecnologicamente mais avançado da história. É provável que só nos encontremos no paraíso. Até lá, precisa de um avião ou algo assim?

— Ainda precisamos conversar aqui sobre isso. Como no amor e na guerra vale tudo, talvez faça sentido nos apropriarmos do equipamento inimigo.

— Você poderia sumir com o equivalente a milhões sem prejudicar a Comunidade Global. Não iria sequer arranhá-los.

— Você ainda vai ficar muito tempo no abrigo subterrâneo?

— Não, não muito. O novo palácio... sim, desta vez será um palácio... está quase pronto. Um espetáculo. Quem dera eu tivesse orgulho de trabalhar aqui. Seria um bom negócio.

Com a ajuda de David, Rayford instalou a TV para que ele, o dr. Charles, Ken Ritz e Hattie pudessem assistir ao encontro. Hattie ficou se balançando e gemendo. Não quis comer nem tomar medicação; Rayford então só a cobriu. Poucos minutos antes das dez, pediu a Ken para acordar Floyd, para assistir o evento com eles.

O médico pareceu alarmado ao ver Hattie.

— Há quanto tempo ela está assim?

— Cerca de uma hora — respondeu Ken. — Nós deveríamos tê-lo acordado?

O médico deu de ombros.

— Estou tentando de tudo, experimentando antídotos para um veneno ainda não identificado. Ela melhora, daí me encorajo, então regride.

Floyd voltou a medicá-la, alimentou-a e Hattie dormiu serenamente.

Rayford se emocionou e chorou durante a transmissão de Israel, mas a risada dos homens, caçoando da roupa de Peter Mathews, acordou Hattie. Lentamente e aparentando sentir dor, ela sentou-se para assistir, apoiada sobre os cotovelos.

— O Nicolae odeia para valer o Mathews — disse ela. — Qualquer dia desses ele mandará matá-lo, podem apostar.

Rayford encarou-a fixamente. Ela estava certa, mas como sabia disso? Será que Carpathia já planejava algo assim há tempos, desde quando Hattie trabalhava para ele?

— Podem apostar — repetiu ela.

Quando Nicolae deixou o helicóptero e se juntou a Fortunato e a Mathews no palco, o telefone de Rayford tocou.

— Essa é a primeira oportunidade que tive de ligar para você, Ray — disse Mac. — Primeiro, ninguém sabe ainda que você se mandou. Bom trabalho. Claro, eu não posso ficar calado por muito mais tempo. Agora escute, seu genro e sua filha... ele é um rapaz de boa aparência, com trinta e poucos anos, e ela uma loirinha bonitinha?

— Sim, isso mesmo. Onde eles estão? Estou vendo o helicóptero, mas não os vejo.

— Estão fora do alcance das câmeras, nas alas.

— Mac, deixe-me contar o que descobri com a Hattie...

— Eu não tenho muito tempo, Ray. Quero ligar para o Buck. Ele está com o telefone dele; é aquele número que você me passou?

— Deve ser, mas Mac...

— Volto a falar com você.

* * *

Conforme Buck se afastava do estádio, a eloquência de Carpathia reverberava. Quando chegou à *van*, viu Jacov olhando para frente, as mãos no volante. Parecia espiar o telão, por cima da multidão, enquanto ouvia o rádio. Buck estendeu a mão e pegou a maçaneta da porta, mas Jacov tinha se trancado lá dentro; com o barulho, ele recuou, parecendo apavorado.

— Ah, é você — disse, destravando a porta.

— Quem você esperava que fosse? — perguntou Buck ao entrar no veículo.

— Não notei sua presença. Desculpe.

— E aí, o que você está achando disso tudo?

Jacov estendeu a mão no ar, com a palma para baixo, para mostrar a Buck que estava tremendo. Buck ofereceu sua água de garrafa a ele.

— Do que você tem medo?

— De Deus — respondeu Jacov, sorrindo meio constrangido, e recusou a garrafa.

— Você não precisa se sentir assim. Ele o ama.

— Não preciso me sentir assim? O rabino Ben-Judá sempre fala que todas essas coisas, pelas quais passamos, são os juízos de Deus. Pelo visto, eu deveria tê-lo temido há muito mais tempo. Me perdoe, mas eu quero ouvir o soberano.

— Você sabe que o dr. Ben-Judá não é amigo dele.

— Isso ficou claro. Ele foi recebido com bastante frieza.

— Com a frieza que lhe era devida, Jacov. Ele é um inimigo de Deus.

— Mas é justo também ouvi-lo.

Buck ficou tentado a continuar falando, para anular qualquer efeito pernicioso que Carpathia pudesse causar em Jacov, mas não queria ser rude e preferiu confiar que Deus operaria no coração e na mente daquele homem. Calou-se enquanto a fluência de Carpathia inundava a atmosfera.

— Portanto, meus amados amigos, não é requisito sua seita se alinhar com a Fé Mundial Unificada para que você permaneça um cidadão da Comunidade Global. Dentro de limites razoáveis, há espaço para abordagens divergentes e alternativas. Mas ponderem um instante comigo sobre as vantagens, os privilégios e os benefícios que resultaram da união de todas as nações para a formação de uma aldeia global.

Nicolae passou então à ladainha de suas conquistas. Começou com a reconstrução de cidades, estradas e aeroportos até chegar à quase milagrosa Nova Babilônia, a cidade mais magnífica já construída.

— Trata-se de uma obra-prima que espero que vocês possam visitar o quanto antes.

Mencionou também que o sistema de satélite (Cel-Sol) garantiu chamadas de vídeo feitas pelo telefone e pela internet, sem restrição de tempo ou lugar.

Buck balançou a cabeça. Tratava-se apenas da superestrutura necessária para Nicolae governar o mundo até poder se declarar um deus. Ele notou que Nicolae estava conseguindo influenciar a mente de Jacov.

— Difícil argumentar contra isso — disse o motorista. — Ele operou maravilhas.

— Mas, Jacov — disse Buck —, você teve acesso aos ensinamentos do dr. Ben-Judá. Com certeza deve estar convicto de que as Escrituras são verdadeiras, de que Jesus é o Messias e de que os desaparecimentos foram o arrebatamento da igreja de Cristo.

Jacov manteve o olhar fixo à frente, segurando firme o volante, os braços tremendo. Assentiu, mas parecia em conflito. Buck não se importava mais em ser rude. Falaria sobre Nicolae; não permitiria que o inimigo roubasse essa alma com base numa conversa fiada.

— O que você achou dos ensinamentos desta noite?

— Bastante impressionantes — admitiu Jacov. — Eu chorei e me senti atraído por eles, atraído sobretudo por Deus. Eu estimo e respeito o dr. Rosenzweig, mas ele nunca entenderia eu me tornar cristão. Se for verdade, o que mais posso fazer?

Buck orou desesperadamente em silêncio.

— Sr. Williams, eu nunca ouvi o versículo que o dr. Ben-Judá disse ter motivado esse encontro. E ele foi interrompido, não foi? Não o terminou.

— Você está certo, ele não terminou. Era João 3:16, que diz: "Deus amou o mundo de tal maneira que deu Seu Filho Unigênito..."

Mas Buck também não conseguiu prosseguir, Jacov gesticulou, erguendo a mão para calá-lo.

— O soberano está terminando — disse ele.

Carpathia parecia estar encerrando, mas havia algo estranho em sua voz. Buck nunca havia visto ele ter dificuldades para falar, porém ele foi ficando rouco. Carpathia se afastou do microfone, cobriu a boca e limpou a garganta.

— Perdoem-me — disse ele ainda rouco. — Mas eu desejo a vocês e ao rabino aqui tudo de bom. Dou boas-vindas... *hã, hã...* mais uma vez, peço desculpas. — Nicolae virou-se para Tsion com um olhar suplicante, contudo ele continuava a ignorá-lo. — Alguém teria um pouco de água?

Alguém fez chegar uma garrafa de água até o palco, e Nicolae assentiu agradecido. Quando a abriu, o barulho da pressão liberada foi amplificado através dos alto-falantes. Ao dar um gole, engasgou e cuspiu a água. Seus lábios e queixo ficaram cobertos de sangue. Ele segurou a garrafa com o braço afastado e terror nos olhos.

Jacov saiu do carro e se aproximou da tela para ver melhor. Buck sabia por quê. Mesmo àquela distância, era óbvio que havia sangue na garrafa. Buck acompanhou quando Carpathia xingou e amaldiçoou Tsion e seu "bando maligno de inimigos da Comunidade Global".

— Como vocês podem me humilhar assim para vantagem própria? Eu deveria retirar minha promessa de protegê-los e permitir a meus homens atirar para matar onde vocês estiverem!

Do meio da multidão atordoada, vieram gritos em coro de Eli e Moishe. Sem necessitar de amplificação, todos a um quarteirão do local conseguiam ouvi-los. A multidão ao redor deles se afastou, e os dois ficaram sob a luz sinistra do estádio, ombro a ombro, descalços, parecendo trajar panos de saco.

— Ai de vós que ameaçam o vaso escolhido do Deus Altíssimo!

Sob o palco, Carpathia jogou a garrafa de água no chão, e uma água límpida e transparente se espalhou por toda parte. Buck sabia que as testemunhas tinham transformado apenas a água de Nicolae em sangue e que provavelmente tinham feito, em primeiro lugar, ele ter sede. Nicolae apontou para Eli e Moishe e esbravejou:

— Sua hora está próxima! Eu juro que vou matar vocês ou mandar matá-los antes...

Mas as testemunhas se manifestaram num volume mais alto, obrigando Carpathia a se calar.

— Ai! — tornaram a repetir eles — Ai do impostor que ousar ameaçar os escolhidos antes do tempo devido! Seguidores selados do Messias, bebam e sintam-se renovados!

A garrafa no bolso de Buck esfriou de repente. Tirou-a de lá e sentiu uma agulhada na palma da mão por conta do gelado. Removeu a tampa e bebeu de uma vez. Gelada, sedosa, rica, o néctar da sede deslizou por sua garganta. Gemeu, não queria afastar a garrafa dos lábios, mas precisava recuperar o fôlego. Ao redor, ouviu suspiros de satisfação dos cristãos, compartilhando garrafas geladas e refrescantes.

— Experimente isto, Jacov! — Buck ofereceu. Limpou a boca da garrafa e estendeu a bebida a ele. — Está *bem* gelada.

Jacov pegou a água.

— Não parece gelada — comentou.

— O que você está dizendo? Sinta a minha mão. — Buck pôs a mão no braço de Jacov, que se esquivou.

— Sua mão está congelante — disse ele —, mas, para mim, a garrafa parece quente. — Segurou-a contra a luz. — Eca! Sangue! — Deixou-a cair. A garrafa quicou aos pés de Buck, que a pegou antes de se esvaziar totalmente. Outra vez a garrafa estava gelada; ele não se conteve e bebeu com avidez.

— Não beba! — exclamou Jacov. Mas ao ver Buck apreciar a água limpa, caiu de joelhos. — Oh, Deus, eu não sou melhor do que Carpathia! Mas quero ser seu filho! Quero ser um dos selados!

Buck se agachou ao lado dele e passou o braço ao redor de seu ombro.

— Deus o quer como parte de sua família — disse ele.

Jacov chorou amargamente, depois olhou para cima, atraído pelo barulho do helicóptero. Ele e Buck olharam para o monitor de TV e viram Tsion sozinho outra vez no palco. O vento do helicóptero esvoaçou seu cabelo e suas roupas e soprou suas anotações num redemoinho, espalhando as folhas pelo chão. Os tradutores saltaram no palco para recolhê-las e recolocá-las no púlpito. Tsion permaneceu estático, o olhar fixo, parecendo ter ignorado por completo o episódio entre Nicolae e as duas testemunhas.

A câmera focou o local onde as testemunhas haviam aparecido, mas elas partiram tão rápido quanto chegaram. A multidão ficou estarrecida, muitos ainda bebiam da água e compartilhavam as garrafas com os demais. Quando notaram Tsion subir ao púlpito, aquietaram-se e se sentaram. Como se nada tivesse acontecido desde que começou a citar João 3:16, Tsion prosseguiu:

— "Filho Unigênito, para que, todo o que nele crer, não pereça, mas tenha vida eterna."

Ainda de joelhos e apoiado nas coxas, Jacov parecia colado à imagem da TV.

— Como? — disse ele bem alto. — Como?

E parecendo ter ouvido a súplica de Jacov, Tsion repetiu o versículo:

— "Porque Deus tanto amou o mundo, que deu seu Filho Unigênito, para que todo o que nele crer não pereça, mas tenha vida eterna!"

Jacov baixou o rosto até o chão, soluçando.

— Eu creio! Eu creio! Deus, salva-me! Não permita que eu pereça! Conceda-me a vida eterna!

— Ele ouve você — afirmou Buck. — Nunca ignoraria quem o busca de verdade.

Mas Jacov continuou choramingando. Outros na multidão tinham se ajoelhado. Tsion disse:

— Muitos aqui, do lado de dentro ou de fora, devem querem receber a Cristo. Conclamo-os a orar, repetindo o que digo: "Querido Deus, sei que sou pecador. Perdoe-me e desculpe-me por esperar tanto tempo. Eu recebo seu amor, sua salvação e peço que viva sua vida através de mim. Eu o aceito como meu Salvador e escolho viver por ti até que volte outra vez".

Jacov repetiu a oração, em meio às lágrimas, depois se levantou para abraçar Buck. Ele o apertou com tanta força, que Buck mal pode respirar. Buck se afastou e colocou a garrafa de água novamente na mão de Jacov.

— Fria! — exclamou Jacov, feliz.

— Beba! — disse Buck.

Jacov segurou novamente a garrafa contra a luz, sorrindo. Estava clara.

— E está cheia!

Buck prestou atenção. De fato, estava! Jacov levou a garrafa aos lábios e inclinou tanto a cabeça para trás, que até cambaleou. Buck precisou segurá-lo. Ele bebeu de uma vez, mas não rápido o bastante, pois a água clara e fria escorria por seu rosto e pescoço. Jacov riu, chorou e clamou gritando:

— Deus seja louvado! Deus seja louvado! Deus seja louvado!

— Deixe eu olhar bem você — disse Buck, rindo.

— Eu estou diferente?

— Assim espero. — Segurou a cabeça de Jacov com as duas mãos, virando-o na direção da luz. — Você tem a marca — disse ele. — Na sua testa.

Jacov se afastou e correu até a *van*.

— Eu quero olhar no espelho.

— Você não vai conseguir — disse Buck, indo atrás dele. — Por algum motivo, não conseguimos ver a nossa própria marca, porém, com certeza, você pode ver a minha.

Jacov se virou e deteve Buck, então se inclinou e espremeu os olhos.

— Eu vejo! Uma cruz! E eu tenho uma também? Mesmo?

— Sim, tem.

— Ah! Deus seja louvado!

Eles voltaram para o veículo, e Buck ligou para Chloe.

— É melhor que seja você, Buck — disse ela.

— E é.

— Eu já estava preocupada.

— Desculpe, mas temos um novo irmão.

— Jacov?

— Quer falar com ele?

— Claro! E não tente voltar, querido. Aqui está um verdadeiro hospício. Vou tirar Tsion de lá o quanto antes.

Buck passou o telefone para Jacov.

— Obrigado, senhora — disse ele. — Eu me sinto novo em folha! Eu estou novo em folha! Apresse-se e poderemos ver a marca um do outro!

***

Lá no esconderijo era o meio da tarde. Rayford ficou sentado com olhar fixo na tela, balançando a cabeça.

— Vocês acreditam nisto? — perguntou repetidas vezes. — Não consigo acreditar que Nicolae perdeu as estribeiras dessa forma.

Ken ficou parado, bloqueando o sol da janela.

— Eu ouvi várias histórias sobre essas duas testemunhas. Olha, elas são assustadoras. Estou feliz que estejam do nosso lado. Elas estão, não estão?

O Dr. Charles deu risada.

— Se tem mesmo acompanhado Tsion na internet tanto quanto alega, você sabe tão bem quanto nós que estão.

— Isso vai render um recorde de audiência amanhã — disse Rayford, voltando-se para ver o que Hattie pensava sobre o assunto.

Ela também observava a tela fixamente, mas seu rosto estava sombriamente pálido. Parecia tentar falar, estava com a boca aberta e os lábios tremendo. Tinha uma aparência aterrorizada.

— Você está bem, Hattie? — perguntou ele.

Dr. Charles se virou quando Hattie soltou um grito estridente. Caiu de costas, cruzou as mãos, agarrando o abdome, e rolou para o lado, ofegante e gemendo.

O médico pegou o estetoscópio e pediu a Rayford e Ken que a segurassem. Ela se debateu, tentando se soltar, mas parecia saber que precisava se aquietar para permitir que Floyd escutasse os batimentos cardíacos do bebê. Ele estava com o semblante sério.

— O que você sentiu? — perguntou.

— Nenhum movimento por bastante tempo — disse ela ofegante. — Então senti uma dor aguda. Ele morreu? Perdi meu bebê?

— Deixe-me escutar de novo — disse ele. Hattie não se mexeu. — Não posso afirmar usando apenas um estetoscópio — retrucou — e não disponho de um monitor fetal.

— Dá para saber se ele está aí! — Hattie argumentou.

— Mas não posso ter certeza se não ouvir nada.

— Ah, não! Por favor, não!

Charles fez sinal para ela se calar e escutou atentamente outra vez. Colocou o aparelho ao redor de todo o abdome, depois posicionou a orelha direto na barriga dela. Endireitou o corpo rapidamente.

— Você contraiu os músculos abdominais voluntariamente? — Ela sacudiu a cabeça. — Será que você sentiu a dor de parto?

— Como eu posso saber?

— Cólica? Contração?

Ela assentiu com a cabeça.

— Um telefone! — Floyd gritou, e Ken jogou o seu para ele. O médico digitou o número apressado.

— Jimmy, sou eu. Preciso de um ambiente estéril e um monitor fetal. Sem perguntas! Não, não posso revelar isso. Considere que eu esteja 80 a 100 quilômetros de distância. Não, não posso ir até lá.

— Que tal o Hospital Young Memorial, em Palatine? — Ken sussurrou. — Há uma cristã lá.

Rayford levantou o olhar surpreso.

Floyd tapou o telefone.

— Qual a distância?

— Não muito longe.

— Obrigado, Jimmy. Desculpe o incômodo. Encontramos um lugar. Eu te devo uma. — O médico começou a dar ordens. — Decidam quem vai dirigir, o outro me traga dois cobertores.

Rayford olhou para Ken, que deu de ombros.

— Eu estou tranquilo — disse ele. — Posso dirigir ou...

— É para hoje, senhores!

— Você sabe onde é, você dirige — disse Rayford, subindo as escadas correndo. Quando voltou com os cobertores, o carro parou perto da porta. Dr. Floyd deixou a casa rapidamente com Hattie nos braços. Ela se contorcia, chorando e gritando.

— Tudo bem removê-la?

— Não temos escolha — Floyd respondeu. — Temo que ela esteja prestes a sofrer um aborto espontâneo.

— Não! — Hattie grunhiu. — Eu quero viver só por causa do meu bebê!

— Não diga isso — Rayford falou ao passar por eles e abrir a porta do carro.

— Sim, fale à vontade — disse o médico. — Seja o que for, continue lutando. Ray, coloque um cobertor no banco de trás e, assim que eu a colocar lá, cubra ela com o outro.

Ele empurrou Hattie para dentro do carro e ajeitou a cabeça perto da porta traseira. Quando Rayford colocou o outro cobertor dobrado sobre ela, Floyd entrou e colocou os pés dela sobre o colo dele. Rayford pulou no banco da frente. O médico disse:

— Depressa, Ken. Leve-nos para o hospital o mais rápido possível.

Pelo visto, era tudo o que ele precisava ouvir. Ken ligou o motor e voltou de ré por onde havia entrado. Derrapou ao pisar no freio sobre a terra, então partiu, dirigindo sobre as marcas da estrada surrada diante da casa. Eles chacoalharam sobre os buracos, batendo o assoalho, e quase derraparam algumas vezes, enquanto Ken acertava a rota até Palatine.

— Está sacolejando demais? — perguntou ele.

— Você não tem como causar mais nenhum dano aos dois. No momento, a velocidade é mais importante do que o conforto! — disse Floyd. — Ray, me ajude.

Rayford se virou no assento e segurou o pulso de Hattie, enquanto o médico segurava os tornozelos dela com os braços. Firmaram-na enquanto Ken dirigia o carro no limite. Apenas um pequeno trecho de estrada no trajeto entre a casa e o hospital era asfaltado. Ken acelerou ao máximo naqueles 400 metros; quando por fim voltou para a estrada de terra, o veículo praticamente decolou.

Quando avistou o hospital, Floyd disse:

— Procure o pronto-socorro.

— Não posso fazer isso — respondeu Ken. — Não sei o nome da mulher. Eu só vi a marca dela. Ela trabalha na entrada, perto da recepção, não no pronto-socorro. Sugiro estacionarmos logo ali, e eu vou correndo procurá-la. Se ela nos conseguir uma sala de cirurgia, o mais rápido seria Hattie entrar pela porta principal.

Floyd assentiu, e Ken estacionou sobre a calçada, perto da entrada.

— Pode ir, Ken. Ray, me ajude com ela.

Rayford saltou e abriu a porta do lado onde pendia a cabeça de Hattie. Ela estava inconsciente.

— Não estou gostando nada disso — disse o médico.

— Deixe que eu a levo — disse Rayford. — Só empurre-a para mim. Então você vai na frente e fala com a mulher, se é que Ken a encontrou.

— Eu cuido dela, Ray.

— Faça o que eu disse!

— Você tem razão — Floyd concordou. Quando Rayford puxou Hattie, empurrou-a para que ele pudesse pegá-la no colo.

Apesar da gravidez, Hattie era leve como uma garotinha. Rayford ajeitou o cobertor com dificuldade e subiu os degraus atrás do médico. A mulher com a marca da cruz na testa seguiu Ken até a porta com uma expressão aterrorizada.

— Irmãos, vocês vão me meter em encrenca — disse ela. — O que temos aqui?

— Ela está prestes a abortar — disse Floyd. — Você está acostumada a atuar no centro cirúrgico?

— Faz anos que não faço isso. Estou trabalhando no escritório desde...

— Não posso confiar em mais ninguém. Leve-nos para uma sala de cirurgia já.

— Mas...

— Agora mesmo, querida!

A recepcionista, uma adolescente, ficou a observá-los. A mulher disse:

— Olhe para o outro lado e fique de boca fechada. Entendeu?

— Eu não vi nada — assegurou a menina.

— Como a senhora se chama? — Floyd perguntou, enquanto seguiam por um corredor.

— Leah.

— Eu sei que é arriscado, Leah. Somos muito gratos.

Leah espiou Hattie ao abrir a porta da sala de cirurgia e apontou para a mesa.

— Ao que parece, não sou irmã dela.

Charles a fitou.

— E por isso devemos deixá-la morrer?

— Não foi o que eu quis dizer, doutor. O senhor é médico? — Ele assentiu com a cabeça. — Eu só notei que o senhor está tendo um trabalho enorme e correndo perigo por alguém que não é, você sabe...

— Um de nós? — disse ele, seguindo direto para a área de desinfecção. Pegou uma veste de uma pilha e se dirigiu para a pia. — Lave-se comigo. Você vai me assistir.

— Doutor, eu...

— Vamos logo, Leah. Depressa!

Ela se posicionou perto dele na pia. Ken ficou ao lado de Hattie, ainda inconsciente. Rayford se sentiu um inútil, esperando entre a mesa e a área de desinfecção.

— Não estamos prejudicando a esterilidade do ambiente? — perguntou ele.

— Procure não tocar em nada — o médico recomendou. — Estamos quebrando diversas regras.

— Eu não quis dizer... — Leah começou.

— Mais depressa — Floyd interrompeu, esfregando-se com mais rapidez do que Rayford julgava possível. — Queremos garantir a esta garota a chance de se tornar uma de nós antes de morrer.

— Claro. Peço desculpas.

— Vamos nos concentrar na paciente. Assim que você estiver pronta, quero que a pincele com polvidona do esterno até as coxas, pincele por completo, quero dizer. Use um litro, se for necessário. Não há tempo para ser minuciosa, então não deixe nenhum pedacinho de fora. E conecte-a a um aparelho de monitoramento fetal. Se o feto estiver vivo, eu talvez faça uma cesariana. Você vai ter de se encarregar da anestesia.

— Eu não tenho experiência nenhuma...

— Eu vou lhe instruir, Leah. O que me diz?

— Eu vou perder o meu emprego.

— Oops! — o médico retrucou. — Espero que isso seja o pior que pode acontecer. Está vendo as pessoas nesta sala? O comandante Steele e eu perdemos nosso emprego outro dia. O Ken perdeu a casa dele.

— Eu o conheço. Ele já foi paciente aqui.

— Verdade? — Floyd a seguiu até a sala de cirurgia.

— E quanto à paciente? — perguntou Leah, ajustando o monitor fetal rapidamente.

— Hattie também. Estamos todos no mesmo barco. Prepare-a.

Ken e Rayford se posicionaram mais perto da porta. Floyd verificou o monitor fetal e balançou a cabeça. Ele a conectou a diversos monitores.

— Na verdade, a respiração dela não está tão ruim — comentou ele. — A pressão arterial está baixa; a pulsação, elevada. Vai entender.

— Isso é estranho, doutor.

— Ela foi envenenada.

— Com o quê?

— Quem dera eu soubesse.

— Doutor, o senhor a chamou de Hattie?

Ele assentiu.

— Ela não é quem eu estou pensando, é?

— Temo que sim — respondeu ele, colocando-se em posição. — Você já ouviu falar de outra Hattie?

— Não neste século. O namorado dela sabe o que está acontecendo ou, bem, há chance de sermos enviados a um campo de concentração por aí quando ele descobrir?

— Foi ele quem a machucou, Leah. Quando você recebe a marca, torna-se automaticamente um arqui-inimigo dele; você está na linha de frente, só isso.

— Só isso?

Rayford, que orava por Hattie, observou Floyd posicionar a luminária sobre a cabeça dele. — Está dilatada. Sete ou oito centímetros.

— Nada de cesariana, então — Leah comentou.

— O bebê já se foi — disse ele. — Instale um cateter intravenoso, administre uma solução de lactato de sódio, 40 unidades de oxitocina por litro.

— Aborto incompleto?

— Viu com que rapidez tudo volta, Leah? Normalmente seria um trabalho de parto de uma ou duas horas, mas, adiantada como ela está, será bem rápido.

Rayford ficou impressionado com a rapidez e a eficiência de Leah. Hattie recobrou a consciência.

— Eu estou morrendo! — disse ela com um gemido.

— Você está sofrendo um aborto, Hattie — Floyd explicou. — Sinto muito. Tente cooperar. Agora estamos cuidando de você.

— Dói muito!

— Logo você não vai sentir mais nada, mas quando eu disser, você terá que fazer força.

Em poucos minutos, Hattie foi acometida por fortes contrações. Rayford perguntou-se qual seria a aparência do filho do anticristo. O feto morto era tão pouco desenvolvido e pequeno, que foi expelido num instante pelo corpo de Hattie. Floyd o embrulhou com partes da placenta e entregou o volume a Leah.

— Para a patologia? — perguntou ela.

O médico a encarou.

— Não — sussurrou decidido. — Tem um incinerador aqui?

— Não posso fazer isso. De jeito nenhum.

— O que é? — perguntou Hattie. — O quê? Ele nasceu?

Leah ficou parada com o embrulho nas mãos. Floyd se aproximou da cabeceira da mesa de cirurgia.

— Hattie, você expeliu um feto bem prematuro e bastante deformado.

— Não diga isso! Menino ou menina?

— Indeterminado.

— Posso ver?

— Hattie, eu sinto muito, mas não se parece com um bebê. Eu não recomendo.

— Mas eu quero.

Dr. Charles então tirou a luva e pousou a mão delicadamente no rosto dela.

— Eu passei a gostar muito de você, Hattie. Você sabe disso, não? — Ela assentiu com a cabeça, as lágrimas rolando. — Eu imploro que você confie em mim, como alguém que a quer bem. — Ela o fitou com admiração. — Por favor — insistiu ele. — Como você, acredito que se tratava de um ser vivo, mas não foi viável e ele não sobreviveu. Não se desenvolveu normalmente. Você me permite descartá-lo?

Hattie mordeu o lábio e assentiu com a cabeça. Floyd olhou para Leah, que aparentemente continuava determinada. Ele colocou o bebê em uma maca e examinou Hattie minuciosamente. Fez um sinal para Leah, baixando a cabeça.

— Preciso que você me assista em uma curetagem uterina para remover os resíduos do tecido da placenta e a decídua necrosada.

— Teme uma endometrite?

— Muito bem.

Pela expressão e a posição da mandíbula de Leah, Rayford concluiu que ela não iria descartar o feto. Pelo visto, Floyd também havia entendido o mesmo. Depois de terminar o procedimento em Hattie, pegou delicadamente o corpo embrulhado.

— Onde? — disse ele.

— No fim do corredor — sussurrou ela. — Dois andares abaixo.

Ele saiu, e Hattie desatou a soluçar. Rayford se aproximou e perguntou se poderia orar por ela.

— Por favor — respondeu, chorando. — Rayford, eu quero morrer.

— Não, não quer.

— Não tenho mais razão para viver.

— Tem sim, Hattie. Nós amamos você.

CAPÍTULO 5

Buck foi ficando nervoso na *van* enquanto esperava por Chloe e Tsion.

Imaginou que ela apressaria o rabino a deixar o palco rapidamente; milhares dariam tudo por um instante com ele, sem falar nos membros do comitê que com certeza iriam querer uma palavra. Ninguém sabia como Carpathia responderia ao que houve no palco. A princípio culpou Tsion, mas depois as testemunhas apareceram.

Buck achou que Nicolae perceberia que o rabino não tinha poderes miraculosos. A discussão dele seria, então, com as duas testemunhas.

A culpa, na verdade, era de Carpathia, claro. Ele não havia sido convidado, nem mesmo bem-recebido, no palco. E como isso não bastasse, a audácia de Fortunato e do pomposo Pedro II o precedia! Buck balançou a cabeça. O que mais esperar do anticristo?

Buck ligou para Chloe, mas não obteve resposta. Um sinal de ocupado ele poderia entender, mas nenhuma resposta? Ouviu uma gravação em hebraico.

— Jacov, ouça isso aqui. O que a mensagem diz?

Jacov continuava radiante, esticando o pescoço e inclinando-se através da janela para ver a marca nos outros. Apontava para a dele e via seus companheiros cristãos sorrirem contentes, apontando para o céu. Chegaria o dia, Buck sabia, que o sinal da cruz na testa teria que significar tudo entre os santos da tribulação. Mesmo apontar para o alto despertaria a atenção de forças inimigas.

O problema era que também chegaria o dia em que o outro lado receberia sua própria marca, e ela seria visível para todos. Na verdade, segundo a Bíblia, aqueles que não portassem a marca da besta não poderiam comprar nem vender. A grande rede cristã teria, então, que criar seu próprio mercado subterrâneo para se manter viva. Jacov levou o telefone ao ouvido e logo o devolveu a Buck.

— Se deseja deixar uma mensagem, pressione um. — Foi o que Buck fez. — Chloe — disse ele —, me ligue assim que escutar esta mensagem. A multidão praticamente não diminuiu, prefiro não ter que ir aí encontrar você e Tsion. Mas irei, caso não me retorne em dez minutos.

Assim que ele terminou a ligação, o telefone tocou.

— Graças a Deus — disse ao atendê-lo. — Sim, querida.

Ouviu uma interferência forte de estática e em seguida:

— Torre de Jerusalém, aqui é o helicóptero Global Community One!

— Alô?

— Câmbio, torre, vocês entenderam?

— Alô... Não é da torre — disse Buck. — Estou captando uma frequência cruzada?

— Câmbio, torre, esta é uma transmissão confidencial, então estou usando o telefone em vez do rádio, câmbio?

— Mac, é você?

— Câmbio, torre.

— Você está no helicóptero com os outros três?

— Um zero-quatro. Confirmando as coordenadas para voltar ao heliponto no Rei Davi, câmbio.

— Você está tentando me dizer algo?

— Afirmativo. Obrigado. Sem vento de proa?

— É sobre Tsion?

— Parcialmente nublado?

— Chloe?

— Dez-quatro.

— Eles estão correndo perigo, Mac?

— Afirmativo.

— Foram capturados?

— No momento, não, torre. Tempo estimado de chegada, cinco minutos.

— Estão fugindo?

— Afirmativo.

— E o que eu devo fazer?

— Nós vamos seguir por noroeste, torre.

— Eles estão do lado de fora do estádio?

— Negativo.

— Eu os encontrarei no extremo noroeste?

— Afirmativo e autorizado. Aprecio sua cooperação.

— Também corro perigo?

— Um zero-quatro.

— Devo mandar outra pessoa?

— Afirmativo e obrigado, torre. Estamos a caminho agora mesmo.

— Mac! Vou mandar alguém que talvez eles não reconheçam e esperar que ele os traga pela saída noroeste. Tudo confere?

— O quanto antes, torre. Câmbio e desligo.

— Jacov, corra para encontrar Tsion e Chloe. Tire-os do estádio pela saída noroeste.

Jacov segurou a maçaneta da porta.

— Pela saída de cima ou a de baixo? — perguntou ele. — Há uma saída no térreo e outra no subterrâneo.

— Traga-os para fora pelo subsolo. Não deixe ninguém lhe deter. Você está armado?

Jacov pegou uma Uzi sob o assento e meteu-a na cintura, cobrindo-a com a camisa. Buck achou que a arma ficou aparente, mas talvez ela passasse despercebida na escuridão, em meio à multidão.

— Alguém deve ter designado guardas da Comunidade Global para pegar Tsion. Ainda não conseguiram, mas não vai demorar. Tire-os de lá.

Jacov correu para o estádio, e Buck assumiu o volante. A multidão finalmente começou a se mover devagar. Era como se as pessoas não quisessem ir embora. Claramente, esperavam ver Tsion de perto. Buck não entendia o que eles conversavam, mas uma frase em inglês aqui e ali lhe fez compreender que falavam sobre a humilhação de Carpathia.

Quando Buck manobrou a *van* cuidadosamente em meio à multidão, ouviu um helicóptero. Temia que ele trouxesse mais guardas da Comunidade Global, mas ficou surpreso ao ver que se parecia com o que havia transportado Carpathia. Ele pegou o telefone e apertou a rediscagem da última chamada.

— McCullum.

— Mac! Aqui é o Buck. O que você está fazendo aqui?

— Um zero-quatro, segurança. Vamos verificar o quadrante sudeste.

— Eu mandei um homem para o lado noroeste!

— Afirmativo! Vou checar o sudeste, em seguida levarei meu carregamento para a base, câmbio.

— Eles podem agora ter ido para sudeste?

— Negativo! Eu cobrirei o sudoeste!

— Mas o que você fará se eles estiverem lá?

— Positivo, eu posso criar uma distração, segurança, mas depois vamos embora, entendido?

— Estou confuso, mas confio em você, Mac.

— Apenas mantenha seu pessoal longe do sudeste, segurança. Eu me encarrego dessa região.

Buck jogou o telefone no assento e inclinou o espelho retrovisor para observar o helicóptero. Leon Fortunato anunciou pelo alto-falante da aeronave:

— A equipe de segurança terrestre da Comunidade Global no estádio pediu para que ajudássemos a evacuar esta área! Por favor, se possível, traduza a mensagem para os demais! Agradecemos sua cooperação!

A massa não obedeceu. Conforme se espalhou a notícia de que o helicóptero particular de Carpathia estava sobrevoando um quadrante do estádio, tentando evacuar a área, centenas de pessoas se dirigiram para aquela direção, olhando para o céu. Isso abriu caminho para Buck, que dirigiu rapidamente para o lado noroeste.

Buck estacionou próximo ao estádio. Ele ignorou os guardas armados gesticulando, abriu a porta e subiu no estribo para localizar a saída do subsolo. Encontrou a rampa mal iluminada pela qual os caminhões tinham entregado equipamentos no dia anterior. Na ponta dos pés, viu surgir um raio de luz quando uma porta se abriu e alguém saiu correndo pela rampa.

Os seguranças se aproximaram para olhar. Buck viu que era Jacov. Do que ele estaria fugindo? E por que foi ignorado? Estaria a Comunidade Global vigiando à espera de Tsion? Quando Jacov passou pelos guardas, pareceu ter avistado a *van*. A menos de quinze metros de distância, olhou fixamente para Buck. Puxou a Uzi da cintura e, ao virar à esquerda, disparou tiros para o alto.

Os seguranças partiram em perseguição com as armas em punho, e centenas de pessoas na área gritaram e correram à procura de um esconderijo. Buck instintivamente se abaixou, agora olhando por cima do veículo. Alguns metros adiante, Jacov se virou e disparou mais balas para o alto. Os guardas abriram fogo, e Jacov correu novamente em fuga.

Buck não ouviu quando as portas da *van* se abriram, mas as ouviu sendo fechadas. Chloe e Tsion gritavam:

— Vai, Buck! Dá a partida! Vamos logo!

Ele assumiu a direção e bateu a porta.

— Mas e o Jacov?

— Vai logo, Buck! — berrou Chloe. — Ele está despistando os guardas!

Buck caiu na risada e pisou fundo no acelerador, passando sobre o meio-fio.

— E o Mac também! — completou ele. — Que equipe! Onde vamos pegar o Jacov?

Tsion estava deitado no assoalho do banco traseiro, ofegante. Chloe deitou-se no banco.

— Ele disse que nos encontraria na casa do Chaim — balbuciou Tsion.

— Eles atiraram nele!

— Jacov disse que quando estivesse fora de alcance, os guardas parariam de atirar. Assegurou que ficaria bem.

— Nada está fora do alcance deles — Buck disse, já se distanciando do estádio.

A maior parte do tráfego, veículos de emergência e os demais, estava se dirigindo ao Estádio Kollek, não o contrário. Os bloqueios nas estradas mantinham muitos carros de civis à distância, enquanto os veículos da Comunidade Global tentavam passar. Buck foi praticamente ignorado ao seguir na direção oposta.

— Se eles estão atrás de você, Tsion, não podemos nos arriscar a voltar para a casa do Chaim.

— Não consigo pensar em nenhum outro lugar mais seguro — disse Tsion. — Carpathia não vai me ameaçar lá. Sua mulher foi brilhante. Ela percebeu antes que acontecesse. Viu os guardas vindo ao meu encontro e não foi com a cara deles.

— Eles estavam pressionando os fones de ouvido com força contra as orelhas —contou Chloe — e, ao mesmo tempo, acionando a trava das armas. Imaginei que Carpathia ou Fortunato tivesse pedido a eles para se vingarem de Tsion em meio a uma aglomeração, assim pareceria um acidente. Eles chegaram tão perto que ouvi um deles contar ao supremo comandante onde estávamos.

— Eu continuo preocupado com Jacov — disse Buck.

— Ele foi astuto — comentou Chloe. — Atravessou correndo um túnel, perto de nós, gritando: "Procuro por rostos familiares que devem me seguir rapidamente para a segurança deles". Nós saímos de um depósito e...

— Na mesma hora vi a marca na testa dele — disse Tsion. — Deus seja louvado! Mais tarde você precisa nos contar o que aconteceu.

Chloe continuou:

— Ele disse que você levaria a *van* até a saída do subsolo. Quando olhou do lado de fora, viu os guardas no alto da rampa, então disse que iria despistá-los e que nós deveríamos sair vinte segundos depois. Ele se afastou, então correu em disparada porta afora!

— Deu certo — disse Buck —, pois até eu acabei me distraindo. Nem vi vocês entrarem.

— Ninguém nos viu — assegurou Chloe. — Ai!

— O que foi?

— Nada — disse ela, sibilando.

— O que, Chloe? Tudo bem com você?

— Só não estou acostumada a correr — explicou ela.

— Eu também não — concordou Tsion. — E gostaria também de me levantar do assoalho assim que for seguro.

* * *

— O senhor não pode mantê-la aqui — disse Leah ao dr. Charles. — Sinto muito. Poderíamos tentar levá-la escondida para um quarto, sei que seria o melhor, mas se você acha que pode voltar a precisar dessas instalações ou de minha ajuda, é melhor tirá-la daqui agora.

— Nesse caso, dê-me outro sedativo — pediu Floyd. — Eu quero que ela apague antes de irmos.

Hattie dormiu o caminho todo até o esconderijo. Floyd a colocou na cama perto da TV, onde rapidamente se informaram, pelo noticiário, do que estava acontecendo em Jerusalém.

Sua Excelência, o soberano, Nicolae Carpathia, vai falar para o mundo em 20 minutos. Como visto por muitos, ao vivo, pela televisão ou pela internet, houve uma tentativa frustrada de envenenar Sua Excelência. O soberano está saudável, um pouco abalado, e deseja assegurar aos cidadãos que está bem. Esperamos que as palavras dele também incluam a medida que tomará contra os que ameaçaram sua vida.

***

O lado jornalista de Buck desejou ainda estar no estádio. Adoraria ter visto por quanto tempo Mac tinha mantido Carpathia e os palhaços Mathews e Fortunato no ar, enquanto garantia a Tsion uma chance de escapar. Desejou poder ver, ele mesmo, a água e o sangue no palco e perguntar às pessoas se alguém tinha visto para que lado as duas testemunhas do Muro das Lamentações tinham ido.

Ele tinha aprendido a não menosprezar Chloe; ela era tão corajosa e forte quanto ele. Por outro lado, porém, ela estava grávida, e seu físico havia passado por uma terrível provação que a deixou ferida. Esse trauma certamente havia sido negativo para ela.

Buck ficou aliviado ao ver guardas israelenses, em vez de seguranças da Comunidade Global, vigiando os portões de Chaim. Sem dúvida, faziam parte da mesma força armada que esteve por trás do massacre da família de Tsion e da perseguição a ele em sua terra natal. No entanto, agora Tsion era hóspede de Chaim, que se tratava de quase uma divindade em Israel.

Assim que entraram, foram cumprimentados e abraçados por um pálido e trêmulo Chaim, que quis saber onde Jacov estava. Buck deixou a explicação por conta de Tsion, ciente de que Chaim precisaria ter certeza de que seu protegido não havia planejado a desonra de Carpathia.

— Você me garantiu que seria neutro — disse Chaim. — Caso contrário, eu não teria insistido para ele comparecer.

— Você sabia que ele tinha decidido ir e não me contou? — Tsion perguntou surpreso.

— Ele queria surpreender. Mas você certamente imaginava que isso poderia acontecer.

— Pensei que ele fosse aparecer amanhã ou depois. Você deveria ter me preparado.

— Você parecia estar mais do que preparado.

Tsion sentou-se, esgotado.

— Chaim, aquele homem interrompeu a citação das Escrituras. Foi como se tivesse planejado sua entrada no momento mais crucial possível. Vou cobrar sua promessa de me ouvir e será logo. Estou sem disposição para isso esta noite, mas como um homem brilhante e sensato que é, você não pode contestar as evidências de que disponho sobre Jesus ser o Messias; e Carpathia, o anticristo.

Rosenzweig se acomodou em uma cadeira larga e macia e deu um longo suspiro.

— Tsion, você é como um filho para mim, mas pode acabar morto por dizer algo assi..

— Eu sei bem disso!

— Claro, ainda estou triste e devastado com suas perdas. Mas vir a Israel proclamar a divindade de Jesus é tão imprudente quanto aqueles agitadores no Muro, mexendo em nossa água e clima. Chamar Nicolae de anticristo durante sua visita à Cidade Santa é a epítome da arrogância e da falta de sensibilidade, Tsion. Eu já disse isso antes: prefiro acreditar que Carpathia é o Messias e que uma das duas supostas testemunhas, o anticristo.

Tsion, aparentando cansaço, balançou a cabeça, e Buck aproveitou a oportunidade para dar a noite por encerrada.

— Se você nos der licença...

— Certamente — respondeu Chaim.

— Eu gostaria de ser avisado quando Jacov chegar, não importa a hora — disse Buck.

— Agradeço a sua preocupação — respondeu Chaim. — Avisarei, sim.

* * *

Rayford continuou atento à televisão, enquanto tentava ligar para alguém em Israel. Não houve resposta no celular de Buck e nem no de Chloe. Também não conseguiu falar com Mac. Baixando a guarda por um instante, soltou um palavrão baixinho. Hattie acordou.

— Esse é o Rayford Steele que eu conheço — disse ela, balbuciando com a voz fraca.

— Oh, Hattie, me desculpe. Estou fora do meu normal. Me preocupo com o que pode ter acontecido lá, quero ter certeza de que todos estão bem.

— É bom saber que você ainda conserva seu lado humano — sussurrou ela. — Mas seu lado humano nunca falou nem falará tão alto quanto o meu.

— O que você quer dizer com isso?

— Eu vou matar Nicolae.

— Sinto muito por seu bebê, Hattie, mas você não sabe o que está dizendo.

— Rayford, você pode chegar mais perto?

— O quê?

— Não se assuste comigo. Afinal, não vou estar por aqui por muito mais tempo.

— Não diga uma coisa dessas.

— Eu não tenho energia para falar mais alto, então você poderia se inclinar e chegar mais perto?

Rayford sentiu-se importante, ainda que apenas os dois estivessem ali. Espremeu os lábios, olhou ao redor e aproximou o ouvido dela.

— Pode falar — disse ele.

— Rayford, eu não fiquei com aquele homem tempo o bastante para ele ter me afetado tanto. Eu sei que eu não era melhor ou pior do que qualquer garota. Você bem sabe disso.

— Bem, eu...

— Deixe-me concluir, porque o Floyd obviamente me medicou e estou prestes a cair no sono. Ouça bem, Nicolae Carpathia é o mal personificado.

— Como se eu não soubesse.

— Ah, eu sei que vocês acham que ele é o anticristo. Bem, acredito que não existe um pingo de verdade nele. Tudo o que sai de sua boca é mentira. Você viu como ele age parecendo amigo do Mathews? Pois ele deseja vê-lo morto. O próprio Nicolae me disse isso. Eu também lhe contei que ele envenenou Bruce. E enviou gente para me matar *depois* de eu ter sido envenenada, só para ter certeza. O veneno é que deve ter matado o meu bebê. Seja o que for, eu o culpo. Ele me fez fazer coisas que eu jamais deveria ter feito. E, se quer saber, enquanto estava lá fazendo, eu gostei. Eu adorava o poder dele, seu apelo, sua capacidade de persuasão. Quando ajudei a incriminarem Amanda para que ela parecesse uma agente infiltrada, eu de fato acreditava que estava fazendo a coisa certa. Isso foi o mínimo dentre tudo.

Mesmo fraca, continuou:

— Eu quero morrer, Rayford. E não quero ser perdoada, nem ir para o céu e encontrar com Deus ou coisa do tipo. Porém vou lutar contra esse veneno, cooperar com o Floyd, fazer o que for preciso para continuar viva tempo suficiente para matar aquele homem. Preciso recobrar a saúde e dar um jeito de chegar até ele. Com o tanto de aparato de segurança que ele tem, é possível que eu morra durante essa tentativa, mas não me importo, desde que seja eu a dar cabo dele.

Rayford repousou a mão sobre seu ombro.

— Hattie, você precisa descansar. Charles lhe deu uma dose extra de anestésico antes de lhe trazer para casa, então você sequer vai lembrar do que está dizendo agora. Por favor, apenas...

Hattie se soltou da mão de Rayford e agarrou a camisa dele com os dedos frágeis. Ela o puxou para mais perto bruscamente e falou com a voz áspera, chegando a cuspir em seu rosto.

— Eu vou me lembrar de cada palavra, Rayford. Você se engana em achar que não vou. Farei isso nem que seja meu último ato; na verdade, torço para que seja.

— Está certo, Hattie. Tudo certo. Não vamos discutir isso agora.

— Nunca mais tente me demover disso, Rayford. Você vai perder seu tempo.

Logo que Carpathia apareceu na televisão, Hattie voltou a cochilar rapidamente. Rayford ficou feliz por ela ser poupada de vê-lo e ouvi-lo falar sobre o fiasco em Israel. Sentiu um frio na alma; ela o tinha forçado a encarar a si mesmo.

Rayford se sentiu mais uma vez aliviado por constatar que Amanda era tudo o que ele acreditava: uma esposa amorosa, confiável e fiel. Porém, desde que descobriu o que Carpathia havia feito a sua esposa, Bruce e Hattie, voltou a lutar contra seus próprios desejos. Uma vez, na metade da tribulação, ele orou rogando a Deus, a honra de ser o encarregado de matar Carpathia. Agora, para dizer a verdade, viu-se ansiando por essa oportunidade.

Ele sabia que precisava colocar juízo na cabeça de Hattie para impedi-la de fazer algo tão imprudente e estúpido. Porém, também era por isso que ele não confidenciaria a Mac, Tsion, Chloe, Bruce, Ken ou Floyd suas próprias inclinações assassinas. Eles, é claro, tentariam convencê-lo de que se tratava de um ato insano, e ele preferia refletir sobre a ideia por mais tempo.

* * *

Somente ao ficar a sós com Chloe na privacidade de um dos quartos de hóspedes de Chaim Rosenzweig foi que Buck se deu conta de como tinha ficado preocupado com ela. Tremendo, pegou-a nos braços e segurou-a bem perto de si, com cuidado para não abraçá-la forte demais por causa dos ferimentos.

— Quando fiquei sem saber onde você estava — começou ele —, tudo em que eu consegui pensar foi em como me senti depois do terremoto.

— Mas desta vez eu não estava perdida, querido — disse ela. — Você sabia onde me encontrar.

— Você não atendeu o telefone. Eu não sabia se alguém a havia capturado ou...

— Eu o desliguei quando estávamos sendo perseguidos. Não queria que ele nos denunciasse. Isso me faz lembrar de que não voltei a ligá-lo.

Ela fez que ia se afastar.

— Não se preocupe com isso — disse ele. — Você não precisa fazer isso agora, precisa?

— E se o papai tentar me ligar? Você sabe que ele deve ter assistido ao encontro.

— Ele costuma ligar para mim quando quer falar com você.

— E cadê seu celular?

— Ai! Esqueci na *van*. Vou buscá-lo.

Agora foi a vez de Chloe não deixá-lo ir.

— Não, eu ligo o meu — disse ela. — Também não quero ficar longe de você agora.

Seus lábios se encontraram e ele a abraçou. Os dois se sentaram na beira da cama e se deitaram, ela com a cabeça encaixada no ombro dele. Buck ficou pensando que eles pareciam dois bobos, olhando para o teto, com os pés apoiados no chão. Se ela estivesse tão cansada quanto ele, não demoraria muito a apagar. Este, provavelmente, não era o momento de tocar num assunto delicado, mas Buck não era conhecido por ser apropriado.

* * *

Como de costume, o supremo comandante da Comunidade Global, Leon Fortunato, apresentou Sua Excelência, o soberano Nicolae Carpathia, aos telespectadores do canal internacional.

Rayford ficou surpreso com a forma direta e aberta com que Leon contava sua própria versão da história. Tsion havia avisado a Rayford que as habilidades sobrenaturais de Nicolae seriam logo alardeadas, até mesmo com exagero, criando uma base para quando ele se declarasse Deus, durante a segunda metade da tribulação.

Até o momento, os pronunciamentos difundidos haviam sido sempre restritos, e o próprio Nicolae nunca havia feito tais afirmações pessoalmente. Naquele dia, contudo, Rayford teve que se perguntar como Nicolae responderia ao providencial discurso de Fortunato. Também precisou admitir que a dupla tinha feito um trabalho magistral, para não dizer sobrenatural, ao relatar uma versão aprimorada sobre o pior constrangimento público de Nicolae.

CAPÍTULO 6

— Estou preocupado com você — disse Buck.
— Eu vou ficar bem — assegurou Chloe. — Estou feliz por ter vindo, e me saindo melhor do que pensei. Eu sabia que ainda era cedo para fazer uma viagem como essa, mas deu certo.

— Não é isso que me preocupa.

Ela se afastou do ombro dele e rolou para o lado, para olhá-lo.

— O que é então?

Alguém bateu na porta.

— Com licença — disse Tsion. — Mas vocês não querem ver a resposta de Carpathia na televisão?

Chloe foi se levantar, mas Buck a deteve.

— Muito obrigado, Tsion. Quem sabe daqui a pouco. Se perdermos, você pode resumir para nós pela manhã.

— Pois bem. Boa noite, meus amados.

— Buck Williams — disse Chloe —, eu não me lembro de quando me senti tão especial. Você nunca perdeu um noticiário inédito na vida.

— Não me considere altruísta, querida. Não preciso mais escrever para nenhuma revista, lembra?

— Precisa, sim. Tem sua própria publicação.

— Sim, mas agora eu sou o chefe e assino os cheques. Se não tiver dinheiro para pagá-los, o que farei, me demito?

— Seja como for, você preferiu a mim do que às últimas notícias.

Buck rolou na direção dela e beijou-a outra vez.

— Eu já sei o que ele vai dizer. Primeiro vai deixar o Fortunato cobri-lo de elogios, então vai parecer humilde e constrangido e atacar Tsion por tê-lo envergonhado, mesmo depois de tudo o que fez para o rabino.

Chloe concordou com a cabeça.

— Diga, no que você está pensando?

— No bebê.

Ela ergueu as sobrancelhas, olhando para ele.

— Você também?

Ele assentiu com a cabeça.

— E você, no que tem pensado?

— Que não fomos espertos — ponderou ela. — Nosso bebê sequer vai completar cinco anos e vai ser criado ao mesmo tempo em que tentamos nos manter vivos.

— Pior do que isso — disse ele. — Se nosso objetivo fosse apenas sobreviver, poderíamos nos esconder em algum lugar seguro. O bebê poderia ficar relativamente bem por um tempo. Mas nós já nos declaramos inimigos da ordem mundial e não tem como simplesmente sentar e protestar em pensamento.

— Vou precisar ter cuidado, é claro — disse ela.

— Sim... como você tem feito até agora — concordou ele, tirando sarro dela.

Ela ficou em silêncio. Por fim, disse:

— Talvez eu precise ter ainda mais cuidado, não?

— Talvez. Eu só me pergunto se estamos fazendo o certo para este pequeno.

— Agora já não temos mais como mudar de ideia, Buck. Então, qual o sentido disso?

— Só estou preocupado e não posso contar para mais ninguém.

— Não quero que você conte a mais ninguém.

— Então diga para eu não me preocupar ou que se preocupará junto comigo, algo assim. Caso contrário, vou querer superproteger você e começar a lhe tratar como se não tivesse cérebro.

— Você tem se saído muito bem em não fazer isso, Buck. Já deu para notar.

— Sim, mas às vezes eu acho que deveria protegê-la mais. Alguém precisa cuidar de você. Eu gosto quando você quer saber de mim. Não me sinto diminuído por isso. Não só preciso, como aprecio.

— Até certo ponto — disse ela.

— Concordo.

— E eu também sou muito boa nisso.

— E bastante sutil — disse ele, passando o braço ao redor dela.

— Buck, nós deveríamos, sim, assistir ao que Carpathia tem a dizer, você não acha?

Ele deu de ombros, depois assentiu com a cabeça.

— Se quisermos ter alguma chance de frustrar qualquer coisa que ele faça.

Eles foram até onde Tsion e Chaim assistiam à TV.

— Nenhuma notícia de Jacov ainda? — perguntou Buck.

Chaim sacudiu a cabeça.

— E eu não estou nada satisfeito.

— Eu só pedi para ele entrar lá e buscá-los — explicou Buck. — Jogar a isca e começar a atirar foi ideia dele. Também não fiquei feliz com isso.

— Como é? — inquiriu Chaim.

***

Apesar das ameaças de Hattie contra Carpathia, Rayford ficou inesperadamente animado. Para ele, isso demonstrava certo nível de sanidade, que, segundo o dr. Charles, ela não apresentava há semanas. Ele não se considerava um lunático, embora também nutrisse o desejo utópico de se tornar um assassino a mando de Deus. O que ansiava, bem no fundo, era ver Hattie recobrar a saúde o suficiente para mudar de opinião sobre Deus. Ela conhecia a verdade; esse não era o problema. Ela era basicamente o tipo de pessoa que poderia saber a verdade e não fazer nada a respeito. Bruce Barnes havia contado a Rayford que esse foi o motivo de ele ter sido deixado para trás. Quanto a Rayford, apesar dos esforços de sua primeira esposa para explicar o contrário, ele tinha se enganado; acreditava que nada do que fizesse ganharia a acolhida de Deus. Quanto a Bruce, ele sabia de tudo. Sabia que a salvação ocorreria pela graça por meio da fé. Ele simplesmente não chegou a colocar em prática, pensou que poderia ficar para mais tarde. Porém, o mais tarde veio antes do esperado e ele acabou sem a família.

Ken surgiu no topo da escada do porão.

— O doutor e eu estávamos nos perguntando se você não gostaria de assistir à TV lá embaixo — disse ele. — Floyd acha que Hattie talvez descanse melhor assim.

— Claro — concordou Rayford, levantando-se rapidamente. Tentou ligar para Chloe e Buck outra vez sem sucesso e deixou o telefone sobre a cadeira.

Quando estava prestes a sair do quarto, Hattie o chamou.

— Pode deixar a TV ligada, Rayford?

— Você não prefere dormir?

— Deixe bem baixinho. Assim não vai me incomodar.

***

— Meu pessoal está à procura do Jacov — sussurrou Chaim, enquanto o sorriso benigno de Leon Fortunato aparecia na tela da televisão. — Se algo acontecer com ele, não sei se...

— Creio que nada de ruim tenha acontecido, Chaim. Ele se tornou cristão, com fé no Messias; tem inclusive a marca de um santo selado da tribulação na testa, visível para outros cristãos.

— Quer dizer que você consegue ver, mas eu não?

— Exatamente.

— Tolice. Quanta arrogância.

— Você consegue enxergar nossas marcas? — perguntou Chloe.

— Absurdo, vocês não têm marca alguma — disse Chaim.

— Nós vemos a marca uns dos outros — afirmou Tsion. — Vejo as de Buck e Chloe claras como o dia.

Chaim acenou para eles, perplexo, como se tentassem ludibriá-lo. Fortunato então foi anunciado.

— É melhor eu tentar ligar para o papai antes de Carpathia aparecer. — Chloe correu até o quarto e voltou com o celular. Mostrou-o para Buck. Na tela havia uma notificação avisando que Rayford havia ligado quando eles deixaram o quarto. Então, ela retornou a ligação.

* * *

Rayford pensou ter ouvido o telefone tocar no andar de cima, mas, como não escutou mais nada, concluiu ter se enganado. Observando o porão, perguntou-se como um homem alto e magricelo feito Ken Ritz aguentava viver num lugar pequeno, escuro e úmido como aquele. Em seu tempo livre, Ritz vinha fazendo uma reforma lenta, uma expansão, vislumbrando o dia em que todo o Comando Tribulação teria de viver lá embaixo. Rayford não queria sequer pensar nessa possibilidade.

Era impressão de Rayford ou Fortunato parecia mais refinado? Ele não havia notado isso na transmissão do estádio, embora tenha sido uma conexão improvisada em seu *notebook*, sem a mesma definição da transmissão, ao vivo, via satélite, na TV de Ken. A televisão geralmente não favorece um homem corpulento e de meia-idade como Fortunato, mas ele parecia mais elegante, inteligente, saudável e bem vestido.

Senhoras e senhores da Comunidade Global — ele começou a falar, olhando diretamente para a câmera, como se a lente fosse os olhos do público —, até as melhores famílias têm divergências. Desde que Sua Excelência, o soberano Carpathia, foi relutantemente encaminhado ao poder, há mais de dois anos, realizou progressos imensos ao transformar a terra inteira em uma grande comunidade.

Por meio do desarmamento mundial, das amplas reformas nas políticas da antiga ONU e, agora, com a Comunidade Global, ele transformou nosso mundo num lugar melhor para se viver. Após os desaparecimentos devastadores, trouxe paz e harmonia.

Os únicos problemas no caminho do progresso eram resultantes de coisas fora do seu controle. A guerra resultou em pragas e morte, porém Sua Excelência conteve rapidamente a resistência. Fomos afligidos por desastres atmosféricos, de terremotos a inundações e maremotos, inclusive chuvas de meteoros. Acreditamos que isso tudo decorra dos excedentes de energia do que seja lá o que provocou os desaparecimentos.

Existem bolsões de resistência ao progresso e à mudança, e um dos movimentos mais significativos nesta direção revelou sua verdadeira natureza no início desta noite, diante dos olhos do mundo. Sua Excelência tem o poder e o direito evidente de retaliar esta afronta à sua autoridade e à dignidade de seu ofício com medidas extremas. Contudo, dentro do espírito da nova sociedade que ele construiu, ele tem uma resposta alternativa que deseja compartilhar com vocês.

Antes de fazer isso, no entanto, gostaria de contar uma história pessoal. Não se trata de boato, lenda ou alegoria. Isso aconteceu comigo pessoalmente e confirmo a veracidade de cada detalhe. Quero partilhar isso por estar relacionado ao que o soberano irá falar, por ter a ver com espiritualidade e o sobrenatural.

Fortunato contou ao mundo a história de sua ressurreição sob o comando de Carpathia, algo que Rayford tinha escutado várias vezes, e concluiu:

— E agora, sem mais demora, seu soberano e, ouso dizer, minha divindade; Sua Excelência, Nicolae Carpathia.

* * *

Durante o discurso floreado de Fortunato sobre Carpathia, Chloe ficou falando baixinho ao telefone. Desligou quando Leon, diferente do costumeiro, tropeçou enquanto abria caminho para Carpathia e se curvava completamente para ele.

— Hattie perdeu o bebê — contou ela com pesar.
— Você ligou para o seu pai?
— Foi a Hattie quem atendeu. Ela parecia bastante lúcida, considerando a situação.

Chloe de repente riu, fazendo Buck se contorcer para espiar a TV.

Fortunato tentou se afastar de costas, ainda curvado numa mesura a Carpathia, e acabou tropeçando em um cabo elétrico. Fora do alcance da câmera, ele aparentemente havia caído com força e rolado, distraindo até mesmo o sempre impassível Carpathia, fazendo-o sair do enquadramento das câmeras.

Carpathia recobrou-se rápido, e sorriu magnânima e condescendentemente, e começou seu discurso.

Cidadãos, estou certo de que, caso não tenham acompanhado o que se passou no início da noite no Estádio Teddy Kollek, em Jerusalém, vocês já devem ter, pelo menos, ouvido a respeito. Deixem-me dividir brevemente minha opinião sobre o que ocorreu e informar as providências que tomarei.

Antes, porém, preciso voltar ao momento em que aceitei, relutantemente, o papel de secretário-geral das Nações Unidas. Este não foi um cargo que eu busquei. Meu objetivo sempre foi apenas servir em qualquer função. Como membro da câmara baixa do parlamento de meu país de origem, a Romênia, servi muitos anos aos meus eleitores, defendendo seu ponto de vista — e o meu — sobre a paz e o desarmamento. Minha ascensão à presidência da Romênia foi tão surpreendente para mim quanto para o mundo que a assistia, perdendo somente para minha promoção a secretário-geral, que culminou com o governo mundial do qual desfrutamos hoje.

Uma das características da minha administração é a tolerância. Só podemos nos tornar verdadeiramente uma comunidade global acolhendo a diversidade e tornando-a lei na terra. A maioria de nós tem expressado um desejo claro de derrubar muros e unir pessoas. Portanto, agora temos uma economia baseada numa moeda única, eliminamos os passaportes, construímos um governo único e, eventualmente, falaremos apenas um idioma, lidaremos com um único sistema de medidas e abraçaremos somente uma religião.

Essa religião tem a bela e misteriosa característica de ser capaz de se moldar a partir do que, nos séculos passados, pareciam ser sistemas de crença intrinsecamente contraditórios. Agora, as religiões que se viam como o único caminho verdadeiro para a espiritualidade aceitam e toleram outras religiões que se enxergavam da mesma forma. É um enigma que, de algum modo, provou funcionar, visto que cada sistema de crença é considerado verdadeiro para seus adeptos. Seu caminho pode ser o único para você, e meu caminho, o único para mim. Sob a unidade da Fé Mundial Unificada do Mistério de Babilônia, todas as religiões do mundo provaram ser capazes de viver harmoniosamente.

Todas, exceto uma. Vocês sabem qual. É a seita que alega ter raízes no cristianismo histórico e que afirma que os desaparecimentos ocorridos há dois anos e meio foram obra de Deus. Eles dizem que Jesus tocou uma trombeta e conduziu todos os seus escolhidos para o céu, deixando nós, os pecadores, perdidos para sofrer aqui na terra.

Eu não acredito que isso reflita com precisão o cristianismo ensinado por séculos. O que sei sobre essa religião maravilhosa e pacífica é que ela fala de um Deus de amor e de um homem que se mostrou um verdadeiro professor de moralidade. Seu exemplo deveria ser seguido para que uma pessoa, ao evoluir continuamente, um dia pudesse alcançar a eternidade no céu.

Após os desaparecimentos que provocaram tanto caos no mundo, alguns buscaram passagens simbólicas, figurativas, obscuras e claramente alegóricas da Bíblia cristã e criaram um cenário que afastava as pessoas da verdadeira igreja. Muitos líderes cristãos, agora membros do Mistério de Babilônia, afirmam que, antes dos desaparecimentos, isso nunca havia sido ensinado, e se foi, poucos estudiosos sérios o aceitavam. Muitos dos que defendiam diversos pontos de vista sobre como Deus poderia acabar com a vida na terra desapareceram.

A partir de um pequeno grupo de fundamentalistas, que acreditam terem sido retidos aqui por não terem sido bons o bastante para fazerem parte da primeira leva que desapareceu, surgiu um culto. Ele é composto principalmente por ex-judeus, que acreditam em Jesus como o Messias que tanto esperavam, e seguem um rabino convertido, chamado Tsion Ben-Judá. O dr. Ben-Judá, vocês devem se lembrar, foi no passado um erudito respeitado, que blasfemou contra sua própria religião numa transmissão televisiva internacional e, por isso, precisou fugir de seu país natal.

Essa transmissão está sendo feita do mesmo estúdio usado pelo dr. Ben-Judá para profanar sua própria herança. Ele, enquanto estava no exílio, conseguiu influenciar mentalmente milhares de megalomaníacos afins, tão desesperados por pertencerem a algo, que se tornaram marionetes da igreja que ele fundou. Usando de uma abordagem moralista psicológica para se sentir bem, o dr. Ben-Judá se valeu da internet em benefício próprio, angariando, com certeza, milhões em seu rebanho. No processo, inventou uma guerra do tipo "nós contra eles", em que, meus irmãos e irmãs, nós somos os "eles". E os que se consideram "nós" definem-se como os verdadeiros cristãos, os santos, os selados e muito mais. Por meses, ignorei esses dissidentes inofensivos à harmonia mundial, rebeldes da causa que defende uma fé unificada.

Embora meus assessores insistissem para eu ser duro com eles, sustentei minha crença de que a ordem deveria ser tolerância. Embora o dr. Ben-Judá tenha desafiado continuamente tudo o que defendemos e prezamos, mantive a política de fechar os olhos. Quando ele convidou milhares de convertidos a se reunirem na cidade que o exilou, decidi me colocar acima de afrontas pessoais e permitir.

Investido do espírito de aceitação e diplomacia, cheguei a garantir publicamente a segurança do dr. Ben-Judá. Mesmo ciente de que a Comunidade Global e eu, como seu líder, éramos considerados inimigos deste culto, acreditei que a coisa certa e apropriada a fazer seria encorajar seu encontro. Confesso que nutria a esperança de que, ao fazê-lo, esses zelotes reconhecessem o valor deste ato tolerante e, um dia, escolhessem se unir ao Mistério de Babilônia. Isso precisaria acontecer por livre escolha deles. Eu jamais os forçaria.

Contudo, como minha magnanimidade foi recompensada? Fui convidado para as festividades? Para dar boas-vindas aos delegados? Recebi a permissão de saudar o público ou participar da cerimônia de abertura? Não. Por vias diplomáticas privadas, obtive a promessa de que dr. Ben-Judá não restringiria nem proibiria minha participação. Eu mesmo arquei com minhas despesas de viagem, sem comprometer as finanças da Comunidade Global, e tentei transmitir algumas palavras no chamado encontro das testemunhas.

O meu supremo comandante foi recebido com grosseria, um silêncio absoluto, quando só demonstrou grande entusiasmo por estar lá. O mais reverenciado sumo pontífice, Pedro II, papa dos papas, não foi recebido de maneira menos hostil, apesar de ser um estimado clérigo. Sem dúvida, vocês concordam que essa atitude do público deve ter sido anteriormente bem planejada e, depois, bem executada.

Quando eu mesmo me dirigi à multidão, embora eles continuassem impassíveis, obedecendo ao seu líder controlador de mentes, senti que queriam responder.

Apesar de o dr. Ben-Judá ter ostensivamente me ignorado a poucos metros de distância, ele de alguma forma sinalizou para alguém liberar um agente no ar, uma poeira ou um pó invisível, que instantaneamente ressecou minha garganta e desencadeou sede extrema.

Eu deveria ter suspeitado quando me ofereceram imediatamente uma garrafa vinda de alguém na multidão. Mas, sendo um crédulo acostumado a ser tratado do mesmo modo como eu trato os outros, naturalmente concluí que um amigo anônimo tinha vindo em meu auxílio.

Que decepção! Fui servido de uma garrafa repleta de sangue venenoso! Uma tentativa tão óbvia de assassinato público que confrontei o dr. Ben-Judá ali mesmo. Como um pacifista inábil na guerra, dei-lhe poder. Ele havia escondido na multidão os dois idosos lunáticos do Muro das Lamentações, aqueles que ofenderam os judeus na Terra Santa e ainda assassinaram várias pessoas que discordaram deles. Com microfones ocultos mais altos do que o meu, me atacaram com ameaças e transformaram meu humilde gesto diplomático num verdadeiro fiasco.

Fui levado rapidamente à assistência médica e descobri que se tivesse engolido o que me deram, teria morrido instantaneamente. É desnecessário dizer que este é um ato de alta traição, punível com a morte. Agora, permitam-me dizer o seguinte: eu ainda desejo nossa união em um espírito de paz e harmonia. Que fique claro que estas palavras das Escrituras partiram primeiro de mim: "Venham, vamos refletir juntos".

Estou totalmente convicto de que todo esse incidente horrível foi arquitetado e executado pelo dr. Ben-Judá. Mas, como homem de palavra e sem qualquer prova física que o ligue à tentativa de assassinato, penso permitir que o encontro continue durante as próximas duas noites. Meu compromisso de oferecer segurança e proteção está mantido.

Dr. Ben-Judá, no entanto, será novamente exilado de Israel 24 horas após o encerramento do encontro, depois de amanhã. As autoridades israelenses insistem nisso. Eu gostaria de pedir ao dr. Ben-Judá que cumpra o determinado por sua própria segurança.

Quanto aos dois idosos, que se autodenominam Eli e Moishe, que isso lhes sirva também como uma notificação pública. Nas próximas 48 horas, eles ficarão restritos à área próxima ao Muro das Lamentações, onde há tempos se postaram, e não devem deixar o local sob nenhuma condição. Quando o encontro no estádio findar, os dois deverão deixar a região do Monte do Templo. Se forem vistos fora da área a que foram isolados nas próximas 48 horas ou se permanecerem na região do Monte do Templo depois disso, ordenarei que sejam alvejados imediatamente.

Algumas testemunhas afirmaram que os assassinatos por eles cometidos podem ser, de alguma forma, confundidos com autodefesa. Eu discordo e exerço minha autoridade, como soberano, de lhes negar um julgamento. Deixem-me ser ainda mais claro: a aparição deles em qualquer lugar fora dos limites do Muro das Lamentações dentro das próximas 48 horas ou uma aparição pública, em qualquer lugar do mundo, depois disso, será considerada motivo para matar. Qualquer oficial da Comunidade Global ou cidadão privado está autorizado a atirar.

Eu sei que vocês vão concordar que esta é uma resposta generosa a um ataque terrível e que permitir a continuidade dos encontros é prova de um espírito de compreensão. Obrigado, meus amigos, e boa noite aqui de Israel.

* * *

Rayford levantou o olhar quando Ken Ritz reclinou-se para trás e deu um tapa nas coxas.

— Eu não sei quanto a vocês, garotos — disse Ritz —, mas eu preciso refletir sobre algumas coisas. Também preciso descobrir como conseguir um pouco do dinheiro que o rabino tem angariado do rebanho. Como nenhum de nós agora tem rendimentos, vamos precisar de algum sustento.

— Você tem um minuto, Ray? — disse Floyd, ao se levantar.

Eles subiram as escadas, e Charles se inclinou por um instante sobre Hattie, que estava dormindo.

— Por hora, ela parece bem — disse ele. — Mas você consegue imaginar o que é ter de lidar com uma depressão pós-parto além de tudo o que ela já passou?

— Dá para sofrer disso mesmo com um aborto espontâneo?

— Se pensarmos bem, faz até mais sentido quando se trata de um aborto.

Rayford desligou a televisão e seguiu Floyd até a varanda. Os dois observaram o horizonte e ficaram atentos a qualquer som, antes de começar a falar. Rayford já havia se acostumado a fazer isso desde que chegou. Na sede da Comunidade Global, a questão era saber com quem conversar. Já ali, o primordial era se certificar de que ninguém estava espionando.

— Estou com um problema, Rayford, mas eu mal o conheço.

— Amizades, conhecidos, parece que tudo precisa ser bem analisado nos dias de hoje — comentou Rayford. — Pode ser que passemos o restante de nossa vida mortal juntos, o que pode significar menos de cinco anos. Se está amargurado com algo, melhor botar para fora. Se quer me criticar, diga de uma vez. Eu aguento bem. Nem preciso dizer que minhas prioridades são diferentes do que costumavam ser.

— Não, que nada. Não é nada disso. Na verdade, acho que, depois de hoje, você é que tem motivos para me repreender.

— Por me enquadrar num momento de crise? Ora, já fiz muito disso. Nas emergências médicas, você está no comando. Grite com quem precisar.

— Sim, mas mesmo Tsion sendo meio que nosso pastor, você é o chefe. Preciso deixar claro que estou ciente disso e o respeito.

— Não temos mais tempo para hierarquia, doutor. Agora, me diga, o que o está incomodando?

— Eu tenho um problema com Hattie.

— Todos nós temos, Charles. Ela costumava ser uma jovem atraente e brilhante. Bem, talvez mais atraente do que brilhante. No entanto, você só conheceu o pior dela, mas acredito que ela vai entrar na linha. Talvez você passe a gostar mais dela dentro de algumas semanas.

— Só para deixar claro, eu pude perceber que você e ela costumavam trabalhar juntos e embora nunca tenham tido na realidade um caso...

— Pois, é. Não é algo de que goste de me gabar, mas foi bem isso.

— De qualquer forma, não me sinto assim porque ela tomou o mau caminho e nem por ser tão difícil. Estou comovido com a forma como todos vocês parecem se importar com ela e desejar que ela se torne uma cristã.

Rayford deu um suspiro.

— Esse negócio de ela acreditar, mas não querer aceitar, me deixa atônito. Não é como se ela estivesse sendo parte racional. Ela não é do tipo que precisa ser convencida de que é indigna, não é mesmo?

— Ela está tão convencida disso que se recusa a aceitar que tudo o que ela sabe vem de graça.

— Pois bem, qual é o seu problema com ela então, doutor? Você acha que ela é uma causa perdida no aspecto espiritual?

Floyd sacudiu a cabeça.

— Quem dera fosse assim tão fácil. Meu problema não faz sentido. Você mesmo disse que não há nada de atraente, hoje em dia, nessa garota. Provavelmente quando saudável, ela devia ser um arraso. Mas o veneno foi eficiente, e a doença cobrou seu preço. Ela diz coisas totalmente sem sentido e está espiritualmente na lama.

— Então você não vê valor nela e por isso se sente culpado?

Floyd se levantou e virou as costas para Rayford.

— Não é isso. Na verdade... eu a amo. Quero abraçá-la, beijá-la e dizer isso a ela. — Sua voz ficou trêmula. — Eu me preocupo tanto com Hattie que me convenci de que meu amor pode fazê-la recobrar a sanidade física e espiritual. — Ele se virou e encarou Rayford. — Por essa você não esperava, não é mesmo?

* * *

Buck e Chloe já estavam deitados, quando ele perguntou:

— Você consegue dormir se eu sair um pouco?

Ela se sentou.

— Sair? Mas não é seguro.

— Carpathia está focado demais em Eli e Moishe para se preocupar conosco agora. Eu preciso tentar encontrar o Jacov. Também quero ver como as testemunhas reagirão às ameaças de Nicolae.

— Você sabe o que eles vão fazer — disse ela, deitando-se de bruços. — Farão o que quiserem até chegar o momento certo, e ai dos que tentarem marcar pontos com o soberano, tentando matá-los, antes disso.

— Ainda assim, eu gostaria...

— Faça-me um favor, Buck. Prometa não deixar este lugar até eu pegar no sono profundo. Daí só vou me preocupar quando não tiver jeito, se você não estiver aqui de manhã cedo, quando eu acordar.

Buck se vestiu e foi verificar se Tsion ainda estava acordado. Ele não estava, mas encontrou Rosenzweig ao telefone.

— Leon, insisto em falar com o Nicolae... Sim, sei tudo sobre os malditos títulos dele e lembro-lhe que Nicolae já era meu amigo antes de se tornar "Sua Excelência" e o soberano de tudo isso aqui. Agora, por favor, passe o telefone a ele... Bem, então me diga *você* mesmo o que aconteceu com o meu motorista!

Rosenzweig reparou na presença de Buck, fez sinal para ele se sentar e pressionou o botão de viva-voz no telefone. Leon estava no meio de uma ameaça:

— Nossas fontes de inteligência nos dizem que seu motorista é um vira-casaca.

— Vira o quê? Ele não é mais um judeu? Deixou de ser israelense? Não trabalha mais para mim? Do que você está falando? Ele está comigo há anos. Se você sabe onde encontrá-lo, diga-me e irei buscá-lo.

— Dr. Rosenzweig, com todo o respeito, estou lhe dizendo que seu homem é um deles. Queríamos que os seguranças da Comunidade Global conduzissem o rabino Ben-Judá pessoalmente de volta ao veículo de Jacov, mas seu motorista saiu correndo do estádio, disparando uma arma de alta potência. Quem pode precisar quantos guardas e civis inocentes foram mortos?

— Eu posso: nenhum. Se fosse o caso, teria saído em todos os noticiários. Eu ouvi a mesma história. Seu pessoal estava atrás de Ben-Judá para se vingar do constrangimento que Nicolae passou e sabe-se lá o que poderiam ter feito com ele se Ben-Judá não tivesse fugido por conta própria.

— Ele não estava sozinho. Estava com a esposa de Buck Williams, que, bem sabemos, é uma americana subversiva, que fugiu de uma de nossas instalações em Minnesota, quando detida para interrogatório.

Rosenzweig olhou para Buck, que estava sentado, balançando lentamente a cabeça como se estivesse imaginando como conseguiam inventar tantas mentiras. Fortunato continuou:

— Ela era suspeita de roubo depois do terremoto.

— Leon, Jacov está vivo ou não? — Houve uma pausa. Rosenzweig ficou ainda mais irritado. — Eu juro, Leon, se aconteceu algo com esse jovem...

— Não aconteceu nada com ele, doutor. Só estou treinar o senhor a se dirigir a mim da maneira correta.

— Ah, faça-me o favor, Leon! Você não tem algo mais importante com que se preocupar agora? Como a vida de pessoas?

— *Supremo comandante*, dr. Rosenzweig.

— Supremo imbecil! — gritou Rosenzweig. — Estou saindo para procurar meu Jacov e se você tiver alguma informação que me ajude, é melhor dizer agora!

— Não sou obrigado a ser tratado assim pelo senhor. — Leon desligou.

* * *

Rayford passou o braço ao redor do ombro de Floyd enquanto voltavam para a casa.

— Eu não sou conselheiro amoroso — disse ele —, mas você está certo quando diz que não faz sentido. Ela não é cristã. Você já tem idade suficiente para saber diferenciar entre piedade e amor, entre compaixão de médico e amor. Você mal a conhece e o pouco que sabe não é positivo. Não precisa ser brilhante para ver que provavelmente se trata de algo diferente do que imagina. Você se sente sozinho? Perdeu a esposa durante o arrebatamento?

— Perdi, sim.

— Então é melhor você me contar sobre ela.

CAPÍTULO 7

Buck deu uma espiada em Chloe, antes de sair com Chaim. Ela parecia estar num sono profundo.

— Você se importa de dirigir? — perguntou Chaim. — Faz tanto tempo que não me deixam dirigir.

— Não deixam?

Chaim deu um sorriso apagado.

— Uma vez que a gente se torna, como posso dizer, uma personalidade neste país, principalmente nesta cidade, passa a ser tratado como realeza. Não me deixam ir a lugar algum sem escolta. Eu sequer era famoso quando você fez aquela reportagem de capa sobre mim.

— Mas o senhor já era reverenciado naquela época.

Chaim consultou seu porteiro, Jonas, para saber se havia notícias de Jacov.

— Stefan? — Buck ouviu-o mencionar. Em seguida, escutou em hebraico algo que parecia urgente e frustrante.

Chaim conduziu Buck até a última vaga da garagem. Buck sentou atrás do volante de um sedã antigo.

— Eu não quero que todos saibam que sou eu. O Mercedes é muito conhecido. Você sabe dirigir este carro, não sabe?

Buck pisou no acelerador e logo se adaptou aos caprichos da transmissão manual. Estava mais preocupado com o estado dos pneus carecas.

— Alguma ideia de onde devemos ir?

— Sim, infelizmente sim — respondeu Chaim. — Jacov é alcoólatra.

Buck lançou um olhar de surpresa.

— Você contratou um motorista alcoólatra?

— Ele está sem beber. Sóbrio, como eles dizem. Mas em momentos de crise, às vezes tem recaída.

— Ou seja, ele cai da carroça?

— Nunca ouvi essa expressão.

— Ela é antiga entre os americanos. No início do século 20, a União de Temperança Cristã da Mulher entrava com sua carroça na cidade, condenando os males do álcool e pedindo aos infratores para pararem de beber e subirem na carroça. Quando um homem sóbrio voltava a beber, diziam que ele tinha caído da carroça.

— Bem, pode ser que seja esse o caso — disse Chaim, apontando para onde Buck deveria virar.

Conforme atravessavam os bairros menores, com casas e prédios colados, Buck começou a reparar em coisas que não tinha visto no trajeto entre a residência de Chaim e o estádio. Jerusalém estava mais decadente. Como ele tinha adorado visitar esta cidade alguns anos antes! Ela costumava ter poucas áreas degradadas e, no geral, era mantida com orgulho. No entanto, desde os desaparecimentos, começaram a ocorrer alguns tipos de crimes e atividades permissivas que ele jamais esperou ver ali. Bêbados cambaleavam, alguns abraçados a mulheres da noite. Ao se aproximar ainda mais do centro da cidade, Buck viu clubes de *striptease*, estúdios de tatuagem, lojas de adivinhação e estabelecimentos oferecendo pornografia.

— O que aconteceu com a sua cidade?

Chaim resmungou algo e acenou com desdém.

— Isso é algo sobre o qual eu adoraria conversar com Nicolae. Tanto dinheiro gasto no novo templo e na mudança do Domo da Rocha para a Nova Babilônia! Oras! E tem este Pedro II, trajando roupas engraçadas e querendo cativar judeus ortodoxos para a fé do Mistério de Babilônia. Eu, que nem sou um homem religioso, vejo uma grande insensatez. Qual é o sentido? Há séculos os judeus sustentam que eles adoram o único Deus verdadeiro, mas agora isso de alguma forma deve se encaixar em uma religião que aceita Deus como homem, mulher, animal e sabe-se lá mais o quê. Dá para ver o efeito que isso surtiu em Jerusalém. Haifa e Tel Aviv estão ainda piores! Os ortodoxos ficam trancados em seu novinho e reluzente templo, massacrando animais, voltando-se literalmente aos sacrifícios de séculos passados. E que impacto eles têm nessa sociedade? Nenhum! Nicolae é supostamente meu amigo. Caso ele me receba, vou informá-lo de tudo e as coisas vão mudar. Quando meu Jacov, que a propósito é um homem maravilhoso e espirituoso, "cai da carroça", como você me explicou, ele acaba sempre na mesma rua, no mesmo bar e na mesma condição.

— Com que frequência isso acontece?

— Não mais que umas duas vezes por ano. Eu o repreendo, ameaço, já cheguei até a demiti-lo. Mas Jacov sabe que eu gosto dele. Ele e a esposa, Hannelore, ainda sofrem com a perda dos dois filhos pequenos nos desaparecimentos.

Buck ficou envergonhado ao perceber que havia pressionado Jacov espiritualmente sem antes conhecê-lo. Esperava que Chaim estivesse errado sobre o rapaz e que ele não estivesse onde o velho suspeitava.

Chaim orientou Buck a parar em uma vaga no meio de uma fileira de carros e caminhonetes ao longo de uma rua movimentada. Já passava da meia-noite, e Buck de repente foi tomado pelo cansaço.

— Harém? — perguntou ele, lendo o letreiro em néon. — Tem certeza de que isso é só um bar?

— Tenho certeza de que não, Cameron — rebateu Rosenzweig. — Não quero nem pensar no que mais acontece ali. Eu nunca entrei. Costumo esperar aqui enquanto meu chefe de segurança entra e arrasta Jacov para fora.

— Foi por isso que me trouxe?

— Eu jamais pediria a você para fazer isso. No entanto, talvez você precise me ajudar porque, se ele resistir, não serei páreo para ele. Jacov jamais me machucaria, mesmo bêbado, mas um velho como eu não consegue fazer uma mula troncuda feito aquele rapaz ir a qualquer lugar que não queira.

Buck estacionou e ficou pensativo.

— Espero que o senhor esteja errado, dr. Rosenzweig.

Chaim deu risada.

— Você acha que só porque ele se tornou cristão não beberia depois de ser alvejado? É muita ingenuidade para um jornalista internacional, meu amigo. Sua nova fé obscureceu seu julgamento.

— Espero que não.

— Bem, você vê aquele caminhão verde lá, o fordinho inglês?

Buck assentiu com a cabeça.

— Ele pertence a um dos meus manobristas, o Stefan. O rapaz mora entre este bar e o Estádio Teddy Kollek e é parceiro de bebedeira do Jacov. Stefan não sofre do mesmo problema que ele. Tem mais resistência para o álcool, como costumam dizer. Stefan estava hoje de folga, e se eu fosse um apostador, diria que Jacov correu à casa dele para escapar dos seguranças da Comunidade Global. Naturalmente abalado e assustado, deixou Stefan conduzi-lo ao seu lugar favorito. Eu não posso responsabilizar o Jacov desta vez. Na verdade, só quero vê-lo em segurança. E pretendo evitar que ele dê um *show* em público, principalmente sendo um fugitivo da Comunidade Global.

— Ainda prefiro que ele não esteja aí.

— Eu também, mas não sou mais tão jovem para me iludir. A sabedoria vem com a idade, Cameron. Para ser sincero, gostaria que menos coisas viessem com ela. Ganhei sabedoria, porém me foge a memória. Às vezes, lembro em detalhes algo que aconteceu há 60 anos, mas não consigo recordar que contei, meia hora antes, a mesma história.

— Pois eu ainda nem completei 33 anos e já me sinto assim.

Chaim deu risada.

— Vamos procurar o Jacov — disse Buck. — Ainda acho que ele não está lá, mesmo que Stefan esteja.

— Eu ainda prefiro encontrá-lo aí dentro — disse Chaim —, porque, se ele não estiver, significa que pode estar perdido, preso ou algo pior.

* * *

A história do dr. Floyd Charles era tão parecida com a de Rayford que causava espanto. A esposa dele também tinha uma fé bastante fervorosa; enquanto Floyd, um profissional respeitado, não a levava tão a sério.

— Sua esposa era frequentadora assídua da igreja — disse Rayford por experiência própria —, e você não queria mergulhar de cabeça como ela. É isso?

— Exatamente — confirmou Floyd. — Ela sempre dizia que minhas boas obras não me levariam ao céu e que, se Jesus voltasse antes de eu morrer, seria deixado para trás. — Ele balançou a cabeça. — Eu escutava sem dar ouvidos, sabe o que eu quero dizer, não?

— Você está relatando exatamente a minha história, irmão. Também perdeu seus filhos?

— Não durante o arrebatamento. Minha esposa sofreu um aborto. Também perdemos uma menina de cinco anos num acidente de ônibus, no primeiro dia de aula.

Floyd ficou em silêncio.

— Sinto muito — disse Rayford.

— Foi horrível — retrucou Floyd num tom grave. — Gigi e eu acompanhamos nossa filha até a esquina, naquela manhã. LaDonna estava feliz da vida. Pensamos que ela fosse ficar tímida ou assustada; para falar a verdade, nós meio que torcíamos para que ficasse. Mas ela mal podia esperar para começar na escola com sua roupa e lancheira novas. Gigi e eu estávamos numa ansiedade só, nervosos por nossa filha, assustados. Cheguei a comentar que colocá-la naquele ônibus enorme, velho e impessoal, parecia mandá-la para enfrentar leões. Gigi disse que precisávamos ter confiança em Deus, que ele cuidaria dela. Meia hora depois recebemos a ligação.

Rayford balançou a cabeça.

— Eu me tornei amargo — disse Floyd. — Isso me afastou de Deus. Gigi sofreu, se acabou de chorar, devastada. Foi de matar. No entanto, ela não perdeu a fé. Orou por LaDonna, suplicou a Deus que cuidasse dela e tudo mais. Isso criou uma tensão enorme no nosso casamento. Ficamos separados por um tempo, por opção minha, não dela. Eu simplesmente não suportava vê-la em tamanho sofrimento e continuar se dedicando à igreja. Gigi alegava que isso não se tratava de brincadeira e que se eu quisesse ver LaDonna de novo, deveria "me acertar com Jesus". Bem, eu me acertei com Jesus, sem dúvida. Eu disse a ele o que pensava de ele ter permitido que algo assim acontecesse com minha filhinha. Eu vivi infeliz por um bom tempo.

Eles se sentaram à mesa da cozinha, de onde Rayford podia ouvir a respiração firme e compassada de Hattie.

— Sabe o que me convenceu? — Floyd falou de repente.

— Além do arrebatamento, você quer dizer? Foi isso o que chamou minha atenção.

— Eu já estava convencido antes disso, só não tinha batido o martelo, entende?

Rayford assentiu com a cabeça.

— Entendo. Você sabia que sua esposa estava certa, mas não admitia isso para Deus, não é?

— Exatamente. Mas o que me convenceu foi a Gigi. Ela nunca deixou de me amar, apesar de tudo. Eu fui um patife, cara. Quero dizer, fui desagradável, egoísta, rude, degradante. Ela sabia que eu estava de luto, sofrendo. Minha vida tinha perdido o brilho. Eu amava LaDonna demais, então era como se meu coração tivesse sido arrancado. Mas, enquanto eu tentava encobrir a dor, trabalhando horas sem fim e me comportando de maneira intratável com meus colegas de trabalho e os demais, Gigi sabia exatamente quando ligar ou enviar uma mensagem animadora. Toda vez, Rayford, a todo momento, ela me lembrava que me amava, que se importava comigo, e me queria de volta, pronta para fazer o que fosse preciso para facilitar minha vida.

— Uau!

— Sim, uau. Ela estava sofrendo tanto quanto eu, mas me convidava para jantar, me trazia comida, se preocupava com o meu bem-estar, e ela também trabalhava. — Ele deu risada. — Ela me humilhou, foi isso o que ela fez.

— E ela lhe reconquistou?

— Com certeza. Até me resgatou do luto. Levou alguns anos, mas voltei a ser uma pessoa mais feliz e produtiva. Eu sabia que tinha sido Deus na vida dela a lhe permitir tudo isso. Contudo, apesar disso, eu continuava achando que, se houvesse mesmo essa coisa de céu e inferno, Deus teria que ser gentil comigo já que eu estava, todos os dias, ajudando pessoas. Ah, e adorava a atenção, mas ajudava todo mundo. Eu dava o meu melhor, fosse o paciente um desamparado ou um milionário. Para mim, não fazia diferença. Se alguém precisava de cuidado médico, podia contar comigo.

— Que coisa boa.

— Sim, coisa boa para mim. Mas você e eu sabemos o que me aconteceu quando Jesus voltou: fui deixado para trás.

Floyd fez uma pausa para ir verificar Hattie. Enquanto isso, Rayford aproveitou para ir pegar um refrigerante na geladeira para os dois.

— Não quero falar mal de uma velha amiga — disse Rayford, quando retomaram a conversa —, mas sugiro que você pense no tipo de mulher que foi sua esposa, antes de considerar Hattie para assumir o lugar dela.

Floyd torceu os lábios e assentiu com a cabeça.

— Não estou dizendo que Hattie não possa se tornar esse tipo de pessoa —acrescentou Rayford.

— Eu sei. E não há sinais de que ela queira isso.

— Sabe o que vou fazer? — disse Rayford, e se levantou. — Vou ligar para minha filha e dizer que a amo.

Floyd consultou o relógio.

— Você sabe que horas são onde ela está?

— Não estou nem aí. Ela também não vai se importar.

***

Quando Buck e Chaim se aproximaram do "Harém", foram encarados por homens e mulheres. O lugar, era muito maior por dentro do que aparentava ser por fora. Vários ambientes, todos repletos de gente se acotovelando — alguns dançando, outros trocando beijos apaixonados —, conduziam ao bar principal, onde dançarinas se apresentavam e clientes bebiam e comiam.

— Ora, ora!— resmungou Rosenzweig. — Tal qual eu imaginei.

Ao entrar, Buck procurou atentamente por Jacov e desviou o olhar toda vez que se deparava com algum sujeito mal-encarado. Nem todos os casais ali eram de sexos opostos. Esta não era a Israel de que ele se lembrava. A fumaça ambiente era tão espessa que Buck sabia que se ele próprio estivesse fumando não prejudicaria tanto seus pulmões.

Buck não percebeu que Chaim havia parado à sua frente e trombou no velho senhor.

— Oh, Stefan! — Rosenzweig o repreendeu. Buck se virou a tempo de ver um jovem com uma bebida balançando na mão. Seu cabelo escuro estava molhado e manchado, e ele riu histericamente. Buck orou para que Stefan estivesse sozinho.

— Jacov está com você? — perguntou Rosenzweig.

Stefan, gargalhando, mal conseguia recuperar o fôlego. Ao se curvar em uma crise de tosse, derramou um pouco da bebida nas calças de Rosenzweig.

— Stefan! Onde está o Jacov?

— Bem, não está comigo! — bradou Stefan, endireitando-se e caindo na risada outra vez. — Mas com certeza ele está aqui!

O coração de Buck ficou apertado. Ele estava tão certo de que Jacov tinha sido sincero em sua conversão, e Deus havia provado isso com o selo em sua testa. Como Jacov foi capaz de profanar sua própria salvação dessa forma? Teria seu rápido encontro com a Comunidade Global sido mais horripilante do que Buck poderia imaginar?

— Onde? — pressionou Rosenzweig, visivelmente contrariado.

— Lá dentro! — Stefan apontou com sua bebida na mão, sem parar de rir e tossir. — Ele está em cima de uma mesa, divertindo-se como nunca! Agora me deixe passar para não acontecer um acidente aqui!

Stefan se afastou todo desajeitado, rindo a ponto de as lágrimas rolarem por seu rosto. Chaim, um tanto abismado, espremeu os olhos para olhar o salão principal, tomado pela música alta e as luzes estroboscópicas brilhantes.

— Essa não! — exclamou ele, dando com as costas em Buck e apontando para uma direção. — Veja ali, Jacov está completamente bêbado. Este jovem tímido, que mal olha a gente nos olhos quando cumprimentado, está se revelando na frente de todos! Isso é demais para mim. Vou trazer o carro até aqui. Você consegue fazê-lo descer da mesa e arrastá-lo para fora? Creio que seja maior e mais forte do que ele. Por favor.

Buck não sabia o que dizer. Afinal, ele nunca tinha feito algo assim e, embora já tivesse apreciado a vida noturna, nunca gostou de bares barulhentos, principalmente os iguais àquele. Chaim deu um encontrão nele ao sair apressado. Buck, então, desviou-se do velho e foi abrindo caminho por vários grupinhos até chegar a dezenas de pessoas cuja atenção estava voltada para o jovem israelense maluco sobre a mesa. Era Jacov, sem dúvida.

* * *

Rayford foi correndo até o porão e encontrou Ken com o telescópio de Donny Moore no colo e o microscópio dele sobre a mesa, lendo os diários técnicos que o rapaz havia deixado.

— O garoto era um gênio, Ray. Estou aprendendo um monte de coisa que irá nos ajudar. Se você puder passar essas informações para aquele outro piloto e também para o técnico infiltrado, eles conseguirão nos manter atualizados mesmo quando forem descobertos e nós todos estivermos apenas tentando sobreviver. Como eu posso ajudar?

— Eu quero ir com você na sexta-feira para Israel.

— Mas você mal escapou. Seu amigo Mac disse que seus dias estariam contados se você ficasse por lá, não foi?

— Não sou do tipo que foge, Ken. Não posso passar o resto da minha vida me escondendo de Carpathia, mesmo que ela não dure muito.

— O que diabos deu em você, Ray?

— Acabei de falar com a Chloe e senti um cheirinho de problema. De jeito nenhum o Nicolae vai deixar que eles saiam vivos de Israel. Temos que buscá-los.

— Eu topo. Como faremos isso?

* * *

Buck desistiu de pedir licença, pois estava sendo amaldiçoado de qualquer maneira. Finalmente, chegou perto o suficiente para ouvir Jacov, mas como ele protestava contra alguma coisa em hebraico, não entendeu nada. Bem, quase nada. Jacov gritava e gesticulava, tentando manter a atenção das pessoas. Todos riam e pareciam xingá-lo, assobiando e jogando bitucas de cigarro nele. Duas mulheres jogaram bebida em Jacov.

Ele estava bastante corado, parecia embriagado, mas não estava bebendo, pelo menos, não no momento. Buck reconheceu a palavra *Yeshua*, Jesus em hebraico. E *Hamashiach*, o termo para Messias.

— O que ele está dizendo? — perguntou Buck a um homem próximo. O bêbado olhou para ele como se fosse de outro planeta. — Inglês?

Buck insistiu.

— Matem os ingleses! — respondeu o homem.

Buck tentou outras pessoas.

— Inglês? — perguntou ele. — Alguém fala inglês aqui?

— Eu falo — respondeu uma garçonete. Ela carregava uma bandeja com louça usada. — O que quer?

— O que ele está dizendo?

Ela olhou para Jacov.

— A mesma coisa que ele repetiu a noite toda. "Jesus é o Messias. Eu sei. Ele me salvou." Toda essa baboseira. Fazer o quê, né? O chefe normalmente teria mandado expulsá-lo há muito tempo, mas ele é divertido.

Jacov era um pouco mais do que divertido. Sua motivação podia ser genuína, mas ele não estava produzindo impacto algum. Buck se aproximou e agarrou o tornozelo dele. Jacov olhou para baixo.

— Buck, meu amigo e irmão! Esse homem vai lhes contar! Ele estava lá! Ele viu a água se transformar em sangue e depois em água novamente! Buck, suba aqui!

— Vamos embora, Jacov! — respondeu Buck, balançando a cabeça. — Eu não vou subir aí! Ninguém está escutando! Vamos! Rosenzweig está nos esperando!

Jacov ficou espantado.

— Ele está aqui? Aqui? Mande-o vir aqui!

— Ele estava aqui dentro. Agora vamos embora, venha.

Jacov desceu e seguiu Buck com entusiasmo, aceitando a ovação e os tapinhas nas costas dos mais animados. Quando se aproximavam da porta da frente, Jacov avistou Stefan indo na direção contrária.

— Espere! Olhe meu amigo lá! Vou dizer a ele que estou indo embora.

— Ele vai deduzir — disse Buck, conduzindo-o porta afora.

No carro, Rosenzweig lançou um olhar fulminante para Jacov.

— Eu não estava bebendo, doutor — assegurou ele. — Nem uma gota sequer!

— Ah, Jacov — disse Rosenzweig quando Buck deu a partida e saiu. — O cheiro está em você todo. E eu o vi em pé na mesa.

— Sinta o meu hálito! — disse Jacov, inclinando-se para frente.

— Eu não quero sentir o seu hálito!

— Não! Vamos lá! Eu quero provar o que digo! — Jacov expirou com força perto do rosto do patrão, que fez uma careta e virou para o outro lado.

Chaim olhou para Buck.

— Ele comeu alho hoje, mas não senti cheiro de álcool.

— Claro que não! — disse Jacov perplexo. — Eu estava pregando! Deus me inspirou! Sou uma das 144 mil testemunhas, como diz o rabino Ben-Judá! Eu serei um evangelista de Deus!

Chaim acomodou-se no assento e levantou as duas mãos.

— Era só o que me faltava! — disse ele. — Eu preferiria que você estivesse bêbado.

* * *

Depois de ouvir o que havia acontecido nos bastidores em Israel, Ken concordou que provavelmente Carpathia fosse "fabricar" alguma tragédia sobre a qual não tivesse controle, algo cuja culpa pudesse recair em outra pessoa, mas que resultaria na morte das pessoas que lhe eram queridas.

— Eu não quero agir de maneira inconsequente, Ken — disse Rayford, mas não vou ficar escondido, só esperando que eles consigam escapar.

— Eu tenho pilotado para o seu genro desde os desaparecimentos, e você teria que se esforçar muito para ser mais inconsequente do que ele. Mas precisamos contatar o seu copiloto quando chegarmos lá. Eu posso ensinar muito sobre o Gulfstream a você, mas não temos como pousá-lo sem pista.

— O que você quer dizer?

— Que você pretende resgatá-los rapidamente, certo? Provavelmente na casa de Rosen-sei-lá-o-quê?

— Sim, vou sugerir a Tsion que ele divulgue uma programação para sábado que convença Carpathia de que será algo que ele não pode perder. Então chegaremos depois da meia-noite de sexta-feira e os tiraremos de lá.

— Se eles não puderem nos encontrar em algum lugar próximo do aeroporto, teremos que entrar lá e resgatá-los, e isso implica usar um helicóptero.

— Podemos alugar um? Eu poderia pedir a David Hassid, nosso homem na Comunidade Global, que nos esperasse em Jerusalém ou no Ben Gurion.

— Pode ser, mas precisaremos de dois pilotos. De jeito nenhum McCullum vai conseguir se livrar e nos ajudar.

— E eu, não sirvo para nada?

Ken deu um tapinha na cabeça.

— Como eu sou burro! Você tem treinamento para pilotar helicóptero?

— O Mac me ensinou tudinho. Vou aterrissar perto do complexo e transportá-los até o aeroporto para vocês, certo?

— É melhor conseguir a planta do lugar antes de partirmos. Você terá pouquíssimo tempo para pousar uma aeronave barulhenta em uma área residencial. Se alguém ver, os policiais vão aparecer antes que você possa voltar a decolar.

***

— Sua esposa sabe onde você foi? — perguntou Rosenzweig a Jacov, quando Buck estacionou em frente à casa do motorista.

— Eu liguei para ela, mas ela não entendeu nadinha do que eu estava falando.

— Por que você preferiu ir primeiro àquele lugar horrível?

— Eu fugi para a casa do Stefan. Ele queria que fôssemos até o bar, então pensei que não havia lugar melhor para começar a pregar.

— Você é um tolo — disse Rosenzweig.

— Sim, eu sou!

Buck jogou o celular dele para Jacov.

— Ligue para sua esposa para não matá-la de susto quando você entrar.

Mas, antes que Jacov pudesse discar, o telefone tocou.

— O que é isso? — disse ele. — Eu não fiz nada.

— Aperte a tecla verde e diga "telefone do Buck".

Era Chloe.

— Ela precisa falar com o senhor imediatamente, sr. Williams.

Buck pegou o telefone e disse a Jacov:

— Espere aqui até avisarmos sua mulher que você chegou.

Chloe contou a Buck sobre o telefonema de seu pai e que ele havia pedido para que providenciassem um esquema ou um mapa da casa de Rosenzweig.

— Tocarei no assunto quando tiver uma brecha — sussurrou Buck.

Mais tarde, quando finalmente cruzaram os portões da casa de Chaim, o momento ainda não parecia oportuno para sondar sobre a planta da casa. Rosenzweig ainda simpatizava com Carpathia e não entenderia. Poderia, até mesmo, dar com a língua nos dentes. Buck ficou no carro quando Rosenzweig saiu.

— Você não vai entrar?

— Você me empresta seu carro um pouquinho?

— Pegue o Mercedes.

— Este aqui serve bem — disse Buck. — Se Chloe ainda estiver acordada, peça a ela para me ligar.

— Aonde você vai?

— Prefiro não contar. Se você não souber, não precisará mentir se alguém lhe questionar.

— Isso é ardiloso demais para o meu gosto, Cameron. Cuide-se e volte logo, está bem? Você e seus amigos terão mais um dia agitado amanhã. Ou melhor dizendo, hoje.

Buck seguiu direto para o Muro das Lamentações. Como já esperava, depois do embate entre as duas testemunhas e Carpathia, bem como das ameaças de Nicolae em rede internacional, enormes multidões se comprimiam perto da cerca onde Eli e Moishe eram o centro das atenções. A Comunidade Global estava bem representada; guardas armados cercavam a multidão.

Buck estacionou longe do Monte do Templo e perambulou pela área tal qual um turista curioso. Moishe e Eli se postaram um de costas para o outro, com Eli de frente para a multidão. Buck nunca os havia visto naquela posição e se perguntou se Moishe não estaria de vigia. Eli falava com voz forte e penetrante, ainda que, naquele momento, estivesse competindo com o chefe da guarda da Comunidade Global e seu megafone. O guarda repetia seus anúncios em vários idiomas — primeiro hebraico, depois espanhol e, então, em uma língua asiática que Buck não conseguiu distinguir.

Por fim, falou num inglês arrastado com sotaque hebraico, que fez Buck concluir que o guarda da Comunidade Global era israelense.

— Atenção, senhoras e senhores! O supremo comandante da Comunidade Global me pediu para lembrar aos cidadãos a declaração de Sua Excelência, o soberano Nicolae Carpathia. — A multidão explodiu em ovações e aplausos. — Esses dois homens que vocês veem estão sob prisão domiciliar. Eles ficarão confinados a esta área até o encontro das testemunhas acabar, na noite de sexta-feira. Caso deixem a área antes disso, qualquer funcionário da Comunidade Global ou cidadão tem o direito de detê-los à força, feri-los ou até mesmo matá-los. Além disso, se eles forem vistos em qualquer outro lugar, repito, em qualquer lugar, após esse período, serão mortos.

A multidão perto da cerca tornou a aplaudir intensamente. As pessoas riam, faziam provocações, apontavam para as testemunhas e cuspiam nelas. Ainda assim, a multidão estava recuada quase uns dez metros, pois muitos ouviram falar ou até mesmo presenciaram pessoas sendo mortas por eles. Enquanto muitos alegavam que os dois tinham caprichosamente assassinado quem se aproximasse demais, o próprio Buck tinha visto um soldado mercenário ameaçá-los com um rifle de alta potência e ser incinerado pelo fogo projetado da boca das testemunhas. Outro homem que saltou na direção deles com uma faca pareceu se chocar contra uma parede invisível e caiu morto.

As testemunhas, é claro, pareciam não se abalar nem com a promulgação, nem com o guarda e o megafone. Permaneciam imóveis, de costas um para o outro, mas dava para notar a enorme diferença na aparência dos dois homens quando comparada à primeira vez que Buck os viu. Por causa do incrível interesse despertado pela transmissão do encontro das testemunhas, direto do Estádio Kollek, e por terem sido mencionados por Leon Fortunato e pelo próprio Carpathia, os meios de comunicação se aglomeravam naquele lugar.

Gigantescos refletores iluminavam a área. Um holofote fluorescente banhava as testemunhas. Contudo, nenhum dos dois piscou ou desviou o olhar. A luz artificial só serviu para enfatizar suas características ímpares: rosto forte e anguloso, olhos escuros e fundos em órbitas marcadas por sobrancelhas espessas.

Ninguém os havia visto chegar nem sair; tampouco sabia de onde eles eram. Desde o princípio, eles tinham uma aparência estranha e esquisita, trajavam vestes de juta e andavam descalços. Apesar de musculosos, eram ossudos, tinham pele áspera, rostos escuros e enrugados, cabelos longos e desajeitados, além de barba.

Alguns alegavam que eles eram a reencarnação de Moisés e Elias, mas se Buck tivesse que dar um palpite, diria que eram os dois personagens do Antigo Testamento em pessoa. O cheiro e a aparência pareciam pertencer a alguém com séculos de idade; deixavam um aroma defumado e empoeirado por onde passavam. Os olhos pareciam em chamas, as vozes tinham uma potência sobrenatural; mesmo sem amplificação, eram audíveis por mais de um quilômetro.

Um israelense fez uma pergunta em hebraico, e o segurança da Comunidade Global traduziu para os demais idiomas.

— Ele quer saber se será punido se matar esses homens agora, ali onde estão.

A multidão ovacionou novamente, conforme cada grupo compreendia o que ele havia dito. O guarda da Comunidade Global finalmente respondeu.

— Se alguém os matar esta noite, só será punido se uma testemunha ocular depuser contra ele. Eu não faço ideia se há alguma testemunha desse tipo por aqui.

A multidão riu e concordou, inclusive os outros guardas. Buck recuou. A Comunidade Global tinha acabado de dar permissão para alguém assassinar as testemunhas sem temer represálias!

Buck ficou tentado a alertar um possível tolo sobre o que ele presenciou quando alguém tentou matar as testemunhas, mas Eli foi mais rápido. Apesar de mal mover os lábios, dirigiu-se à multidão falando tão alto que parecia gritar a plenos pulmões.

— Aproximem-se e não duvidarão desta advertência do Senhor do Exército Celeste! Aquele que ousar atacar os servos designados do Deus Altíssimo, os candelabros daquele que está no céu, certamente morrerá!

A multidão e os guardas tropeçaram, recuando perante a força de sua voz, mas logo voltaram a se aproximar, provocando.

Eli extravasou novamente.

— Não ouse tentar os escolhidos, pois se opor aos que bradam no deserto é designar que a própria carcaça arda ante os olhos de outros chacais! O próprio Deus consumirá sua carne; ela escorrerá de seus ossos antes mesmo que seu fôlego tenha se extinguido!

Um homem bronco e debochado brandia um rifle pesado e potente. Buck prendeu o fôlego quando ele levantou a arma, acenando-a acima da multidão. Os demais advertiram o homem aos berros. O rifle tinha um visor preso à coronha, uma característica das armas usadas por franco-atiradores com um alto poder de alcance. Buck ficou perplexo, imaginando por que um homem arriscaria mostrar uma arma dessas às testemunhas, levando em consideração o comprovado poder de destruição delas.

O guarda da Comunidade Global se colocou entre o homem e a grade de ferro, atrás da qual estavam as testemunhas. Ele falou com o homem em hebraico, mas estava claro que ele não havia entendido nada.

— Inglês! — gritou o homem, mas ele não parecia ser americano. Buck não conseguiu distinguir seu sotaque.

— Se você fizer isso — recomeçou o guarda, agora falando em inglês —, mesmo que seja um serviço para a Comunidade Global, deve assumir responsabilidade total sobre as consequências.

— Você disse que não haveria testemunhas oculares!

— Senhor, o mundo todo está assistindo pela televisão e pela internet.

— Então me tornarei um herói! Saia da minha frente!

O guarda não se moveu até o homem levantar a arma para ele. Então, saiu, adentrando a escuridão. O homem ficou sozinho, de frente para a grade, e nada mais. As testemunhas não estavam mais lá.

— Vocês não tinham ameaçado queimar minha carne? — esbravejou o homem. — Enfrentem primeiro o meu poder de fogo, seus covardes!

O segurança da Comunidade Global voltou a usar o megafone, falando com urgência.

— Vamos vasculhar a área atrás da grade! Se os dois não estiverem lá, violaram a ordem direta do soberano e podem ser alvejados à vontade, sem que implique indiciamento!

CAPÍTULO 8

Embora, no Monte do Templo, fossem as primeiras horas da manhã de quinta-feira, a atmosfera era festiva. Centenas de pessoas estavam aglomeradas, falando sobre o descaramento daqueles dois velhos em desafiar Carpathia, colocando-se numa posição vulnerável a ataques. Eles eram um alvo fácil e certamente estariam mortos em poucos minutos.

Buck pensava diferente, claro. Ele havia sido exposto aos ensinamentos de Bruce Barnes, depois aos de Tsion Ben-Judá, e sabia o que as testemunhas queriam dizer com "o tempo devido". A profecia bíblica dizia que as testemunhas receberiam o poder de Deus para profetizar por 1.260 dias, vestidas com pano de saco. Tanto Bruce quanto Tsion afirmavam que os dias começaram a ser contados na assinatura do acordo de paz entre o anticristo e Israel, que perduraria por sete anos — e que também coincidiu com a tribulação de sete anos. O acordo tinha sido assinado há pouco mais de dois anos, e 1.260 dias divididos por 365 equivaliam a três anos e meio. Buck calculou que eles ainda tinham pouco mais de um ano para profetizar.

De repente, do alto da colina chamada Monte das Oliveiras, ouviu-se a pregação dos dois ao mesmo tempo. A multidão correu naquela direção, clamando por assassinato. Apesar da confusão, do murmurinho e dos guardas se deslocando com armas engatilhadas, as testemunhas falavam num volume tal que todas as palavras eram ouvidas com clareza.

— Ouvi-nos, os servos do Senhor Deus Todo-poderoso, criador do céu e da terra! Eis as duas oliveiras e os dois candelabros que permanecem diante do Senhor da terra. Se alguém nos causar dano, fogo sairá de nossa boca e devorará nossos inimigos. É assim que deve morrer qualquer pessoa que queira nos machucar! Ouçam e estejam avisados! A nós foi concedido o poder de fechar o céu para que não chova enquanto estivermos profetizando. Sim, temos poder sobre as águas para transformá-las em sangue e sobre a terra para feri-la com toda sorte de pragas, quantas vezes desejarmos.

E prosseguiram:

— E qual é a nossa profecia, ó geração de cobras e serpentes, que tornaram a cidade santa, onde o Messias morreu e ressurgiu, comparável ao Egito e a Sodoma? Jesus de Belém, o filho da Virgem Maria, esteve no princípio com Deus; ele era Deus, ele é Deus. Sim, Jesus cumpriu todas as profecias da vinda do Messias, e reinará e governará agora e sempre, sem fim, amém!

Os gritos furiosos de turistas e israelenses encheram o ar.

Buck foi atrás, sua própria respiração ofegante enchendo seus ouvidos. As testemunhas estavam fora do alcance da iluminação dos veículos de comunicação; nenhuma luz vinha também do céu, mas elas reluziam como no dia em que houve breu no bosque das oliveiras. Era uma visão assustadora e impressionante. Buck queria cair de joelhos e adorar a Deus, que era fiel à sua palavra. Quando a multidão alcançou a base do monte íngreme, escorregando na grama coberta de orvalho, ele conseguiu se aproximar.

— É obra nossa trazer chuva — gritaram as testemunhas, e uma corrente gélida de água jorrou dos céus, ensopando a multidão, inclusive Buck.

Não caía uma gota d'água há 24 meses, e as pessoas erguiam o rosto para o céu, de boca aberta. Contudo, a chuva parou no mesmo instante em que começou, como se Eli e Moishe tivessem aberto e fechado, em um único gesto, uma torneira.

— E nos compete fechar o céu enquanto estivermos profetizando!

A multidão ficou pasma, reclamou e resmungou, tornando a se queixar e fazer ameaças. Ao voltarem a se dirigir para a dupla iluminada na encosta, os profetas os detiveram somente com suas vozes.

— Levantem-se e ouçam-nos, ó ímpios de Israel! Vocês que são capazes de blasfemar o nome do Senhor Deus, seu Criador, sacrificando animais no templo erigido, como alegam, em honra dele! Não sabeis que Jesus, o Messias, era o Cordeiro, morto para retirar o pecado do mundo? O sangue do animal que vocês sacrificam e oferecem fede nas narinas de seu Deus! Abandonem seus modos perversos, ó pecadores! Encarem-se como os cadáveres que já são! Não avancem contra os escolhidos cujo tempo ainda não foi cumprido!

Entretanto, como esperado, enquanto Buck observava tudo horrorizado, dois seguranças da Comunidade Global passaram correndo por ele e pela multidão, empunhando armas.

Eles escorregavam e deslizavam pela encosta úmida, os uniformes ficando sujos, manchados de lama e grama molhada. Passaram a rastejar em posição de combate, subindo a colina, iluminados pela luz que irradiava das testemunhas.

— Ai de vós que cerreis vossos ouvidos às advertências dos escolhidos! — Gritaram as testemunhas. — Fujam para as cavernas para se salvar! Sua missão está condenada! Seus corpos serão consumidos! Suas almas não encontrarão redenção!

No entanto, os seguranças pressionaram. Buck espremeu os olhos, antecipando o horror que viria. A multidão cantou e levantou os punhos cerrados contra as testemunhas, incentivando os guardas a abrirem fogo. Tiros ressoaram, ecoando, ensurdecedores. Os cartuchos explodiam, produzindo clarões amarelos e alaranjados no cano das armas.

As testemunhas ficaram lado a lado, assistindo impassivelmente ao ataque desses homens, que estavam de bruços a 30 metros do topo. Tal qual os rifles, a multidão se calou, atenta, imaginando como os guardas poderiam ter errado de tão perto. Os guardas rolaram para a lateral, ejetando as cápsulas usadas e recarregando a munição com cliques sonoros. Tornaram a abrir fogo, enchendo o vale de violentas explosões.

As testemunhas permaneciam imóveis. Os olhos de Buck estavam pregados nelas. Uma luz branca ofuscante saiu de suas bocas, e elas, ao que pareceu, tossiram um jato de vapor fosforescente contra os guardas. Os agressores não tiveram tempo de recuar e foram consumidos pelo fogo. As armas permaneceram apoiadas no esqueleto dos braços e das mãos; a carne, contudo, foi vaporizada. As costelas e a pelve formavam silhuetas medonhas contra a grama.

Em poucos segundos, o calor branco liquefez os rifles, que escorreram e pingaram; também transformou os ossos em cinzas. Os pretensos assassinos arderam em pilhas flamejantes ao lado uns dos outros, enquanto a multidão fugia em pânico, gritando, praguejando, chorando e quase derrubando Buck ao passarem apressadas.

Ele foi tomado por um conflito de emoções, como sempre acontecia quando testemunhava a morte humana. As testemunhas declararam que quando os agressores morressem, suas almas estariam perdidas. Não era como se não tivessem sido avisados.

Horrorizado diante da vida dizimada e da condenação eterna daqueles guardas, que tudo haviam apostado e perdido, Buck sentiu os joelhos fraquejarem. Não conseguia tirar os olhos das testemunhas. O brilho do fogo letal ainda ardia em seus olhos, e era como se a luz que antes emitiam tivesse desaparecido.

Na escuridão, pelos lampejos e raios restantes, Buck percebeu que as testemunhas desciam o monte lentamente. Ele se perguntou por que elas não se transportavam para onde queriam, da mesma forma que aparentemente fizeram no estádio, na noite anterior, e agora, ao ir do Monte do Templo ao Monte das Oliveiras. Aqueles dois iam além de sua compreensão. Quando se aproximaram dele, Buck prendeu a respiração.

Ele os conhecia. Já tinham conversado antes, e as testemunhas pareciam conhecer o povo de Deus. Será que ele deveria dizer alguma coisa? Mas dizer o quê? "Que bom vê-los novamente"? "Como anda a vida"? "Bom trabalho que fizeram com aqueles guardas"?

Quando Buck se aproximou deles pela primeira vez, a grade de ferro os separava. Claro que nada poderia protegê-lo de alguém como eles, que carregam consigo o poder de fogo do Deus Todo-poderoso. Buck se ajoelhou quando eles passaram a menos de três metros dele e levantou os olhos ao ouvi-los murmurar. Moishe disse:

— O Senhor dos Exércitos jurou: "Certamente, como planejei, assim acontecerá, e como pensei, assim será".

Diante das palavras de Deus, Buck caiu com o rosto na grama e chorou. Os pensamentos e os propósitos de Deus aconteceriam e permaneceriam firmes. Ninguém podia contra os ungidos do Senhor até ele decidir que a hora havia chegado. As testemunhas continuariam seu ministério, e nenhum anúncio, nem sentença ou prisão domiciliar as atrapalharia.

"Pena que Chaim Rosenzweig não tenha visto tudo isso", Buck pensou ao voltar para o estacionamento no Monte do Templo.

Finalmente, de volta à casa de Chaim, Buck foi recebido com um aceno pelo porteiro, Jonas, que ainda se encarregou de abrir a porta para ele, já que todos dormiam. Buck deu uma espiada em Chloe, grato por encontrá-la adormecida. Então saiu na varanda do quarto e deixou os olhos se acostumarem novamente ao escuro.

Ele estava na lateral da casa principal, no lado oposto à entrada onde Jonas servia de vigia noturno. Buck notou, anteriormente, que ele percorria a propriedade a cada meia hora. Esperou até Jonas passar outra vez por ele, então examinou o local da varandinha, que dava para o pátio.

De um lado havia o duto de escoamento da calha, antigo, porém intacto e sólido. Do outro, um cabo preso ao estuque com pregos. O cabo, supunha ele, deveria ser do telefone ou da televisão. Ainda assim, não aguentaria seu peso. Já o duto de escoamento, no entanto, tinha braçadeiras espessas, e poderia ser escalado por alguém destemido.

Buck nunca havia se considerado valente, mas estava relutante em perguntar a Rosenzweig sobre a planta do terreno e despertar suspeitas; também tinha certeza de nunca ter visto uma passagem para o telhado. Ele precisava saber se um helicóptero conseguiria pousar naquele local, e a única maneira de descobrir era vendo tudo do alto.

Ele esfregou as mãos até sentir que estavam secas o bastante. Amarrou bem o cadarço do tênis e dobrou a barra da calça. Em pé, sustentando-se no gradil da varandinha, ergueu-se e começou a subir pelo duto de escoamento. Quando estava três metros acima, passando por uma pequena vidraça no terceiro andar, cometeu o erro de olhar para baixo. Ainda faltavam uns três metros para chegar ao telhado, porém, mesmo de onde estava, uma queda sobre o corrimão provavelmente o partiria em dois.

Começou a sentir uma pontinha de pânico. Não havia espaço para se acertar, nem para se virar, tampouco para errar. Um deslize, um susto que o desequilibrasse, e ficaria sem opções. Cairia e só poderia orar para aterrissar mais para o centro da varanda, em vez de cair sobre o gradil. Contudo, se ele se chocasse com o chão também estaria morto. Se caísse no pátio, provavelmente morreria.

O que fazer, então? Prosseguir e completar a missão ou voltar rapidamente e se manter em segurança? Decidiu que estaria igualmente seguro uns três metros acima, por isso continuou. A um metro do telhado, sentiu-se instável, no entanto, também sabia que o único perigo que agora enfrentaria só dependia dele. Se ele vacilasse, levasse um susto, entrasse em pânico ou olhasse para baixo, congelaria. Quando levantou a perna esquerda sobre o beiral plano do telhado, imaginou-se como uma mosca humana, pendurada na borda do telhado de uma construção de três andares.

"Eu sou um idiota", concluiu ele, mas se sentia muito melhor com o sólido teto sob seus pés. Era uma noite clara e estrelada, nítida e calma. Observou que havia ventiladores, exaustores, dutos e saídas de ventilação aqui e ali. Concluiu que Rayford, ou quem quer que fosse, precisaria de uma área livre relativamente grande para pousar um helicóptero.

Buck andou na ponta dos pés pelo telhado, ciente de que o som dos passos costuma ser ampliado no piso de baixo, e foi recompensado do outro lado. Para sua surpresa, ele encontrou um antigo heliponto. As linhas estavam desbotadas, mas o que quer que este edifício tenha sido, antes de ser destinado a um herói nacional, requeria uma área para pousar um helicóptero. Rosenzweig provavelmente sabia disso e poderia facilmente ter-lhe poupado dessa aventura.

Ele também deduziu que, se alguém usava o heliponto, devia haver um acesso pelo interior da casa. Buck olhou e tateou até encontrar uma porta pesada de metal. Estava enferrujada e empenada, mas não trancada. Imaginou como o rangido e o gemido do metal ressoariam lá dentro se ele não tomasse cuidado ao fazer força para abri-la.

Buck a manuseou por vários minutos, fazendo-a se movimentar um pouco a cada vez. Quando sentiu que estava pronta para um impulso mais forte, colocou seu ombro contra ela e segurou a borda para evitar que se movesse rápido demais. Com um grunhido e um empurrão com o corpo, a porta se moveu uns 20 centímetros. Fez barulho, mas nada muito alto. Acreditava que ninguém tinha ouvido. Se os guardas viessem correndo ou se ele acordasse alguém lá dentro, rapidamente se identificaria e explicaria o que estava fazendo.

Buck tentou passar pela abertura, mas não havia espaço o bastante. Então, empurrou a porta alguns centímetros por vez. Quando finalmente conseguiu passar, viu-se no topo de uma escada de madeira, cheia de mofo, poeira e teias de aranha. Ao dar o primeiro passo no patamar, logo descobriu que o piso também estava rangendo. Tateou no escuro, buscando um interruptor de luz, mas sem expectativa. Quando não encontrou nada, buscou a ponta do degrau com um pé, mantendo todo o cuidado. Levou um susto quando algo roçou sua testa. Quase caiu para trás na escada, mas conseguiu se segurar, pressionando o corpo contra as paredes de madeira. Foi difícil manter o equilíbrio, com a parte de trás da perna pressionando contra os degraus.

Tateando no escuro, encostou numa lâmpada meio solta num soquete com interruptor próprio. Será que ainda funcionava? Não seria sorte demais para uma noite? Ele ligou o interruptor e a luz ganhou vida. Buck fechou rapidamente os olhos com o brilho, então ouviu um clique conhecido, e o filamento se partiu. Era o esperado para uma lâmpada não usada provavelmente há anos.

Abriu os olhos e viu um halo residual amarelo do rápido *flash* de luz. Piscando, tentou reproduzir mentalmente a imagem do local que havia visto de relance antes de a lâmpada queimar. Manteve os olhos fechados até seu cérebro desenhar um quadro rudimentar dos três degraus restantes, que davam numa porta larga.

Buck não tinha mais o que fazer, a não ser confiar no que acreditava ter visto. Ele desceu as escadas e confirmou que estava certo. Chegou a outro patamar, então tateou até a porta de madeira; grande, pesada e sólida. Encontrou a maçaneta e a virou, mas a porta não se moveu. Dava para ver que não estava emperrada. Parecia trancada. Localizou a fechadura abaixo da maçaneta. Não seria possível abrir aquela porta sem chave. Precisaria voltar para o seu quarto do jeito que havia chegado ali.

Contudo, Buck sentiu uma dose de ânimo ao fazer o caminho de volta. De alguma forma, ele encontraria aquela porta no interior da casa, depois perguntaria a Chaim sobre a chave.

Quando chegou ao duto de escoamento, foi forçado a olhar para baixo antes de deixar o telhado e começar a descer. Aquilo havia sido um erro; no entanto, agora precisava enfrentar. Por quanto tempo ele tinha se ausentado? Decidiu esperar mais uma ronda do segurança para ter certeza. Então percebeu que a anterior devia ter passado instantes antes porque, quase meia hora depois, viu Jonas passar e sumir de vista novamente.

Buck segurou a parte superior do cano com as duas mãos, balançou a perna da frente até sentir a beirada da primeira braçadeira e começou a escalar até embaixo. Estava prestes a chegar ao gradil da varanda de seu quarto, quando teve certeza de ver algo abaixo, em sua visão periférica. Se precisasse adivinhar, arriscaria que tinha sido a cortina a se mover.

Será que Chloe estava acordada? Ela o teria ouvido? Podia vê-lo? Não queria assustá-la. Mas e se fosse a Comunidade Global? E se eles já estivessem infiltrados no local? Poderia também ser um segurança do próprio Chaim. Será que agiriam antes que ele pudesse se identificar?

Buck ficou pendurado no duto de escoamento, sentindo-se um idiota, apoiado na braçadeira com a ponta dos pés. Ele deveria ter simplesmente pulado de leve no pátio e entrado novamente no quarto, mas precisava ter certeza de que ninguém estava na janela. Soltou uma mão e inclinou-se o máximo possível. Nada.

Ele abriu os joelhos e tentou abaixar a cabeça para conseguir espiar. As cortinas estavam abertas? Pensou ter passado pela cortina fechada. Enquanto tentava espiar mais adiante, escorregou da braçadeira e seus dedos da mão tiveram que sustentar todo o peso de seu corpo. Só podia esperar que ninguém estivesse olhando pela janela, porque não conseguiria aguentar aquela situação por muito tempo.

Quando os dedos de Buck cederam, ele caiu de uma vez, o nariz a centímetros da porta de vidro. Quando seus pés bateram na varanda, viu-se encarando um par de olhos, arregalados de espanto, e um rosto pálido e fantasmagórico.

Além de se assustar com a imagem quando aterrissou, o peso de Buck fez seus joelhos se dobrarem e baterem na porta, empurrando-o contra o gradil de proteção da varanda. Sua lombar foi de encontro à grade, e, no desespero, agarrou-se a ela para não cair de cabeça.

Com um gemido alto, Buck viu o céu enquanto o peso de seu corpo o jogava para trás; seus pés logo o seguiram. Ele ficou dependurado pelas mãos, no alto do gradil, de cabeça para baixo, com a nuca pressionada contra as barras da grade e os pés balançando perto do rosto. Foi o melhor que pôde fazer para se segurar, sabendo que sua vida dependia disso.

Enquanto isso, claro, Chloe começou a gritar.

Buck forçou os pés para cima até recuperar o equilíbrio, balançando-se dolorosamente sobre o quadril, com o corrimão cravado nas costas. Com um empuxo desesperado, forçou seu tronco até o peso de suas pernas o levar de volta à varanda.

— Sou eu, querida — disse ele, enquanto Chloe olhava com olhos arregalados pela janela.

Ele esfregou as costas, enquanto ela abria a porta.

— Que loucura foi essa, Buck? — ela ficou repetindo. — Eu quase dei à luz aqui!

Buck tentou explicar enquanto se despia, louco para dormir como há muito não conseguia. Então, ouviu uma batida rápida na porta.

— Tudo bem aí, senhora? Ouvimos um grito.

— Sim, obrigada — respondeu ela, e caiu na risada.

O guarda foi embora murmurando:

— Recém-casados...

Buck e Chloe riram até chorar.

— De qualquer forma — disse Buck, alongando as costas doloridas —, encontrei um velho heliponto e...

— Eu sei sobre tudo isso — disse Chloe. — Perguntei a Chaim quando ele finalmente chegou em casa.

— Perguntou?

— Sim.

— Mas não queria que ele soubesse que estamos planejando algo...

— Eu sei, superdetetive. Só perguntei sobre a história do lugar para ver o que poderia descobrir. Aqui costumava ser uma embaixada. Por isso o...

— Heliponto.

— Exatamente. Ele até me mostrou a porta que leva a ele. Há uma chave bem ali, pendurada num prego, no batente. Aposto que dá para abrir a porta com ela.

— Eu sou um idiota — disse ele.

— Você é o meu idiota. E quase me matou de susto, claro. Se eu tivesse uma arma, teria atirado em você. Pensei em correr até lá e empurrar você para baixo.

— O que a deteve?

— Algo me disse que era você. Aliás, você não parecia muito assustador, sabe? Com o traseiro suspenso no ar.

— Você é má. Então, quer saber aonde fui?

— Imaginei que tivesse ido ao Muro; por isso, não liguei.

— Você me conhece bem demais.

— Eu sabia que você gostaria de ver como as testemunhas reagiriam à ameaça do Carpathia. Plateia numerosa?

* * *

Rayford teve dificuldade para dormir, algo raro. Ficou olhando para o relógio, calculando que horas seriam em Israel e tentando decidir quando ligar para Buck ou Chloe. Sabia que eles tentariam dizer que as coisas tinham se acalmado e não corriam o perigo que ele supunha, mas Rayford havia trabalhado mais próximo de Carpathia do que Buck. Ele conhecia muito bem o homem. Além disso, queria falar com Tsion. Embora o rabino confiasse em Deus para protegê-lo, todo cuidado era pouco. As Escrituras deixavam claro que, por algum tempo, os selados de Deus seriam invulneráveis aos danos dos juízos, porém ninguém sabia ao certo se a proteção se estendia além dos 144 mil evangelistas judeus convertidos a gentios, por exemplo, a Rayford e a sua família, que tinham se tornado santos da tribulação. E, embora os 144 mil — dos quais Tsion visivelmente fazia parte — estivessem protegidos contra os juízos, parecia improvável que um deles não morresse por outras causas nesse meio tempo.

Rayford estava desesperado para tirá-los de Israel, mas, quando amanheceu em Chicago, finalmente adormeceu. Acordou tarde naquela manhã, por isso sabia que seus colegas na Terra Santa já estavam a caminho do encontro noturno, que ele teria que assistir novamente pela internet.

* * *

Mais uma vez, Buck tinha dormido por várias horas, e Chloe fez questão de deixá-lo descansar.

— Você está em um ritmo diferente do meu — justificou ela. — Se vai ficar acordado o tempo todo para brincar de Homem-Aranha, precisa de repouso. É sério, Buck. Preciso de você saudável. Há meses você anda a todo vapor, alguém precisa cuidar de você.

— Na verdade, sou eu quem está tentando cuidar de você — disse ele.

— Bom, então comece por não rondar na minha varanda no meio da noite.

Chaim havia negociado com Fortunato que Jacov não seria indiciado pelo incidente da noite anterior caso concordasse em não deixá-lo mais servir de motorista para Tsion. Contudo, o rapaz ficou tão irritado com a perspectiva de não ir ao encontro das testemunhas que o dr. Rosenzweig finalmente concordou em seguir apenas o que dizia o acordo. Buck dirigiu. Jacov o acompanhou e trouxe um convidado: Stefan.

Quando chegaram ao estádio, no início da tarde, dessa vez conduzidos pela escolta da Comunidade Global pelos atalhos apontados por Jacov, o rapaz recém-convertido saiu da *van* com tanta alegria e empolgação no rosto, que Buck não pode conter o sorriso.

Chloe havia concordado em ficar no complexo, deixando Buck preocupado. Ela havia reclamado menos do que ele esperava, então ele ficou se perguntando se ela não estaria sofrendo mais do que deixava transparecer. Chloe tinha ficado abalada, é claro, por fugir da Comunidade Global na noite anterior, e Buck esperava que ela percebesse que incidentes semelhantes não eram bons nem para ela, nem para o bebê.

Durante o dia todo, reportagens jornalísticas comentavam que os dois pregadores do Muro das Lamentações haviam negligentemente desconsiderado as ordens do soberano. Relatórios diziam que, quando as forças da Comunidade Global tentaram prendê-los, dois guardas foram assassinados. Testemunhas oculares alegavam que os dois tinham um lança-chamas escondido nas vestes, que foi acionado quando os guardas chegaram a poucos metros de distância. As armas não haviam sido recuperadas, embora os pregadores tivessem permanecido perto do Muro das Lamentações, em seu local costumeiro, desde pouco antes do amanhecer. Gravações ao vivo do local mostravam multidões enormes a ridicularizá-los e insultá-los, mantendo, no entanto, mais distância do que a habitual.

Buck perguntou a Tsion:

— Por que Nicolae não atira uma bomba neles, os ataca com mísseis ou algo assim? O que aconteceria, considerando que ainda estamos a um ano da data marcada?

— Até mesmo Nicolae reconhece a natureza sagrada do Monte do Templo —ponderou Tsion ao desembarcar do veículo. Ele correu para dentro tentando escapar da multidão que se apressava para saudá-lo. — Eu adoraria cumprimentar todo mundo, mas temo o caos. — Encontrou um lugar para se sentar. — De qualquer forma, Carpathia não sancionaria tal ato de violência direta, principalmente se for diretamente ligada a ele. Sua ameaça de matá-los, caso permaneçam no Muro das Lamentações depois de o encontro acabar, amanhã à noite, é uma espécie de tática. Para ser franco, estou feliz que ele tenha feito isso publicamente. Espero que os dois desrespeitem sua autoridade e permaneçam ali mesmo.

Jacov e Stefan pareciam pessoas muito diferentes daquelas nas primeiras horas da madrugada. Parecia que Rosenzweig estava certo sobre Stefan ter uma resistência melhor às bebidas. Ele não parecia nada mal e se revelou muito agradável. Foram procurar bons lugares no estádio, e Jacov pediu a Buck:

— Ore por minha esposa, que assistirá ao encontro pela TV. Ela está preocupada comigo, achando que eu perdi a cabeça. Eu disse a ela que a questão não é o que eu perdi, mas o que encontrei!

Os seguranças da Comunidade Global olhavam ameaçadoramente para qualquer pessoa relacionada à programação do encontro, como se expressassem veladamente que estavam apenas fazendo o que lhes era ordenado. Por eles, se comprovado o envolvimento, destruiriam todos que se opusessem ao seu soberano.

Não era esperado muito alvoroço naquela segunda noite, mas, por causa da comoção e das controvérsias da noite anterior, a multidão era maior do que nunca. Os convertidos estavam de volta, e os céticos mais curiosos também haviam comparecido.

A noite começou mais uma vez com uma saudação simples, um hino cantado com fervor e uma introdução a Tsion Ben-Judá. Ele foi saudado por ondas de gritos e aplausos, em boa parte ignorados por ele, e se restringiu a sorrir e levantar as mãos, pedindo silêncio. Buck novamente ficou de pé no anexo lateral, observando e escutando com admiração o homem que havia se tornado seu pai espiritual. O rabino que chegou a Jesus estudando as profecias do Antigo Testamento agora liderava um rebanho de milhões de pessoas pela internet. Lá estava ele, um homem franzino e franco, com uma bíblia e uma pilha de anotações meticulosas. Ainda assim, tinha a enorme multidão na palma da mão.

— Creio que vocês aprenderam muito hoje — começou Tsion. — E esta noite será de mais instrução. Eu lhes avisei com antecedência sobre os vários juízos; dos sete selos, passando pelas sete trombetas; até, por fim, chegar às sete taças que inaugurarão a gloriosa manifestação de nosso Senhor e Salvador, Jesus Cristo.

E prosseguiu:

— Do início do período de sete anos da tribulação, contado a partir da assinatura da aliança profana entre o sistema que unificou o mundo e a nação de Israel, considerando os juízos que se abateram, desde então, sobre o mundo, calculo que estejamos à beira do precipício. Conseguimos suportar os sete juízos do selo e os três primeiros, de sete, juízos das trombetas. O quarto, e intermediário, é o próximo juízo no tempo de Deus. Para provar ao mundo admirado e aos que não estão convencidos de que sabemos do que falamos, vou lhes revelar agora o que esperar. Quando tudo ocorrer, ninguém deve alegar ignorância, nem afirmar que esta advertência não estava registrada nas Escrituras há séculos. Deus não quer que ninguém pereça, mas que se arrependam. Esta é a razão de todos os sofrimentos e provações. Embora tenha esperado o máximo possível, com misericórdia, para arrebatar sua igreja, ainda lançou juízo após juízo sobre um mundo incrédulo. Por quê? Ele estaria com raiva de nós? E não deveria estar?

Todos concordavam, atentando-se a cada palavra que Tsion dizia.

— Mas não! Não! Mil vezes não! Em seu amor e misericórdia, tentou de tudo para chamar nossa atenção. Todos nós, aqui na terra, falhamos em responder ao seu chamado amoroso. Então, usando todas as flechas de sua aljava, tem se tornado mais explícito a cada juízo. Alguém duvida que tudo isso seja obra de Deus?

E continuou:

— Remorso! Busque-o. Aceite sua dádiva antes que seja tarde demais. A desvantagem dos juízos é que, embora chamem a atenção de muitas pessoas, também fazem com que milhares morram. Não arrisque cair nessa categoria. A probabilidade é que três quartos dos que foram deixados para trás no arrebatamento morrerão perdidos ou redimidos até o fim da tribulação.

Então, finalmente chegou ao tema principal:

— Quero lhes contar hoje sobre o quarto juízo da trombeta, esperando que não seja necessária mais essa catástrofe para finalmente convencê-los, visto que ela pode facilmente matar todos vocês.

CAPÍTULO 9

Pouco depois do meio-dia de quinta-feira em Chicago, Rayford e Ken se juntaram ao dr. Charles e à Hattie para assistir ao encontro. Os pilotos estavam com seus planos de voo e rascunharam o percurso até o Oriente Médio. O plano era Tsion anunciar algo oficial ou importante para sábado, o que desencadearia a ida de Rayford e Ken para Israel. Eles planejavam chegar por volta da meia-noite de sexta-feira e embarcar os passageiros pouco depois disso.

Rayford ergueu o pescoço quando os quatro ouviram Tsion dizer:

— Pretendo resumir essa palestra em uma pequena sessão de agradecimento ao comitê local, no sábado, ao meio-dia, perto do Monte do Templo.

— Perfeito! — exclamou Rayford. — Preciso ser atualizado sobre o Gulfstream ainda esta tarde para que possamos dividir as responsabilidades nesta viagem.

— Contanto que você esteja ciente de que precisará lidar com um helicóptero... Aliás, você já descolou algum?

— Essa parte é fácil. Ei, cara, voltamos ao combate!

Hattie lançou um olhar demorado para Rayford.

— Você gosta desse tipo de coisa?

— Engraçado você me perguntar isso — disse ele —, considerando como se sente em relação ao Carpathia.

— Eu espero morrer logo depois dele. Você age como se não pudesse perder.

— Nós já vencemos — disse Ritz. — É só uma questão de passar pelo que foi proposto. Como diz Tsion, a Bíblia já conta a história e somos vencedores.

Hattie balançou a cabeça e rolou, ficando de lado, de costas para eles.

— Você conta muita vantagem para alguém que lida com um homem como Nicolae.

Ken chamou a atenção de Rayford.

— Você já calculou, com a mudança de fuso e tudo mais, quando devemos partir? Bem, claro que já. Você tem voado há muito mais tempo que eu nessa rota.

* * *

Buck achava difícil acreditar em tudo o que aconteceu nas últimas 24 horas, desde que Tsion se dirigiu à multidão pela última vez. Chloe estava lhe fazendo falta, mas há muito tempo não se sentia tão sereno e em paz.

— A terra geme sob os efeitos de nossa condição pecadora — prosseguiu Tsion. — Todos nós perdemos entes queridos no arrebatamento e nos dez juízos celestes, desde então. A grande ira do Cordeiro devastou o mundo inteiro, mas não esta nação. Só os três primeiros juízos da trombeta queimaram um terço das árvores e da vegetação do planeta, destruíram um terço dos peixes do oceano, afundaram um terço dos navios do mundo e envenenaram um terço das águas da terra; tudo como estava previsto nas Escrituras. Conhecemos a sequência desses eventos, mas desconhecemos o tempo de Deus. Ele pode acumular muitos juízos em um único dia. Então, só posso afirmar com certeza o que virá a seguir. Como podem ver, os juízos pioram progressivamente. O quarto juízo das trombetas afetará a aparência dos céus e a temperatura de todo o globo.

Ele explicou:

— Em Apocalipse 8:12 está escrito: 'O quarto anjo tocou a sua trombeta, e foi ferido um terço do sol, um terço da lua e um terço das estrelas, de forma que um terço deles escureceu. Um terço do dia ficou sem luz, e também um terço da noite'. Quer isso signifique um terço de cada estrela ou um terço de todas elas, o efeito será o mesmo. Dia ou noite, os céus ficarão um terço mais escuros, como nunca visto. E não só isso: entendo, nesta passagem, que um terço a mais do dia será escuro. Ou seja, o sol brilhará apenas dois terços do tempo que costumava brilhar. E quando estiver brilhando, terá apenas dois terços do seu brilho habitual.

E disse mais:

— A profecia indica que, na sequência, a terra se tornará mais chamuscada e ressecada, então é provável que o escurecimento e o resfriamento sejam temporários. Contudo, quando ocorrer, desencadeará, por tempo indeterminado, condições de inverno na maior parte do mundo. Preparem-se, preparem-se, preparem-se! E quando amigos, vizinhos e entes queridos deprimidos se desesperarem com a escuridão e a tristeza, mostrem a eles que tudo já era previsto. Digam-lhes que é a maneira usada por Deus para chamar a atenção deles.

Tsion resumiu os ensinamentos transmitidos durante o dia em vários locais da cidade e estimulou os presentes a pregarem com ousadia "até a gloriosa manifestação em menos de cinco anos. Creio que o principal momento da colheita é agora, antes da segunda metade da tribulação, chamada pela Bíblia de grande tribulação".

— Um dia, esse maléfico sistema mundial instaurado exigirá que os cidadãos tenham uma marca para poder comprar ou vender. Vocês podem ter certeza de que não será a marca que hoje vemos na testa uns dos outros!

Tsion continuou a dar sugestões práticas para estocar mercadorias.

— Devemos confiar em Deus — concluiu ele. — O Senhor espera que sejamos sábios como as serpentes e gentis como as pombas. Essa sabedoria inclui ser prático o suficiente com o intuito de se preparar para um futuro já estabelecido em sua Palavra. Temo que, amanhã à noite, trarei para vocês uma mensagem difícil. Para já ter uma prévia do que falarei, leiam o capítulo 9 de Apocalipse.

Quando Tsion estava começando a concluir seus ensinamentos da noite, o telefone de Buck tocou.

— É o Mac. Você está num lugar onde pode conversar?

Buck se afastou dos bastidores e foi para uma área tranquila.

— Diga.

— Você, sua esposa e Ben-Judá já armaram um plano de fuga?

— Estamos trabalhando nisso.

— Acredite, vocês vão precisar de um. Rapaz, esses caras são loucos. Carpathia passa metade do dia irado com as duas testemunhas e a outra metade planejando matar o Mathews.

— Mathews o incomoda mais do que Tsion?

— Eu não daria sequer um centavo pelo futuro de Peter Mathews. Na verdade, Carpathia acredita que sabe qual é a de Tsion. E seja lá qual for o assunto de sábado, tenha cuidado. As tropas dele sentem-se estimuladas por saber que podem apagar Tsion e não sofrer punição. Nicolae alegaria uma emboscada, um conflito hierárquico entre cristãos, ou algo assim, e ainda sairia como herói.

— Esta conexão é segura, né?

— Claro.

— Nós vamos estar bem longe deste encontro no sábado.

— Ótimo! Precisam de alguma coisa? Falo todo dia com David Hassid.

— Rayford está tentando conseguir um helicóptero para nos levar de Jerusalém até um dos aeroportos.

— Vocês não podem simplesmente fugir e pegar uma carona?

— Não confiamos em quase ninguém, Mac.

— Melhor assim. Vou pedir a David que consiga um helicóptero parecido com o nosso.

— Branco, com o logo da Comunidade Global?

— Ninguém vai mexer com vocês se virem isso.

— Até ele ser abandonado na pista e a gente decolar em um jato Gulfstream.

— O Ritz tem um desses? Estou com inveja.

— Venha com a gente, Mac.

— Você sabe que eu adoraria, mas alguém precisa ser o informante aqui.

* * *

— Amanhã à noite nós não vamos conseguir assistir ao encontro, né? — perguntou Rayford quando Ken revisou com ele os passos do Gulfstream no Aeroporto de Palwaukee.

— Claro que vamos. É só conectar seu iPhone ao meu sistema de rastreamento por satélite e posso forçá-lo a desbloquear um *site* de notícias na internet. Vai ser meio complicado, oscilará de vez em quando, mas, pelo menos, poderemos acompanhar.

Rayford completou pela quarta vez consecutiva uma aterrissagem suave, e Ritz o declarou preparado. Quando se sentaram no hangar reformado para terminar de traçar o percurso, o jovem mecânico se aproximou.

— Capitão Steele — disse Ernie. — Atendi uma ligação enquanto o senhor voava. O seu telefone estava desligado?

— Sim — disse Rayford, tornando a ligá-lo. — Eu não queria me distrair.

— Ouvi dizer que o senhor tinha um aparelho capaz de tocar mesmo desligado, feito um despertador.

— Sim, mas também dá para controlar isso.

— Bacana. De qualquer forma, uma senhorita chamada Hattie Durham pediu para o senhor ligar para ela.

Rayford ligou para Hattie no caminho de volta para o esconderijo.

— Eu não dou a mínima, mesmo se Floyd atestar que você está em condições de correr uma maratona, Hattie. Você não vai conosco, não no meu avião.

— Seu avião? — disse Ritz, rindo ao volante do Land Rover.

— Ou, melhor dizendo, no avião de Ken.

— Também não é meu, não! — retrucou Ken.

— No avião de quem quer que seja! E, Hattie, o Floyd não vai liberar você para viajar de jeito nenhum. Vou falar com ele.

— Floyd nem sabe que eu liguei. Sei o que ele dirá, por isso não falei nada e você também não falará.

— Hattie, você está agindo feito criança. Você acha mesmo que eu a deixaria entrar numa missão perigosa, doente como esteve? Você me conhece muito bem.

— Eu pensei que talvez se sentisse em dívida comigo.

— Hattie, não tem conversa. Se quiser uma carona para o Oriente Médio para matar Carpathia, vai ter que procurar em outro lugar.

— Deixe-me falar com o Ken.

— Ele não vai...

— Só passe a ligação para ele, vai!

Rayford entregou o telefone para Ritz, que parecia perplexo e fez uma careta.

— Sim, boneca — disse ele. — Não, desculpe, é só uma expressão antiga... Bem, claro, eu também gostaria de ser uma boneca... Oh, não senhora. Eu não vejo como. Claro que não me agrada você pensar mal de mim, mas se eu me deixasse manipular por toda menina bonita e mimada, que faz biquinho, não teria me divorciado duas vezes, concorda? Melhor chorar e implorar para outra pessoa, querida, porque com certeza você não será responsabilidade minha, no exterior, dois dias depois de ter sofrido um aborto... Sinto muito e, como todo mundo em sua vida, tenho carinho por você, então, não vou fazer parte dessa loucura... Bem, eu entendo. Eu mesmo gostaria de matá-lo, mas tenho um trabalho a fazer, e ele já é perigoso o bastante. Vou tirar as pessoas de lá, sem me preocupar com assassinar ninguém. Pelo menos não nesta viagem. Que tal você se recuperar e, numa próxima, levo você para praticar tiro ao alvo em Nicolae? Não, eu não estou debochando. Você é que está bancando a tola, não acha?

Ritz balançou a cabeça ao desligar o telefone e entregá-lo a Rayford.

— A esquentadinha desligou na minha cara. Impossível não admirar a ousadia dela. E ainda por cima é linda, não acha?

Rayford balançou a cabeça.

— Ritz, você deve estar na lista dos dez mais procurados pelas feministas. Cara, que retrógrado!

* * *

Quando entraram, Rayford quase entrou em pânico ao não encontrar Hattie na cama.

— Ela está no banheiro? — perguntou a Floyd.

— Quem dera — respondeu o médico. — Está andando por aí.

— Andando?!

— Acalme-se. Ela insistiu em dar uma volta e não me deixou ajudá-la. Está lá do outro lado.

Rayford foi verificar a metade vazia e mais danificada do imóvel geminado. Hattie estava de braços cruzados, andando devagar sobre o piso irregular de um cômodo sem mobília. Ele se limitou a olhar para ela, sem fazer a pergunta óbvia. Mas ela respondeu assim mesmo:

— Só estou tentando ganhar forças.

— Não para esta viagem.

— Eu já me resignei com a ideia. Mas o Ken prometeu...

— O Ken estava falando por falar, Hattie, e você sabe disso. Agora, faça a si mesma e a todos nós um grande favor e siga as ordens médicas.

— Eu conheço bem o meu corpo. É hora de começar a recobrar as forças. Ele disse que o pior já passou, seja lá qual tenha sido o veneno. Mas isso só porque meu bebê arcou com o todo o ônus. E Nicolae tem que pagar.

De repente, Hattie ficou sem fôlego.

— Viu? — disse Rayford. — Você está abusando.

Rayford a ajudou a caminhar até a outra parte da casa, mas Hattie se recusou a deitar.

— Vou ficar sentada um pouco — disse ela.

Floyd estava visivelmente zangado.

— Vai ser muito divertido lidar com Hattie enquanto vocês estiverem fora.

— Venha conosco — sugeriu Ken. — Pelo que vejo, ela voltou a ser bastante autossuficiente.

— Sem chance. Ela não faz ideia do quanto está doente, mas eu sim.

— Vamos torcer para que a gente não traga mais feridos para você — disse Ken.

Rayford assentiu com a cabeça.

— Eu já vi baixas suficientes nesta guerra para valer pela vida toda.

* * *

Mac confirmou a Buck que o complô contra Tsion e as duas testemunhas estava marcado para o meio-dia de sábado, perto do Monte do Templo.

— Eles mal podem acreditar que Tsion tenha lhes dado esse presente. Estão planejando fazer com que pareça um atentado causado por uma bomba terrorista, que deve matar a todos num raio de 60 metros da Muralha.

— Tsion achava que Carpathia não tentaria nada em um local tão sagrado para os judeus.

— Ele nunca seria ligado ao suposto atentado. Eles querem colocar a culpa em Mathews. O engraçado é que Mathews concorda e quer o crédito por isso. Ele diz que as testemunhas e Tsion são os maiores inimigos da religião que ele já viu. Está furioso. Vocês vão estar bem longe do local, certo?

— À uma da manhã.

— Perfeito. Uma réplica do helicóptero foi entregue e, até onde sei, está tudo confirmado. E o seu anfitrião, já aceita melhor tudo isso?

— Rosenzweig continua sustentando que Carpathia é um cara mal compreendido. Ele ficará tão surpreso quanto os demais quando desaparecermos no meio da noite. Chaim costuma ser um dos primeiros a dormir, então vamos nos certificar disso. Não podemos fazer as malas, nem nada que levante suspeitas, até ele adormecer. No entanto, se o pior acontecer e ele acordar, sei que ficará quieto até estarmos longe.

Um problema para a execução do plano, na sexta-feira à noite, era todos quererem ir ao estádio. As ameaças contra as testemunhas e o embate público entre Carpathia e Ben-Judá tinham atingido o ápice da crise. O lugar estaria lotado. Embora Chloe tivesse assegurado a Buck que ficaria feliz por tirar uma noite de folga, ela queria ir ao estádio e prometeu ser cautelosa e não exagerar. Disse, inclusive, que ficaria sentada durante o encontro.

Jacov tinha sido novamente escalado para ser o motorista da noite; dr. Rosenzweig havia decidido que a proibição era ridícula.

— Mas e se a escolha da Comunidade Global o vir atrás do volante? — perguntou Buck, não querendo criar confusões desnecessárias.

— Pode até ser que ele seja denunciado a Fortunato, então insistirei em falar pessoalmente com Nicolae. Mas, Cameron, eles não se importam. Se virem Jacov atrás do volante na maior desfaçatez, deduzirão que um novo acordo foi feito. Você sabe que a esposa dele também irá, não sabe?

— Sério?

— E Stefan.

— Ah, Chaim! Isso já está virando um circo.

— O chefe deles também.

— O chefe deles? Quem é esse?

Chaim abriu um sorriso.

— Você não sabe quem é o chefe do meu motorista e do meu manobrista?

— *Você?* Você quer ir?

— Eu não só quero, como devo. Nós todos vamos entrar naquele Mercedes feito excursão escolar. Será festivo e grandioso!

— Chaim, não acho aconselhável.

— Não seja bobo. Você e Tsion chegaram a implorar para eu ir. Eu tenho visto pela TV. Estou intrigado. Pode ser até que eu queira conversar esta noite com Tsion.

— Esta noite?

— Esta noite. Ele tem falado sobre coisas terríveis vindas supostamente dos céus. Provavelmente estará disposto a continuar a conversa e tentar convencer seu velho amigo de que Jesus é o Messias.

— Será que ele não vai ficar muito cansado depois do encontro, Chaim? E você, vai estar mesmo disposto?

— Cansado demais para um bom debate? Você não conhece os judeus e também seu próprio rabino. Aliás, estou surpreso com você! Um bom... como se diz...? Missionário... evangelista. Um evangelista, como você, querer adiar a conversão de alguém?

— Você acha mesmo que será convertido?

— Provavelmente não, mas quem pode garantir? Não se deve menosprezar os curiosos, não é?

Buck balançou a cabeça.

— Sob circunstâncias normais, mas você está só se divertindo conosco.

— Promessa é promessa, meu jovem amigo. Sou um homem de palavra.

— Você sabe que Tsion deve se preparar para a reunião de amanhã, no Monte do Templo.

— Mas só começa ao meio-dia! Ele tem dez ou doze anos a mais do que você, meu amigo, mas é uns 30 anos mais jovem do que eu. Tsion é robusto. E quem sabe? Se ele estiver certo e carregar o poder de Deus consigo, sobreviverá. É capaz de conversar com um velho até altas horas da madrugada e ainda estar preparado para uma pequena reunião amanhã. Aliás, eu também irei nessa reunião.

Quando conseguiu ficar a sós com Tsion, Buck estava agitado. O rabino estava mais preocupado com o plano de Rosenzweig de ir ao Monte do Templo no dia seguinte, do que com a presença dele no estádio.

— Bem antes da reunião de amanhã já teremos ido embora — observou Buck. —Chaim, então, saberá que a reunião foi cancelada. Na verdade, precisamos nos certificar de que todos saibam que fugimos para ninguém cometer o erro de ir ao Monte. É possível que Nicolae fique tão zangado com nossa fuga que resolva ainda assim desencadear o ataque e matar seus seguidores.

Tsion assentiu com um ar sombrio.

— Eu quero acreditar que os selados estarão protegidos, mas não sei se essa proteção se estende além dos juízos de Deus. Obviamente, o próprio Senhor executa os juízos e pode instruir seus agentes a pouparem os selados. Mas ele deu bastante liberdade às ações do anticristo. Eu não gostaria de ser responsável pelo mal de ninguém.

Buck consultou o relógio. Eles eram esperados no estádio em uma hora.

— Se meu professor estiver certo, temos certeza de uma coisa: as duas testemunhas no Muro não serão atingidas, independentemente do que Nicolae faça amanhã.

— Se elas estiverem lá — disse Tsion, sorrindo.

— Ah, estarão — afirmou Buck.

— Por que você diz isso?

— Porque Nicolae os advertiu a não aparecerem em público, sob risco de morrerem. O que seria mais público do que permanecer no mesmo lugar que estiveram por mais de dois anos?

— Você tem razão — disse Tsion, dando um tapinha no ombro de Buck. — E deve ter um bom professor.

* * *

Enquanto Ken pilotava o Gulfstream sobre o Atlântico, Rayford estava ao telefone com o dr. Floyd Charles, que permaneceu no esconderijo.

— Estou bastante tentado a dar um "boa noite cinderela" a Hattie, como fazia no curso de medicina — Floyd disse.

— Não ouço essa expressão há anos — comentou Rayford. — E como você faria isso?

— É como batizar a bebida de alguém — explicou Floyd —, no caso, administro uma injeção intravenosa inócua. Eu poderia apagá-la por 24 horas, mas o sistema imunológico ficaria todo alterado.

— Você não está pensando mesmo nisso, está?

— Não. Mas ela está me deixando maluco. Precisei segurá-la fisicamente para impedir que ficasse descendo e subindo as escadas.

— Ah, as escadas!

— Pois é. Fico feliz que esteja se fortalecendo. Essa raiva assassina por Carpathia parece, ironicamente, acelerar sua recuperação. Mas não posso deixá-la fazer tanto esforço para subir escadas, fraca como ainda está. Honestamente, Ray, é como lidar com uma criança. Eu me distraio, e lá vai ela de novo.

— Que tal deixá-la ir lá embaixo?

— Lá embaixo para quê?

— Ela não pode nem descer escadas?

— Ray, passei pela faculdade de medicina e não sei como uma pessoa pode descer escadas sem precisar subi-las também.

— Você poderia carregá-la para cima e deixá-la descer. Talvez isso a cansasse, sem causar sobrecarga.

Houve uma pausa longa o suficiente para Rayford ter que perguntar se Floyd ainda estava lá.

— Estou aqui, sim — disse ele. — Só pensando nessa boa ideia.

— Deixei você sem palavras, não é? De vez em quando, até mesmo os pilotos imaginam algo útil.

— O problema, Ray, é que eu procuro razões para tocá-la, abraçá-la, confortá-la. Agora você está me aconselhando a pegá-la no colo, e ainda quer que eu repense meus sentimentos por ela?

— Controle-se, doutor. Você não é mais adolescente. Eu esperava que sua obsessão por ela não fosse puramente física, mas eu deveria saber. Você mal a conhece, e o que sabe, como mesmo admitiu, o deixa maluco. Tente se comportar até a gente voltar e ser capaz de ajudá-lo a manter a razão.

— Sim.

— Estou falando sério.

— Eu sei. Eu ouvi.

— E doutor, lembre-se de que a nossa prioridade absoluta com Hattie, a número um, é a alma dela.

— Sim.

— Eu não senti nenhum entusiasmo aí, Floyd.

— Não, eu entendi.

— Se você se importa mesmo com ela, além dessa necessidade adolescente de tê-la nos braços, então, acima de tudo, irá querer torná-la parte da família.

* * *

— Buck, nós temos um problema — disse Chloe, puxando-o para uma sala vazia. — Eu andei pela casa como quem não quer nada, revisando o caminho até o heliponto para evitar surpresas, e a chave desapareceu.

— Como assim?

— A chave que Rosenzweig deixava pendurada em um prego, no batente da porta, sumiu.

— Será que ele suspeita que estamos tramando algo?

— Como poderia? Eu fui o mais casual possível. Ele que tocou no assunto. Eu só perguntei sobre a história da casa.

— Para você, a porta parecia tão sólida do lado de dentro como eu achei do lado de fora?

— Equivale a uma parede de tijolos. Se precisássemos arrombar ou derrubá-la, acordaríamos os mortos, sem contar a equipe de segurança e o próprio Chaim.

— Temos que encontrar a chave ou induzi-lo a nos dizer o que ele fez com ela.

— Você acha que Jacov sabe de alguma coisa?

Buck deu de ombros.

— Se eu perguntasse, Jacov certamente desconfiaria de algo. Eu não posso me colocar entre eles.

— Mas ele agora é um irmão, Buck.

— Novinho em folha. Não quero dizer que nos trairia de propósito.

— Você ouviu sobre a esposa dele?

— Que ela irá hoje à noite? Sim. Como será que ela se sente com a fé dele?

— Então você não ficou sabendo.

— Não. O que houve?

— Jacov contou a Chaim que a esposa dele também virou cristã. Chaim achou tão engraçado que me pediu para, hoje à noite, usar a "visão de Jesus" e verificar se ela tem mesmo a marca secreta.

Buck balançou a cabeça.

— Que colheita de almas! Vou orar pelo Chaim.

A mulher de Jacov, Hannelore, era uma judia nascida na Alemanha; uma loira baixinha de olhos azuis e olhar tímido. Juntou-se a Jacov, Stefan, Buck, Chloe, Tsion e Chaim na entrada da garagem. A equipe de segurança abriu as portas do Mercedes para eles.

Chloe abraçou-a com força e, embora fosse uma estranha, estendeu a mão e afastou o cabelo de Hannelore da testa.

Buck também a abraçou, sussurrando:

— Bem-vinda à família.

— Minha esposa não entende muito bem o inglês — disse Jacov.

— Bem, e quanto àquilo? — disse Chaim com entusiasmo nos olhos. — Ela tem a... — Neste ponto, baixou a voz e sussurrou: — ... a marca secreta?

— Ela tem sim, dr. Rosenzweig — disse Chloe, nitidamente não satisfeita com a provocação dele.

— Ah, que bom então! — exultou ele, movendo-se para o banco do passageiro da frente. — Vocês todos formam uma grande família feliz, não? E você, Stefan? Você se juntou às fileiras dos santos da tribulação?

— Talvez esta noite! — respondeu Stefan. — Quase a noite passada!

— Ora, ora — disse Chaim —, eu vou virar minoria, então?

Jacov e Chaim se sentaram no banco da frente; Hannelore atrás de Jacov; Chloe no meio; e Tsion atrás de Chaim. Buck e Stefan se espremeram no compartimento traseiro. Jacov ia saindo devagar da garagem quando Jonas entrou na frente do carro e sinalizou para Chaim baixar o vidro da janela. Ele falava num tom urgente, em hebraico.

Com o rosto a centímetros da cabeça de Tsion, Buck sussurrou:

— O que está acontecendo?

Tsion virou-se na direção da janela e respondeu baixinho.

— Eles receberam uma ligação de Leon. Ele vai enviar um helicóptero. As estradas estão mais congestionadas do que nunca; o estádio já está cheio. Vão precisar abrir os portões duas horas antes do previsto. — Tsion ouviu um pouco mais. — O porteiro disse a Fortunato que éramos em sete, ou seja, gente demais para um helicóptero. Aparentemente, Fortunato pediu para avisar Chaim que estaríamos por conta própria se recusássemos a ajuda da Comunidade Global. Chaim está dizendo que o porteiro agiu certo. Só um minuto. Ele está sussurrando. Ah, não.

— O que foi?

— Fortunato avisou que Jacov não deve fazer parte do nosso grupo. Chaim está zangado, exigindo ao porteiro que ligue de volta para Leon.

Jonas sinalizou para Jacov estacionar o veículo ao lado da guarita do portão. Ele estendeu um telefone a Chaim, que imediatamente começou a discutir feio em hebraico.

— Então falarei em inglês, Leon. Eu pensei que você conhecesse todas as línguas do mundo, como ocorre com seu chefe. Posso até chamar Carpathia de soberano porque sempre o admirei, mas não vou me dirigir a você como senhor e, quem dirá, supremo ou coisa parecida. Agora, me escute. Eu sou amigo do soberano. Ele se comprometeu a oferecer segurança aos meus convidados. Eu vou estar sentado ao lado de Jacov no estádio hoje à noite e... Sim, para você ele pode ser apenas um motorista ou um manobrista. Contudo, para mim, é parte da minha família e não será ameaçado. Correr de seus guardas e atirar inofensivamente para o alto pode ter sido imprudente, mas ele não teria feito isso se não achasse que nossos hóspedes estavam correndo perigo, ameaçados justamente por pessoas comprometidas com a segurança deles!

Tsion estendeu a mão e colocou-a no ombro de Rosenzweig para tentar acalmá-lo. Buck podia ver o sangue subindo pela nuca do velho homem e as veias inchadas em suas têmporas.

— Não preciso lembrar que o rabino Tsion Ben-Judá perdeu a família não faz muito tempo só por expressar suas crenças na televisão! Ele foi perseguido e expulso de sua terra natal feito um criminoso! Sim, eu sei o quão ofensivo deve ter sido para os judeus! *Eu* sou judeu, Leon! Isso é mais do que você pode dizer... Tsion me garante que sua crença está fundamentada não apenas na fé, mas na erudição, e esse nem é o ponto! Não! Eu não me tornei um deles, como você diz. Mas se eu descobrir que Nicolae encara esses devotos e fervorosos seguidores de Deus com o mesmo desprezo que você, talvez eu me torne!

E continuou:

— Agora, vamos seguir para o estádio no meu já conhecido veículo. Vamos nos arriscar com o trânsito não só porque conhecemos atalhos, mas também porque presumo que os seguidores de Tsion abrirão caminho para nós. Como uma concessão a você, sim, vou usar outro motorista. — Chaim sinalizou rapidamente para Jacov e Stefan trocarem de lugar. — Estamos a caminho e esperamos a proteção oferecida pelo soberano em pessoa.

Do outro lado da linha, Fortunato parecia insatisfeito.

— Se eu lamento? Lamento que você se prenda tanto a títulos, Leon. Mas não, não eu lamento por tê-lo ofendido. Você também me ofendeu, o que me diz? Eu procurei buscar o equilíbrio e manter um estilo de vida o mais próximo possível do normal, apesar das honrarias e da riqueza que vieram com a minha origem. Você não me vê correr atrás de um título novo, nem buscar me elevar socialmente e, para falar a verdade, isso também não lhe cai bem. Estamos partindo, Leon, e meu novo motorista parece não ter se dado conta de que estou em um telefone com fio! Adeus! — Ele riu. — Stefan, sua víbora! Quase arrancou o telefone do cabo!

— Eu sou uma víbora? — rebateu Stefan, sorrindo. — Você me colocou no assento-alvo!

Chaim virou-se no banco.

— Tsion, meu filho, você sabe o que Leon disse quando estávamos partindo?

— Eu imagino.

— Que ele ficaria feliz em mexer os pauzinhos para conseguir um título mais apropriado para um homem do meu nível! Você já viu alguém tão desconectado do propósito de uma conversa?

— Nunca — disse Tsion.

Buck estava impressionado com como um deslocamento tão perigoso poderia se tornar tão festivo.

CAPÍTULO 10

Rayford conduziu a maior parte do voo através do Atlântico, cronometrando sua chegada para permitir o menor intervalo de tempo em solo. Mac havia lhe informado que Carpathia e seu séquito permaneciam no Rei Davi, mas que o Condor 216 estava no hangar do Ben Gurion, em Tel Aviv. Rayford deduziu que a segurança deveria estar reforçada no Ben Gurion, mas que Carpathia estava sendo transportado prioritariamente em um helicóptero da Comunidade Global, que saía do Aeroporto de Jerusalém.

— Você ainda tem permissão de operar um desses helicópteros enquanto espero por vocês na pista de pouso com as turbinas aquecidas? — perguntou Ken.

— Tenho, sim, contanto que ninguém saiba que abandonei meu cargo. Se a notícia já tiver se espalhado e eu for visto fugindo com um helicóptero da Comunidade Global, a missão acabou.

— Bem, decida se isso é o melhor, Ray. Quero dizer, eu sou um bom soldado e farei o que você mandar. Mas preciso de comando.

— Me ajude aqui, Ken. Eu ainda tenho a minha credencial com nível de segurança elevada, mas...

— Mas se eles souberem e você for pego, como farei para trazer nosso pessoal para o Gulfstream?

Rayford balançou a cabeça.

— Eu preciso tentar falar outra vez com o Mac.

— Você pilota, eu digito os números. Ou, do contrário, vou ter muitas horas de voo.

Ken entregou o telefone para Rayford. Ele digitou o número, e Mac logo atendeu.

— Cara, eu estou feliz por você ter ligado — disse Mac. — Fui interrogado sobre seu paradeiro por uma hora. Eles não suspeitam de mim, mas acham que você está em Jerusalém.

— Desde que eles não estejam armando uma busca ostensiva nos EUA.

— Eu preferiria que estivessem, Ray. Eles parecem bastante determinados a encontrá-lo em Jerusalém.

— Eles não devem achar que eu vou ser estúpido o bastante para ficar num aeroporto.

— Talvez não, mas se mantenha a bordo do Gulfstream.

— Você acabou de responder uma pergunta muito importante, Mac. Obrigado.

— O quê? Você ia pilotar o helicóptero? Não recomendo. Por mais que eu tenha sido seu professor, não acho que você seja muito bom nisso.

— Desse novo jeito será, de qualquer forma, melhor. Ken já esteve na casa de Rosenzweig. Se não chamarmos muita atenção, poderemos dar conta do recado. Onde Carpathia vai estar?

— Hoje não fui escalado para nenhum voo; com certeza ele não vai tentar bancar o penetra no estádio outra vez. Deve ficar perto do Aeroporto Rei Davi esta noite. Amanhã, no meio da manhã, fui designado para um voo a Nova Babilônia, saindo de Tel Aviv. Ele pretende estar bem longe daqui antes que qualquer coisa violenta aconteça.

— Que transporte você vai usar para levá-lo até Tel Aviv?

— Um helicóptero que sairá do Aeroporto de Jerusalém.

— Se os helicópteros são idênticos, como vou saber qual deles devemos pegar?

— Eles provavelmente devem estar lado a lado, os dois voltados para o sul. Pegue o que está a oeste. Ninguém fará a guarda deles, não como fazem com o Condor no Ben Gurion.

— Você chegou a ver o helicóptero que o David conseguiu?

— Não, mas sei que já está lá. Ligaram do aeroporto perguntando o que deveriam fazer com ele. Você ficaria orgulhoso de mim. Adotei uma atitude altiva e disse ao camarada: "O que você acha que deveria fazer com um helicóptero de segurança? Ficar bem longe dele, oras! Se eu descobrir que alguém fora da minha equipe colocou um dedo nele, cabeças vão rolar". Consegui que ele me desse atenção.

— Você é o melhor, Mac. Veja o que faremos, então. Vou pousar o Gulfstream e fazer de conta que estou ocupado com ele, abastecendo e checando o sistema. O Ken vai até o helicóptero e decola enquanto eu estiver reabastecendo. Será que vão vê-lo?

— Se ele seguir para o sul com as luzes apagadas até se afastar por completo, não. Seria um tremendo azar alguém perceber. A parte complicada será decolar novamente, uns vinte minutos depois. Você não deve receber a liberação muito antes de o Ken pousar com seus passageiros, ou levantará suspeitas. Obviamente, vocês coordenarão isso por telefone, numa linha criptografada, sem que a torre possa escutá-los. Taxiarei até o fim da pista onde é mais escuro, e o Ken pode pousar também de luzes apagadas. Alguém poderá ver, mas daí você estará a quase 500 metros de distância de quem puder feri-lo, então vá em frente. Com sorte, ninguém verá o helicóptero partir nem pousar. O cara que transportou o helicóptero até aqui está em Haifa. Eu o avisei que ligaria se precisasse. Caso contrário, ele só o levará de volta para Nova Babilônia depois que forem embora.

— Ore por nós, Mac. Acho que estamos prontos, mas nunca se sabe.

— Vou orar, Ray. Farei uma vigília. Deixe-me falar com Ken um segundo.

Ray passou o telefone.

— Bem, obrigado, senhor — disse Ken. — Estou ansioso também para conhecê-lo, mas, pelo que entendi, se isso acontecer, o senhor provavelmente estará em apuros, assim como o Rayford. Tenha muito cuidado a partir de agora e entraremos em contato.

* * *

Buck sempre ficava impressionado com a desenvoltura da esposa. Apesar da pouca idade, Chloe conhecia as pessoas. Sabia quando agir, falar e se calar. Ela esperou até que estivessem quase no estádio, presos no trânsito, para mencionar a chave que havia sumido.

— O senhor sabe, dr. Rosenzweig — começou ela —, eu estava tirando nossa mala do armário do corredor, daí notei que a chave que o senhor havia me mostrado no outro dia desapareceu.

— Ah, mas se eu sei onde ela está, então ela não desapareceu, né?

Ela riu.

— Não. Eu só queria alertá-lo, caso não soubesse.

— Você ficou com medo de eu a acusar de ter pegado a chave? — perguntou ele em tom de humor.

Chloe sacudiu a cabeça.

— Só me chamou a atenção — disse ela. — Só isso.

— Ela está guardada em segurança — comentou ele.

"Chloe se saiu muito bem fingindo não ligar", pensou Buck.

— Eu só me dei conta de que foi tolice minha deixá-la bem ali todos esses anos. Uma falha de segurança, sabe?

— Será? — ponderou ela. — Acho que teria sido uma falha de segurança ainda maior se o senhor a tivesse pendurado do lado de fora.

Isso fez o velho achar graça, tanto que o carro balançou enquanto ele ria.

— Nos Estados Unidos — continuou ela —, não temos muitas portas que podem ser trancadas por dentro e por fora.

— É mesmo? Elas são comuns aqui, sobretudo as que são raramente usadas. Imagino que, na época em que o complexo abrigava uma embaixada, a porta fosse usada com frequência e só trancada ou destrancada com uma chave do lado de fora.

Chloe parecia mais interessada nas multidões do lado de fora da *van*.

— Jacov — disse Chaim —, a chave continua com você, não?

— Continua, sim! — gritou ele da parte traseira, sentado ao lado de Buck. — Aliás, no momento, ela está aqui no meu bolso, cutucando a minha perna!

Chaim se recostou em Chloe como se fosse revelar um segredo.

— É a única chave que tenho para aquela fechadura. Não acho que eu venha precisar usar aquela saída, mas me pareceu imprudente não mandar fazer umas cópias. Jacov cuidará disso na segunda-feira.

Ela assentiu com a cabeça e se virou, trocando olhares com Buck.

"O que eu posso fazer?", Buck se perguntou. "Bancar o batedor de carteira?" Ele não queria que Jacov soubesse sobre a fuga, até que estivessem longe. Rosenzweig também, apesar de sua crescente discordância com Leon Fortunato.

Quando Stefan foi direcionado a um estacionamento particular ao lado da entrada oeste, Buck se sentiu grato por esta ser a última noite do encontro. O evento havia superado tudo o que ele havia imaginado, mas onde iria acomodar toda aquela gente? A cada noite a multidão crescia. Agora, as pessoas estavam ombro a ombro, o estádio lotado, multidões circulando do lado de fora e congestionando o trânsito. Os veículos de comunicação, reconhecidamente controlados pela Comunidade Global, estavam por toda parte. Era evidente que Nicolae monitorava todos os detalhes dessa forma.

O grupo entrou na área de acesso ao palco, onde o comitê local aguardava. Buck ficou impressionado com o tom autoritário adotado, de repente, por Tsion. Ele mostrou estar ciente de que se tratava do pastor e de que as milhares de pessoas dentro e fora do estádio eram seu rebanho. Nos dois dias anteriores, havia se submetido ao mestre de cerimônias e ao comitê local e somente apareceu no palco e pregou quando foi sua vez. Agora, quis se encarregar, pelo menos, de certos detalhes.

— Buck — chamou ele, acenando com a cabeça. Quando Buck se aproximou, Tsion segurou o cotovelo dele e o puxou na direção do mestre de cerimônias. — Você conhece o Daniel, é claro.

Buck assentiu e apertou a mão dele.

— Daniel, escute — prosseguiu Tsion —, quero cinco lugares no camarote reservado para meus convidados. O grupo inclui o dr. Rosenzweig, dois de seus funcionários, a esposa de um deles e a de Buck. Entendido?

— Claro.

— E gostaria que Cameron, como de costume, recebesse a credencial para circular pelos bastidores. — Ele se virou para Buck. — Chloe ficará bem sem você?

— Mais do que bem, senhor. A questão é como eu irei me virar sem ela.

Tsion parecia estar concentrado demais para notar o senso de humor na fala do amigo.

— Daniel, eu gostaria que o dr. Rosenzweig fosse reverenciado com discrição e respeito. Ele não solicitou isso. É apenas uma cortesia condizente com a posição dele no país.

— Eu mesmo cuidarei disso.

— Depois de sua saudação e das boas-vindas, avise o comitê local sobre a reunião de sábado no Monte do Templo, saúde o dr. Rosenzweig, ore, conduza um hino e me anuncie. Sem exageros desta vez. Eles já sabem quem eu sou.

— Mas, senhor...

— Por favor, Daniel. Estamos na linha de frente aqui e está ficando cada vez mais perigoso. Somos inimigos do sistema mundial. No futuro, teremos muitas oportunidades de expô-los. Colocar o foco em mim não atende ao objetivo e só...

— Peço mil desculpas, doutor, mas creio que o sr. Williams concorda que estas pessoas esperam ter a chance de se expressar, visto que pode ser a última oportunidade que terão de ver você pessoalmente. Por favor, permita que eu...

— Se a manifestação partir espontaneamente da multidão, aceitarei com o mesmo espírito ofertado. Mas eu não quero ser apresentado de maneira grandiosa. Você não deve sequer usar o meu nome. Tome isso como um desafio pessoal.

Daniel ficou desalentado.

— Ah, o senhor tem mesmo certeza?

— Eu sei que você dará conta disso.

* * *

Rayford, cruzando o oceano, com nada além de água à vista, recebeu uma ligação de Floyd Charles.

— O que manda, doutor? — perguntou ele.

— "O que manda?" Nunca ouvi isso antes — Floyd disse. — Odeio incomodá-lo, mas parecia importante. Hattie passou bastante tempo ao telefone com um garoto chamado Ernie, amigo do Ken.

— Sei quem é.

— Ela aparentemente o descobriu por acaso, enquanto tentava ligar para você.

— Sim, e então?

— Bem, ela quer ver o garoto.

— Hattie sabe que ele deve ser uns dez anos mais jovem do que ela?

— A mesma diferença de idade entre Buck e sua filha, não?

Rayford fez uma pausa.

— O quê? Você está preocupado que ela possa se interessar por ele? Já falou com esse garoto?

— Sim. Ele é cristão. Parece bem simpático.

— Ele é um gênio da mecânica, mas ele e a Hattie? Não se preocupe com isso. Aliás, ela é sua paciente, Floyd, mas também uma mulher adulta. Não temos nenhuma autoridade sobre ela.

— Não é com isso que me preocupo, Rayford. Ela quer que ele venha aqui.

— Epa!

— Foi o que eu pensei. Não queremos que ele saiba onde estamos, não é mesmo?

— Não. Ele é um irmão, mas não sabemos quem ele conhece, se é maduro o suficiente para manter a boca fechada, essas coisas.

— Foi o que pensei. Só queria confirmar.

— Não deixe ela sequer dar dicas de onde estamos.

— Pode deixar. Se ela se comportar, pode ser que eu a leve até Palwaukee daqui a um dia ou dois. Assim, ela pode conhecer o jovem pessoalmente.

— Estaremos em casa antes disso, doutor. Daí iremos todos juntos e faremos um piquenique. O Comando Tribulação inteiro estará reunido, exceto por David e Mac, é claro.

* * *

Depois que o grupo orou nos bastidores, Tsion ficou sozinho, de cabeça baixa e de olhos fechados. Buck não conseguia precisar se Tsion estava mais ou menos nervoso do que o normal. Ele manteve a atenção no rabino até Daniel passar por ele e seguir até o pódio. Tsion olhou para Buck e acenou.

— Fique ao meu lado, Cameron, pode ser? — Buck sentiu-se honrado. Ele se aproximou e ficou ao lado de Tsion nos bastidores, enquanto observavam Daniel saudar a multidão e anunciar a reunião de sábado. — A maioria de vocês terá ido para casa, mas quem mora aqui ou puder participar, sinta-se à vontade. Lembrem-se, no entanto, de que se trata apenas de um agradecimento ao comitê local. — Ele então fez o dr. Rosenzweig se levantar, sob um caloroso aplauso.

— Como você pretende pegar a chave? — perguntou Tsion.

— Ainda não faço ideia, mas posso simplesmente pedir ao Jacov e dizer a ele que não faça perguntas. Creio que confiará em mim até que eu possa explicar.

Tsion assentiu.

— Estou sentindo um fardo extra esta noite — sussurrou de repente.

Buck não sabia o que dizer. Quando Tsion baixou a cabeça novamente, pôs um braço em volta de seu ombro e ficou chocado ao constatar que ele estava tremendo.

Daniel orou e então puxou o canto:

— Santo, Santo, Santo.

— Excelente escolha — murmurou Tsion, mas ele mesmo não cantou. Buck tentou entoar e assentiu com a cabeça quando Tsion disse:

— Ore por mim.

A música terminou. Tsion olhou para Buck, que ergueu o punho cerrado na altura do próprio rosto, como forma de encorajamento. Daniel anunciou:

— Agora, eu os convido a ouvir a Palavra de Deus.

Buck ficou emocionado ao ver a multidão se levantar e bater palmas. Sem gritos, sem ovação, sem assobios. Apenas uma longa, respeitosa e entusiástica salva de aplausos, que pareceu emocionar Tsion. Ele acenou timidamente e, quando terminou de organizar suas anotações, recuou até os aplausos cessarem.

— Deus colocou algo no meu coração esta noite — disse ele. — Mesmo antes de eu começar a transmitir Sua palavra, sinto-me levado a convidar os seguidores a se apresentarem e receberem Cristo.

Imediatamente, no estádio e fora dele, filas de pessoas, em sua maioria chorando, começaram a se formar e tentar se aproximar, fazendo os santos explodirem novamente em aplausos.

— Vocês conhecem a verdade — disse Tsion. — Deus cativou sua atenção. Não precisam de outro argumento, nem de outro apelo. É suficiente Jesus ter morrido, e ter feito isso por vocês.

Os seguidores continuaram se apresentando. Tsion pediu aos cristãos para orar com qualquer um que os quisesse acompanhar; e, durante uma hora, pareceu que todos tocados pelo som da voz de Tsion — exceto o pessoal da Comunidade Global — tinham vindo em busca de salvação.

— O canal de televisão da Comunidade Global está transmitindo o evento para o mundo inteiro e também pela internet — disse Tsion. — Tenho certeza de que acreditam que pessoas inteligentes verão além de nossa mensagem e que a Comunidade Global não tem o que temer, deixando-nos proclamar a Palavra de Deus. Dirão que nossa mensagem não é ecumênica, nem traz o teor de tolerância que eles promovem; e eles têm razão. Há o certo e o errado, existem verdades absolutas e algumas coisas não podem, nem devem ser toleradas nunca.

E prosseguiu:

— O canal da Comunidade Global não vai nos tirar do ar para não parecer que temem a nossa mensagem, a verdade de Deus e um rabino convertido que acredita em Jesus Cristo como o Messias que há muito se espera. Eu aplaudo a coragem da administração da Comunidade Global e aproveito a generosidade sem o menor constrangimento. Nossa mensagem está sendo transmitida para todas as nações sem custo algum. Aqui, nós não precisamos de tradutores, e os relatos apontam que o mesmo milagre da compreensão aconteceu também pela televisão. Aos que não falam hebraico, nem inglês, mas compreendem cada palavra que pronuncio, fico feliz de dizer que Deus está operando na mente de vocês. A maior parte desta mensagem está em inglês, embora eu tenha lido as Escrituras em hebraico, grego e aramaico. Fiquei maravilhado ao descobrir que mesmo meus colegas de trabalho não sabem disso. Eles ouvem tudo em seu idioma nativo.

Então, fez um apelo:

— Deus também está operando em seu coração. Vocês não precisam estar conosco fisicamente para receber a Cristo, hoje à noite. Não precisam estar ou orar com mais ninguém, nem ir a outro lugar. Só precisam dizer a Deus que vocês reconhecem que são pecadores e estão separados dele. Digam que vocês sabem que não há nada que possam fazer sozinhos para conquistar o caminho que leva a ele. Digam que creem que o Senhor enviou seu Filho, Jesus Cristo, para morrer na cruz por seus pecados, que ele ressuscitou dos mortos, arrebatou sua Igreja, e em breve voltará. Recebam-no como seu Salvador bem aí onde vocês estão. Acredito que milhões em todo o mundo estão se unindo à grande colheita das almas que produzirá santos e mártires da tribulação, uma multidão imensurável.

Tsion parecia exausto e se afastou do púlpito para orar. Quando as pessoas que haviam se aproximado finalmente começaram a se dispersar e voltaram para seus lugares, ele voltou para o púlpito. Organizou novamente suas anotações, mas seus ombros estavam caídos, sua respiração pesada. Buck ficou preocupado. Tsion pigarreou e respirou bem fundo, mesmo assim, sua voz soou subitamente fraca.

— A leitura escolhida para esta noite — disse por fim — é Apocalipse 8:13.

Por todo o estádio, milhares de bíblias foram abertas, e o som característico do virar as páginas de papel translúcido encheu o ar. Tsion correu até Buck, enquanto as pessoas procuravam a passagem.

— Você está se sentindo bem?

— Eu acho que sim. Se eu precisar, você pode ler a passagem para mim?

— Com certeza. Agora?

— Prefiro primeiro tentar, mas se eu precisar, chamo você.

Tsion voltou ao púlpito, olhou para a passagem, então ergueu os olhos para a multidão. Ele limpou a garganta.

— Um instante, por favor — disse ele. — Esta passagem adverte que tendo a terra caído na escuridão por obra de um terceiro, três terríveis desgraças se seguirão. Elas serão especialmente sinistras, tanto que serão anunciadas com antecedência pelo céu.

Tsion tornou a pigarrear, e Buck preparou-se, em caso de necessidade. Ele desejou que Tsion só pedisse ajuda. De repente, sentiu o cheiro das vestes empoeiradas e fumegantes das duas testemunhas e se surpreendeu quando Eli e Moishe se aproximaram. Virou-se como num sonho e fixou a vista no olhar infinito de Eli. Buck nunca havia ficado tão perto dos profetas e precisou de forças para resistir ao impulso de tocá-los. Os olhos de Eli estavam fixos nos dele.

— Mostrem-se não ao vosso inimigo — disse ele. — Estejam sóbrios, estejam vigilantes; porque o vosso adversário, o diabo, anda rugindo como um leão que anda à espreita, procurando a quem devorar.

Buck não conseguia falar. Tentou assentir para indicar que havia ouvido e compreendido, mas não era capaz de se mexer. Moishe se inclinou entre ele e Eli e acrescentou:

— Os que resistem firmes na fé.

Eles seguiram, passando por Buck, e se postaram bem atrás de Tsion. A multidão parecia tão aturdida que não ovacionou nem aplaudiu, limitou-se a apontar, levantar ou se inclinar para ouvir.

Moishe disse:

— Meus amados irmãos, o Deus de toda a graça nos chamou para a glória eterna em Cristo Jesus, depois que tivermos sofrido por certo tempo para nos tornarmos perfeitos, estabelecidos, fortalecidos e seguros.

Pareceu para Buck que Tsion ia cair, mas ele só abriu caminho para os dois. As testemunhas, no entanto, não se aproximaram do microfone. Moishe recitou, em voz alta, a passagem de Tsion para que todos pudessem ouvir, tanto no estádio quanto na televisão, mundo afora.

"Enquanto eu olhava, ouvi uma águia que voava pelo meio do céu e dizia em alta voz: 'Ai, ai, ai dos que habitam na terra, por causa do toque das trombetas que está prestes a ser dado pelos três outros anjos!'"

Ao redor de Buck, ouviu-se o som do engatilhar de rifles potentes da Comunidade Global. Os guardas se ajoelharam para empunhar as armas e mirar nas duas testemunhas. Ele teve vontade de gritar "A hora deles ainda não chegou, seus tolos", mas ficou preocupado com a segurança de Tsion, de Chloe, dele e de seus amigos.

No entanto, ninguém atirou. Quando pareceu que um ou dois apertariam o gatilho, Eli e Moishe deixaram o palco, passando por

Buck e pelos mesmos seguranças que neles miravam. Os guardas se afastaram, abrindo caminho, alguns chegando a cair, com as armas repicando no piso de concreto.

Buck ouviu Tsion dizer no palanque:

— Se nunca mais nos encontrarmos deste lado do céu ou no reino milenar estabelecido por nosso Salvador na terra, eu os saudarei pela internet e ensinarei o Apocalipse 9! Deus os guarde quando vocês compartilharem o evangelho de Cristo com o mundo!

A reunião terminou cedo, e Tsion, assustado como Buck jamais havia visto, correu na direção dele e ordenou:

— Embarque o nosso grupo na *van* o mais rápido possível!

CAPÍTULO 11

Na noite de sexta-feira, enquanto voavam em direção ao Oriente Médio, Rayford e Ken permaneceram em silêncio durante a bizarra transmissão ao vivo de Israel, onde ainda não eram nem nove horas.

— Estamos no horário, devemos pousar à meia-noite — disse Rayford. — Ah, desculpe, Ken. Eu não queria acordá-lo.

Ken massageou os olhos com o polegar.

— Não estava, de fato, dormindo — disse ele —, mas refletindo. Sabe, se tudo o que Ben-Judá diz é verdade, em breve gastaremos metade do tempo só para tentar sobreviver. O que vamos fazer quando não pudermos comprar nem vender por não termos a marca?

— Como Tsion bem disse, precisamos começar a estocar agora.

— Você entende o que isso significa? Vamos virar uma sociedade de cristãos separada e invisível. Pode haver um bilhão de pessoas como nós, ainda assim, seremos minoria e tratados como criminosos e fugitivos.

— E eu não sei?

— Não poderemos confiar em ninguém com a outra marca.

— Sem falar que muitas pessoas não terão marca alguma.

Ken balançou a cabeça.

— Comida, energia, saneamento, transporte... Tudo controlado pela Comunidade Global. Nós vamos batalhar para garantir a sobrevivência em um enorme mercado negro subterrâneo. Quanto dinheiro já temos?

— O Comando Tribulação? Não muito. Buck e eu recebíamos bons salários, mas isso acabou. Tsion e Chloe também não têm fonte de renda. Não podemos esperar que Mac e David se preocupem conosco, embora eu tenha certeza de que eles farão o que puderem. Não falei com Floyd, não sei se ele tem alguma reserva.

— Eu tenho uma boa quantia guardada.

— Buck e eu também, mas não o bastante para manter um avião, seu combustível e nossa sobrevivência.

— Não vai ser nada fácil, não é, Ray?

— Provavelmente não, mas é melhor nem pensar nisso.

Ken tirou um bloco de anotações amarelo da pasta de voo. Rayford notou que mais da metade das páginas estava marcada e com anotações.

— Quando nos juntamos, eu sei que não assinamos nada nem fizemos promessas — disse Ken —, mas ando pensando um bocado. Eu nunca fui a favor do socialismo, do comunismo, nem de uma vida comunitária, mas acho que, a partir de agora, seremos uma comunidade.

— Conforme o sentido mencionado no Novo Testamento, segundo Tsion.

— Certo, e não sei quanto a você, mas eu não vejo problema nisso.

Rayford sorriu.

— Aprendi a acreditar fielmente na Bíblia — afirmou ele —, se é isso que você quer dizer.

— Eu não sei o que você pretende fazer com relação a futuros membros, mas talvez tenhamos que ser mais formais quanto a doar tudo o que temos para a causa.

Rayford franziu os lábios. Até o momento, isso não tinha sido problema.

— Você quer dizer pedir a todos que coloquem seus recursos à disposição dos demais?

— Se eles estiverem falando sério quanto a se juntar.

— Eu estou disposto e sei que Buck, Chloe e Tsion também. No entanto, juntos temos pouco em termos materiais. O que Buck e eu juntamos não passa de um milhão de dólares. Isso costumava ser muita coisa, mas não duraria muito, e também não seria suficiente para financiar uma ofensiva contra Carpathia.

— É melhor você converter isso em ouro, e rápido.

— Acha mesmo?

— Eu tenho 90% em metal precioso — contou Ritz. — Assim que começamos a utilizar três moedas, imaginei o que estava por vir. Agora, estamos reduzidos a uma e, não importa o que aconteça, eu tenho uma *commodity* negociável. Quando fiz 40 anos, passei a ficar obcecado em economizar. Nem sei a razão. Bem, quero dizer, agora eu sei. Tsion acredita que Deus opera em nossas vidas antes mesmo que o reconheçamos. Há quase 20 anos eu vivo sozinho, fazendo voos fretados. Sou avarento. Nunca tive um carro novo e minhas roupas duram anos. Sempre usei relógio simples. Até hoje. Não preciso nem dizer que ganhei milhões e economizei quase 80% disso.

Rayford soltou um assobio.

— Eu mencionei as taxas anuais para os membros do Comando Tribulação?

— Você brinca, mas o que mais eu posso fazer com milhões em ouro? Só nos restam menos de cinco anos. Férias parecem frivolidade agora, não é mesmo? No fim das contas, Ray, eu quero comprar alguns desses jatos Gulfstream e depois fazer uma oferta pelo Palwaukee.

— O aeroporto?

— Ele se tornou praticamente uma pista fantasma. Segundo o proprietário, sou o piloto com mais voos saindo de lá. Sei que ele gostaria de vender e é melhor eu agir logo, antes que Carpathia torne isso impossível. O local viria com vários aviões pequenos, dois ou três helicópteros, tanques de combustível, torre e vários equipamentos.

— Você tem refletido bastante mesmo, hein?

Ken assentiu com a cabeça.

— Sobre outras coisas também. — Ele levantou o bloco de anotações. — Isto aqui está cheio de ideias. Cooperativas agrícolas, um sistema para pesca marítima, até mesmo banco privado.

— Alto lá, Ken! Pesca marítima?

— Li que Carpathia está distribuindo *royalties* para dez camaradas, os dez reis, como Tsion os chama, pelo direito de explorar cursos d'água para extração de alimentos e óleo. Pensei que talvez eles estejam planejando alguma coisa. Ele poderia facilmente fechar a propriedade de alguém, mandar bombardear, atacar, queimar, confiscar equipamentos, tudo mais. Mas como ele conseguiria patrulhar todos os oceanos? Nós temos cristãos com experiência em pesca e em apontar quais equipamentos são necessários. Estou me referindo a comerciantes; nós ofereceremos a eles um mercado de milhões de santos. De algum modo, coordenaremos isso, cuidaremos do frete e do faturamento, ficaremos com uma porcentagem razoável e financiaremos o trabalho do Comando Tribulação.

Rayford verificou os controles, então se virou e olhou bem para Ken.

— De onde você tira essas ideias?

— Pensou que eu era um caipirão, né?

— Eu até entendo por que o Mac gosta de desempenhar esse tipo de função, e é danado de inteligente. Mas você tem experiência nisso ou...?

— Você não vai acreditar se eu lhe contar.

— Ultimamente, eu acredito em qualquer coisa.

— London School of Economics, a faculdade de economia mais prestigiada do mundo.

— Agora você está me tirando.

— Bem, eu avisei. Você não acredita em mim.

— Está falando sério?

— Foi há 35 anos, mas sim. Dispensado da força aérea, planejava voar comercialmente, mas primeiro queria andar pela Europa. Acabei gostando da Inglaterra. Não lembro bem o motivo, mas acabei entregando meu histórico do Ensino Médio na London.

— Você teve um bom desempenho no Ensino Médio?

— O quê? Segundo da turma, amigo! Fiz discurso na formatura e tudo mais. Pensei até em ser professor de inglês. Falo desse jeito por ser mais fácil, mas estou completamente a par das regras gramaticais.

— Incrível.

— Às vezes, eu me surpreendo.

— Aposto que sim.

* * *

A multidão parecia animada ao sair, já Buck não conseguia ver seu grupo e não queria perder Tsion de vista. O rabino estava conversando com Daniel e o comitê local, mas parecia agitado e distraído, como se quisesse ir embora. Buck olhou atento o estádio, sobretudo a área reservada, mas não enxergou nenhum dos cinco que estava procurando. Imaginou que Rosenzweig deveria estar cercado de pessoas em busca de autógrafos ou simpatizantes, talvez até de cristãos entusiastas que tentariam convertê-lo. Mas não havia aglomerações, apenas filas de pessoas animadas saindo sob a vigilância severa dos seguranças da Comunidade Global.

Buck olhou novamente para Tsion e os outros nos bastidores. Esse grupo também parecia estar diminuindo, e ele não queria que Tsion ficasse sozinho. O rabino estava entre as pessoas mais distintas do mundo, então não seria capaz de se misturar à multidão.

Buck buscou Daniel, apressado, mas Tsion, agora sério, o interceptou.

— Cameron, por favor! Junte os outros e vamos embora! Quero falar com Chaim esta noite, mas nada pode atrapalhar a nossa programação. Está tudo pronto e não podemos deixar Rayford e Ken expostos.

— Eu sei, Tsion. Procurei pelos outros, mas...

Tsion agarrou o braço de Buck.

— Vá até lá, os encontre e vamos logo para a *van*! Estou com uma sensação horrível e só posso presumir que seja um aviso do Senhor. Precisamos chegar à casa do Chaim. A Comunidade Global certamente a está vigiando e, assim, poderemos dar a eles uma falsa sensação de segurança, parecendo que estamos lá, nos acomodando para dormir.

Daniel e apenas uns quatro ou cinco membros do comitê permaneciam nos bastidores.

— Eu não quero deixar você sozinho, Tsion. Sem testemunhas oculares, a Comunidade Global pode fazer o que quiser e culpar alguém.

— Vá, Cameron. Por favor. Eu vou ficar bem.

— Daniel — disse Buck —, você pode ficar de olho em Tsion até eu voltar?

Daniel riu.

— Pajear o rabino? Deixe que eu cuido disso!

Com uma expressão severa, Buck puxou Daniel para perto e sussurrou em seu ouvido:

— Ele pode estar correndo um grave perigo. Promete mesmo que cuida dele?

— Não vou perdê-lo de vista, sr. Williams.

Buck correu pela rampa e, ao atravessar o palco, saltou para o nível do solo. Ele conseguia ver menos do que quando estava no palco, então começou a subir de volta. Um segurança da Comunidade Global o deteve.

— Você não pode ir até lá.

Buck pegou sua credencial de identificação.

— Estou com o comitê do programa — disse ele.

— Eu sei quem é o senhor. Só o aconselho a não ir lá.

— Mas preciso passar por ali para chegar ao nosso veículo. Eu só estava tentando encontrar meus acompanhantes.

— O senhor pode chegar até lá usando a mesma saída que todos.

— Mas eu não posso sair sem o meu pessoal, e precisamos primeiro encontrar alguém nos bastidores.

Buck começou a subir novamente no palco, e o segurança disse para ele descer.

— Senhor, não me faça usar a força. O senhor não tem permissão de voltar por esse caminho.

Buck evitou contato visual para não enervar ainda mais o segurança.

— Você não entende. Eu sou Cam...

— Eu sei quem o senhor é — disse o guarda com austeridade. — Todos nós sabemos, e também sabemos quem são seus acompanhantes e com quem se relaciona.

Buck olhou-o nos olhos.

— Então por que você não me deixa passar?

O segurança inclinou o boné para trás e Buck viu o sinal da cruz em sua testa.

— Você é, você é um...?

— Foi esta noite — sussurrou ele. — Parado aqui. As pessoas na multidão começaram a notar, e claro que eu também vi a marca delas. Precisei puxar meu boné para baixo para não ser exposto. Eu não tenho serventia alguma se for descoberto. Deixe-me acompanhá-lo.

— Mas você está em um ponto estratégico! Pode influenciar tantas coisas! Os cristãos não vão lhe denunciar. Eles saberão o que você está fazendo. Tsion está em perigo?

O guarda levantou a arma para Buck.

— Siga em frente! — ordenou ele, depois baixou o tom novamente. — Seus acompanhantes já estão na *van*. Há atiradores esperando o momento certo para atingir Ben-Judá nos bastidores. Eu duvido que você possa tirá-lo de lá.

— Mas eu preciso! — exclamou Buck em tom efusivo. — Eu vou voltar lá!

— Você vai ser baleado!

— Então atire em mim aqui mesmo! Chame a atenção! Grite por socorro! Faça alguma coisa!

— Você não pode ligar para ele?

— Bem-Judá não tem telefone e eu não sei o número do Daniel. Faça o que tiver que fazer, mas eu vou subir lá.

— Meu trabalho é manter todos afastados dos bastidores.

Buck passou por ele e deu dois passos de cada vez. Pelas costas, ouviu o segurança gritar:

— Espere! Pare! Assistência!

Quando Buck chegou ao palco, olhou para trás e viu o guarda ao rádio, em seguida, engatilhando a arma. Buck correu para os bastidores e foi direto até Tsion, que, no momento, estava acompanhado apenas por Daniel. Ao ver Buck, Daniel se afastou, como se seu trabalho tivesse terminado. Buck estava prestes a gritar para que Daniel continuasse perto de Tsion, quando se ouviu um disparo.

Tsion e Daniel imediatamente se abaixaram, assim como alguns retardatários a vários metros de distância. Os seguranças da Comunidade Global correram para o palco ao som do disparo. Buck correu para ajudar Tsion a se levantar.

— Daniel, me ajude a levá-lo para a *van*!

Eles seguiram apressados, empurrando as pessoas em pânico, até o veículo. Do lado de fora, muitos gritavam e se acotovelavam para se afastar o máximo possível do estádio. As portas traseira e lateral do banco de trás estavam abertas. Buck subiu no compartimento traseiro e Daniel empurrou Tsion para dentro do carro, fechando a porta.

Todos ficaram deitados, com a cabeça abaixo do nível da janela, até Stefan entrar na rua. De dentro do estádio veio o som de mais disparos, e a Buck só restou orar para que a Comunidade Global não descontasse sua frustração produzindo mais mártires.

Tsion chorou ao ver a multidão correndo para deixar a área.

— Isso é o que eu tanto temia — disse ele. — Trazer essas pessoas para o campo inimigo, conduzindo-as para o abate.

Chaim estava estranhamente quieto. Ele não disse nada, parecia sequer se mexer. Permaneceu sentado, olhando para frente. Ao parar num semáforo, Stefan tirou as mãos do volante, cerrou os punhos e os levou diante do próprio rosto como se estivesse comemorando. Chaim olhou para ele e desviou o olhar.

O farol abriu, mas um segurança da Comunidade Global continuou a impedir o tráfego, liberando apenas uma faixa do lado oposto para seguir. Stefan aproveitou o instante para virar o espelho retrovisor e se olhar. Colocou o cabelo para trás e examinou a testa. Chaim olhou para ele com uma expressão cansada.

— Você não consegue ver a própria marca, Stefan. Somente os outros podem ver a sua.

Stefan virou-se em seu assento.

— Então? — perguntou ele.

— Sim — disse Chloe, e Tsion assentiu.

Stefan tentou apertar a mão de todos atrás dele, e Chaim, resignado, levantou as mãos ao alto, deu de ombros e balançou a cabeça.

— Não terei certeza, a menos que o mesmo aconteça comigo.

Buck viu os seguranças da Comunidade Global correndo em direção ao cruzamento.

— Vá, Stefan! — ordenou ele.

Stefan se virou para olhar o guarda de trânsito que ainda os segurava.

— Mas...

— Escute o que eu digo, Stefan! Siga, agora!

Stefan pisou no acelerador e a Mercedes arrancou. O guarda entrou na frente com os dois braços levantados, mas saltou para o lado quando Stefan avançou sobre ele.

— Nos leve até a casa de Chaim o mais rápido que conseguir — disse Buck.

Stefan atendeu o desafio.

* * *

— Diga, Ken — falou Rayford —, como especialista em economia, você ainda confia nos bancos?

— Eu não confiava nos bancos antes mesmo de Carpathia assumir o poder.

— Onde você guarda suas barras de ouro, então?

— Umas poucas barras. A maior parte são moedas. Quem tem troco para um tijolo de ouro?

— Quem tem troco até mesmo para uma peça de ouro? Você teria que comprar uma loja inteira para não receber centenas em troco.

— Espero não precisar, de fato, usar o ouro para fazer pagamentos. E sobre onde o guardei, digamos apenas que se eu comprar Palwaukee, terei adquirido um imóvel valioso.

— Você não está dizendo...

— Eu sei o que está pensando. Um cara que supostamente entende de dinheiro, perde milhões colocando-o onde não pode render.

— Exatamente. Até eu tenho um pequeno portfólio.

— Eu escondi tudo só recentemente. Bem debaixo do meu hangar. Durante anos, armazenei apenas os dividendos. Depois do arrebatamento, que na época eu conhecia apenas como um desaparecimento misterioso, pude antecipar o que aconteceria com a economia.

Ken riu.

— Do que você está rindo?

— Eu cheguei a pensar que tinha perdido tudo no terremoto. Caramba, quase me matei indo atrás do meu ouro! O chão estava todo aberto, e minhas barras e caixas de moedas escorregaram por uma fenda e pararam a uns seis metros abaixo de onde eu as havia enterrado. Poderiam facilmente ter se perdido a 30 metros de profundidade ou mais. Eu não imaginava que isso significasse tanto para mim, sinceramente eu não sabia. Cavar naquele desmoronamento deve ter sido a coisa mais estúpida que um homem pode fazer depois de um terremoto, com os tremores secundários. Mas eu estava em tal estado que concluí que se não conseguisse encontrar meu ouro, eu morreria.

De uma forma ou de outra, acabaria debaixo da terra. Quando o encontrei, parecia um garotinho que acha as bolinhas de gude perdidas há muito tempo. Foi quando descobri que eu era louco por aquilo. Comecei a entender isso por causa do seu genro.

— Como?

— Eu vi que ele tinha a religião por base e, embora eu não acreditasse em nada daquilo, era inquestionável que as prioridades dele eram diferentes das minhas ou das de outras pessoas que eu conhecia. Quero dizer, eu percebia que ele tinha o pacote completo. Meu futuro estava condicionado à segurança de meus ativos. A vida toda dele foi confiada a Jesus. Cara, isso parecia uma estupidez, mas ele estava convicto. Eu o invejava, de verdade. Depois daquele terremoto, terminei no hospital e tudo o que conseguia pensar era que não dava para imaginar o filho dos Williams revirando escombros à procura de seus pertences.

— É... Não importa o que a gente faça, esta será uma noite longa.

— Será que devemos pousar na Grécia ou na Turquia, em vez de tentar voltar direto esta noite mesmo? Conheço uns caras de confiança, um em cada país. Ainda não são cristãos, acho que não, mas eles nunca nos dedurariam, se você me entende.

Rayford balançou a cabeça.

— Conseguimos combustível suficiente, melhor dar logo no pé e voltar direto.

— Você decide.

* * *

Quando Stefan estacionou na casa de Chaim, o velho pediu a ele, em hebraico, para dizer algo a Jonas, o porteiro. Como Jonas também respondeu em hebraico, Buck perguntou a Tsion o que eles haviam falado. O rabino pousou um dedo sobre os lábios.

— Depois — disse ele.

Lá dentro, eles assistiram à cobertura e aos comentários na TV, enquanto, discretamente, o Comando Tribulação, um a um, sincronizava os relógios.

Buck sentiu agora que Chaim estava tão ansioso por uma discussão espiritual quanto Tsion. Talvez até mais, já que Tsion tinha a fuga em mente. No entanto, Buck sabia que Tsion se importava mais com conquistar almas do que com a própria vida. Ele não deixaria passar esta oportunidade de apelar para o coração de Rosenzweig.

Buck precisava pedir a chave a Jacov e ficou satisfeito com a chance de deixar os dois velhos amigos conversando a sós. Contudo, quando foi procurar seu novo irmão, descobriu que Jacov já tinha ido embora e só voltaria no dia seguinte.

— Onde eu posso encontrá-lo? — perguntou.

— Acho que em casa — disse outro empregado num inglês entrecortado. Deu-lhe o número de Jacov, e Buck tentou ligar. Sem resposta.

— Onde mais ele poderia estar? — perguntou Buck.

O homem falou em tom confidencial.

— Você não ouviu isso de mim, mas tem um bar chamado Harém. Fica no...

— Eu sei onde fica — disse Buck. — Obrigado.

Ele correu de volta para a casa e interrompeu Chaim e Tsion.

— Sinto muito — disse ele —, mas preciso falar com Jacov e ele não está na casa dele.

— Ah! — exclamou Chaim. — Ele disse algo sobre visitar a mãe da Hannelore, mas estará no Monte do Templo amanhã.

— Eu preciso mesmo falar com ele hoje à noite.

Chaim deu o contato da sogra de Jacov; Buck ligou. Uma mulher alemã atendeu e passou a ligação para Jacov.

— Vai ser difícil eu sair daqui hoje à noite, sr. Williams — ele se desculpou. — A mãe de Hannelore não está aceitando bem a situação e nós concordamos em ficar e conversar sobre o assunto. Por favor, ore por nós.

— Eu vou orar, mas Jacov, eu preciso daquela chave.

— Chave?

— A que você ia fazer a cópia para o dr. Rosenzweig.

— Ele está com pressa?

— Eu preciso dela e espero que você confie em mim o suficiente para não perguntar o motivo.

— O senhor teme uma invasão? A porta ficou trancada. É a mais forte da casa.

— Eu sei. Eu preciso da chave, Jacov. Por favor.

— Mas não está comigo. Deixei com o Stefan. Como vou trabalhar amanhã e só folgarei novamente na segunda-feira, ele se ofereceu para fazer a cópia.

— E onde ele mora?

— Perto do estádio, mas eu vi no noticiário que o tráfego na região foi interrompido esta noite.

— Nós acompanhamos o noticiário pela TV, mas eu não vi isso.

— Acabaram de falar. Um segurança da Comunidade Global foi assassinado logo após o encontro. Deve ter sido o tiroteio que ouvimos. A Comunidade Global está procurando os assassinos. Eles acreditam que foi obra de uma ou mais testemunhas no encontro.

— Jacov, preste atenção. Eu contei o motivo do tiroteio.

— Mas você não disse que um segurança tinha sido baleado. Havia testemunhas armadas? Talvez estivessem lhe protegendo e pensaram que o guarda ia atirar em você.

— Oh, meu Deus, por favor, espero que não.

— Nunca se sabe, meu amigo. De qualquer forma, você não vai conseguir entrar no bairro de Stefan hoje à noite, não sem ser parado. E você sabe que eles irão lhe reconhecer.

— Jacov, eu preciso de um favor.

— Ah, sr. Williams, eu quero ajudar, mas não posso ir à casa de Stefan hoje à noite. Estamos tentando convencer minha sogra de que nossa conversão não foi ideia dele. Ela sempre odiou Stefan e o culpa por tudo de ruim que já fiz. Agora, ela está dizendo que preferiria que ele e eu ainda fôssemos bêbados e não pessoas religiosas malucas, inimigas do soberano, e está ameaçando tirar a Hannelore de mim.

— Eu só preciso que você não comente com o dr. Rosenzweig que eu lhe pedi a chave. — Houve um longo silêncio. — Eu entendo que estou pedindo para você guardar segredo do seu...

— Do homem a quem devo minha vida. Ele tem sido como um pai para mim. Você precisa me explicar tudo direitinho, antes de eu concordar com isso. Se eu esconder algo dele que possa vir a prejudicá-lo, nunca me perdoaria. Você precisa dessa chave para quê? E por que ele não pode saber?

— Jacov, você sabe que ele não é cristão ainda.

— Eu sei, mas isso não o torna nosso inimigo! Eu oro para que seja eu quem consiga pregar para ele, mesmo o próprio rabino sendo amigo dele.

— Ele pode não ser nosso inimigo, Jacov, mas é ingênuo.

— Ingênuo? Não não conheço essa palavra.

— Ele ainda é amigo do soberano.

— Ele só não se deu conta.

— Isso é o que significa ser ingênuo. Queremos usar a chave para escapar mais cedo, antes que a Comunidade Global saiba de nossa fuga, então não podemos nos arriscar que ele conte algo a Nicolae ou a alguém da equipe dele.

Jacov ficou em silêncio por mais um momento.

— Eu não sabia no que estava me metendo — disse ele. — Nunca voltaria atrás na minha decisão, eu creio de verdade. Mas nunca pensei que estaria envolvido num confronto contra Nicolae Carpathia.

— Jacov, você pode dizer ao Stefan que eu preciso desesperadamente da chave? Talvez ele consiga trazê-la para mim. Ele é conhecido no bairro e não seria incomum vir trabalhar, mesmo a essa hora, não é mesmo?

— Vou tentar. Mas agora duas pessoas precisarão guardar seu segredo.

— E você acha que Stefan vai fazer isso?

— Acho que sim. Mas o que o dr. Rosenzweig pensará quando souber que ajudamos você a escapar sem contar a ele?

Buck pensou em sugerir que eles dissessem a Rosenzweig que o Comando Tribulação os ameaçou, contudo concluiu que uma coisa era usar todo tipo de artifício para enganar Carpathia e seus agentes; outra era mentir para o homem que eles queriam que buscasse Deus. Buck consultou o relógio. Eram quase onze horas. Havia pouca chance de o Stefan chegar lá a tempo, de qualquer modo.

— Jacov, será que conseguimos arrombar aquela porta?

— Não será fácil. Sr. Williams, eu preciso desligar.

* * *

Rayford estava a uma hora do aeroporto de Jerusalém, checando casualmente com as torres da rota quem seria capaz de capturá-los pelo radar. Ele identificou sua aeronave, fornecendo apenas o modelo e o número de identificação; ninguém pediu mais detalhes.

— Horário estimado para reabastecimento no Aeroporto de Jerusalém, meia-noite — disse ele.

— Mensagem recebida, Gulf. Câmbio e desligo.

Ele discou para Chloe.

— Tudo bem, querida?

— Estamos meio irrequietos aqui, papai. Eu não vou aborrecer você com os detalhes, mas prossiga com o plano. De algum modo, estaremos no telhado à meia-noite e meia.

— Mal posso esperar para ver você, querida.

— Eu também estou com saudades, papai. Ligo se tivermos algum problema.

— Idem. Ken estará no helicóptero, então verei você a bordo do Gulfstream.

* * *

Buck bateu levemente na porta onde Tsion e Chaim estavam sentados, conversando animadamente, ainda que em voz baixa. Tsion olhou para Buck como se ele tivesse escolhido a hora mais imprópria para interromper.

— Sinto muito, senhores, mas eu preciso trocar uma palavrinha com você, Tsion.

— Não se preocupe! — disse Rosenzweig. — Também preciso de um instante. Vou deixá-los à vontade. Quero perguntar à sua esposa se ela gostaria de ir comigo, amanhã, ao Monte do Templo. Jacov e eu vamos um pouco mais tarde.

Ele passou por Buck, sorrindo, porém visivelmente distraído. Buck se desculpou com Tsion.

— Sei que nosso tempo é curto, Buck, mas ele está tão perto!

— Perto o suficiente a ponto de confiarmos nele?

Buck atualizou Tsion sobre a situação. Tsion ligou novamente a TV. Na tela estava estampado o rosto do segurança da Comunidade Global que havia disparado sobre a cabeça de Buck, errando de propósito. Abaixo de sua foto havia o ano de seu nascimento e o de sua morte.

— Eu o matei — disse Buck com um nó na garganta.

— Acho que você salvou a minha vida — disse Tsion. — Louvado seja Deus, pois ele está no céu agora. Buck, sei que isso é difícil e não quero jamais me tornar insensível ao alto preço que somos conclamados a pagar. Neste momento, ninguém apostaria muito em nosso futuro. Não sei quanto tempo o Senhor nos poupará para trabalharmos em nome dele, porém, temo que se deixarmos Carpathia machucar, matar ou mesmo deter um de nós esta noite, será um golpe terrível para a causa. Você sabe que eu não me importo mais com minha vida. Minha família está no céu e eu também quero ir para lá. Contudo, eu não acredito que Deus nos faria morrer em vão. Ainda há muito o que fazer.

E como Buck estava preocupado com o dr. Rosenweig, ele completou:

— Sim, eu receio que teremos que confiar em Chaim. Ele perguntou ao porteiro, mais cedo, se o equipamento de vigilância estava funcionando. O homem respondeu que não até meia-noite, como de costume. Mas Chaim pediu que ele ligasse o aparelho imediatamente.

Uma onda de pânico atingiu o estômago de Buck. Será que a câmera o havia filmado na noite anterior?

— Temos que contar a ele, então — Buck falou. — Se os seguranças ouvirem um helicóptero e virem que é da Comunidade Global, não saberão o que fazer.

— É o que queremos, Cameron, confusão o suficiente para seguirmos adiante. Certamente, eles não dispararam em um helicóptero parecido com o de Carpathia. Mas não demoraria muito para ligarem e perguntarem, assim a Comunidade Global saberia que usamos uma de suas aeronaves.

— Como podemos convencer Chaim sem ele achar que estamos exagerando?

— Ele estava lá esta noite, Buck. E você deveria ouvir a reação dele. Estou lhe dizendo, Chaim está perto.

— O que o impede?

— Sua admiração e seu amor por Carpathia.

Buck resmungou contrariado.

— Então, vamos contar a ele o que o Rayford escutou no Condor 216.

— Sobre mim, você quer dizer?

— E sobre ele.

— Será que Chaim vai acreditar?

— Isso é com ele, Tsion. Vai contrariar tudo o que ele acredita e sente em relação a Carpathia.

— Que assim seja.

***

Faltava pouco para a meia-noite quando Rayford entrou no espaço aéreo israelense, no horário previsto. Fez o *check-in* com a torre do

Aeroporto Ben Gurion em Tel Aviv, e então foi liberado para aterrissar em Jerusalém para reabastecer.

— Fazia tempo que eu não sentia tanto medo — disse ele.

— Verdade? — Ken ficou curioso. — Essa sensação de terror está se tornando semanal para mim.

* * *

Rosenzweig voltou a se juntar a Buck e Tsion, trazendo consigo Chloe. Ela estava de pijama e roupão e atraiu o olhar perplexo de Buck.

— Dr. Rosenzweig está insistindo para que eu descanse pelo bem do bebê — disse ela. — Não posso argumentar contra isso. Só vim dar boa noite.

Buck sabia que ela iria correr de volta para se trocar, mas disse:

— Fique conosco um minuto, querida. Precisamos contar algo a Chaim, e talvez seja necessário corroborar com o que você ouviu de seu pai.

CAPÍTULO 12

— Torre de Jerusalém, este é o Gulfstream Alfa, Tango, câmbio.
— Torre, prossiga, Alfa, Tango. Inicie a sequência de pouso.

Rayford ligou as coordenadas e pousou na pista, que estava mais movimentada do que o normal. Para parecer o mais casual possível, comentou sobre isso. A torre o informou que os passageiros mais abastados do grande encontro no Estádio Kollek estavam voando em pequenos aparelhos até Tel Aviv para tomarem seu voo internacional para casa.

— Algum atraso no reabastecimento?
— Negativo, Alfa. Você está liberado.
— Está vendo os helicópteros? — perguntou Rayford, enquanto se alinhava para sua descida.
— Estou vendo um — disse Ken. — Branco, escrito em letras pretas na lateral.
— Não brinca.
— Não estou brincando. É, sim, o da Comunidade Global, mas só tem um helicóptero.
— Não gostei nada disso, Ken.
— Se houve um problema, por que Mac não ligou?

Rayford balançou a cabeça.

— E eu também não quero ligar. Talvez ele esteja onde não possa falar.
— Ou Mac pode não saber que um de seus pássaros se foi. Já pensou nisso?

Rayford digitou o número de Mac.

— McCullum.

— Mac! Sou eu. O que está acontecendo?

— Sim, olá, sargento Fitzgerald. Claro, o senhor pode prosseguir.

— Tudo certo, podemos ir?

— Não precisa esperar, sargento. Afirmativo.

— Estou apostando todas as minhas fichas em você, Mac.

— De nada, sargento. Adeus.

— Leve o seu telefone, Ken! — Rayford gritou, sobrepondo-se ao barulho dos motores quando Ritz abriu a porta.

Ken deu um tapa na própria cabeça e pegou o telefone em sua sacola.

— Quanta maturidade — disse ele. — Não vai me abandonar, hein?

— Não se preocupe.

Rayford desejou ter espelhos retrovisores na lateral do avião para ver Ken chegando ao helicóptero.

* * *

Chaim Rosenzweig nunca pareceu tão velho para Buck. Ele estava cansado, obviamente. E estava tarde. Mas seu cabelo branco e fino, completamente rebelde, emoldurava um rosto obscurecido e tenso. Buck, Tsion e Chloe contaram rapidamente as conversas que Rayford ouviu no Condor. Chaim pareceu sem palavras depois de ouvir que seus pedidos pela segurança de Tsion, após a primeira transmissão dele na TV, tinham sido ridicularizados.

— Veja bem — disse Chloe —, o senhor é a primeira pessoa fora do Comando Tribulação que sabe sobre o dispositivo de escuta no avião. Estamos colocando nossa vida em suas...

Rosenzweig acenou com pesar para ela.

— Pensar que o próprio Nicolae dizia uma coisa e fazia outra, olhando em meus olhos e mentindo. Ele poderia ter evitado o massacre de sua família, Tsion. Oh, Deus, oh, Deus, oh, Deus! Como eu pude ser...? Eu sei que vocês tentaram me alertar.

— Doutor — interviu Tsion rapidamente —, com a graça de Deus, o senhor e eu continuaremos nossa discussão por telefone, *e-mail* ou pessoalmente, mas precisamos partir agora. Nossas fontes disseram que a Comunidade Global planeja um ataque terrorista no Monte do Templo amanhã, e queremos estar muito longe até lá.

— Com certeza — respondeu Chaim. — Eu compreendo. Vou mandar levarem vocês até...

— Já está tudo planejado — disse Buck. — Precisamos estar no seu telhado em dez minutos.

— Claro, vão. Eu darei cobertura a vocês. Não se preocupem comigo.

Chloe foi trocar de roupa, e Buck contou a Chaim onde estava a chave.

— Arrombe-a — disse ele abatido. — As ferramentas estão na área de serviço.

— Buck! — Chloe gritou, enquanto ele se dirigia para a porta. — Você está na TV! Aumente o som!

... de acordo com a Comunidade Global, a gravação revela que este homem seria o provável assassino do segurança da Comunidade Global nesta noite, no encontro das testemunhas realizado no Estádio Kollek. Ele foi identificado como o norte-americano Cameron Williams, ex-funcionário do departamento editorial da Comunidade Global. Williams está hospedado com o rabino Tsion Ben-Judá na casa do israelense vencedor do Prêmio Nobel, dr. Chaim Rosenzweig. O supremo comandante Leon Fortunato disse...

Tsion e Buck seguiram Rosenzweig até a área de serviço. Assim que Buck viu onde era o lugar, adiantou-se a Chaim, acendeu a luz e pegou um martelo, uma pá e um bloco de concreto.

— O senhor tem uma marreta?

— Se você não está vendo uma é porque não tenho — respondeu Chaim. — Precisamos nos apressar. — O telefone tocou. — Deve ser a Comunidade Global — disse ele.

Jonas, o porteiro, falou pelo interfone em hebraico, mas Buck entendeu as palavras *Rosenzweig* e *Fortunato*.

— Alguém me traga o telefone — pediu Chaim. — Estou no corredor dos fundos. — Ele se virou para Buck e Tsion e fez um gesto para que seguissem até a porta de acesso. Quando pegou o telefone sem fio, dispensou o funcionário e falou enquanto seguia Buck.

— Claro que ele está aqui, Leon — disse ele. — E num sono profundo. Nem pense em invadir minha casa no meio da noite. Você tem minha palavra, ele estará aqui de manhã, e então você poderá interrogá-lo. Eu ficarei feliz em levá-lo até você... Oh, Leon, isso é um tremendo absurdo e você sabe disso. Buck é tão suspeito do assassinato quanto eu. Seu homem foi baleado por um dos seus... Você encontrou a arma do crime? E as impressões digitais? Verifique as balas, elas mostrarão que se trata de uma de suas armas. Eu conheço o sr. Williams há anos e nunca o vi armado. Estou lhe avisando, eles são meus hóspedes, eu não vou acordá-los!

E continuou:

— Sim, está avisado! Você não é meu supremo comandante... Ah, agora está me ameaçando? Você conhece minha posição neste país e minha relação com Nicolae! Se eu disser às pessoas que usou táticas da gestapo no meio da noite... Crime? Você me acusaria de um crime só por não falar de maneira respeitosa com você? Você me liga depois da meia-noite, me pede para deter um convidado por suspeita de homicídio e espera respeito? Estou lhe avisando, Leon, venha pessoalmente em um horário razoável e meu hóspede estará à sua disposição... Bem, eu lhe asseguro, Leon, que se você enviar alguém esta noite, não vou atender a porta.

Buck acenou entusiasmadamente para Chaim se afastar, assim o som das marteladas não poderia ser ouvido pelo telefone. Chaim assentiu com a cabeça e saiu rápido. Buck bateu com a orelha do martelo por trás da dobradiça superior da porta sólida. Chloe apareceu com duas malas e voltou para buscar a de Tsion. O rabino bateu com a pá e ao redor da maçaneta, mas nenhum dos dois estava avançando.

— Afaste-se um instante, Tsion — pediu Buck, erguendo o bloco de concreto acima da cabeça. O peso quase o jogou para trás. Ele a bateu contra a metade superior da porta e ouviu um estalo retumbante. Mais algumas pancadas deveriam romper a madeira.

* * *

Rayford estava reabastecendo quando recebeu uma ligação de Ken.

— Já estou a caminho — disse ele.

— Vá com Deus!

Ele ficou de olho no relógio, tentado a ligar para Chloe e mantê-la ao telefone até que estivessem a bordo do helicóptero, mas não queria dar margem à distração. A falta de um dos helicópteros já o havia intrigado, e se não fosse a mensagem clara de Mac para prosseguirem, não saberia o que fazer. Mal podia esperar para entender tudo aquilo.

* * *

— Apague todas as luzes! — gritou Buck, quando finalmente quebrou a madeira espessa.

Ele ouviu Chaim se apressar em desligar os interruptores. Pelo interfone, o velho falou com o porteiro em hebraico.

— O que ele disse? — perguntou Chloe ao se juntar a Buck e a Tsion na soleira da porta arrombada, no escuro, cada um com uma mala pesada.

— Ele deixou claro que ninguém pode entrar. Que todo mundo está dormindo. Isso não vai mantê-los afastados por muito tempo.

— Vamos — disse Buck. — Estou ouvindo um helicóptero.

— É a sua imaginação — falou Chloe. — Eu acho que a Comunidade Global já está lá na entrada.

— Os dois estão paranoicos — retrucou Tsion, atravessando a porta arrombada.

— Eu levo a sua bagagem, querida — disse Buck.

— Buck! Não me trate feito criança.

— Só estou pensando no bebê. Agora vá.

— Nós não nos despedimos do Chaim!

— Ele vai entender. Vá. Vá.

Quando ela passou pela porta, Chaim retornou.

— Eu estou esperando notícias do porteiro — sussurrou ele. — Um veículo da Comunidade Global acabou de estacionar no portão de entrada.

Buck estendeu a mão para ele na escuridão e o abraçou com força.

— Em nome de todos nós...

— Eu sei — disse Chaim. — Sinto muito por tudo isso. Avise-me quando estiverem em segurança.

* * *

Rayford sentiu um arrepio de nervoso percorrer todo o seu corpo. Depois de abastecer e pagar com o cartão de débito internacional de Ken Ritz, deliberadamente taxiou o Gulfstream até se distanciar do tráfego terrestre, a uns 200 metros de onde Ken pousaria o helicóptero. De lá, poderia ver o helicóptero aterrissar e, então, aproximar-se dele.

O telefone tocou.

— Rayford, é o Mac. Finalmente estou sozinho. Ouça e não diga nada. Leon tirou meu helicóptero de Haifa. Houve algum tipo de incidente perto do estádio. Ele não quis se arriscar a me usar como piloto por causa do voo de retorno amanhã no Condor. Pensei que eles voltariam a tempo, mas como não o fizeram e você ligou, dei permissão para que usassem o helicóptero número um. Sim, isso significa que o seu camarada está no transporte de Carpathia, mas ninguém saberá se ele voltar rápido. Eu estava em um carro com Leon, por isso soei tão estranho.

Rayford ouvia tudo atentamente.

— O problema é o seguinte: Leon colocou alguns carros a caminho da casa de Rosenzweig com uma acusação forjada contra Buck. Ouvi dizer que o vídeo comprova que é mentira, mas a verdade nunca os deteve. Parece que o velho não vai deixá-los entrar, mas eles temem que seu pessoal esteja fugindo. Leon pediu que o helicóptero ilumine a vizinhança. Se ele vir seu piloto, vai pensar que sou eu até perguntar e descobrir que não. Vou fazer o possível para despistar sem me entregar, Ray. Só queria que você soubesse com o que está lidando. Tenho mais alguns segundos, se você tiver alguma dúvida.

— Obrigado, Mac. Aposto que você está feliz por este não ser o número de telefone errado. Esse camarada está armado?

— Ele está acompanhado por dois homens armados, sim.

— O que o Ken deve fazer se ele os encontrar?

— Disfarçar como se devesse mesmo estar lá, mas dar o fora o quanto antes. O piloto sabe que eu não fui escalado para voar.

— É melhor eu desligar, caso o Ken esteja tentando me ligar.

* * *

— Nós dois estávamos certos — sussurrou Chloe, enquanto eles saíam para o ar fresco da noite. Dois veículos da Comunidade Global eram mantidos do lado de fora do portão e um helicóptero iluminava a área com um enorme faixo de luz.

— O Ken sabe onde estamos?

— Não sei dizer — disse Buck —, mas não podemos fazer sinal sem que os caras lá embaixo nos vejam. Vamos, Ken! Bem aqui, meu chapa!

De repente, logo acima, pousou o helicóptero número um da Comunidade Global, esvoaçando o cabelo e as roupas deles. Ken abriu a porta e gritou:

— Vamos, vamos, vamos!

Buck jogou as malas lá dentro e ajudou Chloe a embarcar. Ele não se atreveu a espiar para ver que tipo de atenção estavam atraindo dos guardas no solo. Tsion e Buck subiram a bordo. Ken estava ao telefone.

— Não estamos sozinhos, Ray! Dois no chão, um no ar! Certo, estamos indo!

Ken decolou e foi embora, rumo ao norte.

Tsion, Buck e Chloe estavam sentados juntos, de mãos dadas, orando. Buck imaginou quanto tempo levaria até as tropas terrestres alertarem o outro helicóptero. Três minutos depois, enquanto Ken acelerava em direção ao Aeroporto de Jerusalém, Buck descobriu. Do rádio, veio uma ligação urgente.

— Comunidade Global Helicóptero Um, este é o Helicóptero Dois, câmbio.

Ken disse alto ao telefone:

— Não se preocupe, Ray, não vou atender. De qualquer forma, achei que estivéssemos no Helicóptero Dois... Depois você me conta. Estou a caminho... A voz do Mac? Como vou fazer isso? Eu só falei com ele pelo telefone uma vez! Tudo bem, vou tentar! Vou chegar logo, então esteja pronto!

— Helicóptero Dois para Helicóptero Um, câmbio?

— Prossiga, Dois — disse Ken, baixando a voz e imitando um sotaque sulino.

— Eu não sabia que o senhor estava no ar, capitão.

— Recebido, Dois.— Ken deu batidinhas no microfone enquanto falava.

— Eu... ruim a... conexão... você... câmbio?

— Repita, capitão?

Uma voz frenética interrompeu a chamada:

— McCullum não está voando, está conosco! Descubra quem é este!

— Helicóptero Dois para Helicóptero Um, identifique-se, câmbio.

Ken hesitou.

— Identifique-se, Helicóptero Um, ou será acusado de pirataria aérea.

— Aqui é o Helicóptero Um, prossiga.

— Identifique-se, piloto.

— Péssima conexão, fale de novo.

O piloto do Helicóptero Dois praguejou.

— Exijo que pouse imediatamente e se renda, Um.

— A caminho de Tel Aviv, Dois. Vejo você lá.

— Negativo! Pouse no Aeroporto de Jerusalém e permaneça a bordo!

— Negativo também, Dois. Vejo você no Ben Gurion.

O Helicóptero Dois solicitou assistência a todas as aeronaves do setor.

— E agora? — perguntou Buck.

— Vou apagar as luzes e voar baixo — respondeu Ken.

— Mas não baixo demais.

— Alto o suficiente para evitar os cabos de energia — disse Ken. — Baixo o suficiente para ficar fora dos radares.

— Vamos nos safar?

— Vai depender de onde ele estava quando nos ligou pela primeira vez. Se ele ainda estiver na vizinhança de Chaim, temos uma boa vantagem. Eu duvido que ele voe tão baixo ou siga tão rápido. Mas de jeito nenhum ele é burro o suficiente para acreditar que estamos indo para o Ben Gurion. Alguém vai nos avistar e perseguir até a pista de pouso. Não dá tempo para ir ao banheiro, nem para mudanças de assento no aeroporto, se é o que você está perguntando.

* * *

Rayford estacionou perto da pista, ouvindo o tráfego pelo rádio e resistindo à vontade de direcionar Ken Ritz. Se ele não estivesse preparado o bastante para se manter baixo e conduzir o helicóptero no limite, nada que Rayford pudesse dizer ajudaria.

O rádio soou novamente; uma aeronave pequena de asas fixas havia reportado um helicóptero da Comunidade Global com as luzes apagadas, voando baixo.

— O Helicóptero Dois está em uma perseguição. Helicóptero Um, você está infringindo a legislação da aviação internacional ao voar com as luzes apagadas, em alta velocidade e baixa altitude, e também sequestrou uma aeronave do governo. Prossiga diretamente para o aeroporto de Jerusalém e permaneça a bordo, ou arcará com as consequências.

O pessoal do aeroporto entrou em ação, com veículos de emergência cruzando as pistas.

— Atenção, por favor. O Aeroporto Internacional Ben Gurion está temporariamente fechado devido a uma emergência. Saibam que todas as sequências de pouso e decolagem estão suspensas até novo aviso. Cessna X-Ray, Bravo, na escuta?

— Ciente.

— Piper, Two-Niner, Charley. Alfa?

— Ciente.

— Gulfstream Alfa, Tango?

— Ciente — respondeu Rayford, mas não desligou os motores.

Ele esperava que Ken entendesse por que ele estava esperando na cabeceira errada da pista. Esta seria uma decolagem sem autorização e na direção oposta.

O helicóptero chegou. Ken não teria tempo para falar ao telefone, e o rádio não era uma opção. Rayford verificou seus instrumentos. Ele estava pronto.

* * *

Ken iniciou o pouso no local combinado.

— O Gulfstream está lá na frente! — gritou Buck. — E a equipe de segurança está a caminho no solo!

Ken desviou o helicóptero e pousou perto de Rayford. A porta do Gulfstream estava aberta. Buck, Chloe e Tsion se prepararam para saltar do helicóptero.

— Esperem um segundo — gritou Ken. — Se eles nos verem a bordo do Gulfstream, podem bloqueá-lo facilmente! Vou precisar brincar de gato e rato com eles, induzi-los a pensar que Rayford não está envolvido!

Quando os veículos de segurança se aproximaram, Kenford os ultrapassou, pairando logo acima de onde havia descido primeiro, a 200 metros do Gulfstream.

— Pouse aí mesmo, Helicóptero Um, e não desembarque. Repito, não desembarque.

Ken desceu, mas manteve as lâminas zumbindo, enquanto os veículos terrestres se dirigiam até ele.

— Desligue o motor, Um! — ordenou o rádio.

Buck e os outros viram o Helicóptero Dois descendo na extremidade do campo, perto de Rayford, na direção deles.

— Mantenham-se fora de vista e esqueçam as malas, pessoal — recomendou Ken. — Se eu conseguir chegar perto, corram para o Gulfstream.

— Vamos mesmo tentar fazer isso? — disse Chloe. — Não vai adiantar!

— Enquanto eu estiver respirando, nada é impossível — retrucou Ken.

* * *

Rayford ficou olhando para fora da cabine do Gulfstream, imaginando que a qualquer segundo Ken e tudo o que restava de sua própria família estariam cercados por guardas armados da Comunidade Global. Eles nunca o exporiam, mas ele não conseguiria ficar sentado, esperando para partir assim que o aeroporto reabrisse. Seu corpo estava fervilhando de frustração, querendo fazer alguma coisa, qualquer coisa.

Ken era um homem criativo, engenhoso e inteligente. E, ao que parecia, continuava com as hélices girando. O que ele iria fazer? Deixar o Helicóptero Dois persegui-lo um pouco mais? Não fazia sentido.

— Desligue o motor, Um! — O comando foi dado outra vez. — Você está cercado, sem possibilidade de fuga.

O Helicóptero Dois estava a 30 metros de Ken, também no chão, agora com as hélices acionadas. Rayford observou, espantado, quando Ken subiu uns 30 metros, depois apontou o nariz do helicóptero na direção do Gulfstream e pareceu cair bem na frente dele. Atingiu o asfalto num ângulo tal, que deslizou uns 15 metros e girou até parar ao lado da porta aberta.

* * *

— Vamos, crianças! — gritou Ken. — É agora!

Ele bateu na porta com o braço retesado, usando o peso do corpo, e agarrou Buck, puxando-o por cima do banco dianteiro e para fora. Buck esperou no chão e segurou Tsion, quando Ken o empurrou. Tsion subiu os degraus do Gulfstream e ficou pronto para fechar a porta.

Buck ficou grato por Ken ter tido um pouco mais de cuidado com Chloe.

— Corram lá para dentro! — ordenou ele. — Tsion está segurando a porta!

Rayford assistiu horrorizado aos veículos da Comunidade Global acelerarem a toda. Ele precisava decolar. Apostando que a torre de controle não tivesse conseguido ver as pessoas embarcando no avião, acionou o rádio.

— Gulfstream Alfa Tango para o controle de solo, solicito permissão para sair do caminho desta movimentação.

— Ciente, Gulf. Fique fora apenas do caminho dos veículos de segurança.

Rayford começou a movimentar o avião, embora soubesse que apenas dois haviam embarcado. O Gulfstream fez um barulho de atrito e rangeu, enquanto se deslocava lentamente para frente, passando pelo Helicóptero Um, com a porta arrastando no asfalto e soltando faíscas. Ele não podia deixar o solo até todos estarem a bordo, então teria que pressurizar a cabine antes de atingir muita altitude.

* * *

O cérebro de Buck entrou em câmera lenta e um caleidoscópio de imagens passou por sua mente. No que pareceu um milésimo de segundo, lembrou de ter tomado um tiro no calcanhar no Egito, enquanto mergulhava com Tsion a bordo de um Learjet pilotado por Ken. Agora, enquanto corria feito louco para agarrar a porta, conforme o Gulfstream passava rente, viu pela base do helicóptero os homens da Comunidade Global correrem na direção deles, mirando. Buck gritou, assim que Ritz o alcançou:

— Ken! Ken! Vá! Vá! Vá!

Buck forçou as pernas o mais rápido que pode, e Ken correu logo atrás. O Gulfstream acelerou e Buck sentiu o empuxo da potência em seu corpo. Olhou para trás, para Ken, cujo rosto estava a centímetros dele com uma determinação desesperada estampada nos olhos. Buck estava prestes a subir os degraus quando a testa de Ken se abriu. Buck sentiu o calor e o cheiro de metal, quando a bala letal cortou sua própria orelha na trajetória, e seu rosto ficou todo respingado pelo sangue de Ken. Os olhos daquele homem grande estavam arregalados e vazios, quando desapareceram de vista.

Buck foi puxado, soluçando e gritando, o braço preso no arame que sustentava a porta aberta. Ele queria pular, correr de volta até Ken, matar alguém, mas estava desarmado, e Ken certamente estava morto antes de chegar ao chão. Apesar de si próprio, de seu pesar, horror e raiva, os instintos de Buck se voltaram para sua própria sobrevivência.

O Gulfstream agora acelerava rápido demais para que as pernas de Buck acompanhassem. Tsion se inclinou o máximo que conseguiu, e usou toda sua força para puxar a porta para cima e trazer Buck com ela. No entanto, quanto mais puxava, mais enroscado Buck ficava. Chloe estava ajudando agora, chorando e gritando, e Buck se preocupou com o bebê.

Ele levantou as pernas para não arrancar o couro dos sapatos e queimar os pés. O Gulfstream estava a uma velocidade de decolagem, a porta aberta, Buck preso ao suporte; ele sabia que Rayford não tinha escolha a não ser acelerar.

Buck tentou balançar para frente e colocar um pé no degrau, mas o impulso e o vento o impediram de se mover. Ele estava quase na horizontal agora, e a vibração no revestimento de alumínio do avião mudou quando as rodas deixaram o chão. Apertou os olhos contra o vento, a poeira pinicou sua vista, e pode ver Rayford ter a sorte de passar raspando pela cerca de três metros no gramado, na extremidade errada da pista.

O avião passou por cima da cerca, e Buck sentiu que se tivesse baixado um dedo do pé poderia tê-la roçado. Uma coisa era certa: ele não conseguiria entrar naquele avião agora que estava no ar. A porta precisaria ser fechada mecanicamente. Então suas opções se resumiam a esperar seu braço ser cortado e cair para a morte ou se arriscar na vegetação rasteira do outro lado da cerca.

Buck puxou, torceu e empurrou até o cotovelo abrir o arame. Os rostos horrorizados de sua esposa e de seu pastor foram as últimas imagens que ele viu antes de sentir a queda, dar uma pirueta, atingir o topo dos arbustos altos e se alojar, todo arranhado, com ferimentos e sangrando, no meio de um enorme matagal. Seu corpo estremeceu incontrolavelmente; ele temeu entrar em choque. Então ouviu o Gulfstream dar volta; ele sabia que Chloe nunca deixaria o pai abandoná-lo, mas, se voltassem, se aterrissassem para procurá-lo, todos poderiam se considerar mortos. Ken já tinha ido embora. Isso era o suficiente por uma noite.

Sentindo muita dor, ele se virou para se soltar e viu que seus ferimentos exigiriam atendimento. Nenhum osso parecia quebrado e, enquanto se levantava, tremendo no frio da noite, sentiu a protuberância no bolso. Seria possível? O telefone dele teria sobrevivido? Não ousou sentir esperança ao ligá-lo. O mostrador acendeu. Digitou o número de Rayford.

— Buck? — ouviu ele. — É você mesmo?

Buck respondeu, sua voz rouca:

— Sou eu e estou bem. Siga em frente; encontro vocês mais tarde.

* * *

Rayford imaginou se não estaria sonhando. Ele estava certo de ter matado seu genro.

— Tem certeza, Buck? — gritou ele.

Chloe, que havia despencado, tomada pelo desespero, agarrou o telefone da mão do pai.

— Buck! Buck! Onde você está?

— Do outro lado da cerca, em um matagal horroroso! Não acho que eles me viram, Chloe! Não tem ninguém vindo para cá. Se me viram correndo até o avião, devem achar que eu embarquei.

— Como você sobreviveu?

— Não faço ideia. Tudo bem com você?

— Se estou bem? Claro! Dez minutos atrás eu era viúva! O Ken está com você?

— Não.

— Ah, não! Eles o pegaram?

— Ele se foi, Chloe.

CAPÍTULO 13

Rayford resolveu voar para o norte o mais rápido que pode, imaginando que as forças da Comunidade Global deduziriam que ele estava se dirigindo para o oeste. Tsion mexeu nas coisas de Ken para ver se conseguia encontrar o contato dos amigos dele na Grécia. Ele havia mencionado que poderiam pousar lá, ou na Turquia, se fosse necessário. Tsion e Chloe abriram a pasta de voo do Ken.

— Isto é doloroso, Rayford — comentou Tsion. — Quando minha cabeça estava a prêmio, este irmão me resgatou em segurança.

Rayford ficou sem palavras. Ele e Ken tinham se dado bem logo de cara e se tornado amigos imediatamente. Por conta das longas horas voando juntos, ele havia passado mais tempo com Ken do que com qualquer outro, exceto Buck. E como ele estava mais perto da idade do Ken, desenvolveu uma afinidade genuína. Sabia que a violência e a morte eram o preço desse momento da história, mas como ele detestava o choque e a dor das perdas. Se ele começasse a pensar em toda a tragédia — perder sua esposa e filho no arrebatamento, Bruce, Loretta, Donny e a atual esposa, Amanda, bem como tantos outros —, enlouqueceria.

Ken estava em um lugar melhor, disse a si próprio, mas isso soava tão vazio quanto um chavão qualquer. No entanto, precisou acreditar que era verdade. A perda era só dele. Ken finalmente estava livre.

Rayford se sentiu extremamente cansado. Não deveria estar pilotando na volta para casa. Ken reservou suas horas atrás dos controles para pilotar o voo que levaria o "Comando Tribulação" de volta aos Estados Unidos.

— O que é tudo isso? — perguntou Chloe de repente. — Ele tem listas, ideias e planos de negócios e...

— Eu explico mais tarde — disse Rayford. — Ele era um grande empreendedor.

— E brilhante — acrescentou Tsion. — Nunca imaginei que fosse esse tipo de mente. Parte deste material parece um manifesto de sobrevivência aos santos.

— Nenhum nome ainda? Nada que pareça um contato na Grécia? Eu vou seguir para lá de qualquer forma. Não posso voar muito mais do que isso.

— Mas não podemos aterrissar sem um contato local, podemos papai?

— Não deveríamos.

— O Mac não pode ajudar?

— Ele teria me ligado se estivesse livre para falar. Tenho certeza de que o culparam por este fiasco. Ore para que ele consiga despistá-los.

* * *

Buck tinha lacerações faciais profundas, mas como eram abaixo das maçãs do rosto, havia pouco sangramento. Seu polegar direito parecia ter sido puxado para trás na direção do pulso. Não conseguia estancar o sangramento na orelha esquerda, que, por pouco, não foi cortada ao meio pela bala que matou Ken. Rapidamente tirou a camisa, bem como a camiseta que vestia por baixo, e a usou para limpar o rosto e enxugar a orelha. Vestiu a camisa de novo, torcendo para não parecer tão monstruoso a ponto de assustar alguém que pudesse ajudá-lo.

Rastejou até os limites do aeroporto, mas não ousou se aproximar da cerca. Embora nenhum holofote apontasse naquela direção, a cerca serviu de proteção perfeita para evitar que um olho atento detectasse sua movimentação. Encostou-se em um arbusto grande para recuperar o fôlego. Seus tornozelos e joelhos estavam doloridos, assim como o cotovelo direito. Devia ser reflexo do impacto do choque contra a planta espinhosa. Inclinou o celular contra a luz para ver seu reflexo nebuloso na tela iluminada.

Buck sentiu uma pontada abaixo do punho ao arregaçar as pernas da calça alguns centímetros, e viu ambas as meias manchadas de sangue nas canelas. Seus músculos doíam bastante, mas, considerando as circunstâncias, ele teve muita sorte. Tinha o telefone e conseguia andar.

* * *

— Acho que encontramos algo — disse Tsion.

Pelo canto dos olhos, Rayford viu o rabino mostrar uma página da agenda de telefone para Chloe.

— Isso parece grego para mim. O que acha, papai? Ele tem o número de um Lukas Miklos, cujo apelido é Laslos.

— Em qual cidade?

— Não fala.

— Alguma outra anotação? Dá para dizer se é um amigo ou um contato comercial?

— Tente ligar. É tudo o que temos.

— Espere — disse Tsion. — Há uma estrela ao lado do nome e uma seta apontando para o termo *lignito*. Nunca ouvi essa palavra.

— Eu também não — disse Rayford. — Deve ser um mineral ou algo assim. Ligue para ele, Chloe. Se formos descer na Grécia, preciso começar a aproximação em alguns minutos.

* * *

Buck não conseguia lembrar o nome da sogra de Jacov. Também não sabia o sobrenome de Stefan. Não queria ligar para Chaim; a

Comunidade Global certamente estava rastreando a casa dele. Caminhou na escuridão, permanecendo nas sombras, e deu uma volta enorme, circundando o aeroporto até a estrada principal. Lá poderia conseguir carona ou pegar um táxi. Sem ter a quem recorrer, decidiu seguir para o Muro das Lamentações. Nicolae havia advertido Moishe e Eli publicamente para sumirem de lá quando o encontro no estádio terminasse, o que para Buck era um indicativo de que eles com certeza continuariam no local.

* * *

— Sim, olá, senhora — disse Chloe ao telefone. — Alguém aí fala inglês? Inglês! Me desculpe, eu não a entendo. Alguém aí... — Ela tampou o telefone. — Eu a acordei. Ela parece assustada. Foi chamar alguém. Acho que está acordando essa pessoa. — Sim! Alô? Senhor? É o sr. Miklos? O senhor fala inglês? Não muito bem? O senhor entende inglês? Ótimo! Lamento muito acordá-lo, mas sou amiga de Ken Ritz da América! — Chloe cobriu o telefone outra vez. — Ele conhece o Ken!

Chloe perguntou onde ele morava, se havia uma pista de pouso na cidade e se eles poderiam visitá-lo e falar sobre Ken se fossem para lá. Em poucos minutos, Rayford entrou em contato com a torre de Ptolemaïs, no norte da Grécia.

— Macedônia — disse Tsion. — Deus seja louvado.

— Ainda não estamos seguros, Tsion — alertou Rayford. — Dependemos da bondade de um estranho.

* * *

Pela primeira vez, Buck ficou grato pela Comunidade Global ter escolhido o dólar americano como moeda. Ele carregava consigo bastante dinheiro, e isso poderia conseguir muitos olhos fechados e bocas caladas.

Em algum lugar, no fundo de sua carteira, também havia uma identidade falsa, sempre útil... contanto que ele não fosse revistado e as duas identidades encontradas.

* * *

— O sr. Miklos ficou desconfiado — contou Chloe —, mas depois eu o convenci de que éramos amigos de Ken, e ele inclusive me falou o que dizer à torre. É para falar que somos o Learjet Foxtrot Foxtrot Zulu. Esse é o avião de um dos fornecedores dele. Ele tem uma empresa de mineração e estará lá para nos encontrar.

— Esta aeronave não se parece em nada com um Learjet — disse Rayford.

— Ele explicou que a torre não presta atenção.

* * *

Quando Buck chegou à estrada, ficou surpreso ao ver que o trânsito ainda estava intenso. Na certa, muitas testemunhas continuavam deixando Jerusalém. E o tráfego aéreo indicava que o aeroporto já havia reaberto. Ele não viu nenhum ponto de barreira. A Comunidade Global deve ter concluído que ele tinha embarcado no Gulfstream.

Ele foi para a pista da estrada que levava a Jerusalém, muito menos congestionada do que o sentido oposto. Acenou com a camiseta sangrenta para táxis vazios que vinham do aeroporto, tentando mostrar mais o branco do que o vermelho. Endireitou a postura e tentou parecer sóbrio e saudável. Buck teve sucesso no quarto táxi, que saiu da pista e escorregou no cascalho ao parar no acostamento.

— Vai pagar em dinheiro, companheiro? — o motorista perguntou, antes de destravar a porta traseira.

— Sim, sem problemas.

— Não costuma haver pedestres seguindo nesta direção. É o primeiro que vejo em semanas.

— Perdi minha carona — disse Buck ao entrar.
— Você tem uns cortezinhos aí, não?
— Estou bem. Eu me feri nuns espinhos.
— Dá para ver.
— Você é australiano?
— Como você adivinhou? Para onde, companheiro?
— Muro das Lamentações.
— Ah, esta noite, só dá para chegar a cerca de um quilômetro de lá, senhor.
— Verdade?
— Coisa grande. Soube da história daqueles dois...
— Ah, sim, e o que aconteceu a eles?
— Ainda estão lá.
— Sim.
— Mas não deveriam, sabe?
— É, eu sei.
— Dizem que o soberano continua em Jerusalém, mas não perto do Muro. Há uma multidão enorme lá com armas. Civis e militares. Uma baita confusão. Veja bem, sou fã do soberano, mas oferecer uma recompensa pela cabeça daqueles dois não foi muito sensato.
— Você acha que não?
— Olhe só no que deu. Alguém vai matar aqueles homens esta noite e vai querer ser chamado de herói. Seja civil ou policial. Quem pode afirmar que eles não vão apontar as armas uns para os outros?
— Você acha que os dois vão morrer hoje?
— Não tem escolha. Eles estão plantados no lugar de sempre e se orgulham disso, aliás. Eles assassinaram muitos companheiros que tentaram matá-los, mas que chance têm agora? Eles se colocaram atrás daquela grade de ferro; parece uma jaula para treinar tiro ao alvo.
— Pois eu lhe digo que eles ainda estarão lá e vivos no raiar do dia.
— Sei não.
— Se eles estiverem, você me faria um favor?

— Depende.

— Se eu estiver certo, e precisamos admitir que isso contraria as expectativas...

— Ah, eu diria que sim.

— ... você então vai procurar uma bíblia e ler o livro de Apocalipse.

— Ah, o senhor é uma daquelas pessoas?

— Que pessoas?

— Uma das testemunhas. Eu levei umas três viagens delas ao aeroporto esta noite, e todas quiseram me convencer a me juntar à causa. Você vai tentar me salvar também?

— Eu não posso lhe salvar, amigo. Mas me surpreende que Deus não tenha conseguido a sua atenção ainda.

— Ah, não posso negar que esteja acontecendo algo. Mas as coisas estão boas para o meu lado, se é que me entende. Há muito dinheiro rodando deste lado, sabe como é.

— E isso vale mais do que sua alma?

— Pode ser. Mas vou lhe dizer o seguinte. Se aqueles dois ainda estiverem lá de manhã, farei o que me pediu.

— Você tem uma bíblia?

— Não disse? Eu fiz três corridas com gente como você esta noite. Ganhei três bíblias. Quer me dar a quarta?

— Não, mas eu gostaria de ficar com uma das que você tem sobrando.

— Sou um homem de negócios, companheiro. Eu vendo pra você.

* * *

Rayford estacionou o jato no fim da pista, ao lado de aeronaves do mesmo porte. Ele, Chloe e Tsion caminharam com cuidado até o terminal quase deserto. Um casal de meia-idade os observava desconfiado de um canto escuro. Ele era baixo e corpulento, com cabelos castanhos fartos e encaracolados. Ela era corpulenta, o cabelo cacheado coberto por um lenço. Depois dos apertos de mão, Lukas Miklos disse:

— Ken Ritz falou de mim para vocês?

— Nós encontramos seu contato na agenda dele, senhor — Rayford disse. Miklos se esquivou e se recostou na cadeira. — Como posso ter certeza de que vocês o conhecem?

— Receio que temos más notícias para lhe dar.

— Antes de começar com as más notícias, preciso saber que posso confiar em vocês. Contem-me algo sobre Ken que só um amigo saberia.

Rayford olhou para os outros e respondeu com cautela.

— Ex-militar, voou comercialmente, tinha sua própria empresa de fretamento há muitos anos. Alto, perto dos sessenta.

— Vocês sabiam que ele costumava voar para um dos meus fornecedores quando comecei a trabalhar para usinas de energia?

— Não, senhor. Ele não mencionou isso.

— Ele nunca falou de mim.

— Nunca mencionou seu nome. Ele contou que conhecia alguém na Grécia que poderia nos oferecer sua hospitalidade no trajeto dos Estados Unidos.

— Até onde?

— Israel.

— E por que vocês foram para lá?

— Para o encontro das testemunhas.

Miklos e a esposa se entreolharam.

— Vocês são cristãos?

Rayford assentiu com a cabeça.

— Vire o seu rosto contra a luz.

Rayford obedeceu.

Miklos olhou para ele, depois para a esposa, depois virou o rosto contra a luz e afastou os cachos da testa.

— Agora não vai me dizer que este é o dr. Ben-Judá?

— É sim, senhor.

— Ah, ah! — exclamou Miklos, escorregando da cadeira e ficando de joelhos no piso de ladrilho. Ele segurou as mãos de Ben-Judá e as beijou; sua esposa cobriu o rosto com as mãos e ficou balançando, de olhos fechados.

— Bem que o reconheci da TV, mas é de fato o senhor!

— Sim, sou eu — disse Tsion. — Também é muito bom conhecer vocês, mas temo que a notícia sobre o nosso irmão Ken não seja boa.

* * *

O motorista parou em um beco atrás de uma boate, onde aparentemente ele tinha algum acerto. Um leão de chácara veio encontrá-lo.

— Não, ele não é um cliente, Stallion. E também não vai entrar. Arranje para ele um turbante e um lenço, depois eu pago.

O segurança agarrou o australiano pela garganta.

— Você vai receber a sua fatia, seu chorão — assegurou o motorista. — Agora vá buscar o que eu pedi e deixe-me sair daqui.

Um minuto depois, Stallion jogou os acessórios pelo vidro traseiro do táxi e apontou ameaçadoramente para o motorista.

— Eu volto — prometeu o australiano. — Confie em mim.

Buck enfiou o gorro que estava com a borda enrolada na cabeça e colocou o lenço por baixo dele, cobrindo as orelhas e a nuca. Caso inclinasse um pouco a cabeça, também conseguiria cobrir boa parte do rosto.

— Onde ele consegue essas coisas?

— Tem certeza de que quer saber?

— Algum bêbado vai ter uma surpresa ao acordar?

A orelha de Buck tinha parado de sangrar, mas ele ainda precisava consultar um médico.

— Sabe onde posso conseguir uns antibióticos e levar um ou dois pontos sem que me façam muitas perguntas?

— Dinheiro pode evitar um bocado de perguntas, companheiro.

Às três horas da manhã, ao chegar o mais próximo possível do Monte do Templo, Buck foi generoso ao pagar o australiano.

— Pela corrida — disse ele. — Pela bíblia. E pelos acessórios.

— Que tal um pouquinho a mais pelo atendimento médico?

Buck tinha pagado em dinheiro à clínica numa rua afastada, mas achou que a dica sobre ela também valia alguns dólares.

— Obrigado, companheiro. E vou cumprir minha promessa. Pretendo acompanhar as notícias. Mas não me surpreenderia se já estiverem mortos.

* * *

Lukas Miklos tinha um carro de luxo de modelo antigo e morava em uma casa opulenta, que estava em reformas por causa do terremoto. Ele implorou ao Comando Tribulação que passasse a semana ali, mas Rayford disse que precisavam apenas de um dia inteiro de descanso e que retomariam a viagem na noite seguinte.

— Ken não sabia que você era cristão, sabia?

Miklos balançou a cabeça. Sua esposa resolveu voltar para a cama. Rayford e Tsion se levantaram quando ela se retirou; a mulher respondeu com um sorriso tímido e uma reverência.

— Ela administra o escritório — explicou Miklos. — Chega lá antes de mim. — Ele se acomodou em uma poltrona. — Ken me contou o que tinha acontecido com ele. Nós pensamos que fosse loucura. Eu sabia que o regime de Carpathia se opunha à teoria do arrebatamento, e como a Comunidade Global me garantia muitos negócios, preferi evitar que soubessem que eu conhecia alguém contrário a eles.

— Vocês faziam muitas transações com a Comunidade Global?

— Ah sim. E ainda fazemos. Não sinto remorso algum em gastar o dinheiro do inimigo. Os especialistas deles compram enormes quantidades de lignito para as usinas termoelétricas. Ken costumava dizer que o lignito cresce em árvores em Ptolemaïs. Bem que eu queria! Ainda assim, ele tinha razão. É um recurso farto, e sou um dos principais fornecedores.

— Por que você não contou ao Ken que tinha se tornado um irmão em Cristo?

— Porque, sr. Steele, isso só aconteceu recentemente, assistindo ao dr. Ben-Judá na TV. Nós tentamos entrar em contato com o Ken, mas infelizmente não conseguimos.

* * *

Buck chegou o mais perto possível do Monte do Templo, antes de precisar passar pela multidão que se acotovelava por lá. Ninguém se atreveu a se aproximar muito. Ficaram a uns 60 metros de Eli e Moishe, inclusive os seguranças da Comunidade Global — sobretudo eles. Muitos civis também estavam armados, e a atmosfera era de pura tensão.

Buck sentia-se seguro e quase invisível na escuridão, embora estivesse despertando raiva e sendo empurrado ao tentar atravessar com dificuldade a multidão. Vez ou outra, na ponta dos pés, ele conseguia ver Eli e Moishe banhados pela forte iluminação da TV. Novamente, eles podiam ser ouvidos em toda a área sem precisar de amplificadores.

— Onde está o rei do mundo? — perguntou Eli, incisivo. — Onde está aquele sentado no trono da terra? — Vós, homens de Israel, sois uma geração de cobras e víboras, blasfemando o Senhor, vosso Deus, com sacrifícios de animais. Vós se curvais ao inimigo do Senhor, aquele que procura desafiar o Deus vivo! O Senhor, que livrou seu servo Davi das garras do leão, e das garras do urso, nos livrará da mão deste homem de má-fé.

A multidão riu, porém ninguém avançava, exceto Buck. Ele prosseguia, sentindo pontadas e muita dor, mas, principalmente, ansiedade por ficar perto daqueles homens de Deus. Ao se aproximar da linha de frente, encontrou uma multidão menos agressiva e mais cautelosa.

— Tenha cuidado, rapaz — advertiram alguns. — Seja prudente. Não se aproxime mais. Eles têm um lança-chamas atrás daquele prédio.

Buck teria achado graça, mas a terrível morte de Ken havia sido demais para ele. Instintivamente enxugou o rosto como se o sangue de Ken ainda estivesse lá, mas sua mão repuxou os pontos da sutura e ele quase chorou. Agora era Moishe a discursar:

— O servo de Satanás vem a nós com uma espada, uma lança e um escudo. Mas nós viemos em nome do Senhor dos Exércitos, o Deus dos exércitos dos escolhidos, a quem tu traíste. Tu serás impotente contra nós até o tempo devido!

A multidão assobiou, vaiou e gritou:

— Matem-os! Atirem neles! Atirem um míssil neles! Bombardeiem-os!

— Ó homens de Israel — respondeu Eli. — Não vos importais com a água de beber ou com a chuva em suas plantações? Nós permitimos ao sol cozinhar sua terra e à água se transformar em sangue pelo tempo em que profetizarmos a fim de que toda a terra saiba que existe um Deus em Israel. E toda esta congregação saberá que o Senhor não salvará com espada e lança: porque a batalha é do Senhor, e ele a colocou em nossas mãos.

— Mostrem a eles! Matem-os! Destruam os dois!

A multidão arquejou e recuou quando Buck tomou a frente e chegou uns três metros mais perto da grade do que os demais. Ele ainda estava longe das testemunhas, mas depois do que tinha acontecido na noite anterior, sentia-se corajoso, ou um tolo. A multidão silenciou.

Moishe e Eli estavam lado a lado agora, sem se mover, com as mãos postadas ao lado do corpo. Olharam para Buck, parecendo resolutos quanto a desafiar Carpathia. Ele havia dado permissão para que qualquer um os matasse se eles aparecessem publicamente depois dos encontros. E agora eles estavam ali, no local onde sempre estiveram desde a assinatura do acordo celebrado entre a Comunidade Global e Israel.

Buck sentiu-se atraído por eles, apesar de toda a sua aflição e de temer ser reconhecido. Aproximou-se ainda mais, levando a multidão a ridicularizá-lo e rir de sua imprudência.

Nenhuma das testemunhas abriu a boca, mas Buck ouviu as duas em uníssono. Era como se a mensagem fosse exclusiva para ele. Buck se perguntou se alguém mais a teria ouvido.

— Pois quem quiser salvar a sua vida, a perderá, mas quem perder a sua vida em nome de Cristo e do evangelho, a encontrará.

Será que sabiam sobre o Ken? Eles estavam consolando Buck?

De repente, Moishe olhou para a multidão e gritou:

— Que proveito tem o homem que ganha o mundo inteiro, mas perde sua alma? Ou o que um homem deve oferecer em troca de sua alma? Portanto, aquele que se envergonhar de Jesus Cristo e de suas palavras nesta geração adúltera e pecadora, também dele se envergonhará o Filho do homem, quando ele vier na glória de seu Pai com os santos anjos.

De repente, os dois tornaram a falar em uníssono, num tom brando, sem mexer os lábios, como que exclusivamente para Buck.

— Alguns dos que aqui estão não experimentarão a morte sem antes ver o Reino de Deus vindo com poder.

Buck precisava falar. Ele sussurrou, de costas para a multidão, para que ninguém pudesse escutá-lo.

— Gostaríamos de estar entre os que não experimentam a morte — disse ele —, mas perdemos outro dos nossos esta noite.

Ele não conseguiu continuar.

— O que ele disse? — perguntou alguém.

— Ele vai acabar sendo queimado.

Os dois falaram diretamente ao coração de Buck.

— Nenhum homem precisa deixar a casa, ou irmãos, ou irmãs, ou pai, ou mãe, ou esposa, ou filhos, ou terras, em nome de Jesus e do evangelho; mas ele receberá agora cem vezes neste tempo, casas, e irmãos, e irmãs, e mães, e filhos, e terras, com perseguições; e no mundo vindouro virá a vida eterna.

Deus *tinha* concedido a Buck um lugar para morar e novos irmãos e irmãs em Cristo! Como Buck gostaria de poder perguntar às testemunhas o que fazer, para onde ir. Como ele se juntaria à esposa, sendo um fugitivo da Comunidade Global? Precisaria ele ser impelido como quando salvou Tsion?

Um aviso pelo megafone da Comunidade Global pediu para ele recuar.

— E para os dois, que estão detidos, vocês têm sessenta segundos para se renderem pacificamente. Temos bombas de choque, minas e morteiros estrategicamente posicionados e com alto poder de destruir um raio de 200 metros. Evacuem agora ou ficarão por seu próprio risco! A contagem de tempo começará quando a última tradução deste anúncio for concluída. Enquanto isso, o oficial patenteado da Comunidade Global, sob a autoridade direta do supremo comandante e do soberano em pessoa, se oferecerá para escoltar os fugitivos até um veículo que os espera.

Como o anúncio foi traduzido em diversos idiomas, a multidão triunfante se dispersou, saindo rapidamente do alcance dos explosivos e agachando-se atrás de carros e barreiras de concreto. Buck se afastou lentamente, sem tirar os olhos nem um instante de Moishe e Eli, cujos maxilares estavam preparados.

Sozinho, pela direita, um segurança da Comunidade Global coberto de condecorações militares seguiu apressado em direção às testemunhas, desarmado e de mãos para o alto. Quando estava a uns dez metros, Eli gritou tão alto que o homem pareceu ter sido paralisado apenas pela ação do som.

— Não ouse se aproximar dos servos do Deus Altíssimo nem mesmo de mãos vazias! Salve-se! Procure abrigo nas cavernas ou atrás das rochas!

O homem da Comunidade Global escorregou e caiu, depois tornou a cair, enquanto tratava de sair de lá apressado. Buck também apertou o passo, mas andando de costas, de olho pregado nas testemunhas. De um galho, acima dele, escutou dois ecos altos; eram disparos de um rifle.

O atirador estava a menos de 15 metros de Eli e Moishe, e Buck não soube dizer o que aconteceu com as balas. Da boca de Moishe saiu um jato de fogo dirigido ao soldado, que de alguma forma continuou segurando a arma até seu corpo flamejante se chocar contra o piso de pedra. Então, o rifle repicou, caindo a uns cinco metros dele. O atirador foi rapidamente reduzido a um monte de cinzas, como em uma fornalha, e o rifle derreteu.

Todos no perímetro emudeceram, aguardando o acionamento das armas, conforme a ameaça. Buck estava, agora, junto dos demais expectadores, encolhido sob o teto rebaixado de um pórtico localizado ao longo do caminho. Quando teve certeza de que o minuto já ia longe, o ar começou a esfriar, parecendo inverno. Buck tremia sem parar, os outros ao seu redor gemiam e choravam apavorados. O vento ganhou força, uivando, e as pessoas procuraram cobrir a pele exposta e se encolher juntas, protegendo-se da rajada gélida. O granizo caía como se um caminhão cósmico tivesse descarregado, de uma só vez, toneladas de pedras de gelo do tamanho de bolas de golfe. Em questão de segundos, o aguaceiro cessou e a área ficou coberta por uma grossa camada de gelo derretendo.

Os cabos de eletricidade que alimentavam os holofotes das redes de TV estouraram, chiaram e entraram em curto-circuito, mergulhando a área numa grande escuridão. Simultaneamente, de três locais diferentes, ouviu-se uma série de estouros abafados, provavelmente caixas de explosivos que queimaram até virar cinza.

A magnitude do ataque assassino contra as testemunhas era grande. Dois helicópteros dirigiram holofotes gigantes para o Monte do Templo, conforme a temperatura subia, na estimativa de Buck, para uns 30 graus. Em poucos minutos, a lama se transformou em poeira, como se tivesse secado sob o sol a pino.

De repente, a multidão começou a gemer e a reclamar cada vez que os helicópteros iluminavam a área próxima ao Muro. Eli e Moishe não haviam se movido nem um centímetro.

* * *

Enquanto ele, Chloe e Tsion se dirigiam para os quartos, Rayford agradeceu a Lukas Miklos pela hospitalidade.

— Você é resposta de oração, meu amigo.

Tsion prometeu enviar a Miklos uma lista de cristãos na Grécia.

— Sr. Miklos, o senhor oraria conosco pelo marido de Chloe, o genro do comandante Steele?

— Com certeza — respondeu Miklos, seguindo os demais ao dar as mãos e abaixar a cabeça.

Quando chegou a vez dele, disse:

— Querido Jesus Cristo, proteja aquele rapaz. Amém.

CAPÍTULO 14

Exultante, mas também sofrendo e exausto, Buck pegou outro táxi e desceu a dois quarteirões da casa de Chaim Rosenzweig. Ainda de gorro e lenço, caminhou até se aproximar o suficiente e perceber que o pessoal da Comunidade Global já tinha ido embora há muito tempo. Jonas, o porteiro, estava cochilando na guarita.

Ciente de que nem Jonas, nem Chaim ainda professavam a fé, hesitou. Ele sabia que Chaim tinha ao menos começado a compreender a verdade sobre Carpathia e não o entregaria. Jonas, contudo, era uma aposta. Buck não sabia ao certo se o homem falava ou entendia inglês, pois só o ouviu se expressar em hebraico. Mas ele deveria falar um pouco de inglês, provavelmente. Afinal, era o primeiro a receber os visitantes.

Encorajado pelos desafios instigantes de Eli e Moishe, Buck respirou fundo, tocou de leve o ferimento suturado abaixo do olho e seguiu direto até o portão. Ele não queria assustar o homem, mas teria que acordá-lo. Atirou uma pedrinha na janela. Jonas nem se mexeu. Buck bateu de levinho e, então, mais forte. Nada. Por fim, Buck abriu a porta e tocou o braço de Jonas levemente.

O homem encorpado, na casa dos 60 anos, levantou-se de sobressalto com os olhos arregalados. Buck retirou o disfarce, mas então se lembrou de que sua aparência deveria estar horripilante. Provavelmente parecia um monstro, todo vermelho, inchado e suturado.

Jonas deve ter ficado impressionado. Desarmado, agarrou um lanterna enorme do cinto e recuou empunhando-a. Buck se esquivou e fez uma careta ao se imaginar levando um golpe no rosto machucado.

— Sou eu, Jonas! Cameron Williams!

Jonas colocou a mão que estava livre sobre o coração, esquecendo-se de abaixar a lanterna.

— Oh, sr. Williams! — disse ele, num inglês tão entrecortado que Buck mal reconheceu o próprio nome. Jonas finalmente abaixou a lanterna e usou as duas mãos para ajudar na comunicação, gesticulando a cada frase. — Eles — disse aterrorizado, apontando para fora e acenando, querendo dizer muita gente — estar a sua procura. — Apontou para os próprios olhos.

— Procuram apenas a mim? Ou a todos nós?

Jonas não entendeu nada.

— Apenas? — disse ele.

— Procuram só por mim? — insistiu Buck, notando que estava copiando Jonas e apontando para si próprio. — Ou por Tsion e minha esposa?

Jonas fechou os olhos, balançou a cabeça e levantou a mão estendida.

— Não aqui — disse ele. — Tsion, esposa, embora. Voando. — Ele balançou os dedos no ar.

— Chaim? — perguntou Buck.

— Dorme.— Jonas gesticulou, deitando o rosto sobre as mãos e fechando os olhos.

— Posso entrar para dormir, Jonas?

O homem espremeu os olhos, pensativo.

— Eu ligo.

Ele pegou o telefone.

— Não! Deixe o Chaim dormir! Avise-o mais tarde.

— Mais tarde?

— Pela manhã — disse Buck. — Quando ele acordar.

Jonas assentiu com a cabeça, mas sem tirar a mão do telefone, como se pronto para ligar.

— Eu vou entrar e dormir — disse Buck, explicando através de mímica. — Vou deixar um bilhete na porta do quarto do Chaim para ele não se assustar. Ok?

— Ok!

— Vou entrar agora.

— Ok!

— Certo?

— Certo!

Buck ficou olhando para Jonas enquanto caminhava até a porta. Jonas também ficou observando-o; largou o telefone, acenou e sorriu. Buck acenou e, ao se virar, viu que a porta estava trancada. Teve que voltar, explicar e pedir a Jonas para abrir a porta. Pela primeira vez, desde que o helicóptero havia deixado a cobertura horas antes, Buck conseguiu finalmente relaxar. Deixou um bilhete na porta do quarto de Chaim sem dar detalhes — apenas escreveu que havia alguém no quarto de hóspedes com muita coisa para contar, e que ele só o veria no fim da manhã.

Buck observou sua imagem no espelho do banheiro. Estava pior do que poderia imaginar. Orou para que a clínica fajuta ao menos tivesse usado um mínimo de esterilização. A sutura até parecia profissional, mas ele estava um horror. O branco dos olhos estava cheio de sangue. Seu rosto era uma miscelânea de cores, nenhuma parecida com o tom de sua pele. Ele estava feliz por Chloe não precisar vê-lo naquele estado.

Trancou a porta do quarto, deixou as roupas caídas ao lado da cama e estirou-se, sentindo-se bastante dolorido. Então ouviu um rápido toque do telefone. Devia ser Chloe, mas ele não queria se levantar outra vez. Rolou para o lado, esticou-se para pegar as calças e, ao tentar soltar com dificuldade o telefone do bolso de trás, perdeu o equilíbrio e caiu da cama. Ele não se feriu, mas o estrondo acordou Chaim. Quando Buck conseguiu atender o telefone, ouviu o amigo gritar pelo interfone:

— Jonas! Jonas! Invasores!

Até tudo ser esclarecido, ou seja, Chloe e Buck se atualizarem mutuamente e Chaim ouvir toda a versão da história, o sol já estava raiando no horizonte. Ficou combinado que Chloe, Tsion e Rayford seguiriam para casa, em Mount Prospect, e que Chaim encontraria uma maneira de mandar Buck para lá quando ele estivesse recuperado.

Buck jamais tinha visto Chaim ficar tão irado ao falar com Leon pelo telefone. Ele contou que os noticiários na TV reprisavam sem parar a gravação de Buck falando com o segurança da Comunidade Global, que foi morto segundos depois.

— A gravação deixa claro que você não tinha uma arma e que o segurança estava bem quando você se afastou. Mostra que você não voltou, nem se virou para trás. Ele atirou por cima da sua cabeça e, instantes mais tarde, caiu para trás, atingido de perto por balas de um rifle potente. Nós sabemos que elas devem ter partido de uma arma da própria equipe dele, mas isso nunca virá à tona. Tudo será abafado, e o segurança será acusado de ser seu aliado ou de ter lhe ajudado. Quem sabe o que mais isso pode render?

E esse "o que mais" rendeu outra notícia fabricada pela Comunidade Global. O noticiário da TV contou que um terrorista americano, chamado Kenneth Ritz, tinha sequestrado o helicóptero particular de Carpathia para facilitar a fuga de Tsion Ben-Judá e de seus acompanhantes da prisão domiciliar mantida na casa de Chaim Rosenzweig. Segundo alegou-se, as imagens da porta de acesso ao telhado, claramente arrombada por dentro, revelaram, sem margem a dúvidas, como os americanos haviam fugido da casa do dr. Rosenzweig.

O porta-voz da Comunidade Global afirmou que Ritz foi baleado e morto por um atirador ao abrir fogo contra as forças de segurança da Comunidade Global no aeroporto de Jerusalém. Os outros três fugitivos haviam saído do país e continuavam foragidos. Aparentemente, Williams, ex-funcionário da Comunidade Global, era um experiente piloto de jatos.

* * *

Os membros do Comando Tribulação nos Estados Unidos acompanharam as notícias cuidadosamente, mantendo contato com Chaim e Buck com a máxima frequência possível. Rayford ficou surpreso com a melhora de Hattie num período de tempo tão curto. A doença, o desespero e a teimosia dela haviam se traduzido em determinação e ódio ferozes. Hattie lamentava tão profundamente a perda de seu filho, que Rayford foi assombrado pelo choro abafado dela durante a noite.

Chloe também lutava contra a raiva.

— Eu sei que podemos esperar qualquer coisa desse sistema mundial, papai. Mas me sinto tão impotente que seria capaz de explodir — desabafou ela. — Se não encontrarmos uma maneira de trazer Buck de volta para cá em breve, eu mesma irei para lá. O senhor alguma vez já desejou ser o escolhido de Deus para matar Carpathia quando a hora chegar?

— Chloe! — disse Rayford, esperando que sua resposta soasse como uma bronca, em vez de esconder o fato de que ele tinha orado pedindo esse mesmo privilégio. O que estava acontecendo com eles? No que eles estavam se tornando?

Buck havia contado que Jacov o ajudou a se abrigar em sigilo na casa de Stefan. Rayford se sentiu aliviado, achando que seria melhor do que ele ficar na casa de Chaim. Estava claro que as forças de segurança da Comunidade Global acreditavam que Buck havia fugido com os outros, mas ele ficaria menos vulnerável usando um pseudônimo e hospedado em um bairro de classe média baixa, enquanto se recuperava. Buck disse a Rayford, por telefone, que dentro de poucas semanas tentaria retornar aos Estados Unidos num voo comercial, saindo provavelmente de um grande aeroporto europeu.

— Como eles não estão procurando por mim aqui, creio que conseguirei escapar usando um nome falso.

Enquanto isso, Rayford se manteve em contato com Mac McCullum e David Hassid e seguiu as orientações de David para substituir os computadores de todos e adicionar ao pacote celulares movidos a energia solar, habilitados para acessar a internet e conectados globalmente via satélite.

Tsion com frequência elogiava seu novo computador para Rayford — um *notebook* leve, fino e portátil, com todos os acessórios úteis que ele jamais sonhou precisar. Era o modelo mais atual, veloz e potente do mercado. Tsion passava a maior parte do dia comunicando-se com seu rebanho internacional, que havia crescido exponencialmente antes mesmo do encontro em Israel e agora se multiplicava a cada dia.

Com a recuperação física de Hattie, ainda que a mente inspirasse cuidados, dr. Floyd teve tempo para assumir o lugar de Ken como consultor técnico do Comando Tribulação. Ele instalou um *software* para impedir que os telefones e os computadores de todos fossem rastreados.

A tarefa mais difícil para Rayford era lidar com o sofrimento em relação à morte de Ken. Ele sabia que todos sentiam a falta dele, e a mensagem de Tsion, em um breve funeral, havia levado todos às lágrimas. Chloe passou dois dias na internet procurando por familiares vivos dele, mas não encontrou nada. No aeroporto de Palwaukee, Rayford contou a Ernie, que se comprometeu a dar a notícia ao pessoal dali e a proteger os pertences de Ken até Rayford poder avaliá-los. Ele não contou a Ernie sobre as barras de ouro, sabendo que os dois, ainda que irmãos na fé, não se conheciam há tanto tempo.

* * *

Buck comprou um computador para poder entrar na internet e estudar com Tsion sem precisar se esforçar para ler na tela minúscula do celular. No entanto, não conseguiu instalar nenhum *software* sem rastreamento que permitisse a ele se comunicar com Chloe, a não ser por telefone. Ele sentia muito a falta da esposa, mas ficou feliz ao saber que ela e o bebê estavam saudáveis, embora ela tivesse admitido que o dr. Charles mantinha certa preocupação com sua fragilidade.

Chloe seguia ocupada, construindo um modelo de negócios baseado nas anotações de Ken Ritz, e contou a Buck que, dentro de um mês, planejava já operar o negócio pelo computador, fazendo contato com cristãos do mundo todo.

— Alguns vão se encarregar do cultivo — contou ela. — Outros comercializarão e venderão. É nossa única esperança quando a marca da besta for exigida para o comércio legal.

Ela contou que a primeira meta do negócio era recrutar agricultores, produtores e fornecedores. Depois que isso estivesse em andamento, expandiria o mercado.

— E como será quando você tiver que cuidar do bebê? — perguntou ele.

— Até lá espero que meu marido já esteja em casa — disse ela. — Como ele não tem nada para fazer, a não ser cuidar de uma pequena revista digital, vou ensiná-lo.

— Ensinar o quê? Sobre o negócio ou como cuidar da criança?

— Os dois — respondeu ela.

Depois de algum tempo, em uma sexta-feira, ela mencionou a Buck, por telefone, que Rayford planejava visitar o aeroporto de Palwaukee no dia seguinte.

— Ele vai dar uma olhada nos aviões do Ken e tentar conhecer melhor aquele rapaz, o Ernie. O garoto pode ser mesmo um bom mecânico, mas Ken mal o conhecia.

Naquela mesma noite, Buck se conectou para ler os ensinamentos de Tsion. Achou que o rabino soou abatido, mas concluiu que quem não o conhecia pessoalmente nem notaria. Ele escreveu sobre a dor de perder amigos, familiares e entes queridos. Não citou explicitamente o nome de Ken, mas Buck conseguiu ler nas entrelinhas.

Tsion concluiu seus ensinamentos do dia lembrando aos leitores que eles recentemente tinham ultrapassado o marco dos 24 meses desde a assinatura do pacto de paz entre a Comunidade Global (conhecida dois anos antes como Nações Unidas) e o Estado de Israel.

— Eu lhes recordo, meus queridos irmãos e irmãs, que estamos a apenas um ano e meio do que as Escrituras chamam de grande tribulação. Até o momento, tem sido difícil, mais que difícil. Sobrevivemos aos piores dois anos da história do nosso planeta, e esse próximo ano e meio será pior. Contudo, os últimos três anos e meio farão o resto parecer uma festa.

Buck sorriu com a insistência de Tsion de procurar sempre encerrar com uma palavra de encorajamento, apesar da dura verdade que ele precisava transmitir. Fechou citando Lucas, capítulo 21:

— Haverá sinais no sol, na lua e nas estrelas. Na terra, as nações estarão em angústia e perplexidade com o bramido e a agitação do mar. Os homens desmaiarão de terror, apreensivos com o que estará sobrevindo ao mundo; e os poderes celestes serão abalados. Então se verá o Filho do homem vindo numa nuvem com poder e grande glória. Quando começarem a acontecer estas coisas, levantem-se e ergam a cabeça porque estará próxima a redenção de vocês.

Às sete horas da manhã seguinte, em Israel, Buck estava assistindo a um noticiário na televisão sobre a resposta de Nicolae Carpathia a Eli e Moishe, que continuavam causando estragos em Jerusalém.

O repórter citou o supremo comandante Leon Fortunato, que falou em nome do soberano.

— Sua Excelência decretou os pregadores inimigos do sistema mundial e autorizou que Pedro II, sumo pontífice da Fé Mundial Unificada do Mistério de Babilônia, dispusesse dos criminosos como achasse melhor. O soberano acredita, e eu concordo, que ele não deve se envolver pessoalmente em assuntos que deveriam estar sob a alçada da divisão religiosa da Comunidade Global. Sua Excelência me disse, ainda ontem à noite: "Não devo me envolver, a menos que constatemos a impotência de nosso sumo pontífice em lidar com aqueles que usam truques e hipnose para paralisar um país".

É claro que, tratando-se de uma transmissão "justa", Buck não ficou surpreso ao ver Peter Mathews, furioso, dar uma resposta intempestiva.

— Ah, o problema agora é meu, não é? Será que Sua Excelência finalmente cedeu a autoridade a quem de fato ela pertence? Claro, não até ficar comprovado que os militares dele são impotentes quanto a esses impostores. Quando os dois estiverem mortos, a chuva voltará a cair em Israel; a água, límpida, pura e refrescante, verterá em cascata outra vez; e o mundo saberá onde reside a verdadeira sede do poder.

Uma semana antes, Buck havia convencido Chaim a visitar os pregadores no Muro. O velho admitiu ter ficado abalado com a experiência e mais desiludido com Carpathia.

— Ainda assim, Cameron, enquanto Nicolae mantiver sua parte no trato e honrar o pacto com Israel, confiarei nele. Eu não tenho escolha. É o que quero e preciso.

Buck o pressionou:

— Se ele decidisse trair Israel, o que você acharia de tudo o que ouviu e aprendeu com Tsion? Você consideraria o que meu sogro ouviu nos bastidores? Desertaria e se juntaria a nós?

Rosenzweig preferiu não se comprometer.

— Eu sou um homem velho — disse ele —, firme no meu caminho. Lamento por ser tão difícil de convencer. Você e seus irmãos cristãos são formidáveis, e espero que, contrariando as expectativas, no fim estejam certos, pois senão eu ficaria arrasado. No entanto, eu apostei as minhas fichas num mundo que posso tocar, sentir e ver. Não estou pronto para abandonar o intelectualismo em nome da fé cega.

— Na sua opinião, foi isso que Tsion fez?

— Por favor, não conte a ele o que eu disse. Tsion Ben-Judá é um erudito brilhante que não se encaixa na imagem que tenho dos cristãos. Assim como também nenhum de vocês, próximos a ele. Isso deve indicar alguma coisa, suponho.

— Deus está tentando chamar a sua atenção, Chaim. Espero que não seja preciso algo mais drástico.

Rosenzweig gesticulou para ele.

— Agradeço sua preocupação.

Buck balançou a cabeça para o noticiário da TV, ciente de que ainda eram onze da noite em Illinois; sua família e amigos ainda não o tinham assistido. Ele queria poder avisar para não deixarem de ver o noticiário, mas não podia mandar nada daquele endereço de IP sem expor ele e Stefan à Comunidade Global. Pensou em ligar ou enviar uma mensagem de texto, mas o sono de Chloe andava leve demais, ela sempre respondia a tudo, mesmo no meio da noite, e ele sabia que ela precisava dormir bem.

Seu parceiro de moradia estava no trabalho, então Buck saiu para tomar um pouco de sol da manhã. A vontade de regressar ao esconderijo nos Estados Unidos era tão grande que quase chorou. Ele espremeu os olhos por conta do brilho intenso do céu limpo, sem nuvens, e apreciou o calor agradável daquela manhã sem vento. De repente, pareceu que alguém havia aberto o guarda-sol.

O sol continuava a pairar alto no céu aberto, porém a manhã tinha se transformado em crepúsculo e a temperatura despencou. Buck sabia exatamente o que era aquilo: a profecia descrita em Apocalipse 8:12. O quarto anjo havia tocado sua trombeta e ferido um terço do sol. O mesmo aconteceria com um terço da lua e das estrelas. Se antes, na maior parte do mundo, o sol brilhava por cerca de doze horas todos os dias, agora não brilharia mais do que oito e com apenas dois terços de seu brilho habitual.

Saber que isso estava previsto não preparou Buck para a admiração que sentiu pelo poder de Deus. Um nó se formou na sua garganta e o peito apertou. Entrou correndo na casa vazia e caiu de joelhos.

— Deus — orou ele —, repetidas vezes o Senhor tem se provado para mim. Ainda assim, sei que minha fé se fortalece cada vez que o Senhor volta a agir. Tudo o que o Senhor promete, cumpre. Tudo o que prevê, acontece. Eu oro para que este fenômeno, divulgado em todo o mundo por Tsion e pelas 144 mil testemunhas, possa alcançar milhões em seu nome. Como alguém pode ainda duvidar de seu poder e de sua grandeza? O Senhor é intimidador, mas também amoroso, gentil e bondoso. Obrigado por me salvar. Obrigado por Chloe, nosso bebê, o pai dela e por Tsion e o Doutor. Obrigado pelo privilégio de ter conhecido Ken. Proteja nosso pessoal onde estiver e me conceda a oportunidade de conhecer o Mac e o David. Mostre-nos o que fazer. Conduza-nos para que possamos servi-lo melhor. A ti me entrego novamente, disposto a ir a qualquer lugar e a fazer o que o Senhor pedir. Louvado sejas, ó Senhor, por Jacov, Hannelore, Stefan e pelos novos irmãos e irmãs que me acolheram. Desejo que Chaim o aceite, Senhor. Obrigado por ser um Deus tão bom e magnânimo.

Buck ficou emocionado ao se dar conta de que a escuridão afetaria muita coisa no mundo. Não só a claridade e as temperaturas, mas os transportes, a agricultura, as comunicações, as viagens — tudo o que estava relacionado, de alguma forma, ao seu reencontro com os entes queridos.

Queria avisar o Comando Tribulação, mas esperou até dar sete horas da manhã, no horário de Chicago. Eles gostavam de se levantar com o sol, mas hoje o astro não nasceria para eles. Buck se perguntou como deveriam ser as estrelas escurecidas. Não tardaria muito. Ligou para Chloe e a acordou.

* * *

Rayford olhou para o relógio; tinha acordado cedo. Eram quinze para as sete, mas ainda estava escuro. Ficou olhando para o teto, perguntando-se a si mesmo, se este seria um dia nublado. Às sete, ouviu o telefone de Chloe tocar. Devia ser Buck, e Rayford queria falar com ele. Daria alguns minutos a Chloe, depois desceria e faria um sinal para ela.

Rayford se recostou e respirou fundo. Perguntou-se o que Palwaukee renderia naquele dia. Deveria se atrever a tocar no assunto do tesouro escondido com o jovem Ernie? Isso dependeria do decorrer das conversas. Estimou que levaria um bom tempo para confiar nele. Ernie era muito jovem.

Chloe parecia agitada. Estava chamando por ele. Rayford se sentou. Ainda era cedo demais para algo relacionado ao bebê. Será que havia algo de errado com Buck?

— Papai! Desça aqui, venha!

Ele vestiu um roupão.

Chloe foi recebê-lo no pé da escada, com o celular no ouvido.

— Não está escuro para sete horas? — perguntou ela. — Buck contou que o sol foi afetado às sete da manhã em Israel. Enquanto estávamos dormindo. Fale com o papai, querido. Vou acordar os outros.

* * *

Buck reparou na perplexidade de Rayford.

— Incrível — ele não parava de exclamar. — Nós teremos de avaliar o que isso significa para tudo que depende da energia solar.

— Pensei que o doutor já estivesse trabalhando nisso.

— E estava, mas as conclusões dele não nos agradaram. Por alguma razão, em um negócio como este, a soma não corresponde às partes. Você não pode meramente imaginar que terá um terço a menos de energia. Ele usou uma calculadora sofisticada que mostrou um terço a menos de energia e também de tempo a cada 24 horas. Esboçou um modelo do impacto que isso teria para nós, mas não gostamos. Não é algo que dá para argumentar contra, tampouco conseguiríamos armazenar energia suficiente antecipadamente. Então, sem dúvida, torcemos para que ele esteja errado.

— Não conte com isso — disse Buck. — Caras espertos nunca erram. Espere um instante, Rayford. Tem outra ligação na linha. Ah, é o Rosenzweig. É melhor eu ligar para Chloe de volta.

— Ok, eu a avisarei. Fique de olho na bateria do seu telefone.

— Pode deixar. — Ele apertou o botão de atender. — Dr. Rosenzweig!

— Cameron, eu preciso vê-lo. Preciso de uns conselhos.

— Quer me encontrar agora?

— Você poderia?

— Suponho que o senhor já saiba o que está realmente acontecendo — disse Buck.

— Claro que sei! Eu estava presente no último encontro, quando Tsion falou da profecia.

— O senhor admite então que é óbvio demais para ter qualquer outra explicação.

— Que homem razoável não admitiria?

"Obrigado, meu Deus!", pensou Buck.

— O problema... o que eu preciso conversar com você é... como posso dizer? A mídia está fazendo uma cobertura completa e quer uma declaração minha para os noticiários de amanhã. Eu disse a meia dúzia deles que sou botânico e o melhor que tenho a dizer sobre isso refere-se à fotossíntese.

— E qual o impacto nela, a propósito?

— Bem, se quer a minha opinião técnica, essa mudança vai arruinar tudo. Mas os jornalistas estão me lembrando de que sempre comentei assuntos científicos, mesmo os que estavam fora da minha área de especialização. Você deve se lembrar de que Nicolae me pediu para fazer especulações sobre a causa dos desaparecimentos. Com aquele falatório todo, eu quase me convenci de que se tratava de uma reação atômica espontânea.

— Por pouco não me convenci também, doutor, e eu era um correspondente internacional.

— Bem, acabei de falar com Fortunato e ele quer que eu corrobore a versão da Comunidade Global sobre o fenômeno.

— E como posso ajudá-lo?

— Precisamos elaborar uma estratégia. Estou pensando em estourar uma bomba. Posso dar a entender que endossarei o viés deles e, imagine só, quando estiver no ar direi o que eu quiser. Bem que o Leon está merecendo isso.

— O senhor está preocupado com o que Carpathia vai achar.

— Claro.

— Será um teste para o relacionamento de vocês.

— Exatamente. E vou descobrir se sou mesmo um cidadão livre. Leon está merecendo, de verdade, um grande desgosto por fazer parecer que eu tinha colaborado com ele para deter vocês três. Eu poderia ter exposto todo o regime autoritário, mas Nicolae se desculpou pessoalmente e pediu para eu não o envergonhar.

— Ele pediu? O senhor não tinha me contado isso.

— Não me pareceu apropriado. Você não faz ideia do quanto estive perto de dizer a ele que aceitaria deixar o assunto de lado em troca de um passe livre para certo amigo deixar o país, mas não consegui reunir a coragem para pedir.

— Sábia decisão — disse Buck. — Eu não consigo imaginá-lo aceitando esse tipo de troca. Descobrir que estive aqui o tempo todo, bem debaixo do nariz deles, com certeza o teria enfurecido.

— Eu tive a audácia de perguntar se ele sequer considerava que suas táticas contra Ben-Judá e o povo dele poderiam ser o motivo de todas as pragas e juízos. Nicolae me repreendeu por acreditar neste tipo de ficção. Bem, preciso me encontrar com você, Cameron.

— Podemos marcar em algum lugar privado?

Rosenzweig sugeriu um restaurante localizado em um subsolo; um local úmido e pouco agradável, com um nome apropriado: "Porão". Buck pediu uma mesa no canto, com pouca iluminação, onde eles poderiam ler o documento de Rosenzweig sem serem incomodados. Ele havia imprimido uma cópia do comunicado oficial da Comunidade Global sobre o fenômeno daquela manhã. Buck precisou se conter.

O documento continha toda sorte de jargão legal, enfatizando sua natureza confidencial e privada e o fato de estar endereçado exclusivamente ao dr. Chaim Rosenzweig. As informações estariam sujeitas à responsabilidade criminal perante o supremo comandante da Comunidade Global, pela autoridade conferida por Sua Excelência, blá, blá, blá.

Estava escrito: "Dr. Rosenzweig, Sua Excelência deseja que eu expresse o profundo apreço dele por sua disposição em endossar a declaração oficial da Administração Aeronáutica e Espacial da Comunidade Global quanto ao fenômeno astronômico natural ocorrido, hoje, às 7 horas, em Nova Babilônia."

— Claro que concordei apenas em analisar o documento, mas Leon prossegue com seu tom tipicamente presunçoso. Aqui está a parte divertida.

Buck leu.

A Administração Aeronáutica e Espacial da Comunidade Global tem o prazer de esclarecer ao público que a escuridão nos céus, iniciada esta manhã, é resultado de um fenômeno natural e não deve ser motivo de alarme. Os principais pesquisadores científicos concluíram que tudo deve voltar ao normal em um prazo de 48 a 96 horas. O fenômeno não deve afetar significativamente as temperaturas, exceto no curto prazo, e a falta de claridade não deve ser interpretada como falta de energia solar e eletricidade, embora possa impactar alguns equipamentos menores alimentados por energia solar, como telefones celulares, computadores e calculadoras. Não se espera nenhuma consequência aferível nos estoques de energia da Companhia Elétrica e de Energia da Comunidade Global.

Quanto ao fenômeno ocorrido no espaço para desencadear essa situação, especialistas apontam para a explosão de uma enorme estrela (uma supernova), que resultou na formação de um magnetar (ou estrela supermagnetizada). Um corpo celestial como este pode chegar a 24 quilômetros de diâmetro e pesar o dobro do sol. Ele se forma a partir da explosão de uma estrela gigante, cujo núcleo encolhe pela ação da gravidade. O magnetar gira a uma velocidade tremenda, fazendo os elementos em seu núcleo se tornarem intensamente magnetizados.

Os flashes resultantes de tal evento podem emitir tanta energia quanto o sol produziria em centenas de anos. Essas explosões costumam ficar confinadas à atmosfera superior, que absorve toda a radiação. Embora não tenhamos detectado níveis nocivos de radiância, o flash obviamente ocorreu a uma altitude menor, baixa o suficiente para afetar o brilho do sol. Estimativas atuais mostram uma diminuição na luminosidade entre 30 e 35%.

A Administração Aeronáutica e Espacial da Comunidade Global vai monitorar continuamente a situação e informará qualquer alteração significativa. Esperamos que a situação se normalize antes do fim da próxima semana.

Rosenzweig balançou a cabeça e fitou Buck nos olhos.

— Uma fantasia convincente, não?

— Eu acreditaria se não soubesse a verdade — disse Buck.

— Bem, como você já sabe, esta não é a minha área, mas até eu consigo ver além. A formação de um magnetar não interfere de forma alguma no brilho do sol, da lua ou das estrelas, exceto, talvez, para torná-los mais brilhantes. Ele poderia afetar ondas de rádio e derrubar satélites. Se acontecesse baixo o suficiente, em nossa atmosfera, como sugerem, a ponto de afetar a terra, provavelmente a tiraria de seu eixo. O que quer que tenha sido não foi a criação de um magnetar de uma supernova.

— O que o senhor quer dizer com "o que quer que tenha sido"? O senhor sabe tão bem quanto eu o que foi.

— Na verdade, creio que sim.

Dr. Rosenzweig ensaiou com Buck o que dizer ao vivo quando perguntado sobre o evento.

— Vou até carregar o documento solenemente na minha mão, enrolado e com o papel marcado, como se eu tivesse ficado debruçado sobre ele por horas.

— Adorei! — disse Buck, divertindo-se com a estratégia do amigo.

Ele ligou para os Estados Unidos, algo que ficaria cada vez mais difícil conforme o período de escuridão continuasse e se tornaria praticamente impossível em poucos dias. Chloe atendeu.

— Oi, querido — disse ela. — Puxa, o telefonema do Chaim durou tanto tempo assim?

— Não, desculpe. Eu que fiquei enrolado. Só queria dizer para você assistir à análise do Chaim sobre esse fenômeno no noticiário.

— E qual é a análise?

— Não quero contar antes e tirar a surpresa, mas cuide para que ninguém perca. Isso vai valer o dia de vocês.

— Já estamos com problema de energia aqui, querido, e a conexão não é das melhores.

— Então economizem o suficiente para assistir. Garanto que valerá a pena.

CAPÍTULO 15

Naquela noite, durante o jantar, Tsion compartilhou com o Comando Tribulação, nos Estados Unidos, sua alegria pelo enorme esforço, muito bem-sucedido, de muitos cristãos na internet.

— Eu só fiz um simples pedido, vocês viram, solicitando que tradutores em vários países divulgassem as mensagens diárias em seu idioma nativo. Vocês podem imaginar como, na internet, vários grupos que falam diversos idiomas se formam, como asiáticos, hispânicos, germânicos e outros. Bem — ele acrescentou com uma piscada de olho —, eu não apenas consegui muito mais voluntários do que eu precisava, como alguns programadores estão oferecendo *downloads* gratuitos de *softwares* que traduzem automaticamente para outros idiomas. É o Pentecostes na rede. Eu consigo digitar em línguas desconhecidas!

Era sempre um alento para Rayford ver a alegria de Tsion por seu trabalho e ministério. Ele havia sacrificado tanto quanto qualquer um naquele pequeno grupo — uma esposa e dois filhos. Chloe havia perdido a mãe e o irmão e, agora, dois amigos. Rayford havia perdido duas esposas, o filho, seu pastor e tantos conhecidos novos, que não gostava sequer de pensar a respeito. Todos naquela mesa, inclusive o dr. Charles e Hattie, teriam motivos para enlouquecer, caso se detivessem nisso.

O grupo se limitava a sorrisos momentâneos, quando Tsion compartilhava uma história ou alguém fazia um comentário irônico. Risadas e pequenas tolices já não cabiam mais na vida deles.

"O luto cansa", pensou Rayford. Ele ansiava pelo dia em que Deus enxugaria todas as lágrimas dos olhos deles e não haveria mais guerra.

Esta era uma das razões pelas quais Rayford aguardava com satisfação o noticiário das dez, anunciado pela CNN/RNCG[2] o dia todo. A Comunidade Global tinha reunido vários especialistas que falariam sobre o anúncio oficial do governo referente à escuridão, que já começava a cobrar seu preço. Buck deu a entender que seria divertido ver Chaim. Rayford não se imaginava dando risadas, mas a diversão seria bem-vinda.

— Eu só espero — disse Tsion — poder notar algum avanço no espírito de Chaim. Quando descrevi todas as profecias para ele, eu o desafiei. Disse: "Chaim, como pode um homem com uma mente feito a sua ignorar a impossibilidade matemática de tantas profecias se referirem a um único homem que não o Messias?" Ele começou com o típico argumento, questionando a autenticidade da Bíblia. Eu respondi: "Meu mentor, você duvidaria da própria Torá? De onde acha que eu tirei essas coisas?" Eu digo a vocês, meus jovens, o Chaim está bem perto. Só não quero que ele espere muito tempo.

Rayford, que era no máximo uns três anos mais novo do que Tsion, adorava ser chamado de jovem. Hattie falou, com sua voz mais forte do que nunca:

— O senhor ainda se sente assim com relação a mim, dr. Ben-Judá? Ou já o convenci de que sou uma causa perdida?

Tsion abaixou o garfo e afastou o prato.

— Srta. Durham — disse ele num tom brando —, tem certeza de que quer saber o que penso a seu respeito na frente dos demais?

— Prossiga — disse ela com um quase entusiasmo. — Eu não tenho segredos e sei que vocês com certeza também não.

Tsion entrelaçou os dedos.

---

[2] Após Nicolae Carpathia assumir o controle dos meio de comunicação, a CNN, principal veículo de notícias, passou a se chamar Rede de Notícias Comunidade Global, sendo sua nova sigla CNN/RNCG. [N. do E.]

— Certo, já que você mencionou o assunto e me deu permissão... Nós dois raramente interagimos. Eu ouço o que diz e sei qual é a sua posição. Você, por outro lado, sabe que toda a minha vida agora é dedicada a proclamar o que eu acredito. Portanto, não desconhece minhas opiniões. Você é quase vinte anos mais nova do que eu; também somos do sexo oposto, logo, existe uma barreira geracional e de gênero, que talvez tenha me levado a ser menos franco com você do que eu seria com outra pessoa. Contudo, talvez você se surpreenda ao saber quantas vezes no dia Deus lhe traz à minha mente.

Rayford achou que Hattie parecia bastante surpresa. Ela estava com um copo de água suspenso entre a mesa e os lábios, e seu sorriso perplexo havia congelado.

— Mais uma vez, digo que não pretendo constrangê-la...

— Ah, o senhor não conseguiria me envergonhar, doutor. Pode falar. — Ela sorriu como se finalmente tivesse fisgado um peixão.

— Se você me permitir que eu fale de coração...

— Por favor — disse ela, pousando o copo e se acomodando, como se estivesse pronta para desfrutar do que viria.

Para Rayford, ela tinha gostado de ser o centro das atenções de Tsion.

— Sinto muita compaixão por você — disse Tsion —, um desejo enorme de que encontre Jesus.

De repente, ele não pode continuar. Seus lábios tremiam e não conseguia elaborar as palavras. Hattie ergueu as sobrancelhas, olhando para ele.

— Perdoe-me — sussurrou ele num esforço, tomou um gole d'água e se recompôs. Ele continuou em meio às lágrimas. — De alguma forma, Deus me permitiu ver você através dos olhos dele: uma jovem assustada, colérica e abalada, que foi usada e abandonada por muitos em sua vida. Ele a ama com um amor perfeito. Jesus uma vez olhou para os que estavam lá e disse: "Jerusalém, Jerusalém, você, que mata os profetas e apedreja os que lhe são enviados! Quantas vezes eu quis reunir os seus filhos, como a galinha reúne os pintinhos debaixo de suas asas, mas vocês não quiseram!"

E prosseguiu:

— Srta. Durham, você conhece a verdade. Eu a ouvi dizer isso. Ainda assim, não está disposta. Não, eu não a considero uma causa perdida. Eu oro por você tanto quanto oro por Chaim. Porque Jesus prosseguiu falando sobre o povo de coração duro de Jerusalém: 'Pois eu lhes digo que vocês não me verão mais até dizerem: Bendito é o que vem em nome do Senhor!' Eu olho para você, em sua frágil beleza, e vejo o que a vida lhe fez, por isso, anseio por sua paz. Penso em como você poderia contribuir para o reino durante esses tempos difíceis e cobiço tê-la como parte de nossa família. Eu temo que esteja arriscando sua vida, escondendo-se de Deus, e não me cativa saber o tanto que ainda pode sofrer até ele a alcançar. Desculpe se a envergonhei, mas você insistiu.

Hattie ficou balançando a cabeça, e Rayford teve a impressão de que ela tinha ficado mais surpresa do que envergonhada. Ela não respondeu, apenas assentiu.

— Que horas começa o noticiário? — perguntou ela.

— Está na hora — disse Chloe, e cada um tirou o próprio prato.

* * *

Buck se acomodou diante da televisão em Jerusalém, com seu caderno, fascinado pelo crepúsculo nefasto ao amanhecer. Estava grato por Jacov e Stefan terem aparecido para assistir à coletiva de imprensa com ele.

"Coletiva de imprensa" era, claro, um nome equivocado, agora que todos os veículos de comunicação pertenciam à Comunidade Global. Somente em publicações alternativas, como as de Buck, os leitores encontravam conteúdos objetivos. Foi isso o que tornou a aparição de Chaim tão intrigante. Se ele tivesse a coragem de prosseguir com o que havia contado a Buck, seus dizeres seriam a maior controvérsia na televisão, desde o surpreendente testemunho de Tsion. Não, Rosenzweig não havia se tornado cristão, ao menos, não ainda. Mas ele claramente tinha se cansado de ser usado pelo regime da Comunidade Global.

O programa começou com o que havia se tornado uma bajulação obrigatória aos palestrantes. Toda vez que a Comunidade Global queria persuadir a população sobre alguma teoria implausível, parecia haver, diante das câmeras, um desfile de "doutores-sabem-tudo", que eram então bajulados.

O anfitrião apresentou o chefe da Administração Aeronáutica e Espacial da Comunidade Global, o chefe da Companhia Elétrica e de Energia da Comunidade Global, vários cientistas, autores, dignitários e, até mesmo, personalidades do entretenimento. Cada luminar sorriu timidamente enquanto se recitava a ladainha de suas conquistas e qualificações. Buck se exasperou quando o apresentador usou a frase:

— E por fim, mas certamente não menos importante...

A câmera deu um *close* no homem de aparência minúscula, parecido com Albert Schweitzer, no canto; a legenda na parte inferior da tela mostrou seu nome. Chaim não parecia nem tímido, nem humilde, mas perplexo, como se tudo aquilo fosse um exagero.

Ele inclinou a cabeça para frente e para trás como se zombasse de si mesmo, enquanto os aplausos ecoavam sem parar: ex-professor, escritor, botânico, vencedor do Prêmio Nobel, honorário disso e daquilo, palestrante, diplomata, embaixador, amigo e confidente de Sua Excelência, o soberano. Chaim ficou gesticulando em círculos, pedindo que concluíssem logo. O apresentador finalizou:

— Homem do Ano do Semanário Global e reconhecido inventor da fórmula responsável por transformar Israel em potência mundial, dr. Chaim Rosenzweig!

Não havia público no estúdio, e nem mesmo os jornalistas da Comunidade Global pareciam dispostos a aplaudir. Assim, a introdução energética chegou ao fim com um embaraço inegável, mas o *show* seguiu em frente.

O apresentador primeiro leu a declaração da Comunidade Global inteira, enquanto o texto passava na tela. A tensão de Buck aumentou quando, como ele temia, o apresentador pediu a opinião e um comentário do primeiro especialista à esquerda. Ele seguiria a mesma ordem em que os havia apresentado. Buck temia que os espectadores perdessem a paciência e, entediados, deixassem de lado a transmissão na vez de Chaim. Uma vantagem de ter a mídia controlada pela Comunidade Global: apesar de haver quinhentos canais, o mesmo programa estava sendo exibido em todos eles.

Buck se lembrou de que, mesmo para os milhões que ignoravam o que se consideravam os delírios de um louco, feito Tsion Ben-Judá, a escuridão repentina era assustadora. Eles sintonizaram interessados nas respostas do governo, e o programa ganhou ares de o mais importante até então. Buck só torcia para que todos assistissem até o último cara. O desfecho valeria a pena.

Todos no painel, evidentemente, elogiaram o trabalho rápido, eficiente e minucioso da Administração Aeronáutica e Espacial da Comunidade Global e asseguraram ao público que se tratava de um evento menor, uma circunstância temporária.

— Por mais alarmante que seja a escuridão — disse uma mulher da equipe de executivos da Companhia Elétrica e de Energia da Comunidade Global —, concordamos que trará um impacto insignificante na qualidade de vida, e isso deve se corrigir em questão de dias.

Quando finalmente chegou a vez de Chaim, Buck se sentiu parte de sua equipe nos Estados Unidos. A ideia de que todos estavam assistindo à mesma coisa naquele momento reduziu a enorme distância, e ele teve vontade de ter sua esposa aconchegada em seus braços.

— Bem — começou Chaim dramaticamente —, quem sou eu para acrescentar ou menosprezar o que foi falado por esses brilhantes aficionados dos fenômenos astronômicos galácticos interplanetários?

Quanto à estimada senhora que promete que o fenômeno não impactará em nossa qualidade de vida, deixe-me dizer o quanto estou decepcionado. Nossa qualidade de vida, nos últimos anos, não tem sido digna de registro. Sou um mero botânico que acabou encontrando uma combinação que se tornou mágica e, de repente, buscam minha opinião sobre tudo, do preço da salsicha à veracidade dos pregadores no Muro das Lamentações. Querem ouvir minha opinião? OK, vou lhes dar. Para dizer a verdade, eu não sei o que pensar. Não sei quem apagou as luzes e não tenho certeza se quero conhecer os dois cavalheiros no Muro. Minha única vontade é que eles tornem a água pura outra vez e deixem a chuva cair de vez em quando. Isso é pedir muito? Porém, aproveito para lhes dizer uma coisa, agora que tenho a atenção de vocês. Eu tenho, não tenho?

A câmera voltou para mostrar o apresentador mudo e expôs a expressão de choque dos demais convidados. Ficou claro que eles pensavam que Rosenzweig finalmente havia saído de cima do muro.

— Como não deveria ser surpresa para ninguém, eu não sou um homem religioso. Sou judeu de nascimento, claro, e me orgulho disso. Não queria que fosse diferente. Mas, para mim, trata-se de uma nacionalidade, não de uma crença. Explico isso para lhes dizer o seguinte: muitos, inclusive eu, ficaram horrorizados ao ouvir o que aconteceu com a família de meu amado protegido e ex-aluno, que cresceu para ser o respeitado erudito linguista e estudioso da Bíblia, o rabino Tsion Ben-Judá. Eu confesso que, no fundo do meu coração, precisei me perguntar se ele não havia atraído essa tragédia para si. Criar desculpas para os assassinatos? Jamais enquanto eu viver. Mas eu nunca aconselharia um homem a dar uma declaração televisionada internacionalmente da terra em que o nome de Jesus Cristo representa um anátema para seus vizinhos e anunciar aos quatro ventos que se tornou um vira-casaca; um seguidor de Cristo; um cristão que crê em Jesus como o Messias. Seria loucura! Fiquei duplamente horrorizado quando ele se tornou um fugitivo, exilado de sua própria pátria, com a vida não valendo nada. Mas eu perdi o respeito por ele? Deixei de admirá-lo? Como eu poderia? Conhecendo tais riscos e aceitando tais posições!

— Obrigado, dr. Rosenz... — começou o anfitrião, obviamente recebendo instruções através do ponto eletrônico.

— Ah, não, não — disse Rosenzweig. — Eu ganhei o direito de mais um ou dois minutos e exijo não ser retirado do ar. Só quero dizer que continuo não sendo um homem religioso, mas esse meu amigo que é, o rabino mencionado, falou sobre a questão abordada hoje. Podem ficar tranquilos, cheguei onde queria. Ben-Judá foi ridicularizado por suas crenças e alegações de que a profecia nas Escrituras poderia ser literalmente interpretada. Ele afirmou que haveria um terremoto. E houve. Afirmou que haveria granizo, sangue, e o fogo queimaria as plantas. De fato, tudo isso aconteceu. Disse que coisas cairiam do céu, envenenando a água, matando pessoas, afundando navios. E caíram. Afirmou que o sol, a lua e as estrelas seriam atingidos e que o mundo ficaria um terço mais escuro. Bem, eu terminei. Não sei que conclusão tirar, exceto que eu me sinto cada dia mais tolo. Deixem-me apenas acrescentar que tenho interesse em saber o que o dr. Tsion Ben-Judá afirma que virá a seguir! Vocês não? — E ele rapidamente acrescentou o endereço do site de Tsion.

O anfitrião continuava sem palavras. Ele olhou espantado para Chaim, com as sobrancelhas levantadas.

— Pode prosseguir — disse Chaim. — Encerrei a minha fala.

* * *

Rayford ficou frustrado por não ter ido a Palwaukee naquele dia. E também por não poder ir lá no dia seguinte, nem no outro. A redução da energia solar afetou todas as facetas de uma vida já difícil, inclusive a transmissão dos ensinamentos de Tsion. O apoio do dr. Rosenzweig aos ensinamentos do rabino resultou num número absurdo de acessos no que já era o site dez vezes mais popular da história.

Ainda assim, transmitir as mensagens diárias de Tsion se tornou uma tarefa árdua, que forçou Rayford a atrasar todos os outros planos.

As repetidas falhas na internet foram atribuídas aos problemas solares. Cristãos do mundo todo se reuniram para tentar copiar e compartilhar os ensinamentos na medida do possível, mas se tornou impossível acompanhar o sucesso desse esforço.

As tentativas de Chloe de construir um mercado paralelo em antecipação à marca da besta ficaram praticamente paralisadas. Nas semanas que se seguiram, as estações ficaram distorcidas. As principais cidades do Centro-Oeste americano tornaram-se parecidas com o Alasca no auge do inverno. Os estoques de energia estavam esgotados. Milhares ao redor do mundo morreram pela exposição ao frio. Até mesmo a aclamada Comunidade Global, tendo convenientemente ignorado fazer ajustes em sua avaliação inicial, agora procurava alguém para culpar. No entanto, confuso mesmo ficou o papel de Ben-Judá durante o trágico pânico gerado pela crise. Teria ele previsto isso, como Rosenzweig afirmou, ou havia invocado essa maldição dos céus?

Pedro II condenou Ben-Judá e os dois pregadores de praticantes imprudentes da magia negra e mostrou *flashes* ao vivo do Muro das Lamentações para provar isso. Enquanto a neve fazia redemoinhos e caía, os israelenses pagavam caro por roupas para se proteger, ficavam em casa e usavam material de construção como combustível. Eli e Moishe continuavam lá postados e, ainda por cima, descalços! Prosseguiam usando apenas vestes folgadas de pano de saco, os braços de fora. Com a barba e os cabelos compridos e a pele profundamente bronzeada expostas às temperaturas gélidas, eles pregavam incessantemente.

— Certamente, se existe um diabo — disparou o autoproclamado sumo pontífice —, na certa é o mestre desses dois! Quem, além de seres insanos e demoníacos, poderia resistir aos elementos e continuar a proferir essas tiradas irracionais?

Até mesmo Nicolae Carpathia andava estranhamente silencioso e quase não dava as caras. Por fim, diante de uma Comunidade Global impotente, ele se dirigiu ao mundo. Durante uma breve temporada de atividade solar, no meio do dia, no Oriente Médio, Mac pôde ligar para Rayford, que atendeu o celular usando as antigas baterias de lítio, que tinham sido recarregadas por um gerador. A conexão era ruim e eles não puderam falar muito.

— Assista ao soberano esta noite, se puder, Ray! — gritou Mac. — Estamos quentes como torradas, mesmo na neve, porque ele mobilizou toda a energia para aquecer o palácio. Porém, quando ele for à TV, vai usar uma enorme parca, que mandou vir do Ártico.

Mac estava certo. Rayford e Floyd procuraram armazenar tanta energia quanto puderam de várias fontes para assistirem na menor TV do esconderijo. O grupo todo se aninhou para ver e ficar aquecido. Hattie continuava a sustentar:

— Não sei quanto ao resto de vocês, mas estou recebendo apenas o que eu mereço.

Tsion disse:

— Minha querida, você descobrirá que nenhum dos escolhidos do Senhor morrerá como resultado deste juízo. Isto é um modo de chamar a atenção dos incrédulos. Sofremos porque o mundo inteiro sofre, mas isso não nos fará mal mortalmente. Você não gostaria de receber a mesma proteção?

Ela não respondeu.

* * *

Buck, tremendo no subsolo, com Stefan e Jacov, não tinha eletricidade para assistir a Carpathia na TV. O grupo escutou por um rádio, com um sinal tão fraco que foi preciso prender a respiração em conjunto para ouvi-lo.

* * *

Em Mount Prospect, Rayford, Tsion, Chloe, Floyd e Hattie assistiram a Carpathia na TV, aparecendo em um estúdio vazio, batendo palmas com luvas e saltitando na ponta dos pés para não congelar até a morte.

Cidadãos da Comunidade Global — entoou ele —, eu aplaudo sua coragem, cooperação, senso de lealdade e união, enquanto enfrentamos o desafio de suportar outra catástrofe. Eu venho a público para anunciar meu plano de visitar os dois pregadores no Muro das Lamentações pessoalmente, já que admitiram ter um papel nas pragas lançadas sobre Israel. Eles agora serão forçados a admitir que estão por trás deste ataque vil.

Aparentemente, eles são invulneráveis ao ataque físico. Invocarei seu senso de decência, justiça, compaixão, e irei com a mente aberta, disposto a negociar. É óbvio que eles querem alguma coisa. Se houver algo com que eu possa barganhar, isso não ameaçará a dignidade do meu posto, nem prejudicará os cidadãos pelos quais eu vivo. Estou disposto a ouvir e a considerar qualquer coisa.

Farei esta peregrinação amanhã e ela será transmitida ao vivo pela televisão. Como a sede da Comunidade Global em Nova Babilônia naturalmente tem um estoque maior de energia do que a maioria das outras áreas, registraremos este encontro histórico na esperança de que todos possam apreciá-lo quando esta provação finalmente terminar. Tenham confiança, meus amados. Acredito que o fim deste pesadelo está próximo.

* * *

— *Ele* vai pessoalmente ao Muro? — perguntou Buck. — Foi isso que acabei de ouvir?

Stefan assentiu.

— Nós temos que ir.

— Eles não deixarão ninguém se aproximar do lugar — ponderou Jacov.

— Talvez deixem — disse Buck. Ele sugeriu que os três se agasalhassem ao máximo com sobreposições e encontrassem um local com uma visão clara da grade de ferro. — Nós podemos construir um abrigo lá, parecido com um caixote de madeira.

— Só nos restaram poucas chapas de compensado para usar como combustível —lembrou Stefan. — Aquelas coisas verdes lá no porão.

— Nós traremos tudo de volta — disse Buck — e usaremos como combustível depois.

Este era o plano mais temerário dele até o momento. Seu rosto ainda estava dolorido em alguns lugares e dormente em outros, mesmo depois de ter tirado os pontos várias semanas antes. Buck não esperava ter que enfrentar queimadura de frio em Israel. Ele e seus dois companheiros encontraram uma escada que levava a um prédio abandonado, com uma porta lacrada, a menos de cem metros da Muralha. Como Carpathia era esperado ao meio-dia, eles construíram seu abrigo na escuridão da manhã. Se outros também tinham se aventurado na nevasca uivante, Buck e seus amigos não viram.

Quando conseguiram entrar no caixote rústico, construído com fendas para que pudessem enxergar, eles estavam completamente gelados. Buck, como um jornalista, precisava ver como a coisa pareceria para um transeunte.

— Já volto — disse ele.

— Você vai sair nesse tempo de novo? — disse Jacov perplexo.

— É só um minutinho.

Buck correu uns 30 metros a partir da escada e tentou distinguir a caixa em meio a neve que soprava e a luz fraca de um poste próximo.

"Perfeito", ele pensou. Não chamaria a atenção de ninguém.

Enquanto caminhava com dificuldade para voltar, apertou os olhos, na escuridão, em direção ao Muro, sabendo que as testemunhas estavam lá, mas não conseguiu enxergá-las. Desviou, então, para se aproximar.

Pelo que parecia, os dois homens não estavam perto da grade. Ele se aproximou, confiante de que não poderia surpreendê-los, nem amedrontá-los e que eles pressentiriam a presença de um cristão. Andou o mais próximo da cerca que já esteve, recordando uma das primeiras vezes que conversou com as testemunhas a poucos metros de distância.

Uma pausa no vento permitiu que ele visse os dois sentados, de costas para o prédio de pedra, com os cotovelos nos joelhos, conversando casualmente. Não estavam encolhidos, por isso deviam continuar insensíveis aos elementos. Buck queria dizer alguma coisa, mas nada lhe veio à mente. Eles não pareciam precisar de encorajamento. Não pareciam precisar de nada.

Quando, ao mesmo tempo, ergueram os olhos para ele, parado ali, Buck apenas assentiu com a cabeça, com seu pescoço duro, feito uma criança usando um macacão de inverno, e ergueu os dois punhos num gesto de apoio. Seu coração disparou quando os viu sorrir pela primeira vez. Eli levantou uma mão para saudá-lo. Buck voltou correndo para o abrigo.

— Onde você esteve, cara? — disse Jacov. — Nós pensamos que você tinha se perdido, congelado ou algo assim.

Buck apenas se sentou, envolveu os joelhos com os braços, encolheu os ombros e balançou a cabeça.

— Eu estou bem — disse ele.

As tropas da Comunidade Global mantiveram a multidão a vários quarteirões de distância quando o ônibus chegou trazendo Nicolae e seu séquito. O vento e a neve tinham parado, mas o sol do meio-dia mal conseguia aquecer a área.

Carpathia permaneceu no ônibus, enquanto o pessoal da TV montava luzes, microfones e câmeras. Finalmente, eles sinalizaram para o soberano, e vários de seus principais assessores, liderados por Fortunato, desembarcaram. Carpathia foi o último a aparecer. Ele se aproximou da grade, atrás da qual as duas testemunhas continuavam sentadas. Enquanto o mundo assistia pela televisão, Carpathia disse:

— Trago-lhes cordiais saudações da Comunidade Global. Eu suponho que, por causa de seus óbvios poderes sobrenaturais, já sabiam que eu estava vindo.

Eli e Moishe permaneceram sentados. Moishe respondeu:

— Só Deus é onipotente, onisciente e onipresente.

— No entanto, estou aqui em nome dos cidadãos da terra para determinar que curso tomar a fim de obter uma trégua desta maldição que assola o planeta.

As testemunhas se levantaram e deram um passo à frente.

— Falaremos com você a sós.

Carpathia acenou para os seus subordinados, e Fortunato, claramente relutante, conduziu-os de volta ao ônibus.

— Tudo certo, então — disse Carpathia —, podemos continuar?

— Falaremos com você a sós.

Carpathia pareceu perplexo, depois disse:

— Estas pessoas são apenas técnicos de televisão, operadores de câmera e assim por diante.

— Falaremos com você a sós.

Nicolae inclinou a cabeça resignado e também mandou a equipe de TV.

— Podemos deixar as câmeras ligadas? Estão de acordo?

— Sua discussão não é conosco — disse Eli.

— Perdão, como é? Vocês não estão por trás da escuridão e do caos global produzido por ela?

— Só Deus é onipotente.

— Estou buscando a ajuda de vocês, já que afirmam serem homens que falam por Deus. Se isto for de Deus, peço então que me ajudem a chegar a um consenso, um acordo, um compromisso, se preferem assim.

— Sua discussão não é conosco.

— Bem, está certo, eu entendo isso, mas se vocês tiverem acesso a ele...

— Sua discussão não é c...

— Eu entendi! Estou perguntando...

De repente, Moishe falou tão alto que os aparelhos da equipe de TV devem ter estourado.

— Como você ousa falar assim com os escolhidos do Deus Todo-poderoso?

— Peço desculpas. Eu...

— Não foi você quem se vangloriou dizendo que morreríamos antes do tempo devido?

— Com certeza, eu admito que...

— Não é você quem nega o único Deus verdadeiro, o Deus de Abraão, de Isaac e Jacó?

— No espírito do ecumenismo e da tolerância, sim, eu sustento que não se deve limitar a visão da divindade a uma imagem. Mas...

— Existe só um Deus e um mediador entre Deus e o homem, o homem Cristo Jesus.

— Essa é uma opinião válida, é claro, assim como muitas outras opiniões...

— Está escrito: "Tenham cuidado para que ninguém os escravize às filosofias vãs e enganosas, que se fundamentam nas tradições humanas e nos princípios elementares deste mundo, e não em Cristo."

— Você não vê que seu ponto de vista é muito exclusivista...?

— Sua discussão não é conosco.

— Voltamos de novo a assim, não é? Dentro do espírito da diplomacia, permita-me sugerir...

Mas as duas testemunhas se afastaram e tornaram a se sentar.

— Quer dizer que é assim, então? Diante dos olhos do mundo, vocês se recusam a falar? A negociar? Só dizem que minha discussão não é com vocês? Então é com quem? Certo, que seja!

Carpathia marchou diante da câmera principal e olhou direto para ela a centímetros de distância. Ele parecia extenuado, mas falou com firmeza como de costume.

— Após uma análise detalhada, concluímos que a morte do segurança da Comunidade Global no encontro das testemunhas não foi responsabilidade de nenhuma das testemunhas, nem de qualquer membro do círculo próximo do dr. Ben-Judá. O homem morto pelas tropas da Comunidade Global no aeroporto também não era um terrorista. Meu bom amigo, o dr. Chaim Rosenzweig, em momento algum deteve Ben-Judá e seu pessoal a nosso pedido. A partir deste momento, ninguém que simpatize com o dr. Ben-Judá e seus ensinamentos será considerado fugitivo ou inimigo da Comunidade Global. Todos os cidadãos são igualmente livres para viajar e viver sua vida dentro do espírito de liberdade. Não sei com quem estou ou deveria estar negociando, mas asseguro a quem quer que seja que estou disposto a fazer quaisquer outras concessões que apressem o fim desta praga.

Ele deu meia-volta, bateu continência para as duas testemunhas com sarcasmo e voltou para o ônibus. Enquanto a equipe de TV se apressava para recolher seus equipamentos, as testemunhas falaram em uníssono, de onde estavam sentadas, alto o bastante para que todos, até mesmo Carpathia, ouvissem.

— Ai, ai, ai daqueles que deixam de olhar para o alto e de levantar a cabeça!

Dois dias depois, o sol se levantou brilhante e cheio, e a terra começou a derreter. Buck fez planos de voar livremente para casa, usando o próprio nome.

— Não dá para voar direto para Chicago num voo comercial — comentou ele com Rayford —, mesmo com a reconstrução do Aeroporto Midway. Tenho que fazer escala na Europa.

— Não há conexões em Atenas?

— Vou verificar. Por quê?

Rayford pediu para ele se encontrar com Lukas Miklos.

— Verei se ele pode recebê-lo no aeroporto. Não vai atrasar sua viagem para casa e servirá para encorajá-lo enormemente.

* * *

Em Mount Prospect, Tsion disse a Rayford que estava trabalhando no que seria seu alerta mais dramático e sinistro até o momento. Enquanto isso, via internet, ele transmitiu para o mundo:

— Em razão da veracidade comprovada em Lucas, capítulo 21, conclamo a todos, cristãos e incrédulos, a levantarem os olhos para os céus. Creio que esta seja a mensagem das duas testemunhas.

Dr. Charles recuperou e limpou o telescópio de Donny Moore e, como milhões de pessoas, começou a monitorar os céus. Mas, quando Tsion anunciou, em uma de suas mensagens diárias, que planejava construir um *site* que permitisse a outros observarem os céus pelo mesmo telescópio, Rayford recebeu uma ligação desesperada de David Hassid da Nova Babilônia.

— Fico feliz por ter lhe encontrado — disse ele sem fôlego. — Vocês já estão adiantados com essa ideia de site e telescópio?

— Levará ainda alguns dias. Nosso pessoal não vai demorar muito.

— Melhor não fazerem isso. Um *software* simples e um astrônomo brilhante podem facilmente localizá-los.

Rayford levou a mão à cabeça.

— Obrigado por avisar, eu jamais teria pensado nisso.

— De qualquer forma, o próprio soberano autorizou a compra de um telescópio colossal, e vou trabalhar com os caras que irão operá-lo. Muitos poderão monitorá-lo ao mesmo tempo por meio de diferentes computadores.

— Bem, David, você sabe o que estamos procurando.

— Com certeza, sei.

CAPÍTULO 16

Na semana seguinte, os noticiários informaram que astrônomos do mundo todo estavam rastreando o que parecia ser uma estrela cadente. Só que ela, vista pela primeira vez durante a noite, na Ásia, não atravessou o céu por um segundo ou dois e desapareceu, nem estava em disparada numa trajetória orbital.

Os astrônomos gostavam de explicar que, por causa da distância que até mesmo as estrelas mais próximas mantinham da terra, grande parte da atividade vista em nosso planeta tinha ocorrido anos antes e só podia ser observada naquele momento.

Contudo, depois de várias horas de trabalho de telescópios amadores e profissionais no mundo todo, ficou claro que não se tratava de uma estrela comum. E nem de um evento ocorrido anos antes. Especialistas incapazes de identificar o astro concordaram que se tratava de algo pequeno, caindo em linha reta há muito tempo. Irradiava pouco calor, mas parecia emitir luz própria, além de refletir a luz das estrelas e do sol, de acordo com o horário.

Quanto mais era estudado, menos indicava ser uma ameaça à terra. O chefe da Administração Aeronáutica e Espacial da Comunidade Global afirmou que o astro tinha grande chance de se queimar ao atingir a atmosfera terrestre.

— E mesmo que permaneça intacto, tem uma grande probabilidade de pousar na água sem provocar danos. Pelo que pudemos especular sobre sua massa e densidade, se atingisse o solo, sofreria muito mais danos do que seria capaz de infligir. A maior probabilidade é que seria vaporizado.

Ainda assim, ninguém parecia capaz de desviar o telescópio dele. Por fim, averiguou-se que o objeto cadente não identificado pousaria em algum lugar da desabitada região do Crescente Fértil, perto do que muitos acreditavam ser o berço da civilização.

Os cientistas da Comunidade Global chegaram ao local onde se esperava a aterrissagem a tempo de ver o impacto, mas houve relatos de que o astro atravessou a superfície da terra formando uma fenda profunda. Estudos aéreos da área revelaram a impossibilidade de veículos ou pessoas a pé trafegarem para avaliar mais de perto o objeto e seu efeito na crosta terrestre. No entanto, enquanto aviões circulavam tirando fotos, uma erupção geológica considerada alta na escala Richter foi registrada por sensores sismológicos no mundo todo. Esse astro, independentemente do que fosse, de alguma forma havia desencadeado atividades semelhantes a dos vulcões, bem abaixo da superfície terrestre.

Só a onda de choque chegou a tirar de curso os aviões de vigilância, e os pilotos tiveram muito trabalho para permanecer no ar e escapar da área. Para espanto dos cientistas, a primeira evidência do que aconteceu sob a terra foi o surgimento de uma nuvem no formato de cogumelo, mil vezes maior e lançada com muito mais poder e velocidade do que qualquer outra produzida por bombas ou fenômenos naturais na história. Outra característica única desta erupção foi ela ter se originado da fenda abaixo do nível do mar e não da típica montanha vulcânica.

Câmeras a mais de 1500 quilômetros da fonte que originou a nuvem captaram imagens num período de 12 horas. Essa nuvem — massiva e crescente, alimentada pelas emissões do planeta —, em vez de ser levada aleatoriamente por correntes de vento, espalhou-se igualmente em todas as direções e ameaçou bloquear o sol por todo o globo.

Não se tratava de uma nuvem esfumaçada que se diluía e dissipava conforme se movia. Os vapores espessos que jorravam do chão eram densos e negros, como a base das chamas de gasolina queimando.

Cientistas temiam que a fonte dessa fumaça fosse um incêndio colossal, que acabaria por se avolumar e lançar chamas no ar.

No início da tarde da segunda-feira seguinte, em Jerusalém, Buck ficou arrasado ao saber que seus voos para Atenas e depois Estados Unidos tinham sido cancelados. A nuvem de fumaça que cobria a terra, ao se dissipar, tinha afetado outra vez a luminosidade diurna. Buck estava ansioso pela escala de duas horas, durante a qual encontraria Lukas Miklos. Na sequência, pegaria outro avião e voaria direto, sem paradas, até seu destino, o Aeroporto Midway, em Chicago. De lá, seguiria até Mount Prospect, mas somente após se certificar de que não estava sendo seguido, para não levar nenhum inimigo até o esconderijo. Ele e os membros do Comando Tribulação nos Estados Unidos tinham desenvolvido estratégias para despistar os suspeitos e se livrar deles.

Buck, então, correu para a casa de Chaim Rosenzweig acobertado pela escuridão.

— Não confie na declaração de Carpathia de que você não é mais suspeito — alertou Chaim. — Nicolae não fala mais comigo. Leon está soltando fogo pelas ventas. Embora eles não possam voltar atrás no que disseram, em breve encontrarão alguma outra justificativa.

— Não se preocupe. Estou tão ansioso para ver Chloe, que poderia voar usando a força do meu pensamento.

— Tenha cuidado com o Mistério de Babilônia.

— Aliás, o que Peter anda fazendo?

— Você não soube?

Buck balançou a cabeça.

— Ando muito ocupado me preparando para partir.

Chaim ligou a TV.

— Eu poderia repetir de cor, de tantas vezes que ouvi isso hoje. É o único assunto, fora a transmissão de notícias sobre a fumaça do vulcão.

Mathews, usando novamente sua indumentária solene completa, falou, olhando para a câmera:

A Comunidade Global pode até ter feito um acordo tácito com aqueles terroristas religiosos praticantes de magia negra, mas chegou a hora de fazer a lei ser cumprida. A Fé Mundial Unificada do Mistério de Babilônia é a religião aceita em todo o mundo. No que estiver ao meu alcance, e uma leitura cuidadosa do estatuto da Comunidade Global mostra que isso compete a mim, processarei os criminosos. Para deixar bem claro, considero antiéticas crenças unilaterais, exclusivistas e intolerantes, frente à verdadeira religião. Se, em nome de uma equivocada diplomacia, a administração da Comunidade Global sente que deve permitir desvios da verdade cósmica, o próprio Mistério de Babilônia deve partir para ofensiva.

Ser ateu ou agnóstico é uma coisa. Essas pessoas também são bem-vindas sob a nossa bandeira inclusiva. No entanto, é considerado ilegal praticar uma religião que se desvie de nossa missão. Tais praticantes e seus seguidores sofrerão as consequências.

Como primeira iniciativa no esforço abrangente de livrar o mundo da intolerância, a partir da meia-noite de terça-feira, horário de Greenwich, será considerado ato criminoso qualquer um que acessar o site do chamado Comando Tribulação. Os ensinamentos do dr. Tsion Ben-Judá, guru desse culto, são venenosos para pessoas de verdadeira fé e amor. Portanto, não vamos tolerar a promoção dessa toxina, mortal como uma droga.

A tecnologia já é capaz de monitorar a atividade de qualquer cidadão na internet, e aqueles cujos registros apontarem o acesso a este site após o prazo determinado estarão sujeitos à multa e à prisão.

Um repórter da Comunidade Global o interrompeu.

— Pergunta em duas partes, sumo pontífice: primeiro, como o fato de prender pessoas pelo conteúdo acessado na internet se alinha com tolerância, fé e amor? Segundo, se é mesmo possível monitorar a atividade de todos na internet, por que o senhor não rastreia o endereço de onde Ben-Judá faz as transmissões e fecha o site?

— Sinto muito — disse um dos assessores, quando Pedro II foi levado embora —, mas avisamos com antecedência que não haveria tempo para perguntas.

"Eu gostaria de poder dar uma olhada na testa deste repórter", pensou Buck. Isso fez ele desejar que seu disfarce não tivesse sido revelado para que pudesse ainda estar trabalhando infiltrado.

* * *

Era o início da manhã em Chicago quando Rayford deixou o esconderijo dirigindo o Range Rover de Buck. Apesar do céu enfumaçado, sentiu que precisava chegar a Palwaukee e checar o estado do Suburban de Ken Ritz. O veículo parecia estar melhor do que o Rover. O Comando Tribulação poderia usá-lo, mas Rayford não sabia como os pertences de um homem morto deveriam ser redistribuídos, principalmente os de um homem sem familiares vivos.

Rayford, de repente, ouviu uma voz, como se houvesse alguém no carro com ele. O rádio estava desligado e ele sozinho, mesmo assim ouviu nitidamente, como se o som saísse do melhor aparelho disponível:

— Ai, ai, ai dos que habitam na terra, por causa do toque das trombetas que está prestes a ser dado pelos três outros anjos!

O telefone dele tocou. Era David, falando da Nova Babilônia.

— Comandante Steele, estou do lado de fora agora e não sei como esse fenômeno será explicado, mas aposto minha vida que não chegará aos noticiários.

— Eu também ouvi. Não precisa virar notícia.

— Todo mundo aqui viu antes de ouvir. Bem, pelo menos nosso equipamento conseguiu detectar. Não dá para ver nada através desta nuvem de fumaça, mas como temos receptores de rádio enormes apontados para o céu, aqui ficou claro como o dia. Perguntei a um turco em que idioma ele havia ouvido, e ele respondeu que foi em turco mesmo. Bem, eu escutei em inglês, então você sabe o que eu acho.

— O senhor *viu* o anjo?

— Trabalhamos a noite toda porque a sonda de alguém havia detectado alguma coisa. Nossas imagens revelaram algo semelhante a uma espécie de corpo celestial, um cometa, sei lá... Também conseguimos levantar algumas informações e estamos estudando elas. Bem, eu não sou astrônomo, então não faço a menor ideia do que vi. Eu disse a eles que o objeto parecia muito pequeno e pouco espesso. Todos então me parabenizaram porque aparentemente eu tinha dado uma ideia para o chefe. Ele disse: "Tudo bem, vamos supor que o objeto esteja mais próximo e seja menor. Muito menor, aliás". Então ele virou os medidores e resetou a sonda. De repente, o computador começou a gerar imagens que conseguimos ver e entender. Parecia transparente e meio humano, porém não muito.

E disse mais:

— Ainda acompanhando aquilo, o chefe pediu para que apontássemos todas as antenas parabólicas de rádio para o objeto, tentando rastreá-lo, da maneira como fazemos com as estrelas durante o dia. Em seguida, nós ouvimos o anúncio. Tinha um pouco de estática no meio e foi estranho; perdemos a primeira palavra, mas é claro que eu sabia qual era porque tenho lido as coisas do dr. Ben-Judá. As próximas palavras estavam nítidas. Estou lhe dizendo, comandante, isso assustou *todo* mundo, todo mundo mesmo. Teve gente no chão, chorando. Eles estão tocando a gravação repetidas vezes, até gravei no meu celular. Mas sabe o que aconteceu? Registrou apenas em grego. Todo mundo ouviu no próprio idioma na hora, mas agora a gravação está em grego.

* * *

Buck ouviu o anjo e o confundiu com a transmissão da TV até ver a expressão no rosto de Chaim. O velho senhor também tinha escutado e estava apavorado. Como ele ou qualquer outro poderia duvidar agora da existência de Deus? Não era mais uma questão de ignorância, mas de escolha.

* * *

Rayford estacionou perto do hangar onde Ken Ritz morava antes de se mudar para o abrigo do Comando Tribulação. Lá estava Ernie, o novo cristão, com a cabeça sob o capô do Suburban de Ritz. Ele olhou para cima e espremeu os olhos em meio à fumaça, quando Rayford se aproximou. Então sorriu, apertou a mão de Rayford com entusiasmo e virou o boné cheio de graxa para trás. A marca na testa dele estava bem visível, como se tivesse orgulho dela, mas ele também estava tremendo.

— Isso foi bem assustador, não foi? — comentou ele.

— Não deveria ser para nós, que sabíamos que aconteceria — disse Rayford. — Você não tem nada a temer, Ernie. Nem mesmo a morte. Nenhum de nós quer morrer, mas sabemos o que vem a seguir.

— Verdade — disse Ernie, ajustando o boné outra vez. — Mesmo assim...

— Como está o carro do Ken?

Ernie se voltou para o motor.

— Eu diria que está em muito boa forma, considerando seu passado.

— Você acha isso terapêutico?

— O quê? — disse Ernie. — Eu nunca fui de estudar. O que quis dizer?

— Isso ajuda você a se lembrar de Ken sem ser muito doloroso?

— Ah, bem, para falar a verdade, eu não o conhecia há muito tempo. Quero dizer, eu fiquei chocado e sinto falta dele. Mas só arrumei umas coisas para o Ken. Ele me pagava, você sabe.

— Mas como vocês dois eram cristãos...

— Sim, isso foi bom. Ele me mostrou o *site* daquele cara, o Ben--Judá.

Um carro parou na torre reconstruída do outro lado, e dois homens de camisa e gravata desceram. Um era alto e negro, o outro, branco e atarracado. O primeiro entrou na torre. O outro foi falar com Ernie e Rayford. Ernie novamente saiu de baixo do capô e ajeitou o boné cobrindo a testa.

— Oi, Bo! — disse ele. — Você ouviu aquela voz vinda do céu?

— Ouvi — disse Bo obviamente contrariado. — Se você acredita que foi uma voz do céu, é mais louco do que eu pensava.

— Bem, e o que era então? — disse Ernie, enquanto Bo observava Rayford.

— Aqueles fundamentalistas loucos, mais uma vez tirando uma com a cara da gente. Com certeza foi algum tipo de truque feito com um alto-falante. Não caia nessa.

Ernie deu uma risada envergonhada e olhou para Rayford.

— Olá — disse Bo, acenando com a cabeça para Rayford. — Posso lhe ajudar com alguma coisa?

— Não, obrigado. Sou apenas um amigo de Ken Ritz.

— Sim, aquilo foi horrível.

— Na verdade, só vim dar uma olhada nos pertences dele. Não creio que ele tivesse parentes vivos.

Ernie se endireitou e se virou tão rápido, que até mesmo Bo pareceu surpreso. Ficou claro que os dois queriam dizer alguma coisa, mas um olhou para o outro, e ambos hesitaram. Então, falaram ao mesmo tempo.

Bo disse:

— Então você achou que poderia dar uma passada aqui e ver no que...

Enquanto Ernie falava:

— É isso mesmo. Nenhum parente. Na verdade, na semana passada ou um pouco antes, ele me disse que...

Ernie cedeu a palavra primeiro, e o homem recuou e terminou seu pensamento:

— ... você veio ver no que poderia passar a mão, não é isso?

Rayford recuou diante de tamanha insensibilidade, principalmente partindo de um estranho.

— Não, não é nada disso, senhor. Eu...

— De onde você tirou essa ideia de me chamar de senhor? Você nem me conhece!

Pego de surpresa, a velha natureza de Rayford tomou conta.

— Estou falando com um ET, por acaso? Como a sociedade educada se refere a estranhos em seu planeta, *Bo*? — pronunciou o nome com um profundo sarcasmo.

Rayford era muito mais alto, mas Bo tinha o porte de um zagueiro, e seu cabelo loiro raspado ajudava a confundi-lo com tal.

— Por que você não tira seu traseiro oportunista daqui enquanto ele ainda faz parte de seu corpo? — ameaçou Bo.

Rayford estava fervilhando por dentro e se arrependeu de sua atitude assim que deixou escapar:

— Por que você não vai cuidar da sua vida, enquanto eu converso em particular com o Ernie?

Bo se aproximou de Rayford, levando-o a se perguntar se ele precisaria se defender.

— Porque Ernie está na minha folha de pagamento — disse Bo —, e tudo nesta propriedade é da minha conta. Inclusive os bens do Ritz.

Rayford respirou fundo e controlou as emoções.

— Então eu ficarei feliz em falar com Ernie quando ele estiver disponível e...

— E na casa dele — acrescentou Bo.

— Certo, mas o que lhe dá o direito sobre as coisas de Ken Ritz?

— O que dá a *você* algum direito sobre elas?

— Eu não reivindiquei direito algum — disse Rayford. — Mas acho que a destinação das coisas dele é uma questão válida.

Ernie pareceu se enfurecer.

— Hum... Bo, senhor, Ken me disse que se algo acontecesse com ele, eu poderia ficar com suas coisas.

— Sei, certo!

— Ele disse! Os aviões, este carro, seus pertences pessoais. O que eu quisesse.

Rayford lançou um olhar desconfiado para Ernie. Ele não queria questionar um cristão, sobretudo na frente de um estranho, mas precisaria fazer isso.

— Eu pensei que você tinha dito que os dois mal se conheciam.

— Deixe que eu resolvo isso — disse Bo. — O que acaba de dizer é mentira, Ernie, e você sabe bem! O Ritz era dono deste aeroporto e...

Rayford inclinou a cabeça na mesma hora. Isso não batia com o que Ken havia dito a Rayford sobre querer comprar o lugar. Bo deve ter notado a reação de Rayford e deduzido que ele sabia mais do que tinha suposto.

— Bem — ele se corrigiu na metade —, seja como for, Ken fez uma oferta. Ou ia fazer. Na verdade, sim, foi feita uma oferta. Portanto, se houver bens no patrimônio dele, eles passarão a pertencer ao proprietário do Palwaukee.

Rayford sentiu o sangue ferver outra vez.

— Ah, faz todo o sentido. Ele morreu antes de consumar o negócio, então você vai pegar os bens dele em troca do quê? Vai mudar o nome do lugar para Memorial do Ritz? Você fica com os bens, e o Ken fica com o quê? Uma propriedade póstuma que quem administra é você enquanto também fica com os lucros?

— Então, qual é a sua nisso tudo, espertalhão?

Rayford quase riu. Será que ele tinha voltado para o pátio da escola, no recreio? Como ele tinha se metido numa disputa com um completo estranho?

— Como eu disse, eu não reivindiquei nada, mas meu interesse aqui é assegurar que não aconteça com o legado do meu amigo nada que não fosse do desejo dele.

— Ele desejava que eu ficasse com tudo — disse Ernie. — Eu já lhe disse isso!

— Ernie — retrucou Bo —, vá cuidar dos seus consertos e não se meta nisso, pode ser? E limpe essa sujeira da testa. Você está parecendo um fedelho com meleca no nariz.

Ernie puxou o boné para baixo, deu meia-volta e foi se ocupar sob um capô. Porém, continuou resmungando:

— Eu vou pegar o que ele disse que poderia ficar para mim, só estou avisando. Vocês não vão me fazer desistir do meu direito. De jeito nenhum.

Rayford ficou indignado com as mentiras descaradas de Ernie, mas principalmente por ele ter se envergonhado da marca de Deus.

Então, se deu conta. Apenas outros cristãos podiam ver a marca. Será que Rayford estava discutindo com um companheiro santo da tribulação? Tratou de conferir a testa de Bo, que, por conta do corte de cabelo, da tez e do rosto largo, estava bem diante dos olhos de Rayford o tempo todo. Mesmo com a fumaça densa, a pele de Bo estava clara como a de um bebê.

* * *

Buck estava agitado. Sentou-se diante de Chaim Rosenzweig, na sala de estar, e ficou tomado de compaixão por aquele homem.

— Doutor — disse ele —, como o senhor pode saber, ter visto e acompanhado tudo o que passamos nesses últimos anos e ainda assim resistir ao chamado de Deus? Não se ofenda. O senhor sabe que tenho apreço pelo senhor, assim como Tsion, minha mulher e o pai dela. O senhor declarou na TV, para o público internacional, que as interpretações de Ben-Judá sobre o que iria acontecer tinham sido confirmadas. Peço desculpas por ser tão direto, mas o tempo está se esgotando.

— Confesso que ando preocupado — disse Rosenzweig —, principalmente desde que Ben-Judá se hospedou aqui. Você já conhece os meus argumentos contrários a Deus, mas nem mesmo eu poderia negar seu ato hoje. Está claro demais. Mas devo confessar que não compreendo Deus. Penso que ele é mesquinho. Por que ele não cativa a atenção das pessoas por meio de milagres maravilhosos, como a Bíblia conta que ele fez? Por que tornar as coisas cada vez piores até a pessoa não ter mais escolha? Na verdade, resisto a me sentir forçado exatamente por aquele que espera a minha devoção. Eu quero que seja um ato espontâneo, nos meus próprios termos, se possível.

Buck se levantou e puxou a cortina. O céu estava escurecendo, e ele ouviu um estrondo baixo a distância. Será que deveria se afastar da janela? O clima não parecia de chuva. O que teria sido aquele barulho? Ele não conseguia ver mais do que três metros por causa da fumaça densa.

— Doutor, Deus o abençoou mais do que qualquer pessoa mereceria. Se a sua riqueza em forma de amigos, estudo, conhecimento, criatividade, desafios, admiração, renda e conforto não o levam até ele, o que mais poderia levar? Deus não deseja o sofrimento de ninguém, ele recorre aos juízos para atrair ou afastar as pessoas definitivamente. Nós oramos para que o senhor escolha a primeira alternativa.

Rosenzweig parecia mais velho do que era; cansado, abatido, solitário, precisando de descanso. No entanto, a vida estava difícil para todos. Buck sabia que tudo iria piorar dali em diante. O velho homem cruzou as pernas, sentiu-se um tanto desconfortável e tornou a colocar os pés no chão. Parecia distraído, e ele e Buck precisaram falar mais alto para um entender o outro.

— Devo confessar que o fato de vocês orarem por mim significa mais do eu posso...

Ele franziu a sobrancelha, perplexo.

— Que barulho é esse?

O som estava mais estridente, agora tinha um tom metálico.

— Parecem correntes batendo.

— Será um avião voando baixo?

— Os aeroportos estão fechados, doutor.

— Está ficando mais alto! E escureceu mais! Parece noite lá fora. Abra a cortina por inteiro, Cameron, por favor. Oh, pelos céus!

O céu estava em trevas, e o estrondo, ensurdecedor. Buck se virou e olhou para Chaim, cuja expressão estava tão aterrorizada quanto a dele. Metal batia contra metal, fazendo os dois homens cobrirem as orelhas. O ruído insistente, agora batendo contra a janela, tinha se tornado uma cacofonia de golpes sucessivos, irritantes e perfurantes, que pareciam prestes a invadir até as paredes.

Buck estava olhando fixamente para fora, sentido o coração pulsar forte no peito. Da fumaça, saíram criaturas voando; monstros alados horripilantes, horrorosos, marrons, pretos e amarelos. Voavam em enxames, feito gafanhotos. Lembravam cavalos de dez a quinze centímetros, com caudas longas como a do escorpião. Absolutamente aterrorizantes, as criaturas estavam atacando, querendo entrar. Pareciam ignorar Buck e olhavam diretamente para Chaim, como se ele fosse o alvo.

O velho ficou plantado no meio da sala.

— Cameron, eles estão atrás de mim! — gritou ele. — Diga que estou sonhando! Diga que não passa de um pesadelo!

As criaturas voavam paradas, batendo as asas e chocando a cabeça contra as janelas.

— Sinto muito, doutor — lamentou Buck e encolheu os ombros, todo arrepiado. — É tudo verdade. É o primeiro dos três tormentos sobre os quais os anjos alertaram.

— O que eles querem? O que farão?

— Tsion ensina que eles não causarão dano a nenhuma planta ou árvore, como os gafanhotos costumam fazer; apenas àqueles que não tiverem o selo de Deus na testa.

Chaim ficou pálido, e Buck ficou preocupado que ele pudesse despencar.

— Sente-se, senhor. Deixe-me abrir a janela..

— Não! Mantenha-os lá fora! Dá para ver que eles querem me devorar!

— Quem sabe a gente não consegue prender dois ou três entre a tela e a janela para observá-los melhor.

— Eu não quero vê-los! Eu quero matá-los antes que eles me matem!

— Chaim, eles não receberam o poder de matá-lo.

— Como você sabe?

Ele agora estava agindo como um garotinho que duvida do médico quando este lhe diz que a injeção não vai doer quase nada.

— Não digo que eles não vão atormentá-lo, mas a Bíblia deixa claro que as vítimas que eles atacarem vão desejar morrer, mas não conseguirão.

— Oh, não!

Buck girou uma tranca que abriu a janela. Diversas criaturas voaram para perto da tela, e ele rapidamente tornou a fechar o vidro. Elas voavam feito loucas, presas pela tela, empurrando, lutando, batendo umas nas outras. O barulho estridente de metal aumentou.

— O senhor não está nem um pouquinho curioso? — perguntou Buck, relutando para não sair da vista delas. — São híbridos fascinantes. Sendo um cientista, o senhor não quer ao menos ver...

— Espere um instante — gritou Chaim, e saiu correndo.

Ele voltou parecendo ridículo, vestido da cabeça aos pés com uma roupa de apicultor: botas, um macacão grosso de lona, luvas, chapéu com uma tela cobrindo o rosto e proteção para o pescoço. E, ainda, estava segurando um taco de críquete.

Gritos horripilantes sobrepujavam o clamor. Chaim correu até a outra janela, afastou a cortina para trás e caiu de joelhos.

— Oh, Deus — orou ele —, salve-me destas criaturas! E não permita que Jonas morra!

Buck olhou para o portão, por sobre o ombro de Chaim. Jonas estava caído, contorcendo-se e debatendo-se aos gritos, esmurrando as pernas e o dorso, bem como tentando cobrir o rosto. Ele estava coberto de gafanhotos.

— Temos de trazê-lo para dentro! — disse Buck.

— Eu não posso sair! Eles vão me atacar!

Buck hesitou. Ele acreditava ser invulnerável às picadas das criaturas, mas suas pernas pareciam não atender ao comando do cérebro.

— Eu vou — disse ele.

— Como você vai fazer para as criaturas não entrarem?

— Vou tentar o que estiver ao meu alcance. O senhor tem outro taco?

— Não, mas tenho uma raquete de tênis.

— Vai ter que servir.

Buck desceu as escadas munido da raquete. Chaim gritou para ele:

— Vou me trancar neste cômodo. Quando você voltar, assegure-se de matar todos eles ou de não deixar nenhum entrar. Coloque o Jonas no quarto de hóspedes da frente. Será que ele vai morrer?

— Ele vai desejar isso — respondeu Buck.

Buck se deteve na porta da frente. A fumaça que pairava sobre a cidade há dias tinha se dissipado, substituída por uma proliferação de criaturas medonhas, igualmente densa. Buck suplicou por coragem, abriu a porta e correu até Jonas, que estava deitado tremendo e se contorcendo.

— Jonas! Venha, vamos lá para dentro.

Mas ele estava inconsciente.

Buck colocou a raquete no chão, agarrou o homenzarrão com as duas mãos e o virou de lado. Ele estava com um vergão no rosto e começando a inchar. Ia ser tarefa difícil levá-lo, Jonas era grandalhão, com o peito largo. Buck tentou se lembrar da estratégia do bombeiro para carregá-lo, mas não conseguiu pegar o impulso necessário para tirar o homem do chão.

Os gafanhotos, uma descrição muito amena para essas bestas revoltantes, voavam ameaçadoramente ao redor da cabeça de Buck e alguns até pousaram nela. Buck ficou admirado com o peso e a espessura deles. Embora estivesse aliviado por não ter sido atacado por eles, acreditou que estavam tentando afastá-lo de Jona com aqueles assobios estridentes. Quando um pairou sobre o rosto de Jonas, Buck pegou a raquete e deu um golpe de revés com força total, arremessando o gafanhoto por uma das janelas da frente da casa. A sensação do choque da fera contra as cordas foi como se ele tivesse atingido um carrinho de metal em miniatura. Sua primeira missão, se conseguisse voltar para casa, seria tapar o buraco na janela e se livrar daquele animal.

Buck enfiou a raquete debaixo do braço e tratou de puxar Jonas pelos punhos, indo de costas, até a casa. A cerca de três metros da escada, não conseguiu avançar e constatou que o cós e o cinto de Jonas tinham rasgado a grama, enquanto Buck o deslizava. Buck, então, girou o corpo e colocou os tornozelos do homem sob os braços, e seguiu puxando-o pelas pernas. Quando chegou aos degraus, Buck se resignou, dobrou os joelhos e, num esforço, levantou Jonas sobre seus ombros. Ele calculou que o homem devia pesar uns 50 quilos a mais do que ele.

Na casa de Chaim, Buck jogou Jonas em uma cadeira; ele quase caiu, sem estar desperto o suficiente para manter o equilíbrio. Outro gafanhoto entrou antes que Buck pudesse fechar a porta, mas ele o acertou também com a raquete. O bicho deslizou pelo chão e bateu na parede, tilintando enquanto rolava. Ficou pairando atordoado, o abdome segmentado ofegava. Buck achou que aquele era o momento certo para atacar e derrubou-o do ar novamente.

Ao tentar pisar em um, descobriu que seu invólucro era inquebrável. Então, empurrou os dois bichos com o pé e os jogou para fora, batendo a porta com força para que outros não invadissem. Buck tapou a janela quebrada e ajudou Jonas, que cambaleava, a ir para o quarto de hóspedes da frente. Jonas se esticou na cama, falando de forma incoerente e gemendo, e abriu a camisa, arrancando os botões.

Ciente de que não havia remédio para a tortura e agonia que o pobre homem sentia, Buck relutou ao deixá-lo, mas voltou para a saleta de estar no andar de cima. Perversamente atraído, como alguém que não resiste olhar para um acidente de trem, Buck quis observar atentamente as criaturas, separado deles pelo vidro da janela.

Antes de destrancar a porta, Chaim exigiu que Buck verificasse três vezes que não estava levando acidentalmente um gafanhoto com ele. Buck encontrou Chaim ainda vestido com o aparato de apicultor, empunhando o taco de críquete. Depois de perguntar ansioso se Jonas ainda estava vivo, Chaim agarrou o braço de Buck e o arrastou até a janela. Gafanhotos furiosos, presos entre o vidro e a tela, estavam bem na frente deles, prontos para serem analisados. Buck sabia que todo incrédulo do lado de fora tinha sofrido o mesmo destino de Jonas, e que não demoraria muito para que os gafanhotos começassem a entrar nas casas e nos apartamentos. Este ia ser o pior horror, até o momento.

CAPÍTULO 17

Rayford agarrou Ernie pelo colarinho e o puxou para perto de si, sentindo a raiva de um pai contra algo que ameaça a própria família.

— Quer dizer então que você é um impostor, Ernie?

Em vez de refutar, Ernie tentou segurar o boné com as duas mãos. Rayford soltou o colarinho dele e enfiou a mão diretamente sob a viseira do boné. Ernie se encolheu, obviamente achando que estava prestes a levar um murro no nariz, e relaxou as mãos apenas o suficiente para Rayford jogar seu boné, que saiu voando.

Não é de se admirar que a marca de Ernie parecesse tão visível. Ele a tinha retocado com o que quer que tenha usado para criá-la em primeiro lugar.

— Você fez uma marca falsa, Ernie? A marca dos selados do Senhor? É preciso coragem para isso.

Ernie empalideceu e tentou se esquivar, mas Rayford agarrou a nuca dele com a mão livre e pressionou o polegar contra a marca falsa. A mancha saiu.

— Você deve ter estudado muito bem os ensinamentos de Tsion para reproduzir uma marca que nunca viu.

— Que raio é isto? — perguntou Bo, parecendo congelado em seu lugar.

— Ele forjou a marca do...

— Eu sei sobre a marca — disse Bo com os olhos arregalados de medo. Ele apontou para além de Rayford. — Estou falando daquilo!

Rayford olhou ao longe, onde a nuvem de fumaça estava se transformando em uma onda de gafanhotos. Mesmo a algumas centenas de metros, eles pareciam enormes. E que barulho faziam!

— Eu odeio dizer isso, senhores, mas vocês estão em apuros.

— Por quê? — gritou Bo. — O que é isso?

— Um dos últimos avisos para vocês. Ou outro truque dos fundamentalistas. Vocês decidem.

— Faça o que você quiser, Bo! — disse Ernie. — Eu vou dar o fora daqui!

O garoto foi correndo para a torre, que aparentemente também atraiu Bo. Ernie não conseguia abrir a porta, e Bo deslizou e trombou nele, lançando-o contra ela. Os dois caíram, e Ernie agarrou o joelho, choramingando.

— Levante-se e entre logo aí, seu fracote! — ordenou Bo.

— Sim, está bem, você também, seu trouxa!

Bo abriu a porta num solavanco e ela atingiu a cabeça de Ernie. Ele xingou e girou, sentado, depois chutou a porta quando Bo tentava entrar. Bo caiu de joelhos, chupando o dedo cuja unha tinha batido. Ernie deu um pulo sobre ele e foi buscar abrigo na segurança da torre.

Rayford chegou à porta e tentou ajudar Bo a se levantar, mas ele se esquivou. Os gafanhotos encobriram Bo. Ele chutou, gritou e correu em círculos. Quando Ernie abriu a porta para provocá-lo e rir dele, também foi atacado. O homem que estava no carro com Bo apareceu na porta, olhando horrorizado para o sofrimento dos dois.

Ele balançou a cabeça lentamente e encarou Rayford. Ambos identificaram a marca um do outro na hora. Rayford soube que era genuína porque os gafanhotos o pouparam.

Rayford ajudou-o a espantar os gafanhotos e arrastar os dois até o patamar na base da escada. Enquanto Bo e Ernie tremiam, inchados e com dificuldade para respirar, Rayford retribuiu o aperto de mão do homem.

— T. M. Delanty — ele se apresentou. — Mas me chamam de T.

— Rayf...

— Sei quem é o senhor, comandante. Ken me contou tudo sobre você.

— Desculpe-me por ser rude — disse Rayford —, mas acho estranho ele nunca ter mencionado seu nome.

"Mais estranho ainda", pensou Rayford, "é ficarmos aqui batendo papo, com duas vítimas sofridas a nossos pés".

— Eu pedi a Ken para não falar. É ótimo saber que ele era quem eu achava que fosse, um homem de palavra.

Rayford queria conversar com T, mas sentia-se compelido a fazer algo por Bo e Ernie.

— Para onde podemos levar esses caras?

T acenou com a cabeça para a recepção, que tinha alguns sofás e cadeiras.

— Creio que eles não vão morrer, mas vão desejar ter morrido.

Rayford assentiu com a cabeça.

— Você andou estudando, não é?

— Acompanho os ensinamentos de Tsion pela internet, como praticamente todos os demais cristãos do mundo.

— É melhor eu verificar como estão Tsion e os outros — disse Rayford, puxando o celular.

Chloe atendeu.

— Oh papai! Que coisa horrível! Hattie já foi atacada.

Rayford ouviu-a gritar ao fundo.

— O doutor pode fazer alguma coisa por ela?

— Ele está tentando, mas Hattie está amaldiçoando a Deus e pedindo para morrer. Tsion disse que isso é só o começo. Ele acredita que ela ficará atormentada por uns cinco meses. Até lá, nós é que vamos querer tirá-la de seu sofrimento.

— Podemos orar para que ela se torne cristã antes disso.

— Sim, mas Tsion não acha que isso garantiria alívio imediato.

Rayford achou estranho. Ele teria que conversar com Tsion sobre isso depois.

— Os demais estão bem?

— Acho que sim. Estou esperando notícias do Buck.

* * *

Buck ficou surpreso ao descobrir que sua capacidade de repulsa era maior do que pensava. Quando ele e Chaim se ajoelharam perto da janela, com o rosto a centímetros dos gafanhotos, ele viu as Escrituras se concretizarem. Não podia imaginar uma visão mais horrível e nauseante do que aquelas criaturas diante dele. Tsion havia ensinado que elas não faziam parte do reino animal, eram demônios sob a forma de organismos.

Conforme ele examinava as características únicas dos gafanhotos, lamentava por Chaim. Ambos sabiam que aquele aparato todo não o salvaria no final. Aquelas coisas estavam lá para atacá-lo e tinham o tempo a favor delas. Os gafanhotos encontrariam uma maneira de entrar e, quando isso acontecesse, não teriam misericórdia.

— Deus do céu! Olhe só para eles! — disse Chaim.

Buck se limitou a balançar a cabeça. Contrastando com a beleza da criação de Deus, esses híbridos vinham claramente do abismo. O corpo tinha a forma de um cavalo em miniatura armado para a guerra e tinham asas como as dos gafanhotos. Quando um pousou na janela, Buck se aproximou mais.

— Dr. Chaim — disse Buck, sua própria voz soando distante e amedrontada —, o senhor tem uma lupa?

— Você quer ver ainda mais de perto? Eu mal aguento olhar para eles!

— Eles lembram cavalos, mas não têm focinho e boca como um.

— Eu tenho uma lupa excelente no meu escritório, mas não vou sair desta sala. Não mesmo!

Buck saiu correndo até o escritório próximo ao quarto de Chaim e a pegou. Mas, quando correu de volta, ouviu um uivo terrível e desumano, bem como os solavancos e as pancadas de alguém se debatendo no chão. A pessoa, claro, era Chaim Rosenzweig, e o uivo, afinal, era humano.

Um dos gafanhotos havia conseguido encontrar um meio de penetrar e estava preso ao punho de Chaim, entre a luva e a manga. O velho ficou se contorcendo, como se estivesse no ápice de uma convulsão, chorando e gritando, enquanto batia a mão no chão, tentando se livrar da fera.

— Tire isso de mim! — gritou ele. — Por favor, Cameron, por favor! Estou morrendo!

Buck agarrou a criatura, mas ela parecia presa por sucção; era similar a um amálgama de metal, com protuberâncias espinhosas e baba de inseto. Cavou os dedos entre o abdome do bicho e o pulso de Chaim, então puxou. O gafanhoto se soltou, torceu-se na mão dele e tentou picá-lo com a cauda e mordê-lo.

Embora não tivesse nenhum efeito sobre Buck, ele instintivamente jogou a criatura contra a parede com tanta força que danificou o reboco. Ela rebateu ruidosamente, caindo no chão.

— Está morto? —disse Chaim, gritando. — Diga-me que está morto!

— Eu não sei se é possível matá-los — respondeu Buck. — Mas eu ataquei alguns, e este está imóvel agora.

— Esmague-o! — insistiu Chaim. — Pise nele! Bata com o bastão! — Ele rolou para o lado, convulsionando. Buck queria ajudá-lo, mas Tsion tinha deixado claro que não havia encontrado nas Escrituras nenhuma forma de alívio para as vítimas daquela ferroada.

A lupa estava no chão, a poucos metros do gafanhoto imóvel. De olho na criatura, Buck segurou a lente sobre ela, com a luz direta do lustre bem acima. Quase vomitou ao ver a feiura ampliada.

A criatura ficou deitada de lado, parecendo se recuperar. As quatro patas sustentavam um corpo, que lembrava, de fato, um cavalo, e cuja barriga era dividida em duas partes. A primeira se tratava de um pré-abdome, na área do tronco, composto de sete segmentos e envolta por um peitoral metálico, responsável pelo ruído quando o gafanhoto voava. A posterior consistia em cinco segmentos e continha a cauda do ferrão, semelhante a de um escorpião, quase transparente. Buck conseguiu ver o borrifo de veneno.

Seus olhos estavam abertos e pareciam encarar Buck. De um jeito estranho, aquilo fazia sentido. Se Tsion estava certo, essas criaturas eram mesmos demônios, seres insanamente conflituosos. Elas queriam matar os cristãos, mas seguiam as instruções de Deus para atormentar apenas os incrédulos. O que Satanás pretendia para o mal, Deus estava usando para o bem.

Buck prendeu a respiração enquanto aproximava a lente do rosto do gafanhoto. Ele nunca tinha visto nada parecido em nenhum ser vivo. Seu rosto parecia com o de um ser humano, mas quando a criatura se contorceu, fez careta e fechou a cara para Buck, exibindo uma série de dentes completamente desproporcionais. Eram dentes de leão, com caninos longos, o par superior ultrapassando o lábio inferior. O mais maluco era o gafanhoto ter cabelos longos e esvoaçantes como os de uma mulher, escorridos sob o que parecia uma combinação de capacete e coroa, num tom dourado.

Embora não fosse maior que a mão de um homem, a combinação repugnante de inseto, artrópode e mamífero parecia invencível. Buck sentiu-se encorajado por saber que ele poderia temporariamente imobilizar as criaturas com um duro golpe, mas não matou, nem parecia ter ferido nenhuma delas.

Buck não fazia ideia de como tirar aquela coisa da casa sem deixar dezenas de outras entrarem. Examinou a sala e reparou em um vaso pesado com uma grande planta. Chaim, já meio fora de si, rastejava até à porta.

— Cama — disse ele. — Água.

Buck tirou a planta do vaso, apoiando-a no chão; as raízes enlamearam tudo. Então, virou o vaso e colocou-o sobre o gafanhoto, que tinha começado a se mexer. Em um minuto, passou a ouvir o zumbido metálico, enquanto a criatura se debatia contra o vaso invertido. Ela tentou escapar através do pequeno furo de drenagem, no topo do que havia se tornado sua prisão improvisada, mas só conseguiu colocar a pontinha da cabeça para fora. Buck cambaleou e quase caiu quando a criatura pareceu gritar, como se pedisse por ajuda. Ela não parava de repetir uma frase, que Buck não conseguia entender.

— O senhor ouviu isso? — perguntou Buck.

Chaim estava deitado perto da porta, ofegante.

— Ouvi — murmurou ele, gemendo —, mas não quero! Queime o gafanhoto, afogue, faça alguma coisa! Também me ajude a deitar e me dê um pouco de água!

A criatura gritou num tom pesaroso, que soou a Buck como:

— Abandono! Abandono!

— Essas coisas falam! — disse Buck a Chaim. — E acho que é no meu idioma!

Rosenzweig tremia como se a temperatura tivesse caído abaixo de zero.

— É hebraico — disse ele. — Está chamando por Abaddon.

— Claro! — exclamou Buck. — Tsion nos contou sobre isso! Sobre o rei dessas criaturas. Ele é o principal demônio do poço do abismo, governante das hordas caídas. Abaddon em grego significa Apoliom.

— Por que eu iria me importar com o nome do monstro que é meu assassino? —perguntou Rosenzweig. Ele estendeu o braço e pegou a maçaneta, mas não conseguiu destrancar a porta com as luvas. Sacudiu os braços, mas não conseguia mais erguê-los.

Buck ajudou Chaim a se levantar e, quando estavam deixando a sala, olhou para o gafanhoto que tentava sair do vaso. O bicho encarou Buck com tanto ódio e desprezo, que ele quase congelou.

— Abaddon! — gritou a criatura. A pequena, mas grave, voz ecoou no corredor.

Buck fechou a porta da sala com o pé e ajudou Chaim a seguir para o quarto. Lá, Buck tirou o resto do traje de apicultor do velho e o ajudou a se deitar por cima das cobertas. Ele voltou a ser atormentado por convulsões, e Buck notou o inchaço em suas mãos, pescoço e rosto.

— P-p-poderia me-me da-dar um pouco de água, p-por favor?

— Não vai ajudar — disse Buck, mas foi buscar mesmo assim. Também com a garganta seca, Buck despejou um pouco de água, de uma garrafa encontrada na geladeira, num copo e saciou a própria sede. Depois, pegou um copo limpo e voltou para o quarto. Colocou a garrafa e o copo na mesa de cabeceira. Chaim parecia inconsciente.

Ele tinha rolado de lado e coberto as orelhas com um travesseiro, enquanto os gritos atormentados continuavam a ecoar da sala.

— Abaddon! Abaddon! Abaddon!

Buck colocou a mão no ombro do velho.

— Está me escutando, Chaim? Chaim?

Rosenzweig afastou o travesseiro da orelha.

— Hã? O quê?

— Não beba a água. Ela se transformou em sangue.

* * *

Rayford e T.M. Delanty estavam do lado de fora da recepção vazia, na base da torre do Aeroporto de Palwaukee, de olho em Bo e Ernie, que se amaldiçoavam, enquanto se contorciam no chão.

— Não há nada que possamos fazer por eles? — perguntou T.

Rayford balançou a cabeça.

— Sinto muito por eles e todos os que têm de suportar isso. Se tivessem escutado! A mensagem tem sido divulgada desde antes do arrebatamento. Qual é a história desses dois, afinal? Ernie me convenceu de que era cristão, tinha a marca e tudo.

— Fiquei chocado ao vê-lo ser atacado — contou T —, mas parte disso deve ser culpa minha. Por um tempo, ele pareceu interessado, disse que Ken tinha pedido para ele se registrar no *site* e conferir os ensinamentos de Ben-Judá. Fez tantas perguntas, principalmente sobre a marca, que entre o que ele aprendeu com Tsion e o que Ken e eu contamos, conseguiu fingir direitinho.

Rayford olhou para fora. O céu continuava cheio de gafanhotos, mas quase todos haviam se afastado.

— Eu nunca pensei que alguém fosse capaz de falsificar a marca. Ernie concluiu que como ela era distinguível apenas por outro cristão, tratava-se de um teste infalível de quem estava ou não conosco. O que faremos agora? Devemos testar a marca de todos?

— Não — respondeu T. — Não é preciso.

— Por que diz isso?

— Você não vai testar minha marca, não é? Você acredita que sou legítimo.

— Porque você não foi atacado.

— Isso. Nos próximos dez meses, esse é o teste decisivo.

— De onde você tirou que serão dez meses?

— Você não leu o artigo do dr. Ben-Judá hoje?

Rayford balançou a cabeça.

— Segundo ele, os gafanhotos têm cinco meses para encontrar seus alvos e picá-los, e as vítimas sofrerão por cinco meses. Ele também acredita, embora tenha admitido que se trata de uma conjectura, que os gafanhotos mordam alguém apenas uma vez e, então, passam adiante.

— Você já deu uma olhada nessas criaturas? — disse Rayford, observando um lado e depois o outro da janela.

— Não sei se quero — respondeu T, aproximando-se. — Não gostei nem um pouco de ler sobre elas nos ensinamentos do doutor. Oh, puxa, olha! Isso é o que eu chamo de monstruosidade.

— Fico feliz por estarem do nosso lado.

— Que tremenda ironia — disse T. — Ben-Judá afirma que eles são demônios.

— Sim, mas digamos que estão fazendo um "bico" para Deus.

Os dois inclinaram a cabeça.

— Que som é esse? — perguntou Rayford.

— Tsion disse que o voo dessas criaturas soava como cavalos e carruagens durante uma batalha, mas ouço outra coisa.

— Elas estão cantando? — perguntou T.

Eles abriram a porta só uns três centímetros e um gafanhoto tentou se espremer e passar. Rayford fechou a porta e o prensou; ele se contorceu e se debateu. Quando liberou a pressão, e o bicho voou para fora.

— Isso! — exclamou Rayford. — Eles estão entoando algo.

Os homens ficaram parados. A nuvem de gafanhotos, a caminho de novos alvos, gritou em uníssono: "Apoliom, Apoliom, Apoliom!"

* * *

— Por que Deus faria isso comigo? — lamentou Chaim, choramingando. — O que eu fiz para ele? Você me conhece, Cameron! Não sou um homem mau!

— Mas não foi ele quem fez isso, Chaim. O senhor que fez a si mesmo.

— Então o que eu fiz de tão errado? Qual foi o meu pecado?

— Orgulho, por exemplo — disse Buck, puxando uma cadeira. Ele sabia que não havia nada que pudesse fazer por seu amigo, a não ser lhe fazer companhia, mas a gentileza já não cabia.

— Orgulho? Eu sou orgulhoso?

— Talvez não intencionalmente, mas o senhor ignorou tudo o que Tsion contou para você sobre como se conectar com Deus. O senhor confiou somente no seu charme, no seu próprio valor e no fato de ser uma boa pessoa. Também contornou todas as evidências de que Jesus é o Messias, dando valor apenas à sua formação e àquilo que vê, ouve e sente. Quantas vezes o senhor ouviu Tsion citar Tito 3:5 e Efésios 2:8,9? Ainda assim, o senhor...

Chaim gritou de dor.

— Cite-os para mim novamente, Cameron, pode ser?

— Não por causa de atos de justiça por nós praticados, mas devido à sua misericórdia, ele nos salvou... Pois vocês são salvos pela graça, por meio da fé, e isto não vem de vocês; é dom de Deus, não por obras, para que ninguém se glorie.

Chaim assentiu tristemente com a cabeça.

— Cameron, isso dói tanto!

— Lamento dizer, mas vai piorar. Segundo a Bíblia, o senhor vai desejar morrer, mas não conseguirá se matar.

Chaim balançou para frente e para trás, chorando angustiado.

— Deus me aceitaria se eu cedesse só para amenizar essa tortura?

— Deus vê tudo, doutor, inclusive o seu coração. Se o senhor souber que ainda vai sofrer e continuar piorando mais e mais durante cinco meses, independentemente da sua decisão, ainda o desejaria?

— Eu não sei! — respondeu ele. — Deus me perdoe, mas não sei!

Buck ligou o rádio e encontrou uma estação pirata transmitindo a pregação de Eli e Moishe no Muro das Lamentações. Eli estava no meio de uma mensagem tipicamente dura.

Vocês reclamam e se queixam de Deus pela terrível praga que os acometeu! Embora seja a última, vocês não foram a primeira geração a forçar a mão amorosa de Deus a educar com disciplina. Entristeçam-se com estas palavras dos tempos antigos; o Senhor Deus de Israel declara:

"Fui eu que retive a chuva faltando ainda três meses para a colheita. Mandei chuva para uma cidade, mas não para outra. Uma plantação teve chuva; outra secou. Gente de duas ou três cidades cambaleava de uma cidade a outra em busca de água, sem matar a sede, e mesmo assim vocês não se voltaram para mim. Muitas vezes, castiguei os seus jardins e as suas vinhas com pragas e ferrugem. Gafanhotos devoraram suas figueiras e oliveiras, mesmo assim vocês não se voltaram para mim. Enviei pragas contra vocês, como fiz com o Egito. Matei seus jovens pela espada, mesmo assim, vocês não se voltaram para mim. Destruí algumas cidades, como fiz com Sodoma e Gomorra. Ficaram como um tição tirado do fogo, mesmo assim, vocês não se voltaram para mim."

Portanto, assim te farei, ó Israel; e porque vou fazer isso para ti, prepare-se para encontrar o teu Deus, ó Israel. Pois, vejam aquele que forma os montes, cria o vento e revela seus pensamentos ao homem, aquele que transforma a alvorada em trevas e pisa as montanhas da terra; Senhor, Deus dos Exércitos, é o seu nome.

Assim diz o Senhor à nação de Israel: "Busquem-me e terão vida. Vocês estão transformando o direito em amargura e atirando a justiça ao chão daquele que fez as Plêiades e o Órion, que faz da escuridão, alvorada, e do dia, noite escura, que chama as águas do mar e as espalha sobre a face da terra; Senhor é o seu nome."

Por isso, o prudente se cala em tais situações, pois é tempo de desgraças.

Busquem o bem, não o mal, para que tenham vida. Então o Senhor, o Deus dos Exércitos, estará com vocês, conforme afirmado. Odeiem o mal, amem o bem; estabeleçam a justiça nos tribunais. Talvez o Senhor, *o Deus dos Exércitos, tenha misericórdia do remanescente de José...*

Mesmo que vocês me tragam holocaustos e ofertas de cereal, isso não me agradará. Mesmo que me tragam as melhores ofertas de comunhão, não darei a menor atenção a elas. Afastem de mim o som das suas canções e a música das suas liras. Em vez disso, corra a retidão como um rio, a justiça como um ribeiro perene!

— Uau — exclamou Buck.

— Por favor, Cameron! — disse Chaim. — Desligue isso! Eu não aguento mais!

Buck ficou mais duas horas com Chaim, incapaz de aliviar seu sofrimento. O velho homem se debateu, suou e respirou com dificuldade. Quando, por fim, conseguiu relaxar um pouco, quis saber:

— Você tem certeza que isso piorará até eu perder a esperança de viver?

Buck assentiu com a cabeça.

— Como você pode garantir?

— Eu acredito na Bíblia.

— Ela diz isso? Com essas palavras?

Buck conhecia de cor.

— Naqueles dias, os homens procurarão a morte, mas não a encontrarão — disse ele. — Desejarão morrer, mas a morte fugirá deles.

CAPÍTULO 18

Durante os cinco meses que se seguiram, os gafanhotos demoníacos atacaram todos os que não tinham o selo de Deus na testa. E por cinco meses, depois disso, os que foram mordidos por último continuaram a sofrer.

A imagem mais severa do sofrimento interminável veio da provação de Hattie no esconderijo do Comando Tribulação em Mount Prospect, Illinois. Seu tormento era tão intenso que todos — Rayford, Tsion, Chloe e Floyd — imploraram a ela para ceder a Cristo. Apesar de seus gritos angustiados a qualquer hora do dia e da noite, ela afirmava teimosamente estar recebendo o que merecia, nada menos que isso.

Ouvi-la o tempo todo tornou-se tão estressante para o grupo, que Rayford tomou uma decisão executiva e a levou para o porão onde Ken morava. Com o passar das semanas, ela se tornou um esqueleto quando comparado ao porte esquálido que já tinha antes. Rayford sentia, toda vez que descia ali, como se visitasse um cadáver vivo e logo parou de ir até lá sozinho. Era muito assustador.

Doutor Charles tentou tratar os sintomas dela, mas logo constatou ser inútil. Os demais se revezavam, levando refeições, que raramente eram tocadas. Hattie comeu muito menos do que o mínimo exigido para manter-se viva, mas, como a Bíblia indicou, não morreu.

A situação chegou ao ponto de Rayford visitar Hattie com um dos outros e, mesmo assim, não dormir bem depois. Hattie estava esquelética, com olheiras escuras e assustadoramente profundas. Seus lábios se tornaram duas linhas finas, margeando os dentes, que agora pareciam grandes demais para a boca. Com o tempo, ela não conseguia mais falar e passou a se comunicar por uma série de grunhidos e gestos. Por fim, recusava-se a olhar quando alguém descia.

Hattie finalmente se esforçou para falar quando Chloe, de alguma forma, conseguiu localizar sua irmã Nancy, que trabalhava em uma clínica de abortos no oeste do país. Todos os demais membros da família de Hattie haviam morrido de diferentes formas, antes da praga dos gafanhotos. Agora, Hattie falava com a irmã pela primeira vez em meses. Nancy, de algum modo, havia conseguido evitar por um tempo a picada do gafanhoto-escorpião, mas por fim se tornou também uma vítima.

— Nancy, você deve acreditar em Jesus — Hattie esforçou-se para dizer, embora falasse como se a boca estivesse cheia de feridas. — É a única resposta. Ele ama você. Faça isso.

Charles tinha escutado o fim da conversa de Hattie e pediu a Rayford e Tsion que se unissem para conversar com ela, mas a jovem estava mais agressiva do que nunca.

— É tão óbvio que você conhece a verdade — disse Tsion. — E a verdade é capaz de libertar.

— Você não entende que não quero ser livre? Só quero viver tempo suficiente para matar Nicolae, e farei isso. Não me importo com o que vai acontecer comigo depois.

— Mas nós nos importamos — disse Rayford.

— Vocês vão ficar bem — retrucou Hattie, virando-se de costas para eles.

Chloe, perto do fim da gravidez, já não conseguia mais descer as escadas. Ela contou a Rayford que a oração de sua vida era para Buck, de alguma forma, chegar em casa antes de o bebê nascer.

Tsion andava mais ocupado do que nunca. Ele divulgava relatos milagrosos das 144 mil testemunhas espalhadas para servir de missionários em todos os países do mundo, não apenas em sua terra natal. Havia diversas histórias de grupos tribais obscuros que entendiam os ensinamentos em sua própria língua, tornando-se santos da tribulação. Tsion escrevia, todos os dias, para quase um bilhão de visitantes do *site*, alertando que este era o último período, durante o fim dos tempos, em que os cristãos teriam algo parecido com a liberdade.

> Agora é a hora, meus queridos irmãos e irmãs. — Com todos os outros vulneráveis aos ataques dos gafanhotos, eles provavelmente ficarão confinados ou tentarão usar equipamento de proteção volumoso. Esta é a nossa chance de colocar em prática mecanismos que nos permitam sobreviver quando o sistema mundial passar a exigir sua própria marca. Então, não nos será permitido comprar nem vender sem ela. Esta é uma marca que, uma vez recebida, selará o destino do portador para sempre, tal qual a que portamos hoje.
>
> Eu imploro que não olhem para Deus como se ele fosse malvado ou caprichoso diante do intenso sofrimento das vítimas do ataque dessa praga. Isso faz parte do plano de conduzir essas pessoas a ele, para que possa demonstrar seu amor. As Escrituras nos dizem que Deus está pronto para perdoar, ser gracioso e misericordioso, lento para a ira e abundante em bondade. Como deve ser doloroso para o Senhor ter de recorrer a tais medidas para alcançar aqueles que ama!
>
> Dói ver que até os que receberam a Cristo, como resultado dessa última conclamação forçada, continuam a sofrer por cinco meses inteiros, conforme dita a profecia bíblica. No entanto, creio que devemos entender isso como o triste fato de que o pecado e a rebelião geram consequências. Existem cicatrizes. Se uma vítima recebe a Cristo, Deus a redime e ela permanece perfeita aos olhos do céu, mas os efeitos do pecado perduram.
>
> Oh, meus queridos, meu coração fica emocionado ao receber relatos mundiais de que provavelmente há mais seguidores de Cristo do que os que foram arrebatados. Mesmo as nações pouco impactadas pelo cristianismo no passado estão vendo agora grandes números chegarem à salvação.
>
> É claro que o mal também está em ascensão. As Escrituras nos dizem que os que permanecem rebeldes, mesmo à luz desta terrível praga, amam em demasia a si próprios e ao seu pecado. Embora nosso sistema mundial tente minimizar o fato, nossa sociedade tem visto aumentar catastroficamente

o uso abusivo de drogas, a imoralidade sexual, os assassinatos, os roubos, a adoração a demônios e a idolatria.

Mantenha um bom espírito mesmo em meio ao caos e a peste, entes queridos. Sabemos, pela Bíblia, que o demônio maligno, rei do abismo, está fazendo jus a seu nome — Abaddon em hebraico e Apoliom em grego, que significa "destruidor" — ao liderar os gafanhotos demoníacos durante o ataque. Mas nós, os seguidores selados do Senhor Deus, não precisamos temer. Pois como está escrito: "Aquele que está em vocês é maior do que aquele que está no mundo... Nós viemos de Deus. Todo aquele que conhece a Deus nos ouve; mas quem não vem de Deus não nos ouve. Dessa forma, reconhecemos o Espírito da verdade e o espírito do erro".

Eu sempre comparo meus ensinamentos com a Bíblia. Leiam-a todos os dias. Novos cristãos — nenhum de nós é velho, não é mesmo? —, descubram a importância de manter a disciplina e ler e estudar a Bíblia diariamente. Quando vemos as criaturas horrendas que invadiram a terra, torna-se óbvio que também devemos ir à guerra.

Por fim, meus irmãos, como o apóstolo Paulo, peço que se mantenham firmes no Senhor e no poder de sua força. Vistam a armadura completa de Deus, para que sejam capazes de enfrentar as ciladas do inimigo. Porque não lutamos contra a carne e o sangue, mas contra os principados, contra os poderes, contra os dominadores das trevas desta era, contra as hostes espirituais da iniquidade nas esferas celestes.

Portanto, façam uso da armadura completa de Deus para resistir no dia do mal, tendo feito tudo para permanecer em pé. Continuem em pé, pois vocês serão capazes de extinguir todos os dardos inflamados do maligno quando estiverem cingidos com a verdade, vestindo a couraça da justiça, calçando os pés com a preparação do evangelho da paz e segurando o escudo da fé.

E peguem o elmo da salvação e a espada do Espírito, que é a palavra de Deus; orando sempre com toda devoção e súplica ao Espírito, mantendo-se atentos com perseverança e súplica a todos os santos — e, por mim, essa voz pode me ser atribuída, para que eu possa abrir minha boca com ousadia e tornar o mistério do evangelho conhecido.

Até nossa próxima interação por meio do milagre da tecnologia, usada pelo Senhor para construir uma poderosa igreja, contrariando as possibilidades, eu permaneço seu servo e fiel,

Tsion Ben-Judá.

* * *

Buck sabia que Jacov, Hannelore e Stefan tinham crescido na fé quando insistiram em se mudar para a casa de Chaim e cuidar dele e de Jonas por vários meses. Junto consigo trouxeram junto a mãe de Hannelore, que havia recebido Cristo logo no primeiro dia em que os gafanhotos atacaram. Mesmo em seu sofrimento, ela leu, estudou e orou, muitas vezes implorando a Chaim e a Jonas que também aceitassem Cristo. Mas, mesmo depois de Jonas ter cedido, Chaim permaneceu resoluto.

Incapaz de encontrar um voo comercial que contasse com a tripulação completa, Buck procurou desesperadamente, entre os santos, alguém que pudesse levá-lo de volta aos Estados Unidos para assistir ao nascimento de seu filho. Desesperado, tentou ligar para Mac em Nova Babilônia, mas sem sucesso. Então tentou enviar uma mensagem criptografada para ele, e uma hora depois recebeu uma longa resposta.

Continuo ansioso para conhecê-lo, sr. Williams.

Naturalmente, seu sogro me contou tudo sobre você, mas não se preocupe, não acreditei em uma só palavra.

O que está achando deste sistema de comunicação que o David arrumou para mim? Ele colocou toda forma de criptografia que você possa imaginar. Se alguém me hackeasse, não seria capaz de ler nada do que escrevi.

Eu entendo que você precisa de um voo fretado, saindo daí. Tente falar com Abdullah Smith, na Jordânia. O nome parece estranho, mas tem motivo. E ele é cristão. Mencione o meu nome e ele cobrará o dobro... brincadeira! Se ele puder fazer o trabalho, cuidará de você.

Vou enviar uma cópia dessa mensagem para o seu pessoal, assim eles vão saber o que está acontecendo aqui. David Hassid e eu tivemos de fingir que os gafanhotos nos picaram para não sermos revelados. No processo, descobrimos vários outros cristãos clandestinos por aqui. Carpathia e Leon estão em quarentena num abrigo radioativo, que serviu para manter os gafanhotos afastados, embora quase todos os outros, inclusive os dez governantes e Pedro II, tenham sido picados e estejam sofrendo. Quando você assistir a Carpathia dizer, no noticiário, que as histórias de picadas venenosas são exageradas, enquanto permanece lá sentado com um gafanhoto no ombro, feito um animal de estimação, não acredite. É um recurso fotográfico tecnológico. Claro, as feras, provavelmente, não picariam Nicolae e nem Leon, mas só por uma questão de cortesia profissional.

Alguns de nós, cristãos, conseguimos fingir estarmos nos recuperando mais rapidamente para não permanecer numa enfermaria 24 horas por dia, ouvindo a agonia dos outros. Carpathia me enviou em algumas missões de misericórdia para levar auxílio a alguns governantes em situação pior. O que ele não sabe é que David encheu o compartimento de carga do Condor 216 com remessas clandestinas de livros e cópias dos ensinamentos de Tsion em diferentes idiomas. Onde quer que eu vá, cristãos descarregam e distribuem tudo.

Leon soube que toda essa literatura cristã está inundando o mundo e está furioso com isso. Pedro II também. Espero que, algum dia, os dois descubram como tudo foi transportado. Mas não agora.

Ore por nós. Somos seus olhos e ouvidos na Nova Babilônia e, embora eu fale como se tudo fosse fácil, vivemos em condições muito precárias. Os subversivos são punidos com a morte. Dois membros próximos da equipe de Peter Mathews foram executados só por mencionar ao pessoal da Comunidade Global algo que Peter julgava ser privado. Carpathia soube das execuções e enviou uma mensagem parabenizando-o.

É claro que Peter não está na lista dos preferidos de Nicolae; pelo menos, não na de Leon, que acredita não haver necessidade de religião, já que temos Sua Excelência, o soberano, para adorar.

Eu digo isso com ironia, mas Leon leva o assunto muito a sério. David estava presente quando Fortunato sugeriu uma lei para que as pessoas se curvassem na presença de Nicolae. Isso pode ser o meu fim.

Aqui, para evitar levantarmos suspeitas e sermos detectados, nós cristãos não podemos nos encontrar, mas nos encorajamos de maneiras sutis. Felizmente, David foi promovido para uma posição que o colocou muito próximo ao piloto sênior (que vos fala), então devemos interagir muito. Adoramos a ideia do falecido Ken Ritz sobre a criação de uma cooperativa para atender necessidades básicas entre os cristãos, e achamos que sua esposa será uma excelente diretora-executiva. Você sabe com quem ela vai competir diretamente, é claro. Carpathia está assumindo pessoalmente o controle do comércio global, com efeito imediato.

Sabe, sr. Williams, dias antes de os gafanhotos atacarem, ouvi algo no Condor que provou que um dos argumentos do dr. Ben-Judá estava correto. Lembra quando ele escreveu que esse período não se tratava somente de uma grande guerra entre o bem e o mal, mas também entre o mal e o mal? Eu acho que ele concluiu dizendo que devemos nos amar e assegurar que as crises não nos joguem uns contra os outros, nem estimulem os embates entre o bem e o bem. De qualquer forma, o que eu queria dizer era que Mathews, São Nick e o sempre presente Leon-meu-todo-Fortunato-sempre-ligado-a-vossa-Excelência estavam a bordo do Condor 216. (Aliás, finalmente descobri o significado da obsessão de Carpathia por esse número. Na verdade, foi David que esclareceu. Ele achava que todo mundo sabia. Vamos ver se você, esta semana, também adivinha.)

Voltando... Então, no avião, Mathews começou a pressionar Carpathia pra valer. Exigiu isso, pediu aquilo e implorou receber uma parte maior dos impostos para destinar a todas as coisas maravilhosas que o Mistério de Babilônia fará pela Comunidade Global. Nicolae concordou com ele, aplaudiu e o estimulou efusivamente. Quando o Mathews pediu licença para ir ao banheiro, Nicolae disse a Fortunato: "Se você não acabar com ele, eu mesmo!" É claro que Leon respondeu: "Há muito tempo ele deixou de ser útil e já estou cuidando disso."

Bem, não queria me estender tanto, mas com tantos aflitos ao meu redor, tenho mais tempo sozinho do que jamais voltarei a ter. Desejo tudo de bom para o seu bebê. Vamos orar para que você chegue em casa a tempo, e que a mamãe Chloe esteja recuperada logo para voltar ao trabalho e fazer de você um pai atuante. Cumprimente todos por mim.

Em nome de Cristo,

Mac M.

* * *

Ainda lamentando pela perda de Ken Ritz, sentindo falta de interagir com Mac McCullum e se recuperando da tentativa desajeitada de Ernie se infiltrar entre os cristãos, Rayford aproveitou seu tempo para conhecer melhor T. M. Delanty. Visitou várias vezes o Aeroporto de Palwaukee para analisar os pertences de Ken, enquanto Ernie e o incontido Bo estavam internados no Hospital Arthur Young Memorial, em Palatine, e, de vez em quando, encontrava T. para compartilhar suas histórias de vida. Quando percebeu que uma potencial amizade estava nascendo, perguntou:

— O que quer dizer T. M.?

T fez cara de "por que você resolveu perguntar isso agora?", e respondeu com embaraço:

— Se eu quisesse que as pessoas soubessem, não usaria só as iniciais.

— Sinto muito. Só fiquei curioso.

— Meu primeiro nome é horrível, mas o que posso fazer se minha mãe achou que seria uma boa ideia me dar o nome de um ex-professor? Tyrola seria um bom sobrenome, mas imagina só ter um nome desses!

— Eu sumiria da cidade. Desculpe ter perguntado, T. Usar o nome do meio não era uma opção?

— O nome do meio é Mark.

Rayford deu de ombros.

— O que há de errado nele?

— Nada, mas eu lá tenho cara de Mark? Admita, eu tenho mais cara de T.

Tyrola Mark Delanty foi o único membro de sua pequena igreja a ser deixado para trás no arrebatamento.

— Eu me tornei um suicida — contou ele. — Só quebrei a cara até finalmente encontrar Deus. Perdi minha esposa depois de 14 anos casados e seis filhos, além de todos os meus parentes, amigos, pessoas da igreja, todo mundo.

Rayford perguntou com quem ele se reunia agora.

— Existem cerca de trinta cristãos no meu bairro, mas esse número aumenta o tempo todo. Dizer vizinhança é um exagero, claro. Todos vivemos em nossas casas originais, mas elas não valem nada agora. Com o terremoto, elas ficaram detonadas, mas servem para morar, já que não desabaram.

Depois de alguns encontros, Rayford e T finalmente tocaram no assunto e falaram de Ken e Palwaukee, bem como de Bo e Ernie. No fim, T era o proprietário majoritário do aeroporto; ele o havia comprado do condado alguns anos antes do arrebatamento.

— Nunca ganhei muito dinheiro com ele. A margem de lucro era baixa, mas dava para o gasto. Ken e vários outros pilotos saíam regularmente daqui. Ele morou neste aeroporto, como você sabe, até o terremoto, quando passou a morar com vocês.

Naquela conversa, Rayford soube que Bo era o único filho de um rico investidor que possuía 5% dos negócios, mas que tinha morrido em um acidente de carro quando o arrebatamento levou os motoristas dos carros da frente e de trás do dele.

— No caos que se seguiu, Bo apareceu como o único herdeiro, tentando dar uma de chefe e membro do conselho. Eu simpatizava com ele até ele trazer o Ernie. No começo, relutei. O jovem tinha 19 anos e havia abandonado a escola aos 14, mas diziam que tinha dom para mecânica. Bem, ele tinha mesmo, e ajudou muito por aqui, mas só no dia do ataque de gafanhotos fui entender que os dois armaram um esquema juntos.

— Por que eles iriam querer que Ernie se infiltrasse em nosso grupo?

— Havia rumores de que Ken tinha muito dinheiro. Imagino que Ernie estivesse tentando cair nas graças dele por conta disso, pois os dois tentariam dar algum golpe no Ken. Quando ele morreu, Bo e Ernie vieram com tudo. Você bem viu o triste resultado desse cômico esforço.

Rayford observou T, tentando decidir se deveria perguntar qual era opinião dele sobre os rumores de riqueza do Ken. Decidiu não prosseguir, mas T levantou a questão.

— Os rumores eram verdadeiros, como você sabe.

— Sei mesmo — admitiu Rayford. — E *você*, como sabe?

— Ken estava disposto a comprar o aeroporto e eu queria vendê-lo. Essa sempre foi a minha esperança, mas agora tenho um motivo a mais. Reconstruir o aeroporto depois do terremoto me exigiu bastante e precisei descapitalizar muito. Eu pretendia investir um pouco de dinheiro em nossa minúscula congregação e tentar realizar algo por Deus nos poucos anos que nos restam. Perguntei a Ken se ele podia pagar o valor de mercado do aeroporto, e ele me garantiu que sim.

— Ken por acaso contou onde ele guardava o dinheiro?

T sorriu.

— Ainda estamos tentando saber qual é o lance um do outro, não é? Continuamos brincando de gato e rato.

— Eu estava pensando o mesmo — disse Rayford.

— Sim, e acho que nós dois sabemos onde o dinheiro está.

— O que você acha que deve ser feito com os ativos de Ken?

— Colocar tudo a serviço de Deus. Cada centavo. Isso é o que ele gostaria.

— Concordo. Esse dinheiro pertence a mais alguém? Legalmente, quero dizer.

— Não.

— E você tem acesso a ele?

— Quer me ajudar a cavar, Rayford?

— Eu não sei. Como será a divisão?

— A menos que Ken tenha dito que você poderia ficar com ele, acredito que por direito seja meu, já que foi deixado na minha propriedade. Não tenho certeza de onde e não faço ideia de quanto. Mas, com certeza, eu gostaria de encontrá-lo antes de Bo e Ernie se recuperarem.

Rayford assentiu com a cabeça.

— Sua pequena igreja usará toda a quantia?

— Como eu disse, queremos fazer algo significativo. Nós não construiríamos uma igreja nem reformaríamos nossas casas.

— Alguma ideia de quanto vale o montante? — Rayford quis saber.

— Talvez mais de um milhão.

— Você ficaria surpreso em saber que provavelmente vale umas cinco vezes mais do que isso?

— Estamos negociando, Rayford? Você quer um pouco da quantia, acha que tem direito; mas quanto?

Rayford balançou a cabeça.

— Eu gostaria de poder comprar os aviões dele. E não acho que tenho direito sobre o dinheiro dele ou o que for.

— Eu vou lhe dizer uma coisa — propôs T. — Se houver metade do dinheiro que você acha que existe, eu lhe darei os aviões dele.

— E quanto você cobraria pelo Gulfstream?

— Se há tanto quanto você diz, pode ficar com esse também.

— E eu posso usar o aeroporto?

— Você pode guardá-los aqui, fazer a manutenção deles e até morar com os aviões, se quiser.

— E seria possível um jordaniano, que trará o meu genro, pousar aqui em 24 horas, sem nenhuma pergunta?

— Pode contar com isso, irmão.

Rayford abordou o assunto da cooperativa mundial para atender necessidades básicas entre os cristãos, coordenada a partir do esconderijo do Comando Tribulação.

— Algum interesse em trabalhar com a gente nisso, fazendo voos fretados, esse tipo de coisa?

— Isso agora começou a me animar — disse T. — E animaria meu pequeno grupo de cristãos também, eu aposto.

* * *

Buck conheceu Abdullah Smith em um café ao ar livre gerenciado por uma jovem que estava na etapa final de sua recuperação. Abdullah era tão reservado e quieto quanto qualquer outro que Buck tivesse conhecido, mas ele tinha uma marca clara na testa e estava saudável. Ele abraçou Buck com vigor, apesar de ser um interlocutor lacônico.

— O nome de McCullum é tudo que preciso ouvir, senhor. Nós somos irmãos, nós três. Eu voo. Você paga. Não precisa dizer mais nada.

E não foi preciso mesmo. Pelo menos, não para Abdullah. Buck disse que faria uma última ligação particular e o encontraria no aeroporto de Amã às seis da tarde.

— Eu gostaria de fazer uma parada no norte da Grécia e depois seguir direto para Chicago.

Abdullah assentiu com a cabeça.

As ruas de Jerusalém estavam quase completamente desertas. Buck não conseguia se acostumar com os soluços e lamentos que ouvia em cada esquina. Pelo visto, havia muitos sofrendo em todas as casas. Ele ouviu que milhares em Jerusalém haviam cortado os pulsos, tentado se enforcar, bebido veneno, enfiado a cabeça no forno a gás ou numa sacola plástica, sentado em garagens com o motor do carro ligado e até pulado na frente de trens ou saltado de prédios. Essas pessoas ficavam gravemente feridas, claro, e algumas pareciam pedaços de carne queimada, mas ninguém morreu. Eles simplesmente viviam atormentados.

Buck notou que a casa de Rosenzweig era um pouco mais quieta, embora até mesmo Chaim tivesse implorado para ser poupado de tanto sofrimento. Jacov informou que o amigo não estava se alimentando e não havia ingerido nenhum nutriente por mais de uma semana. Ele estava tentando morrer de fome ou desenvolver uma desidratação fatal, e parecia péssimo, esquálido e pálido.

Jonas e a sogra de Jacov eram os mais resignados. Embora em um sofrimento evidente, faziam o que podiam para se ajudar. Eles dormiam, comiam, se levantavam e caminhavam ao redor. Recorreram a medicamentos, embora não fizesse, a menor diferença. A questão era tentar. Eles esperavam pelo dia em que ficariam livres dos efeitos da picada. Jonas, sobretudo, nutria uma expectativa infantil de ler a Bíblia com Jacov e ouvir a mensagem diária postada por Tsion Ben-Judá na internet.

Já Chaim queria apenas morrer. Buck sentava-se na cama dele até o velho gritar em agonia.

— Dói tudo, Cameron. Se você se importasse um pouco comigo, me libertaria desse sofrimento. Tenha compaixão. Faça a coisa certa. Deus vai lhe perdoar.

— O senhor está pedindo o impossível, e eu não faria isso por nada. Eu não me perdoaria se não lhe oferecesse todas as oportunidades para acreditar.

— Deixe-me morrer!

— Dr. Chaim, eu realmente não o entendo. O senhor conhece a verdade. Seu sofrimento terminará em algumas semanas e...

— Eu nunca sobreviveria por tanto tempo!

— Mas você teria algo pelo qual viver.

Chaim ficou em silêncio e imóvel por muito tempo, como se tivesse encontrado um pouco de paz. Mas não.

— Para falar a verdade, meu jovem amigo, também não entendo. Eu confesso que quero chegar a Cristo, mas há uma batalha em curso dentro de mim. Eu simplesmente não consigo.

— O senhor consegue, sim!

— Não consigo!

— O fato de não conseguir não é o verdadeiro problema, não é mesmo, doutor?

Chaim balançou a cabeça miseravelmente.

— Não, não consigo.

— E o senhor nega minha afirmação de que seu orgulho o separa de Deus?

— Eu admito, agora! É orgulho! Ele existe e é real. Mas um homem não pode se tornar aquilo que não é.

— Oh, é aí que o senhor se engana! Paulo, que havia sido judeu ortodoxo, escreveu: "Se alguém está em Cristo, ele é uma nova criação; coisas antigas já passaram; eis que todas as coisas se tornaram novas".

Chaim se debateu dolorosamente por vários minutos, mas não disse nada. Para Buck, isso representava um progresso.

— Doutor? — disse ele baixinho.

— Deixe-me em paz, Cameron!

— Eu vou orar pelo senhor.

— Você vai perder seu tempo.

— Jamais. Eu amo o senhor. Todos nós amamos. Deus principalmente.

— Se Deus me amasse, ele me deixaria morrer.

— Não até o senhor pertencer a ele.

— Isso nunca acontecerá.

— Últimas palavras célebres. Adeus, amigo. Até a próxima.

CAPÍTULO 19

Rayford amava a filha de todo o coração. Sempre a amou. E não só porque ela era a única parente que lhe restava. Ele também amava Raymie e ainda sentia muita falta dele. Perder duas esposas em menos de três anos tinha sido um golpe que ele carregaria até a volta de Jesus. No entanto, seu relacionamento com Chloe sempre foi especial.

Os dois tiveram seus momentos, é verdade, sobretudo quando ela estava passando pelo processo de se separar da família e ganhar independência. No entanto, Chloe era parecida demais com ele, o que tinha dificultado para ela acreditar, em primeiro lugar, que Deus estivesse por trás dos desaparecimentos. Rayford se sentia lisonjeado por ela se parecer com ele, mas, ainda assim, com medo de que sua praticidade pudesse afastá-la para sempre de Cristo, vivia angustiado por ela. O melhor dia de sua vida — excluindo quando ele se tornou cristão — foi quando Chloe tomou sua decisão.

Rayford ficou emocionado quando ela e Buck se casaram, apesar dos dez anos de diferença de idade. E ele não sabia o que sentir quando descobriu que os dois esperavam um bebê e que ele seria avô por menos de cinco anos, que era o tempo que lhes restava.

Mas, vendo Chloe na plenitude da gestação, sentiu-se enlevado. Apesar do sofrimento com as gravidezes difíceis de Irene, ele se lembrou de como a esposa ficava radiante conforme a gestação avançava e, sim, quanto maior ela ficava. Ele havia lido todos os livros sobre o assunto, conhecia bem as armadilhas. Rayford achava compreensível

Irene não acreditar quando ele dizia que ela ficava mais bonita quando grávida.

Irene tinha dito as mesmas coisas que Chloe dizia agora — que ela se sentia uma vaca, um celeiro, uma barcaça. Detestava ter as articulações inchadas, as costas doloridas, ter falta de ar e dificuldade de mobilidade.

— De certa forma, estou feliz por Buck estar preso em Israel — disse ela. — Óbvio que o quero de volta e agora, mas ele vai achar que dobrei de tamanho.

Rayford aproveitou a ocasião para ficar com Chloe.

— Querida — disse ele —, perdoe o papai. Pode ser politicamente incorreto dizer que você está fazendo o que veio aqui para fazer. Eu sei que você é muito mais do que uma máquina de produzir bebês e que tem coisas incríveis para oferecer a este mundo. Você causou impacto antes mesmo do arrebatamento e, desde então, tem sido uma verdadeira guerreira. Vai transformar a cooperativa mundial para atender necessidades básicas em um porto seguro para milhões de santos, mas você precisa fazer um favor ao seu pai e parar de lamentar o que a gestação está fazendo com seu corpo.

— Eu sei, papai — admitiu ela. — É só que eu estou tão...

— Linda — completou ele. — Absolutamente linda.

Rayford disse isso com tanto sentimento que, pelo visto, a convenceu. Ela parecia, logicamente, diferente. Nada era como antes. Faltando apenas algumas semanas para o parto, ela estava com o rosto redondo e desajeitada. Contudo, ele ainda conseguia detectar sua filhinha lá, sua Chloe de quando ela era uma criança, cheia de vida e curiosa.

— Estou frustrado por Buck não poder lhe ver assim. Não olhe para mim desse jeito. Estou falando sério. Ele vai achar você adorável e, acredite ou não, muito atraente também. Você não é a primeira futura mamãe que entende a gestação como excesso de peso. Só que os maridos não pensam assim. Ele vai te ver do jeito que eu via sua mãe quando ela estava grávida de você e do seu irmão. Ele vai ficar emocionado de saber que você está carregando o filho ou filha dele.

Chloe pareceu gostar da conversa.

— Estou muito estressada com a volta dele para casa — disse ela. — Eu sei que ele vai deixar Israel às seis da manhã, mas quem sabe por quanto tempo permanecerá na Grécia?

— Não muito. Ele não vê a hora de chegar em casa.

— E como se trata de um voo fretado, ele vem sem escalas. Eu queria encontrá-lo no aeroporto.

— O doutor diz que você não deveria...

— Andar de carro, principalmente nessas estradas, eu sei. Eu não quero ter que passar por isso. É que Buck e eu estamos separados há tanto tempo! E por mais que a gente se preocupe em colocar um filho no mundo nesta época, nós dois já nos apegamos tanto a esse bebê que mal podemos esperar para ver o rostinho dele... ou dela.

— E eu mal posso esperar para ser avô — disse Rayford. — Tenho orado por essa criança desde que soube da existência dela. Eu só me preocupo porque a vida vai ser tão difícil para todos que sequer terei a oportunidade de ser o avô que gostaria.

— O senhor será ótimo. Ainda bem que não é mais piloto do Carpathia. Eu não gostaria de passar todo o tempo preocupada com o senhor.

Rayford se levantou e olhou pela janela. O sol da manhã era intenso.

— Vou voltar à batalha — disse ele.

— O que o senhor quer dizer com isso?

— Bem, a culpa é sua. Você se empenhou tanto em dar vida à ideia de Ken, que acabou me arrumando um emprego em tempo integral. Terei que voar tanto quanto no tempo em que estive na Pancontinental.

— Para a cooperativa?

Ele assentiu com a cabeça.

— Eu já lhe contei sobre o T.

— Sim, sei.

— Nós vamos colocar em operação o transporte aéreo a partir de Palwaukee. Vou voar o mundo todo. Se aqueles pescadores do Estreito de Bering tiverem o sucesso que acredito, terei que fazer transações para aqueles lados até a gloriosa manifestação.

Dr. Charles bateu no batente da porta.

— Hora de um pequeno *check-up*. Você quer que seu pai espere lá fora?

— Como vai ser? — perguntou Chloe.

— Vamos apenas checar os batimentos cardíacos, os seus e os do Junior.

— Deixe ele ficar. Será que o papai também pode ouvir?

— Claro.

Charles mediu a pulsação de Chloe primeiro, depois ouviu seu coração com o estetoscópio. Depois de espalhar gel lubrificante na barriga protuberante de Chloe, usou um monitor movido a bateria para amplificar os sons do batimento cardíaco fetal. Rayford tentou conter as lágrimas, e Chloe sorriu.

— Está parecendo que vai ser um garotão — o doutor comentou.

Quando ele terminou, Chloe perguntou:

— Continua tudo bem?

— Sem grandes problemas — assegurou ele.

Rayford olhou para Floyd. Ele não tinha soado tão tranquilo quanto de costume. Sequer sorriu ao brincar com ela sobre ter um menino. Chloe não queria saber o sexo do bebê, e ele nunca havia feito um teste para descobrir.

— E quanto a outros problemas, Floyd? — perguntou ela num tom preocupado. — Você costuma dizer que tudo está perfeito.

Chloe falou exatamente o que tinha passado pela cabeça de Rayford, e seu coração ficou apertado quando Floyd puxou uma cadeira.

— Você notou, não foi? — perguntou ele.

— Oh, não — disse ela.

Charles colocou a mão no ombro dela.

— Chloe, me escute.

— Oh, não!

— Chloe, o que foi que eu disse? Eu falei que não tinha grandes problemas e falei sério. Você acha que eu diria isso se não fosse verdade?

— Então, qual é o pequeno problema?

— Uma discreta redução na pulsação do bebê.

— Você está brincando — disse Rayford. — Se eu tivesse que descrever, diria que estava rápido demais.

— A pulsação fetal é sempre mais rápida do que a nossa — explicou Floyd. — E a redução é tão pequena que eu sequer dei importância na semana passada.

— Isso já dura uma semana? — perguntou Chloe surpresa.

Charles assentiu com a cabeça.

— Estamos falando de uma pequena redução do percentual em seis dias. Não quer dizer que signifique alguma coisa.

— Mas se significar — disse Chloe —, o que seria?

— Na verdade, o que não queremos é uma real desaceleração da pulsação fetal. Algo em torno de 5%, porém principalmente 10% ou mais.

— Por quê?

— Porque poderia significar uma ameaça à viabilidade.

— Fale nossa língua, doutor, por favor — disse Chloe.

— Quando o bebê entra na posição de nascimento, o cordão umbilical pode ficar justo ao redor do peito ou do pescoço.

— Você acha que isso está acontecendo?

— Não. Só estou verificando a frequência cardíaca, Chloe. Só isso.

— Mas é uma possibilidade?

— Tudo é uma possibilidade. Por isso não vou listar o que poderia dar errado.

— Se é tão insignificante, por que então você está me contando?

— Primeiro, porque você perguntou. E, segundo, porque se os sintomas persistirem, quero deixá-la preparada para certo tipo de tratamento.

— Mas você disse que a atual redução na pulsação não justifica eu me preocupar.

— Só se os sintomas piorarem.

— O que você teria que fazer?

— No mínimo, você receberia oxigênio durante boa parte do dia.

— Preciso me levantar um minutinho — disse Chloe.

Ela começou a se movimentar e Rayford tomou a iniciativa de ajudar. Charles não.

— Na verdade — disse ele —, eu prefiro que você se poupe até eu ter a chance de buscar uns cilindros de oxigênio amanhã.

— Não posso nem ficar de pé?

— Só para o indispensável. Se for apenas para mudar de posição, melhor evitar.

— Tudo bem — disse ela —, papai e eu somos pessoas pragmáticas. Qual seria o quadro mais grave?

— Já lidei com muitas mulheres grávidas, principalmente nesta fase da gestação, para saber que é melhor não focarmos nas possibilidades negativas.

— Eu não sou igual às demais mulheres grávidas, doutor. Sou a Chloe e o senhor me conhece bem, sabe que vou incomodá-lo até a morte para que me diga qual a pior hipótese.

— Tudo bem — cedeu ele. — Eu espero que o oxigênio resolva o problema. Do contrário, terei que monitorar você com uma frequência grande para saber se houve mudança significativa na pulsação fetal. Na pior das hipóteses, será necessário induzir o parto; provavelmente uma cesariana, já que há a possibilidade de um problema no cordão umbilical.

Chloe ficou em silêncio e olhou para Rayford. Ele disse:

— Você não gostaria de precisar induzir o parto, certo?

— Óbvio que não. Eu costumava dizer que a natureza sabe mais do que as pessoas. O bebê deve vir quando estiver pronto. Agora, eu entendo que Deus sabe qual é a melhor hora. Mas ele também nos deu cérebro, tecnologia e medicamentos milagrosos, que nos permitem fazer o que for preciso quando as coisas não saem como desejamos.

Chloe parecia desconfortável.

— Eu preciso saber de uma coisa, doutor. Eu contribuí para isso? Há algo que eu não deveria ter feito ou ter feito diferente?

Charles sacudiu a cabeça.

— Eu não fiquei satisfeito com sua viagem a Israel. E espero nunca mais ouvir que você correu de um helicóptero para um jato. Contudo, esforço excessivo nesse estágio da gestação teria causado problemas diferentes.

— Por exemplo?

— Por exemplo nada, não vou falar de sintomas que sequer apareceram. Você já passou por todas as fases difíceis. Ficou convencida de que teria um monstro, de que seu bebê havia morrido, de que ele não tinha todos os membros. Você não precisa se preocupar com coisas que poderiam provocar o que você não tem. Agora, quando você espera que o pai desse bebê chegue?

— Esta noite ainda — disse ela. — É tudo o que sei.

* * *

Abdullah Smith pareceu satisfeito por Buck ter aparecido pontualmente e cumprido com seu compromisso.

— Eu ouvi que você era um homem de palavra.

Buck disse:

— Não basta ouvir, eu também quis mostrar.

Abdullah, como de costume, não respondeu. Pegou uma das malas de Buck e o conduziu rapidamente em direção ao avião. No caminho, Buck tentou adivinhar qual aeronave seria. Passou por monomotores, certo de que eles não conseguiriam cruzar o Atlântico. Mas Abdullah também passou direto por um Learjet e um Hajiman novinho em folha, uma versão menor do Concorde e tão veloz quanto.

Buck parou e ficou olhando surpreso quando Abdullah abriu a cabine de acrílico do que ele imaginava ser um avião de caça egípcio. Essa aeronave provavelmente voava a quase dois mil quilômetros por hora em extrema altitude, mas devia ter uma autonomia de combustível menor do que a normal.

— Este é o seu avião? — perguntou Buck.

— Por favor, pode embarcar — disse Abdullah. — Tanque de combustível ampliado. Acrescentei um pequeno compartimento de carga. Paradas na Grécia, em Londres, na Groenlândia e em Wheeling.

Buck ficou impressionado ao constatar que ele sabia para onde estavam indo. Estava claro também que sua intenção de se esticar, ler um pouco e até mesmo cochilar estava descartada.

— O passageiro deve embarcar primeiro — explicou Abdullah.

Buck entrou e tentou mostrar que conhecia esse tipo de aeronave, depois de ter escrito uma série de artigos sobre passeios com pilotos de caça americanos. Isso tinha sido antes do reinado de Nicolae Carpathia e da venda, no atacado, dos aviões excedentes para cidadãos.

Buck estava prestes a prender o capacete e a máscara de oxigênio quando Abdullah suspirou e disse:

— Cinto.

Buck tinha sentado sobre ele. Que começo para quem queria impressionar! Buck precisou ficar, dentro do possível, em pé, naquele espaço confinado, enquanto Abdullah colocava a mão sob ele para recuperar o cinto. Depois de afivelá-lo, Buck tentou colocar o capacete. Mais uma vez o piloto precisou ajudar, soltando as tiras, movimentando o capacete e batendo no topo até que ele se encaixasse na posição correta, bem firme. Ficou apertado contra as têmporas e as maçãs do rosto de Buck. Ele começou a colocar o bocal até que Abdullah o lembrou:

— Não até atingir uma alta altitude.

— Eu sabia disso.

Abdullah se acomodou bem à frente dele, dando a Buck a impressão de que eles estavam num trenó de competição, com a cabeça de Abdullah a poucos centímetros de seu nariz.

Ele levou o caça até a área de manobra, tomou a pista, entrou na fila e então tornou a sair na pista, o que nos Estados Unidos poderia ter levado meia hora. Buck descobriu que, em Amã, o aeroporto era tal qual a feira. Não havia filas nem fileiras. Quem chegasse primeiro, era atendido primeiro, cada um por si. Abdullah disse algo pelo rádio sobre jato fretado, passageiro, carga e Grécia, tudo enquanto levava o caça direto até a pista de decolagem. Ele não esperou pelas instruções da torre de controle.

O aeroporto de Amã tinha sido reaberto recentemente, depois de ser reconstruído, e embora o tráfego aéreo tivesse diminuído em decorrência da praga de gafanhotos, diversos voos aguardavam para decolar. Duas aeronaves grandes encabeçavam a fila, seguidas de um jato comum, um Learjet e outra aeronave de grande porte. Abdullah virou-se para chamar a atenção de Buck e apontou para o marcador de combustível, que mostrava tanque cheio.

Buck fez um gesto de positivo, querendo dizer que estava satisfeito por eles terem bastante combustível. No entanto, Abdullah aparentemente entendeu que Buck queria decolar de imediato. Ele taxiou rapidamente ao redor dos outros aviões, chegou até a linha onde as aeronaves eram autorizadas e aguardavam para decolar e foi passando uma por uma. Buck ficou atônito. Ele imaginou que se os outros pilotos tivessem buzina, estariam fazendo um barulho danado, como motoristas fazem com aqueles que cortam o trânsito pelo acostamento.

Assim que Abdullah ultrapassou o segundo jato grande, o primeiro começou a se mover e Abdullah entrou bem atrás dele. Logo depois, eles já eram os próximos da fila. Buck inclinou a cabeça para ver se algum veículo de emergência estava vindo, ou se as outras aeronaves simplesmente o ultrapassariam para voltar à ordem original.

Ninguém na torre o repreendeu. Assim que o jato grande estava bem adiantado na pista para decolar, Abdulah partiu.

— Edward Zulu Zulu Dois Nove decolando, torre — disse ele no rádio.

Buck esperou ouvir alguém responder "Aonde você pensa que está indo, jovem?"

— Um zero-quatro, Abdullah — foi tudo o que ouviu.

Não houve preparação ou aquecimento de motores e quase nenhum aumento de velocidade. Abdullah levou o caça para a cabeceira da pista de decolagem, alinhou a aeronave e disparou. A cabeça de Buck foi pressionada para trás, e seu estômago sofreu uma enorme pressão. Ele não conseguiria inclinar o corpo para frente se quisesse. Claramente quebrando todos os protocolos da aviação internacional, Abdullah atingiu a velocidade de decolagem em poucos metros e levantou voo. Disparou e ultrapassou o jato à frente por cima, e Buck teve a impressão de que eles estavam voando na vertical.

Buck foi impulsionado contra seu assento e ficou observando as nuvens. Em questão de minutos, Abdullah atingiu a altitude de voo e, na mesma hora, pareceu retroceder a marcha e começar a descer. Era como andar de montanha russa, atingindo o pico e então despencando do outro lado. Abdullah apertou um botão que permitia a ele falar diretamente no fone de ouvido de Buck.

— De Amã a Atenas é só subir e descer — disse ele.

— Mas não vamos a Atenas, lembra-se?

Abdullah bateu no capacete.

— É Ptolemaïs, certo?

— Certo!

O caça subiu direto outra vez. Abdullah mexeu em uma porção de mapas que estavam enrolados e assegurou:

— Sem problemas.

E ele tinha razão. Minutos mais tarde, pousou de forma estridente na pista do pequeno aeroporto.

* * *

Rayford tranquilizou Chloe, e eles concordaram que era melhor Floyd dizer a verdade do que escondê-la e eles serem surpreendidos mais tarde. Contudo, depois de levar água para ela, Rayford subiu para conversar com Tsion. O rabino o recebeu calorosamente.

— Estou quase acabando o meu ensinamento de hoje — disse ele. — Vou postá-lo daqui, mais ou menos, uma hora. De qualquer forma, eu sempre tenho tempo para você.

Rayford o atualizou sobre a possível complicação com o bebê.

— Vou orar — disse Tsion. — E quero pedir para que você ore por mim também.

— Lógico, Tsion. Por alguma coisa específica?

— Bem, sim. Para dizer a verdade, eu me sinto solitário e oprimido, detesto essa sensação.

— É bastante compreensível.

— Eu sei. Mas sinto também uma profunda alegria, como é próprio de quando estamos em comunhão com o Senhor. Eu disse isso a ele, é claro, mas gostaria de saber que alguém mais também está orando por mim.

— Tenho certeza de que todos nós oramos, Tsion.

— Sou muito abençoado por ter uma família tão amorosa para substituir minha perda. Nós todos sofremos. Isso, às vezes, é mais forte do que eu. Eu sabia que essa praga de gafanhotos estava chegando, mas nunca pensei nas suas ramificações. De muitas maneiras, gostaria que estivéssemos mais preparados. Nosso inimigo está incapacitado há meses. Ainda assim, continuamos dependendo dele para muitas coisas, como transporte e comunicação, e isso também nos atrapalhou.

Tsion levantou-se, alongando-se.

— Não sei — disse ele. — Eu não almejo mais encontrar a felicidade. Estou ansioso pelo nascimento deste pequenino como se fosse meu. Isso será como um raio de sol.

— E nós queremos que você seja outro pai para ele, Tsion.
— Mas o contraste será triste, não é?
— O contraste?
— Esta criança inocente, cheio de vida, não saberá por que Hattie está chorando. Não saberá de nossas perdas. Não vai entender por que vivemos aterrorizados como inimigos do estado. E não haverá necessidade de ensinar ao pequeno todo o desespero do passado, como faríamos se o criássemos até a idade adulta. Quando este bebê tiver cinco anos de idade, já estará vivendo no reino milenar, com Jesus Cristo no controle. Imagine só.

Tsion tinha facilidade para colocar perspectiva em tudo. No entanto, Rayford ficou sério diante da angústia do rabino. Milhões de pessoas, em todo o mundo, esperavam que o dr. Ben-Judá fosse seu líder espiritual. Elas precisavam acreditar que ele estava em paz em sua própria jornada até Deus. Entretanto, Tsion também era um novo cristão. E embora fosse um grande estudioso e teólogo, era só um homem. Como a maioria dos outros, ele havia sofrido imensamente e ainda tinha seus dias de desespero.

Rayford começou a se sentir solitário por antecipação. Charles Floyd estaria muito ocupado, tendo em vista o problema com o recém-nascido e o fato de Hattie ainda estar doente. Buck havia dito a Rayford que ansiava por um pouco de normalidade e estabilidade e que queria se dedicar à sua revista na internet a fim de torná-la competitiva frente às publicações do *Semanário Comunidade Global* de Carpathia. Chloe estaria ocupada com o bebê e os detalhes da cooperativa para atender necessidades básicas. E Hattie, quando finalmente se recuperasse, iria querer sair dali. Isso deixaria Rayford livre para ganhar o mundo.

Ele estava ansioso para voltar a pilotar. Havia se resignado ao fato de que sua vida consistiria em trabalho duro, cuidando para continuar livre e permanecer vivo. Mas a gloriosa manifestação de Cristo parecia mais distante a cada momento. Como ele ansiava estar com Jesus! Reunir-se com a família!

Sua vida como um realizado piloto comercial parecia ter acontecido há muito tempo. Era difícil assimilar que há menos de três anos ele era um marido e um pai suburbano, não muito bom, diga-se de passagem, e com nada mais para se preocupar a não ser quando e para onde voaria.

Rayford não podia se queixar de não ter nada importante para ocupar seu tempo. Mas a que custo chegou a este ponto!

Ele conseguia se identificar com Tsion. Se a tribulação era exigente para um cara comum, feito ele, não podia imaginar como seria para alguém que foi chamado a comandar as 144 mil testemunhas e ensinar cerca de um bilhão de outras almas.

No início da tarde, Rayford recebeu uma ligação de T. Delanty.

— Quero começar a escavar amanhã — disse ele. — Você ainda está disposto a ajudar?

— Eu não perderia por nada. Se o meu genro chegar num horário decente, vou estar pronto logo que você começar.

— Que tal às sete da manhã?

— Por que a pressa?

— Soube que o Ernie está se recuperando. O Bo também deve estar, mas ele tentou se matar três vezes. Está péssimo.

— Compre a parte dele.

— Eu pretendo, e isso vai ser fácil, pois, da maneira como a sociedade está constituída, basta eu fazer uma oferta que ele não possa cobrir. Bo herdou algum dinheiro, mas a parte dele no aeroporto é tão pequena, que eu não terei dificuldade para me livrar dele. Eu me preocupo é com o Ernie.

— Por quê?

— Ele era mais íntimo do Ken, Ray. Mais próximo do que deveria. Eu sei que o Ken acreditava que ele era cristão, afinal ele também me enganou.

— A mim também. Sou o terceiro pateta desta lista — acrescentou Rayford.

— É bem possível que o Ken tenha confiado nele.

— Que nada. Ele só me contou alguma coisa naquele voo para Israel.

— Sei que você me disse que era como se vocês fossem amigos há anos, mas a verdade é que ele mal lhe conhecia, Rayford, e, mesmo assim, contou onde tinha enterrado o ouro. Eu mesmo já tinha ouvido rumores e não acho que conhecesse o Ken tão bem. Ernie trabalhava com ele e o bajulava bastante. Não acredito, de modo algum, que o Ken tenha prometido qualquer coisa a ele. Isso não faria sentido. Mas continuo apostando que o Ernie sabe mais do que deixou transparecer.

— Você acha que ele pode melhorar e aparecer por aí com uma pá?

— Não acho impossível.

* * *

— Para começar, sr. Williams, me chame de Laslos. É a combinação do meu primeiro nome, Lukas, e de meu sobrenome, Miklos. Ok?

Buck concordou, quando os dois se abraçaram no pequeno terminal aéreo.

— E você pode me chamar de Buck.

— Eu pensei que seu nome fosse Cameron.

— Os meus amigos me chamam de Buck.

— Buck, então. Eu quero levá-lo para se encontrar com os cristãos daqui.

— Ah, Laslos, me desculpe, mas não posso. Eu adoraria e talvez volte aqui em outra oportunidade, mas você precisa compreender que estou longe da minha esposa há muitos meses...

Laslos pareceu chateado.

— Sim, mas...

— E ela está nas últimas semanas de gravidez.

— Você vai ser papai! Esplêndido! Está tudo bem, exceto que este é o pior momento... bem, você entende.

Buck assentiu com a cabeça.

— Meu sogro queria que eu discutisse com você sua função na cooperativa para atender necessidades básicas.

— Sim! — disse Laslos, sentando-se e apontando uma cadeira para Buck.

— Eu tenho lido os *posts* do dr. Ben-Judá sobre isso. É uma ideia brilhante. O que faríamos sem a cooperativa? Por certo, todos nós morreríamos, e é isso o que o maligno quer, certo? Sou um bom aluno, não acha?

— Você consegue ver como você ou sua empresa podem ajudar?

Laslos inclinou a cabeça.

— Eu farei o que for possível. Minha empresa extrai lignito. Ele é usado em usinas de energia. Se houver alguma demanda por esse mineral na comunidade cristã, ficarei feliz em ajudar.

Buck inclinou-se para frente.

— Laslos, você entende o que significará quando os cidadãos da Comunidade Global forem obrigados a usar a marca da besta na mão ou na testa?

— Acho que sim. Sem a marca, não poderemos comprar nem vender nada. Mas eu não me considero um cidadão da Comunidade Global; eu morreria antes de usar o sinal do anticristo.

— Isso é ótimo, amigo — disse Buck. — No entanto, você percebe como isso vai lhe afetar? Você não poderá vender nada. Todo o seu negócio e seu meio de subsistência dependem do produto que você vende.

— Mas eles precisam do meu produto!

— Então eles vão colocá-lo na cadeia e se apoderar de suas minas.

— Eu vou lutar contra eles até a morte.

— Provavelmente, vai mesmo. O que eu estou sugerindo é você procurar outro bem para negociar, algo mais comercializável internacionalmente, algo que seus irmãos e irmãs em Cristo precisem e que serão incapazes de obter quando a marca da besta passar a ser exigida.

Laslos ficou imerso em pensamentos. Ele assentiu com a cabeça.

— Eu tenho outra ideia — disse ele. — Vou começar uma empresa para comercializar lignito antes que eles parem de comprar de mim.

— Boa ideia!

— Acontece o tempo todo, Buck. Você se torna tão indispensável para o seu maior cliente que o mais sensato é eles incorporarem o seu negócio.

— E quem é o seu principal cliente?

Laslos recostou-se e sorriu tristemente, mas Buck notou um brilho em seus olhos.

— A Comunidade Global — respondeu ele.

CAPÍTULO 20

Rayford encontrou Floyd Charles com raiva, batendo as coisas ao redor.

— Qual veículo posso usar? — perguntou Floyd.

— Tanto faz — disse Rayford. — O Land Rover está funcionando bem. Vou levar o Suburban do Ken para o T amanhã. Ver se o pequeno grupo da igreja dele pode usá-lo. Afinal, por direito era dele.

— Eu vou com o do Buck.

— Aonde você vai?

— Tenho que buscar um pouco de oxigênio, Ray. Não quero ser pego de surpresa, caso ele seja necessário. Também não quero que a Chloe se estresse como eu.

— É tão ruim assim? Tenho motivo para me preocupar?

— Nada! O quadro da Chloe não é tão preocupante quanto o de Hattie, agora. Ela acha que está melhor, então quer se levantar e sair. Bem, ela não vai conseguir sem ajuda, e eu certamente não vou ajudar. Hattie deu uma melhorada, mas está abaixo do peso e seus sinais vitais estão na média. No entanto, como você mesmo diz, ela não dá ouvidos nem satisfação.

— Quer que eu converse com ela? Talvez eu possa convencê-la a seguir suas recomendações, apelando para tudo o que fizemos por ela.

— Se você acha que pode fazer algum bem.

— Onde você vai pegar o oxigênio, em Kenosha?

— Prefiro não aparecer mais por lá. Liguei para a Leah, no hospital Arthur Young. Ela separou uns tanques para mim.

— Sabe em quem você poderia dar uma olhada enquanto estiver lá? No Ernie, o garoto da Hattie.

— Está brincando?

— O T me disse que ele e um amigo, Bo, estão internados nesse hospital.

* * *

Buck estava passando mal quando Abdullah pousou em de Heathrow. Com câimbras, náuseas, tenso e exausto, sentia-se péssimo. Tudo o que queria era chegar em casa e ver Chloe.

Heathrow estava longe de ser como antes da Terceira Guerra Mundial e do grande terremoto, mas Carpathia tinha investido bastante dinheiro e transformado-o em um aeroporto de alta tecnologia e eficiente, embora bem menor do que antes. Com a população esmaecendo, nada mais precisava ser grande como costumava.

A torre de Heathrow rejeitou, sem hesitar, as sequências comunicadas por Abdullah. Ele parecia frustrado, mas não se revoltou. Buck ficou imaginando o que ele fazia antes de se tornar cristão. Talvez tivesse sido um terrorista.

Abdullah dava a impressão de ter compreendido o anseio de Buck para prosseguir. Ele voltou do reabastecimento trazendo dois sanduíches de queijo embalados no plástico que pareciam ter sido preparados há dias. Ofereceu um para Buck, que recusou por estar enjoado. Abdullah deve ter pensado que Buck estava com pressa demais para comer, pois tão logo o controle de solo liberou sua decolagem, eles já estavam a caminho da Groenlândia.

Buck sentia como se estivesse disputando uma maratona sem fim. Deduziu que em dado momento conseguiria relaxar, mas o jato sempre parecia a ponto de explodir ou colidir. Quando seu telefone vibrou no bolso, precisou fazer malabarismo para conseguir pegá-lo. Abdullah notou e perguntou se estava tudo bem.

— Precisa que a gente faça um pouso de emergência? — perguntou ele.

— Não! — exclamou Buck, notando um tom de desejo na pergunta de Abdullah.

Ao que parecia, uma viagem da Jordânia até os Estados Unidos não era empolgante o suficiente para Abdullah. Mas onde alguém poderia fazer um pouso de emergência entre Londres e a Groenlândia? Com certeza ele teria que voltar para Londres, mas Abdullah parecia mais inclinado a encontrar um porta-aviões. Quando finalmente chegaram à Groenlândia para o último reabastecimento, Buck retornou a chamada.

— Não posso falar com você no momento, Buck, desculpe. Estou buscando suprimentos no hospital.

— Bem, não me deixe de fora, doutor. Está tudo bem por aí?

— Vou me limitar a dizer que espero que você não se atrase.

— Isso não parece boa coisa. A Chloe está bem?

— Todos nós precisamos de você aqui, Buck.

— Pode falar, doutor. Ela está bem?

— Buck, espere um pouquinho até eu terminar aqui e já falamos.

— Por favor!

Buck escutou Floyd pedir licença, por um minuto, a uma tal de Leah.

— Certo, Buck. Você está dentro do horário previsto de chegada?

— Estou surpreso por não estar adiantado, mas, sim, esperamos aterrissar às dez da noite.

— Tão tarde assim?

— Você está me assustando.

— Na verdade, Buck, passei o dia despistando Chloe e Rayford. O ritmo dos batimentos cardíacos do feto vem decaindo há alguns dias de modo alarmante.

— E isso significa...?

— Que eu vou colocar a Chloe no oxigênio assim que chegar lá. Queria ter feito isso algumas horas atrás, mas tive uma complicação no hospital. Fui ver alguém que o Rayford disse estar se recuperando aqui. O rapaz estava muito interessado em ouvir sobre os juízos e o que eles significavam, acabei passando muito mais tempo aqui do que deveria. A Hattie tem se comunicado com o amigo mais novo dele, que parece já ter tido alta.

Buck ficou parado no vento gelado, e vociferou ao telefone.

— Doutor, não faço a mínima ideia do que você esteja falando. Peço desculpas se pareço rude, mas desembuche logo. Por que você achou melhor despistar a Chloe e o Rayford, sendo que eles estão aí, aptos a lidar com o problema? Em vez disso, você preferiu ligar para mim, que estou no meio do nada e não posso ajudar. Qual a razão?

— Se tivesse visto como eles reagiram quando apenas mencionei o problema, você entenderia. Eu preciso que Chloe permaneça otimista, mas se ela souber da gravidade do problema não vai conseguir.

Abdullah gesticulou para Buck embarcar.

— Será que consigo continuar falando ao telefone?

— Sim, sim!

Porém, no ar, o barulho era horrível. Buck e Floyd tiveram de repetir quase tudo o que diziam, mas Buck, por fim, compreendeu o quadro completo.

— Existe a possibilidade de você precisar induzir o parto antes de eu chegar aí?

— Não posso prometer nada.

— Faça o que for melhor para a Chloe e o bebê!

— Era o que eu queria ouvir.

"Ele precisa de permissão para fazer isso?", pensou Buck consigo mesmo.

— E diga a verdade para o Rayford, por favor. Chloe também pode aguentar, mas se você acha que isso pode deixá-la abalada, faça o que for melhor. Mas ela é bem durona, sabe?

— Ela também está bem grávida, Buck. Isso inunda o corpo com uma carga hormonal que transforma a mulher em mãe coruja.

— Só não diga nem faça nada pelo qual precise se desculpar mais tarde. Ela vai querer saber por que não foi informada de tudo antes.

— Rayford vai lhe buscar, Buck. Está entrando outra ligação. Boa viagem!

* * *

Rayford ficou aliviado quando Charles finalmente respondeu.

— Onde você está, cara? Você saiu há várias horas!

Charles contou que havia encontrado Bo e que se distraiu falando de Deus para ele.

— O outro rapaz recebeu alta esta manhã, mas deixa para lá. Como estão as coisas?

— Chloe não está se sentindo bem, e claro, está preocupada. Tem algo que eu possa fazer?

— Qual a queixa dela?

— Falta de ar. Uma fadiga extrema.

— Vou chegar aí o mais rápido possível. Coloque-a numa posição em que o pulmão possa se expandir ao máximo. Será que consegue operar o monitor fetal?

— Ela e eu daremos um jeito se for importante.

— Ótimo. Faça isso e ligue novamente em dez minutos.

* * *

Buck gostava do dr. Charles e era estranho ficar zangado com ele. Contudo, um médico deveria ser mais direto, menos inibido com os detalhes. Lá estava ele, colocando a própria vida nas mãos de Abdullah, cortando os céus em disparada para chegar em casa e rever a esposa, e, então, recebe uma notícia daquelas. O que ele poderia fazer além de orar? Buck acreditava no poder da oração e a praticava ao máximo, mas se deixou tomar pela ansiedade, e poderia facilmente ter sido poupado disso. Haveria tempo de sobra para se preocupar quando chegasse lá.

* * *

Rayford ficou cheio de dedos ao manusear o monitor fetal e, num primeiro momento, temeu que os batimentos tivessem cessado.

— Meu Deus, por favor, não! — orou ele em silêncio. — Não me dê um teste desse além de tudo o que já vem ocorrendo.

Depois de toda a conversa sobre a insensatez de trazer uma criança ao mundo durante a tribulação, todos na casa estavam apostando alto naquele nascimento. De repente, eles ouviram o coração apressado.

— É só contar e multiplicar? — perguntou Rayford.

— Não sei — respondeu Chloe, arquejando. — Dá para contar rápido assim? Continua rápido, mas está mais lento do que antes, não?

— Não acho que tenha mudado tanto nessas poucas horas a ponto de percebermos sem uma medição precisa.

— Então trate de medir!

Um mostrador luminoso de led acendeu. Quando Rayford informou o número para Floyd, ele pediu a Ray para se preocupar mais com Chloe do que com o bebê.

— Quero que ela respire profundamente e inspire o máximo de oxigênio que puder até eu chegar aí. Mas, Ray, estou com um problema. Estou sendo seguido.

— Tem certeza?

— Absoluta. Já peguei vários desvios e não consegui despistá-lo.

— Que tipo de carro é?

— É uma moto. Um daqueles modelos de corrida *off road*, sabe? De jeito nenhum serei mais rápido do que ele.

— Deixe que ele siga você um pouco. Talvez se canse. Tem caras que gostam de se divertir com os outros.

— Ele é confiante demais, Ray. E tem ficado distante o bastante para não parecer óbvio, mas está me seguindo há muitos quilômetros. Não quero entregar a nossa localização a ninguém, mas preciso levar o oxigênio para a Chloe.

— Eu cuido dela. Mantenha-me informado.

— Xiii, meu combustível está acabando e essas motos têm autonomia longa.

— Qual sua distância do aeroporto de Palwaukee?

— Estou perto.

— Posso ligar para o T. Seja quem for que estiver lhe seguindo, não vai querer entrar numa área restrita. E o T ainda pode abastecer o seu carro.

— Ótimo.

Rayford ligou para T e contou tudo.

— Oh, não! — exclamou T.

— O que foi?

— O Ernie tem uma moto. Provavelmente ele seguiu o doutor desde o hospital para saber onde a Hattie mora. Eles têm se falado bastante.

— Como você sabe?

— A recepcionista daqui contou que Hattie ligou procurando pelo Ernie, e ela informou que ele estava internado no Young Memorial. Mas se Hattie quisesse vê-lo, ela mesma teria dito ao Ernie onde estava, não?

— Ela não sabe onde está, T. Só sabe que fica em Mount Prospect, mas não teria como dar o endereço a ele para chegar até aqui.

— Se o seu homem trouxer Ernie até aqui, eu cuido dele. Vamos impedir que ele encontre vocês, isso eu posso garantir. Em que carro o doutor está vindo e como ele é?

— Land Rover e é como você.

— Pode repetir?

— Ele está no Land Rover do Buck e se parece bastante com você.

* * *

Rayford providenciou travesseiros para que Chloe pudesse se deitar e elevar os braços sobre a cabeça, sem ficar incomodada e nem prejudicar o bebê. Isso expandiu um pouco seus pulmões e a fez se sentir um pouco melhor. Rayford ficou surpreso ao olhar e ver Hattie parada no topo da escada do porão. Sua aparência era horrível: excessivamente magra, com olheiras e pálida, parecia um fantasma, ou pior, um zumbi.

— Hattie! — exclamou Chloe. — Há quanto tempo.

— Eu queria ver como o meu afilhado está — disse ela, mancando até Chloe..

— Ainda não chegou, Hattie. Mas vamos lhe avisar quando nascer.

— E eu queria lhe dizer que não estou com ciúmes.

Rayford espremeu os olhos para observar a reação de Chloe.

— Não está, certo? — disse ela. — Eu não imaginei que ficaria.

— Mas quem poderia me culpar se eu estivesse? Eu perdi meu bebê, mas você vai ter o seu. Você teve sorte, eu não. É a história da minha vida.

Rayford queria falar com Hattie a sós. De modo algum Chloe poderia saber o que estava acontecendo.

— Nós sentimos muito por sua perda, Hattie — disse ele. — E somos gratos por você ainda querer ser a madrinha do bebê da Chloe.

— Nós combinamos de uma batizar o bebê da outra — disse ela.

— Deve doer bastante — comentou Chloe.

— Doerá mais para aquele que causou tudo isso — afirmou Hattie.

— Se você puder nos dar licença, vamos fazer uma pequena consulta médica por telefone.

Ele ligou para Floyd.

Hattie saiu sem dizer nada.

Charles disse a Rayford que estava a menos de dois quilômetros do aeroporto.

— Mas o cara continua colado em mim.

Ao desligar o telefone, Rayford não queria se afastar de Chloe, mas também não queria alarmá-la.

— Se você ficar confortável por alguns instantes, querida, eu queria dar uma palavrinha com Hattie.

* * *

De repente, Buck começou a sentir tontura. Isso não deveria ser surpresa, pois estava sem dormir desde a madrugada, no Oriente Médio. Apesar do barulho e da falta de ventilação, sentia-se desesperado para falar com alguém em Mount Prospect. Temeu perturbar Chloe, e Rayford devia estar ocupado cuidando dela e do bebê. Hattie estava fora de si havia meses, então, só sobrou Tsion.

Que horas seriam nos Estados Unidos? Fim da tarde? O rabino deveria estar dando os retoques finais em seu *post* diário.

Buck ligou. Tiveram de gritar e repetir o que diziam, mas qualquer contato era melhor do que nenhum.

— Cameron, meu amigo! Que bom ouvir sua voz! Onde você está?

— Primeiro, Tsion, diga que não estou interrompendo seu trabalho. O mundo aguarda ansiosamente por tudo o que você...

— Eu publiquei o *post* não faz nem vinte minutos, Cameron. Este é um ótimo momento para conversarmos. Estamos muito entusiasmados com a chegada do bebê e com o seu retorno. Me diga, onde você está?

— Bem que eu gostaria de saber. Estamos perseguindo o pôr do sol, em alta altitude, em um avião de caça antigo. Eu sequer consigo olhar para baixo, mas enxergaria o Atlântico, imagino.

— Nós o veremos daqui algumas horas. Restam-nos poucos prazeres nesta vida, Buck, e reencontrar amigos, irmãos, esposos e esposas é um deles. Temos orado por você todos os dias e, como deve imaginar, Chloe é a mais animada. Você estará em casa a tempo do nascimento, que provavelmente acontecerá no hospital em Palatine.

Buck hesitou.

— Tsion, você não mentiria para mim, não é?

— De forma alguma.

— Você está tentando me animar porque não sabe das complicações com Chloe e o bebê ou porque você sabe?

— Seu sogro me deixou a par de tudo. O dr. Charles parece ter a situação sob controle. Rayford ligou para lhe dar notícias?

— Na verdade foi o Floyd quem ligou e disse que é mais grave do que o Rayford e a Chloe imaginam.

— Ele deveria contar para eles.

— Charles tem suas razões. Eu queria saber se ele lhe disse alguma coisa.

— Não. Ouvi alguém sair horas atrás. Deduzi ser ele.

— Charles está preocupado que eu não chegue a tempo, caso ele precise induzir o parto.

— Induzir? Então por que ele não a levou para o hospital?

— Francamente, Tsion, eu estou aqui me corroendo desde que ele ligou. Não sei o que ele espera que eu faça.

Houve uma pausa.

— Cameron, não há nada que você possa fazer até chegar aqui, exceto orar. Você precisa entregar essa situação nas mãos do Senhor.

— Nunca fui bom nisso, Tsion. Sei que não devemos nos preocupar, mas...

— Ah, Cameron, acho que até mesmo o Altíssimo nos dá um pouco de liberdade quanto a isso em tempos de tribulação. A recomendação para ninguém se preocupar foi escrita para os que viveram antes dos juízos. Se não nos preocuparmos a respeito do que o céu nos enviará, não seríamos humanos. Não se sinta culpado então. Apenas confie no Senhor sobre as coisas que você não pode controlar. E esta é uma delas.

Buck gostava muito de falar com Tsion. Os dois tinham superado tantas coisas juntos. Ele se deu conta de que estava lamentando as complicações da gestação de sua esposa para um homem cuja mulher e os filhos haviam sido assassinados. Ainda assim, Tsion tinha a capacidade de usar a sabedoria e a sensatez para acalmar as pessoas. Buck queria continuar falando com ele.

— Você se importa de falar um pouquinho mais, Tsion?

— De forma alguma. Eu estava começando a me sentir sozinho também.

— Como vai Hattie?

— Ainda mais calada. O pior já passou, embora ela ainda precise de uma longa recuperação.

— Mas, pelo que soube pela Chloe, não houve nenhum progresso espiritual.

— É um caso complicado, Cameron. Eu temo por ela. Esperava que Hattie só precisasse tirar a amargura do peito e que, uma vez que conseguisse expelir seu veneno, se voltaria para Deus. Mas ela me convenceu de sua sinceridade. Hattie acredita em Deus, sabe que ele a ama e reconhece o que ele fez por ela, mas decidiu que sabe mais do que o Senhor e escolheu por si só não aceitar sua dádiva, pela mesma razão que o resto de nós correu para aceitar.

— Ela sabe que é indigna.

— É difícil rebater isso. Ela é adulta, um agente moral independente. A escolha é dela, não nossa. No entanto, dói ver alguém que prezamos tomar uma decisão que custará sua alma.

— Eu não quero segurar você, Tsion, mas qual foi a sua mensagem hoje? É improvável que eu consiga lê-la nos próximos dias, e eu preciso de todo o encorajamento possível.

— Bem, Cameron, como estamos chegando ao fim do sofrimento causado pelos gafanhotos, é hora de nos prepararmos para as duas próximas provações.

— Então o sexto juízo selado está próximo. O que você espera dele?

Tsion suspirou.

— Resumindo, Cameron, um exército de 200 milhões de cavaleiros dizimará um terço da população mundial.

Buck ficou sem palavras. Ele tinha lido a profecia, mas nunca a analisado em sua essência.

— Que suposto encorajamento você poderia passar às pessoas com uma notícia dessas?

— Apenas que não importa o que tenhamos sofrido, o horror que tenhamos enfrentado, tudo vai empalidecer em comparação com este que será o pior juízo já enfrentado.

— E o que virá depois desse juízo será ainda pior?

— Difícil imaginar, não é mesmo?

— Minha preocupação com meu bebê parece insignificante. Quero dizer, não para mim, mas quem mais se preocuparia com isso sabendo que um terço da humanidade será exterminado em breve?

— Apenas um quarto das pessoas deixadas para trás no arrebatamento sobreviverá até a gloriosa manifestação, Cameron. Eu não tenho medo da morte, mas oro todos os dias para que Deus me conceda o privilégio de vê-lo retornar à terra para edificar seu Reino. Se ele me levar antes disso, vou me reencontrar com minha família e meus outros entes queridos, mas, ah, será pura alegria estar aqui quando Jesus voltar!

* * *

Rayford encontrou Hattie do lado de fora.

— O que você está fazendo? — perguntou ele.

— Tomando um pouco de ar fresco. É bom poder caminhar um pouco.

— Doutor Charles acha que é cedo demais.

— O Charles está apaixonado por mim, Rayford. Ele quer me manter aqui, incapacitada, se preciso for.

Rayford fingiu observar o horizonte.

— O que lhe faz pensar assim?

— Ele não me disse com todas essas palavras — contou ela —, mas uma mulher sabe. Aposto que você também notou.

Rayford ficou feliz em dizer que não. Ele ficou surpreso quando Charles revelou a ele seus sentimentos, da mesma forma que ficou surpreso ao saber que Hattie havia percebido.

— Ele lhe contou isso, Rayford?

— Por que você pergunta?

— Ele contou! Eu sabia! Bem, não estou interessada.

— Ele tinha só uma quedinha. Tenho certeza de que a esta altura você já o afastou.

Hattie pareceu desapontada.

— Então ele entendeu que não há esperança?

Rayford deu de ombros.

— Não que tenhamos conversado sobre isso.

— Ele já sabe que você também teve uma quedinha por mim no passado?

— Hattie, você parece uma colegial.

— Não negue.

— Negar o quê? Que eu sentia uma atração totalmente inapropriada por uma mulher mais jovem? Nós dois sabemos que não aconteceu nada e...

— Só porque uma porção de pessoas desapareceu e você começou a se sentir culpado.

Rayford se virou para voltar para a casa.

— Eu ainda o deixo nervoso, não é?

Ele se virou.

— Eu vou dizer o que me deixa nervoso. É a sua obsessão por esse garoto do aeroporto.

— O Ernie? Eu quero me encontrar com ele, só isso.

— Você contou a ele onde nós estamos, como chegar aqui?

— Como, se nem eu sei?

— Mas você disse a ele que Floyd ia ao hospital?

Hattie desviou o olhar.

— Por quê?

— Você falou?

— Talvez eu tenha mencionado.

— Que estupidez, Hattie. Então, qual foi o plano? Bo, o amigo dele, ficar distraindo Charles até Ernie buscar a moto e segui-lo até aqui?

Hattie ficou chocada.

— Como você sabe tudo isso?

— Você está lidando com um adolescente, Hattie. E está agindo como uma também. Se você queria tanto ver esse garoto, por que não pediu a um de nós para levá-la até ele?

— Porque o Charles tem ciúmes e não quer que eu fale com Ernie nem pelo telefone. Então ele convenceu vocês de que estou muito doente para sair, para que vocês não me levem.

— Daí o Ernie está tentando vir aqui para quê? Fazer amizade?

— Sim.

— É mentira! Você sabia que ele fingiu ser um cristão para se aproximar do Ken e que podia ter se infiltrado entre nós se não tivesse sido pego?

Hattie pareceu disfarçar um sorriso, o que enfureceu Rayford.

— Você também sabia disso? — perguntou ele contrariado.

— Quando eu mencionei que não fazia parte de verdade do Comando Tribulação, Ernie me contou seu plano. Foi meio o que me atraiu nele.

— Ele ser uma ameaça a nossas vidas atraiu você? Ser um oportunista? Um caça-tesouros?

Ela deu de ombros.

— Os outros homens na minha vida andam chatos demais.

Rayford balançou a cabeça.

— Espero que você seja feliz com ele.

— Ernie está vindo?

— Charles está tentando despistá-lo, mas talvez não consiga. E não podemos mais atrasar o oxigênio da Chloe só porque ele está sendo seguido por um garoto. Espero que esteja satisfeita. De jeito nenhum temos como confiar nesse rapaz para saber do nosso paradeiro. Então precisaremos mudar novamente, e para onde vamos? Como faremos isso com uma mulher prestes a dar à luz ou com um recém-nascido? Você vive dizendo que não é digna do perdão de Deus, então faz tudo o que pode para provar isso.

Rayford virou-se e entrou, fechando a porta atrás dele. Hesitou, querendo saber mais, porém sem saber ao certo o quê. Ela abriu a porta.

— Volte, Rayford. A Chloe está com complicações?

— Talvez. Ela precisa muito do oxigênio.

— O Charles deve estar com o telefone dele.

— Sim.

— Ligue para ele. E deixe que eu falo.

Rayford fez a ligação.

— Ei, Rafe — o médico respondeu. — Ele não entrou comigo no aeroporto, mas, depois de conhecer o T, entendi o motivo. Estamos considerando trocar de carro e ver se o garoto o segue. Usar a vantagem de sermos bem parecidos.

— Boa ideia, mas a Hattie quer falar com você — disse ele, e passou o telefone para ela.

— Oi, doutor. Escute, o Ernie vai falar comigo. É só segurar o telefone fora do vidro do carro e parar... Sim, acho que ele vai. Vale a pena tentar.

CAPÍTULO 21

— Estou indo rápido demais!

Buck acordou assustado. Abdullah tinha dito alguma coisa?

— Como? — gritou ele.

— Estou indo rápido demais!

Será que ele tinha sido notificado pelo controle aéreo ou algo assim?

— Estamos adiantados, então?

— Sim, mas eu queimei mais combustível do que planejei e teremos que reabastecer em Nova York.

Buck só queria chegar em casa.

— Onde você vai pousar? O aeroporto de Nova York é o último na lista de reformas de Carpathia. Eu acho que ele continua culpando os EUA pela rebelião.

— Eu conheço um lugar. Você estará em Wheeling em duas horas.

Buck olhou o relógio. Eram sete horas no centro-oeste.

Se eles aterrissassem às nove, ele poderia chegar ao abrigo antes das dez. Nada de dormir mais.

* * *

Rayford sentou-se com Chloe, que estava pálida, com os lábios azulados. A situação estava se tornando absurda. Ele tinha a sensação de que o bebê nasceria naquela casa na mesma noite, e prometeu fazer tudo o que pudesse para assegurar que o recém-nascido tivesse todas as chances.

— Tudo bem, querida?

— Só estou exausta, papai. — Ela continuava alternando a posição para respirar melhor. Rayford sabia que Chloe não fazia ideia da seriedade do quadro. Quando seu telefone tocou, atendeu tão rápido que quase o deixou cair.

— Desculpe — disse ele ao segurá-lo. — Steele falando.

— Ray, é o Floyd. Nós passamos o oxigênio para o jipe vermelho do T e estou a caminho. Como está a nossa garota?

— Sim.

— Você está com ela?

— Correto.

— Em uma escala de um a dez, sendo um o pior, como diria que ela está?

— Cinco.

— Eu poderia pedir para medir novamente a pulsação fetal, mas não há nada que eu possa fazer até chegar aí.

Rayford se levantou e ficou de costas para Chloe, olhando pela janela. Hattie estava do lado de fora, conversando animadamente ao telefone.

— E quanto ao T? — perguntou ele.

— Eu acho que o cara da moto mordeu a isca, mas não vai demorar até ele reconhecer seu antigo chefe. Nós só podemos torcer para ele parar e falar com Hattie.

— É só uma suposição, doutor, mas acho que ele está conversando com ela agora mesmo. Por favor, venha logo.

— O que está acontecendo, papai? — perguntou Chloe.

— O Floyd ficou preso no hospital e teve que fazer uma parada para resolver algo no caminho de volta. Ele está trazendo o oxigênio.

— Ótimo. E ele achou que poderia esperar até amanhã.

— Ele só estava torcendo para isso.

— Meu bebê vai ficar bem, não vai?

— Sim, se você continuar respirando fundo até o oxigênio chegar — concordou Rayford, ansioso para falar com Hattie. — Vou tomar um pouco de ar.

— Traga um pouco para mim — disse ela com um sorriso apagado.

— Faça o que eu disse, Ernie — Hattie estava falando, de costas para Rayford quando ele saiu. — Prove que você é homem, estou falando sério. — Ela ouviu a porta e desligou o celular.

— Acalmei a fera — disse ela.

— Verdade? Como?

— Apenas contei a ele a situação e disse que foi estupidez minha pedir para que viesse até aqui. Eu expliquei que, se eu me cuidar, talvez você me leve a Palwaukee um dia desses.

— Talvez. O que ele vai fazer agora?

— Vai para casa, eu acho.

— Ele mora no aeroporto.

— Foi o que eu quis dizer.

— Ele foi picado no mesmo dia que você. Como ele está se sentindo?

— Muito fraco, eu acho, mas disse que foi divertido voltar a andar de moto.

O telefone de Rayford tocou.

— Com licença, Hattie — disse ele, mas ela não se abalou. — Devo entrar? Ou você entra?

— Bem, com sua licença! — disse ela e saiu.

— Steele.

— É o T. O rosto do Ernie ficou de três cores diferentes quando ele me alcançou e descobriu quem estava no volante. Ele quis fugir, mas eu falei: "Sua namorada está no telefone". Ele atendeu e a primeira coisa que disse foi: "Não, não é". Tenho certeza de que eu não soei similar ao doutor Charles quando atendi, então ela deve ter perguntado se eu era ele. A garota deve realmente tê-lo enquadrado, porque tudo o que Ernie fez foi pedir desculpas e dizer "sim" uma dúzia de vezes.

— Hattie disse que pediu a ele para desistir do combinado, que ela o encontraria depois, em outra oportunidade.

— O doutor já saiu daqui faz tempo, por isso Ernie não tinha mesmo outra opção. Ele voltou para Palwaukee. Pelo menos, disse que voltaria.

— Você vai estar ocupado esta noite, T?

— Eu dispensei todo mundo no aeroporto e vou cuidar pessoalmente da chegada do Buck. Nós recebemos uma mensagem de Nova York dizendo que eles já reabasteceram e devem chegar às nove. Você sabe que eles estão em um Z-dois-nove?

— O caça egípcio? Está brincando!

— Parece que é tudo o que dizem. Buck poderia vir de Nova York para cá em uma hora, se precisasse. De qualquer forma, como posso ajudar?

— Fique de olho no Ernie. Não confio nele, nem na Hattie.

— O que Ernie pode fazer? Ele não sabe onde você está.

— Ele pode me seguir quando eu for buscar o Buck. Quem sabe?

— Se ele estiver por aqui quando Buck chegar, não vou deixar que saia da minha vista. Está bem assim?

* * *

Buck estava se sentindo claustrofóbico quando Abdullah cruzou o espaço aéreo de Ohio, mas seu desconforto foi ofuscado pela empolgação. Ver Chloe era seu objetivo maior. O que quer que estivesse errado com a gravidez estava fora de seu alcance e tudo o que podia fazer era orar e chegar lá. Os dois poderiam superar qualquer coisa juntos. Os anos seguintes não seriam fáceis, independentemente da situação. Ele esticou os braços e segurou nos ombros de Abdullah.

— Obrigado pela viagem, amigo!

— Obrigado por me contratar, senhor! Conte ao sr. McCullum a experiência bacana que você teve.

Buck riu, sem deixar que Abdullah o ouvisse. Ele nunca mais pretendia usar um caça como transporte, mas estava grato pela carona até em casa.

— Está tudo certo? A rota, o horário, os combustíveis?

— Positivo, sr. Williams. Vou precisar de um lugar para dormir.

— Creio que há acomodações no aeroporto. Eu convidaria você para ficar em nosso abrigo, mas como vivemos num esconderijo, já estamos lotados.

— Eu preciso de muito pouco — explicou Abdullah. — Apenas um lugar para dormir e para me conectar.

— Conectar seu computador?

— Me conectar com Ben-Judá.

Buck assentiu com a cabeça. Não precisava dizer mais nada.

* * *

Rayford nunca ficou tão feliz ao ver um veículo passar pelo lado norte da casa. Correu para ajudar o médico a carregar os tanques de oxigênio.

— Eu levo isso, doutor. Vá ver como ela está.

— Pode deixar o outro cilindro no carro por enquanto. Ela precisa de oxigênio mais do que qualquer coisa agora.

Rayford estava apenas meio minuto atrás do médico, mas quando se aproximou com o tanque, Floyd já estava monitorando a pulsação fetal e parecia sério. Tsion observava da base da escada. Hattie estava no canto oposto, olhando atentamente do topo da escada do porão.

Chloe parecia bem pior do que estava há poucos minutos. O médico soltou um palavrão.

— Peço desculpas — disse ele. — Vou melhorar isso.

— Qual é o problema? — perguntou Chloe ofegante.

— Ok — falou Charles —, escutem bem, a começar pela paciente.

Nós todos vamos ter que cooperar uns com os outros. Eu preciso de um ambiente o mais limpo possível. Hattie, se você puder colocar uma panela grande de...

Mas ela parecia não estar ouvindo. Seus olhos estavam vidrados como se estivesse em choque. Hattie se virou toda trêmula e começou a descer as escadas até o quarto.

— Eu farei o que precisa ser feito — disse Tsion, arregaçando as mangas e correndo até eles.

— Eu vou ter o bebê esta noite? — perguntou Chloe em desespero. — Antes de o Buck chegar?

— Não se eu puder evitar — assegurou Charles. — Mas o seu trabalho é ficar quietinha. Não fale nada, a menos que seja indispensável.

— Certo — concordou ela na hora —, mas agora quero saber de tudo, e não estou brincando.

O médico olhou para Rayford, que arqueou as sobrancelhas e fez um gesto assentindo.

— Conte logo a ela.

— Tudo bem. Coloque a máscara de oxigênio nela. Chloe, houve uma diminuição significativa na pulsação fetal. Eu não tenho o equipamento para verificar a posição do cordão e também não quero fazer uma cesariana aqui. O trajeto até o Young Memorial não seria clinicamente recomendável.

Chloe tirou a máscara de oxigênio da boca, seu rosto já parecendo mais rosado.

— Clinicamente recomendável? — perguntou ela. — Você não vai me manter quieta se continuar usando essa linguagem nebulosa. Você quer dizer que o trajeto pode me matar?

— Essa é uma questão difícil de responder, mas você não vai para o hospital. Agora trate de ficar quieta. Tsion, me dê apenas o que eu pedir e na mesma hora. Mantenha as mãos limpas. Ray, você também precisa estar higienizado. Traga-me aquelas duas cadeiras e puxe as duas luminárias até aqui. Coloque uma sobre a mesa. Me dê aquele vidro de Betadine.

Quando o cômodo estava todo montado e o mais iluminado possível, os três homens levaram Chloe cuidadosamente até a mesa de parto improvisada e a colocaram em posição.

— Quanta dignidade — zombou ela sob a máscara.

— Cale essa boca — disse Charles, mas num tom de brincadeira, beliscando o dedo do pé dela.

— Preciso fazer uma pergunta — disse Tsion próximo do fogão.

— Como você vai decidir se será necessário fazer uma cesariana de emergência?

— Só mesmo se o coração do bebê diminuir demais ou parar. Então teremos que fazer o que for preciso. Nessa hora, Chloe não estará mais em condições, portanto, terá que decidir isso agora. Para a cesariana, você vai estar anestesiada, mas não da forma que eu gostaria. Agora...

— Não precisa nem perguntar — respondeu ela, ignorando a máscara. — A prioridade é o bebê e só se preocupe comigo depois.

— Mas e se...

— Nem se atreva a discutir comigo, doutor.

— Está certo, mas tudo isso é só precaução. Prefiro não ter que induzir. Vou esperar o máximo possível, torcendo para o bebê estabilizar.

— Tente só esperar o Buck — pediu Chloe.

— Não diga mais nada — insistiu o médico.

— Desculpe — murmurou ela.

Rayford olhou as horas.

— O que vai acontecer quando eu tiver que sair para buscar o Buck?

— Para ser sincero, vou precisar de você. O carro do Buck está lá no aeroporto. Ele pode vir sozinho.

— Mas daí o T vai ficar sem carro.

— Ele pode vir junto e voltar com o carro dele.

— O T não quer saber como chegar aqui. Vai ser mais fácil para ele, caso seja interrogado um dia.

— Mas você confia nele — argumentou Floyd.
— Completamente.
— É um risco que vale a pena.

* * *

Abdullah atravessou a fronteira de Illinois alguns minutos antes das nove, e Buck ligou para Rayford.
— Então devo levar T comigo?
— Sim, e certifique-se de não estar sendo seguido. É uma longa história.
— Nós sempre cuidamos disso. Alguém em particular para eu me preocupar?
— O T vai contar. É um rapaz que mora lá mesmo, no aeroporto.
— O Abdullah vai ficar no aeroporto. Vou incumbi-lo de vigiá-lo.
— Abdullah! Você voou com Abdullah Smith?
— Não sabia que você o conhecia.
— Deixe-me falar com ele!
Buck deu um tapinha no ombro de Abdullah.
— Meu sogro quer falar com você. Rayford Steele.
Abdullah virou quase que completamente em seu assento.
— Rayford? Está brincando?

* * *

Rayford informou rapidamente Abdullah sobre a situação.
— Pode deixar, ele não vai a lugar algum — disse o piloto. — Você sabe que pode contar comigo.
— E como sei. Qual seu horário estimado de chegada?
— Catorze minutos, mas vou tentar fazer em onze.
Rayford desligou o celular e disse que ia dar uma olhada em Hattie. Ele desceu três degraus e, ao se curvar, viu que ela estava em posição fetal num sofá velho. Ele balançou a cabeça e subiu as escadas.

— Como estamos indo, doutor?

— Nós precisaremos induzir o parto, mas posso começar devagar para dar tempo de o Buck chegar. Todos concordam com isso? A pulsação do feto ainda não está crítica, mas vai estar daqui a uma hora. Por mim, já inicio a medicação intravenosa.

Chloe apontou para o médico.

— Ela está dizendo que a decisão é sua, Charles — disse Rayford.

* * *

— Aeroporto pequeno — comentou Abdullah ao descer.

— Não pequeno demais para você, certo?

— Eu poderia pousar em qualquer lugar.

Buck sabia que era tensão nervosa, mas não parou de rir até sair da aeronave. Ele se alongou tanto que chegou a ficar tonto e achar que se quebraria em dois. Então disse a Abdullah:

— O cara no rádio era o T, nós devemos encontrá-lo. Ele vai mostrar onde você ficará hospedado, e vamos torcer para que lhe apresente o tal Ernie. Você sabe o que fazer.

Abdullah sorriu.

Menos de dez minutos depois, Abdullah estava desfazendo as malas ao lado do quarto de Ernie. Buck e T trocaram os números de telefone com Abdullah e partiram; Buck dirigindo o próprio carro.

— Vocês têm se divertido — disse Buck.

— Não tanto quanto você, daqui a pouco.

— Mal posso esperar. Eu deveria ligar para Chloe.

— Eu não faria isso. Fiquei sabendo que o médico a colocou no oxigênio e vai induzir o parto, mas eles estão tentando protelar até sua chegada.

Buck acelerou. Eles já estavam pulando a ponto de cada um ter que apoiar a mão no teto para se segurar.

— O que foi isso? — exclamou Buck, observando o espelho retrovisor e depois se esquivando para não atingir o enorme amontoado de concreto na estrada Willow, do qual ele havia se esquecido.

— Eu não vejo nada — disse T, olhando para trás.

Buck deu de ombros.

— Pensei ter visto uma moto.

T olhou de novo.

— Se era uma moto lá atrás, o farol estava apagado. Deve ter sido imaginação.

Buck olhou de novo. Sua mente poderia estar lhe pregando peças, por que não? Ele teria deixado T dirigir, se ele soubesse para onde estavam indo.

— Você quer que eu ligue para Abdullah? — perguntou T. — Para confirmar se ele ainda está de olho no Ernie?

— Talvez seja melhor.

T telefonou.

— Como vão as coisas, meu amigo? Tudo bem? Sim, ele é um garoto fascinante. Você não vai deixá-lo dar um perdido em você, vai? É apenas uma expressão. Significa passar a perna em você... Ah, dar uma rasteira, ludibriar, enganar... Bom trabalho, Abdullah. Você já pode ir dormir agora. Já o enrolou o suficiente.

Buck e T estacionaram no pátio atrás do esconderijo pouco antes das dez. Buck saiu do carro antes que o motor morresse. Chloe, que tinha acabado de passar por sua primeira contração, abriu um sorriso largo ao vê-lo. Doutor Charles cumprimentou-o, apontando para a pia.

— Primeiro, o mais importante, estranho.

Buck se lavou, correu para o lado de Chloe e segurou a mão dela.

— Obrigado, Deus — disse ele em voz alta. — Eu não gostaria de ter perdido isso.

— Eu também gostaria de orar — comentou Tsion.

— Eu estava esperando você dizer isso — falou Buck.

— Doutor, você está dispensado de fechar os olhos. Deus, Todo-poderoso, somos gratos por sua bondade e proteção. Obrigado por Buck ter chegado bem a tempo. Sabemos que não podemos pedir contra sua soberana vontade, mas rogamos por um parto seguro, um bebê perfeito e uma mãe saudável. Precisamos desse pequeno raio de sol neste mundo escuro. Concede-nos essa graça, Senhor, mas, acima de tudo, buscamos a tua vontade.

Rayford espichou a cabeça ao ouvir o som de alguém dando partida em um motor no pátio. Ele correu os olhos pelo ambiente, olhou para T e exclamou:

— Hattie!

Buck gritou:

— Vão atrás dela! Hattie não pode nos expor desta maneira!

Chloe tentou se sentar.

— Relaxe, Chloe! — disse Charles. — Eu ficarei bem aqui só com Buck e Tsion, se vocês dois tiverem que ir atrás dela. Mas corram e, depois, se mantenham afastados daqui.

***

Rayford passou correndo por T, desceu a escada, saltando os degraus, e saiu porta afora. Escutou o motor de uma moto, e o Land Rover tinha desaparecido. Ele e T subiram correndo para pegar o jipe de T, mas as chaves não estavam lá. Rayford correu de volta para a casa.

— Charles! As chaves!

— Ai! — exclamou o médico. — Tsion, estão no meu bolso direito, mas depois você precisa se higienizar novamente.

Tsion jogou as chaves para Rayford.

Ray e T logo estavam em disparada a caminho de Palwaukee.

— Então, no fim das contas, o Ernie seguiu vocês.

— Impossível — afirmou T. — Nós falamos com o Abdullah, ele disse que o Ernie continuava no aeroporto. Ligamos, em dado momento, porque o Buck teve a impressão de ter visto algo.

— Talvez Ernie tenha enganado Abdullah e o convencido a dizer aquilo. Ele é muito persuasivo. Papo furado e tudo mais.

— Para dizer a verdade, isso não combina muito com o Abdullah. Ligue para ele.

Abdullah atendeu logo no segundo toque.

— Eu o acordei? Escute, responda apenas sim ou não. O Ernie está aí? Ele está? O que ele está fazendo? Cavando? Passe o telefone para ele, pode ser?

Rayford balançou a cabeça.

— Estou dizendo, ele não é...

— Ernie? Ei, como vai, cara? Tá fazendo o quê? Limpando o trecho do Ken? Que gentileza a sua! Abdullah disse que você estava cavando... Só varrendo, né? Sim, entendo, sim, ele deve ter confundido varrer com cavar. Bem, diga a ele que nós o veremos daqui a algumas horas.

* * *

Buck não conseguia imaginar o que Hattie pretendia. Há tempos ele tinha desistido de entendê-la. Aonde ela iria no meio da noite se não fosse maluca? Talvez fosse mesmo doida. Ela estava com depressão por conta do confinamento e precisava fugir. Seria bem próprio dela se perder e acabar levando alguém para o esconderijo.

Chloe segurou a mão dele e gritou. Buck olhou para o médico, que havia afixado o monitor fetal ao crânio do bebê através do útero. Charles comentou que essa era a forma de aferição mais precisa e que estava se sentindo encorajado.

— Nós teremos um bebê esta noite — anunciou ele. — E tudo vai ficar bem.

Buck deu um longo suspiro, aliviado, empolgado demais para prestar atenção em sua fadiga. Também sentiu uma pontinha de realismo, ciente de que, pelo bem da paciente, Floyd talvez tivesse soado mais otimista do que estava de fato. Buck sentia-se feliz por estar ali, independentemente do que acontecesse. Ele não queria que Chloe passasse por tudo aquilo sozinha.

* * *

— Então o Ernie é mesmo um aproveitador — ponderou Rayford.

T assentiu com a cabeça.

— E aposto o que você quiser que o Bo também foi liberado do Young Memorial. Vamos verificar?

— Claro.

T pegou o telefone e ligou para o hospital.

— Droga! — exclamou T alguns minutos depois, com a mão cobrindo o telefone. — Eles disseram que o Bo ainda está internado.

— Peça para falar com ele. Não, espere! Peça para falar com Leah e deixe que converso com ela.

T passou o telefone para ele.

— Leah, sou Rayford Steele, amigo do dr. Charles.

— O que foi agora? — disse ela com rispidez.

— Só precisamos saber se um paciente que não tem registro de saída obteve alta. O nome dele é Bo alguma coisa. Só um minuto, eu vou pegar o...

— Você quer dizer Beauregard Hanson — disse ela. — Nós não recebemos muitos Bos aqui, como você pode imaginar. Sim, ele ainda está aqui.

— Tem certeza?

— Você quer que eu verifique?

— Faria isso?

— Já fiz bem mais do que isso para vocês.

— É por isso que amamos você.

— Espere um pouco.

* * *

Dr. Charles parecia exultante, o que fez Buck se sentir melhor.

— Estamos fazendo a coisa certa — disse o médico. — Não poderíamos mesmo adiar o parto, mas o pulso está firme e estável há um tempo. Vai ficar tudo bem. Está tudo bem, mamãe?

Chloe assentiu com a cabeça suada pelo estágio avançado da gestação.

***

— Bo se foi?

— Ele se mandou — disse Leah. — De qualquer forma, eu não gostava dele nem daquele garoto que estava com ele no quarto. Ele sumiu hoje cedo sem dizer uma palavra, eu já deveria saber.

— Devemos esta a você, Leah — disse Rayford.

— Só esta?

— *Touché*. Algum dia vamos lhe recompensar por tudo.

— Sim — ela disse. — Suponho que em cinco anos ou mais.

***

— Queria que o papai estivesse aqui — disse Chloe.

— Talvez ele volte a tempo — retrucou Buck. — Quando você acha que será o horário do nascimento, doutor?

— Eu não quero apressá-la. Às vezes, mesmo um gotejamento moderado pode surtir uma ação rápida. Tudo depende da mãe e da criança. Mas continuamos caminhando bem e é isso que importa.

— Amém! — exclamou Tsion.

Buck notou que o rabino parecia tão animado quanto ele se sentia.

***

— Vocês acreditam nisso? — disse Rayford, balançando a cabeça. — Como os idiotas que são, eles nem sabem que foram seguidos.

O Rover estava parado em frente ao hangar que antes tinha abrigado Ken e, agora, abrigava Ernie e o hóspede temporário, Abdullah. T estacionou o jipe a cerca de quinze metros e desligou o motor e o farol. Eles ficaram à espreita.

— Abdullah sabe cuidar de si mesmo — disse Rayford —, mas ele está em desvantagem.

T saiu.

— Vamos ver o que eles estão aprontando.

Quando chegaram ao hangar, ouviram vozes.

— Deixe o Rover aí, parado — sussurrou Rayford —, assim eles não saberão que estamos aqui.

Os dois se agacharam perto da janela com cortinas e ficaram ouvindo.

— Deixe-me ver se entendi — Abdullah estava dizendo. — Você vai me dar uma porção de barras de ouro se eu levar vocês de avião até Nova Babilônia.

— Isso mesmo — disse Hattie.

— E esse ouro lhe pertence?

— Ele pertence ao meu noivo.

— Este jovem é seu noivo?

— Sim, eu sou! — disse Ernie. — Assim que eu lhe der este ouro. Agora pegue.

— Você entende — disse Abdullah — que essa quantia em ouro vale dez vezes o valor que eu cobraria pelo mesmo voo?

— É que queremos ir agora — disse Hattie. — Eu sei que isso vale alguma coisa.

— Se você quiser ir agora, escolheu o piloto errado. Não posso voar por 24 horas seguidas.

— Carpathia rescindiu as leis aéreas internacionais — rebateu Hattie. — Eu sei. Eu costumava trabalhar para ele.

— A senhora fez mais do que isso, madame. Por acaso, não estava noiva dele também? Quantos noivos a senhora tem, afinal?

— Um a menos, se não formos logo — disse ela.

Rayford fez sinal para que T o seguisse até uns 30 metros de distância. Ele ligou para Abdullah.

— Alô, sim?

— Abdullah, é Rayford Steele, mas não diga nada. Apenas repita o que eu disser, certo?

— Certo.

— Milícia da Comunidade Global? Um Range Rover roubado? Ouro? Prisão? Sim, pode vir me interrogar, mas todo o ouro está aqui e o automóvel também... Sim, estarei no local quando vocês chegarem... Não, eu não quero ir para a prisão.

Abdullah interrompeu.

— Está funcionando, Rayford.

— Rayford? — ele ouviu Hattie gritar. — Ernie, espere!

Mas Ernie e Bo já tinham montado nas motos e levantado uma nuvem de poeira ao se afastarem do aeroporto.

Rayford e T encontraram Abdullah com cara de cansado, mas orgulhoso de si, sentado de frente para Hattie, que, por sua vez, tinha sentado no chão, com as costas apoiadas em uma cama de campanha.

— Vamos, Hattie — disse Rayford. — Quem sabe possamos levar você de volta a tempo de ver o bebê.

* * *

Quatro horas depois, no pico da escuridão da madrugada, Chloe Steele Williams deu à luz um menino saudável. Em lágrimas, ela amamentou e anunciou o nome.

Kenneth Bruce.

Até Hattie chorou.

EPÍLOGO

"O primeiro ai passou; dois outros ais ainda virão. O sexto anjo tocou sua trombeta, e ouvi uma voz que vinha das pontas do altar de ouro diante de Deus. Ela disse ao sexto anjo que tinha a trombeta: 'Solte os quatro anjos que estão amarrados junto ao grande rio Eufrates'. Os quatro anjos, que estavam preparados para aquela hora, dia, mês e ano, foram soltos..." (Apocalipse 9:12-15)

A VERDADE POR TRÁS DA FICÇÃO

A profecia por trás das cenas

O ataque dos gafanhotos de Apoliom (Apocalipse 9:1-11)

Este livro da série *Deixados Para Trás* recebeu o nome do quinto dos sete juízos selados — o ataque dos gafanhotos de Apoliom. Tim LaHaye e Jerry B. Jenkins descreveram, no capítulo 13 de seu livro de não ficção *Estamos vivendo os últimos dias?*, o pano de fundo para este acontecimento.

O quinto juízo da trombeta é também o primeiro dos três ais pronunciados pelo anjo de Apocalipse 8:13 — um sinal assustador da ferocidade dos juízos futuros. Em Apocalipse 9, quando esta trombeta é tocada, um anjo abre o "poço do abismo" e, dele, sobe uma fumaça como que proveniente de uma gigantesca fornalha. De lá saem "gafanhotos" com poder para picar, como o do escorpião da terra, e

> **TESTE SEU QI PROFÉTICO***
>
> É possível que os 200 milhões de cavaleiros do sexto juízo selado possam ser um exército da China, como muitos sugeriram?

* Veja a resposta no final desta seção.

de atormentar incrédulos por cinco meses. A picada não será fatal. Na verdade, João diz: "Naqueles dias, os homens buscarão a morte e não a encontrarão; eles desejarão morrer, mas a morte fugirá deles"; contudo, a dor que causam será insuportável. Vítimas de picadas de escorpião dizem que o veneno do animal parece incendiar as veias e o sistema nervoso, mas a dor desaparece depois de alguns dias; com esses gafanhotos não é assim. Eles receberam o poder de atormentar os que não tinham o selo de Deus na testa por longos cinco meses. No entanto, ao contrário dos gafanhotos normais, esses animais atacam apenas seres humanos não regenerados, nunca a relva da terra nem as plantas ou árvores.

A aparência desses gafanhotos é tanto assustadora quanto repulsiva (versículos 7-10), e eles não agem de maneira desorganizada. Na verdade, João diz: "Tinha um rei sobre eles, o anjo do Abismo, cujo nome, em hebraico, é Abaddon, e, em grego, Apoliom" (versículo 11). Ambos os nomes significam "destruidor".

Esta parece ser uma das pragas que Deus enviou aos seguidores do anticristo para impedi-los de fazer proselitismo dentre os não comprometidos do mundo. Consegue também dar aos santos da tribulação algum tempo de se prepararem para os horrores da grande tribulação que se aproxima. Em *Apoliom*, o ataque dos gafanhotos se presta exatamente a esse propósito.

Um personagem chamado Mac escreve para outro santo da tribulação:

> Alguns de nós, cristãos, conseguimos fingir estarmos nos recuperando mais rapidamente para não permanecer numa enfermaria 24 horas por dia, ouvindo a agonia dos outros. Carpathia me enviou em algumas missões de misericórdia para levar auxílio a alguns governantes em situação pior. O que ele não sabe é que David encheu o compartimento de carga do Condor 216 com remessas clandestinas de livros e cópias dos ensinamentos de Tsion em diferentes idiomas. Onde quer que eu vá, cristãos descarregam e distribuem tudo.

As duas testemunhas

Proeminentes em *Apoliom* e participantes de todos os livros da série *Deixados Para Trás* que ocorreram durante a primeira metade da tribulação, são dois personagens conhecidos como "as duas testemunhas". No Capítulo 23 de *Estamos vivendo os últimos dias?*, eles são descritos como dois dos personagens mais detalhados de toda a profecia bíblica. Esses dois profetas sobrenaturais estiveram presentes durante os primeiros 1.260 dias da tribulação. Alguns tentam identificar essas testemunhas como Enoque (porque ele nunca morreu, Gênesis 5:24) e Elias (que também nunca morreu, 2Reis 2:11,12) ou Moisés. Tim LaHaye está mais inclinado a achar que são Moisés e Elias; independentemente de quais forem as suas identidades, Deus os chama de "minhas duas testemunhas". Eles se vestem com pano de saco, profetizam, produzem milagres assombrosos e testemunham a graça de Deus na cultura hostil de Jerusalém.

É claro que isso não os torna populares com as autoridades nem com as multidões não redimidas. Um confronto final será descrito e deixará o mundo sem fôlego.

O assassinato das duas testemunhas

Por razões que só Deus conhece, o Senhor permitiu ao anticristo superar e matar as duas testemunhas, assim que elas concluem seu testemunho. Antes disso, são intocáveis; qualquer um que as ameaçar deve ser morto pelo fogo flamejante de suas bocas. No entanto, depois de terem cumprido a missão confiada por Deus, o anticristo travará uma guerra contra elas e as matará.

As pessoas não salvas do mundo, que tanto odiavam as testemunhas, cometerão um ato incrivelmente maligno: se recusarão dar a elas um enterro decente, deixando seus corpos mortos para se decomporem nas ruas de Jerusalém. Até fazem uma celebração semelhante ao Natal, em que trocam presentes, para comemorar o assassinato delas.

Então algo ainda mais incrível acontecerá. João profetiza que "durante três dias e meio, gente de todos os povos, tribos, línguas e nações contemplarão os seus cadáveres e não permitirão que sejam sepultados" (Apocalipse 11:9). Como o mundo inteiro seria capaz de ver seus corpos mortos? Há alguns anos apenas era impossível essa profecia ser cumprida; mas, atualmente, com notícias transmitidas pela internet, isso pode facilmente acontecer a qualquer momento.

Isso não é tudo, pessoal!

O motivo pelo qual Deus permite ao anticristo matar as duas testemunhas não nos é revelado. Mas sabemos que a história não termina com a morte delas! Enquanto o mundo está assistindo, Deus fará um poderoso milagre.

> Mas, depois dos três dias e meio, entrou neles um sopro de vida da parte de Deus, e eles ficaram em pé, e um grande terror tomou conta daqueles que os viram. Então eles ouviram uma forte voz dos céus que lhes disse: "Subam para cá. E eles subiram para os céus numa nuvem, enquanto os seus inimigos olhavam. Naquela mesma hora, houve um forte terremoto

e um décimo da cidade ruiu. Sete mil pessoas foram mortas no terremoto; os sobreviventes ficaram aterrorizados e deram glória ao Deus dos céus.

— Apocalipse 11:11-13

O evento mais sobrenatural de todos os tempos será televisionado instantaneamente no mundo. Entre outras coisas, este será um gesto amoroso de Deus Todo-poderoso, não apenas para ressuscitar e levar para o céu seus dois profetas, mas também para mostrar sua existência e seu poder mundialmente. Não há dúvidas de que milhões de almas às quais as 144 mil testemunhas judias falarão e a quem o Espírito Santo condenará verão esta demonstração do divino e responderão ao Salvador.

ENQUANTO ISSO...

... desde a primeira publicação da série *Deixados para trás*

Como saberemos quando os acontecimentos estiverem, de fato, preparando o cenário para o fim dos tempos? Conforme a publicação da série *Deixados Para Trás* prosseguiu, de 1995 a 2003, parecia, cada vez mais, que as principais manchetes tinham um elo profético. No entanto, toda especulação deve ser conduzida com cautela. Nós realmente temos algumas evidências poderosas para supor que nossa geração tem mais motivo para crer que Jesus poderia retornar agora do que qualquer outra! Ainda assim, embora haja vários sinais do fim dos tempos, não é prudente estabelecer limites para quando isso ocorrerá. Todavia, vale destacar que alguns sinais não existiam nem meia geração atrás.

Um exemplo do passado, mantendo a visão de longo prazo, é um artigo de 15 de maio de 2005 num boletim sobre a profecia de *Deixados para Trás* (2003–2009), de Mark Hitchcock, publicado por ocasião do sexagésimo aniversário do fim da Segunda Guerra Mundial na Europa.

Sem dúvida, o fim do teatro europeu, na Segunda Guerra Mundial, é um dos momentos mais duradouros do século 20.

No entanto, muitas pessoas sequer pararam para refletir qual o significado da Segunda Guerra Mundial na criação de cenários para o fim dos tempos. A última metade do século 20 trouxe algumas mudanças incríveis que produziram efeitos que perduram até hoje.

Nenhum dos eventos, nos últimos 50 anos, advém diretamente da profecia bíblica, mas trazem uma incrível correspondência com o quadro do fim dos tempos descrito na Bíblia. Eles mostram como os acontecimentos mundiais estão convergindo para gerar o último conflito do Oriente Médio apresentado na Bíblia.

Eu acredito que a Segunda Guerra Mundial pode ter sido o principal acontecimento a definir o cenário para o fim dos tempos; isso em, pelo menos, duas vertentes fundamentais. Inicialmente, junto com a Primeira Guerra Mundial, fornecendo o ímpeto necessário para unir a Europa, cerne do histórico Império Romano. Desde o desmembramento do Império Romano, em 476 d.C., as nações da Europa lutavam entre si. Durante séculos, esse continente foi um campo de batalha com poucas e breves tréguas.

Contudo, a sequência da Segunda Guerra Mundial trouxe uma mudança dramática. A gravidade e a brutalidade do conflito deixaram a Europa sem outra alternativa a não ser tentar findar a guerra constante. Em vez de se preparar para o próximo grande conflito armado, como vinham fazendo por quase 1.600 anos, seis nações europeias decidiram se unir em uma coalizão de países, originalmente chamada Mercado Comum.

O segundo fator que fez com que a Segunda Guerra Mundial contribuísse para estabelecer o cenário para o fim dos tempos foi a criação do Estado de Israel, em 1948. A angústia coletiva e o remorso mundial pela conivência com o Holocausto foram poderosos incentivos para a fundação de uma pátria nacional destinada ao povo judeu. E a reunificação na própria terra dos judeus incrédulos é o evento cabal para desencadear os acontecimentos do fim dos tempos.

Graças a Deus por sua mão soberana ao subjugar o horror do Terceiro Reich. E também devemos dar graças por Deus preparar o palco para o fim dos tempos.

Muito se passou no mundo desde os episódios significativos da Segunda Guerra Mundial. Tente listar alguns e verifique quantos podem ter implicações proféticas.

> **TESTE SEU QI PROFÉTICO - RESPOSTA**
>
> Não. Como veremos na história de *Assassinos* e em nossas notas finais desse volume, Tim LaHaye e Jerry B. Jenkins nos lembram que os 200 milhões de cavaleiros não são homens, mas demônios, e eles cavalgam não em cavalos, mas em criaturas "tão incríveis de se ver... que elas realmente assustam as pessoas até a morte".

Este livro foi impresso pela Santa Marta, em 2020, para a Thomas Nelson Brasil. O papel do miolo é avena 70 g/m², e o da capa, cartão 250 g/m².